RAGDOLL

DANIEL COLE

拼布娃娃

〔英〕丹尼尔·科尔——著　文敏——译

CnS PUBLISHING & MEDIA 中南出版传媒
湖南文艺出版社 HUNAN LITERATURE AND ART PUBLISHING HOUSE
博集天卷 CS-BOOKY

“那么你告诉我，如果你是魔鬼，你要把我怎么样？”

Preface

序 言

2010 年 5 月 24 日　星期一

萨曼莎·博伊德从晃动的警戒线下面钻过去，一抬头就看见伦敦臭名昭著的老贝利[1]顶部的正义女神雕像。她本是力量与正义的象征，现在却让萨曼莎看清了她的真实面目：一个幻灭的、绝望的女人，摇摇欲坠，眼看就要摔下屋顶，落在下面的人行道上。遍布世界各地的她的姐妹的雕像倒是适当地省去了蒙眼这个细节，因为“蒙眼的正义”只是个天真的概念，尤其是当种族主义和警察腐败牵涉其中时。

周围的道路和地铁站再次关闭，因为记者们蜂拥而至，驻扎在那里，把繁华的伦敦市中心变成了荒诞的中产阶级贫民窟。印着 M&S 和 Pret A Manger[2] 商标的空餐盒在散落一地的垃圾里分外醒目。品牌睡袋被卷

① 即中央刑事法院，位于英国伦敦泰晤士河北的老贝利街，负责处理英格兰和威尔士的重大刑事案件。

② M&S 是英国最大的跨国商业零售集团，Pret A Manger 是英国一个比较高端的快餐品牌。

了起来，不远处丢着吱吱作响的电动剃须刀，某人那把不起眼的旅行熨斗暴露了他昨晚穿着仅有的一件衬衣、戴着领带睡觉的窘状。

萨曼莎尴尬地穿过人群。她迟到了，穿过高等法院路就花了六分钟，她已经浑身是汗，原本为了改变形象而束起的白金色头发也散开了。从一开始，媒体就锁定了陪审团成员。现在已经是第四十六天，说不定世界上每一家主要媒体的人都能认出她来。有个记者就曾经一路跟到她位于肯辛顿的家，守在门前不肯离开，她只好报了警。因为不想引起任何令人不快的注意，她始终低着头大步走路。

两条人流蜿蜒穿过纽盖特街十字路口，起头的地方一边是不够用的移动公厕，另一边则是一家醒目的星巴克。她努力突破回转的人流，朝着有警察守卫的较为僻静的法院侧门走去。有数十个拍摄正在进行，她无意间走进其中一个的镜头范围，一个娇小的女人用日语冲着她愤怒地骂了一句什么。

“最后一天了。”萨曼莎提醒自己，没去理会那句听不懂的咒骂。现在，距她回归正常生活只剩下八小时了。

在门口，一个脸生的警卫仔细检查了萨曼莎的身份证明，然后引导她进入一系列再熟悉不过的程序：暂时上交个人物品，过金属探测仪时解释婚戒取不下来，搜身时担心身上有汗渍，然后走向毫无特色的走廊，和另外十一位陪审员一起喝上一杯不冷不热的速溶咖啡。

鉴于媒体前所未有的关注度，再加上发生在萨曼莎家门口的事，法院决定对陪审团采取隔离措施，但累计数万美元的由纳税人支付的旅馆账单却又激起了公众的愤怒。差不多有两个月，陪审员上午的闲聊基本上都围绕如下话题：旅馆床铺睡得人背痛，晚餐每天都差不多，见不到最挂念的妻子、孩子，以及《迷失》的最后一季。

法庭引导员进来召集陪审员时，掩在琐碎聊天下面的绷紧的沉默才显露出来。陪审团团长是一个上了年纪的男人，名叫斯坦利。其他陪审员推举他当头儿似乎只是因为他长得很像甘道夫。他慢慢站起身来，领着大家走出了等候室。

一号法庭无疑是世界上最著名的法庭，只有遇到最严重的刑事案件才会开放。一些最令人毛骨悚然的罪犯，如克里平、撒特克里夫、丹尼斯·尼尔森都曾站在这个法庭的中央招认他们耸人听闻的罪行。灯光透过毛玻璃顶窗照射进来，照亮了房间里暗沉的木镶板和蒙着绿色皮革的家具。

萨曼莎通常坐在陪审席第一排，即最靠近被告席的位置。当她坐下时，她意识到身上自己设计的白色连衣裙可能有些短了。她把陪审员文件夹放在膝盖上，旁边坐着的那个老色鬼令她非常不爽，第一天见面时，那个人为了抢到她旁边的位子差点踩到其他人。

这里与美国电影里的法庭不一样。在美国电影里，那些穿着讲究的被告一般会和他们的辩护律师一起坐在桌子后面；在老贝利，被告得独自面对满屋子咄咄相逼的人。包围被告席的虽小却醒目的玻璃屏障只是进一步强调了里面的人对房间里其余的人来说相当危险。

除非被证明无罪，否则就是有罪。

萨曼莎的左边，正对着被告席的是法官席。一把金柄的剑悬挂在中间那把椅子背后的皇家盾形纹章下方，那把椅子是整个审判期间唯一空置的座位。法院书记官、辩护律师及检控团队占据了法庭中央的位置；与此座遥遥相对的伸出来的公共旁听席上挤满了热情的、无法看清下方情况的观众，他们提前在街上扎营露宿才得到了这场特别审判的终审旁观席位。法庭背面，公共旁听席下面的冷板凳上坐满了与审判扯得上关系的闲杂人等：律师们希望可以召上法庭但也许最终并没用上的专家，各色法庭工作人员，当然，还有那位一直处于争议中心的侦探，绰号叫“沃尔夫”[①]的威廉·奥利弗·莱顿－福克斯。

审判持续了整整四十六天，沃尔夫旁听了每一场。他坐在出口旁边不引人注目的座位上，无数次冷冷地注视着被告席。他身材结实，有一张饱经风霜的脸和一双深邃的蓝眼睛，四十出头的年纪。萨曼莎觉得，如果他看上去不像是几个月没睡觉，背上驮着整个世界，也许他会是个魅力十足的男人——公平地说，他确实很有魅力。

“火化杀手”是媒体给被告取的绰号，他已成为伦敦有史以来系列谋杀案中杀人最多的凶手。短短二十七天，就有二十七人丧生，死者全都是年龄在十四至十六岁之间的妓女，这让那些消息闭塞的民众猛然意识到发生在自家街区的可怕事件，因此引来了更多关注。大部分受害者被发现时身上还在燃烧，她们被注射了大量的镇静剂，然后被活活烧死，地狱般的火焰焚毁了一切证据。接着，凶手却突然收手，手足无措的警方连个像样的犯罪嫌疑人都找不到。无辜的年轻女子一再被害，在案件调查过程中，伦敦警察厅因毫无进展而备受指责，但在最后一次谋杀案发生十八天后，沃尔夫逮住了凶手。

这个站在被告席上的男人名叫纳吉布·哈立德，是一个巴基斯坦裔英国人，在首都开出租车。他独自生活，之前曾有过不太严重的纵火前科，他的出租车后座上留有系列谋杀案中三名受害人的DNA，这些证据与沃尔夫的证词一起被提交给法庭。这本来已经是一桩清楚明白的铁案了，但现在，一切都崩溃了。

不在场证据同这位侦探及他的团队搜集的监控报告发生了冲突。哈立德在羁押期间受到攻击和威胁的指控也出现了。相互矛盾的法庭证据意味着烧焦的DNA不能作为可靠的证据。然而，让辩护律师感到高兴的

① Wolf的音译，Wolf在英文中意为“狼”。

是，首都警务处的职业标准理事会提交了一封引起他们注意的信件。写信的是沃尔夫的一位匿名的同事，日期就在最后一桩谋杀案发生的前几天，信件对沃尔夫处理这一案件的方式及他本人的精神状态表示了担心，认为他“沉迷办案”“不顾一切”，进而建议他立即转岗。

世界上最复杂的故事突然变得更复杂了。警察被指控拿哈立德当替罪羊以掩饰他们的失败。局长和特殊犯罪与行动处的助理处长因在他们眼皮底下发生的明目张胆的腐败而被迫辞职，小报上充斥着那位不光彩的探员的丑闻：与酗酒有关的传闻，可能导致了他婚姻破裂的家暴倾向。在某一阶段，哈立德那个装腔作势的辩护律师因为建议沃尔夫和她的客户交换座位而受到指责。纳吉布·哈立德始终以迷惑不解的神态看着在他面前上演的好戏，看着自己从杀人恶魔变成受害者，没有流露出哪怕一瞬间的满意神情。

最后一天的审讯如期进行，控辩双方律师做了最后发言，然后法官向陪审团提出指导意见：关于有限的证据依然被采信的简要总结，以及有关错综复杂的法律程序的建议。接下来，陪审团将进行评议裁决。他们被从证人席后面带进一个私密的房间，那是一个他们熟悉的以原木和绿色皮革为基调的毫无特点的房间。在接下来的四个半小时里，十二名陪审员在那里围着一张大木桌讨论他们的裁决。

萨曼莎几周前就已经确定了自己的态度，但这会儿让她吃惊的是，陪审团对此案的看法四分五裂。她曾告诫自己，永远不要受大众舆论的影响，尽管她很高兴自己的表决不会给自己的商店、生活带来什么影响，而且她的幸福也与此事不相干。同样的争论一再上演。之后，有人提出探员证词中的某一点，再次被告知不予采信，那人恼怒万分。

斯坦利隔一会儿就会提请投票表决，然后通过引导员给法官递交一张字条，告知法官他们尚未达成一致。每一次投票表决，总会有人顶着多数的压力另行其事，这样反反复复直到最后几分钟，总算达到了十比二的比例。斯坦利气冲冲地把写着这一结果的字条交给引导员，十分钟后，引导员回来，带领陪审团进入法庭。

萨曼莎回到被告席旁边的座位时，感觉每个人的眼光都集中在她身上。法庭一片静默，她没来由地为自己的高跟鞋敲在地面上发出的嗒嗒声感到尴尬。幸好接下来响起一片嘎吱声和咔咔声，十二名陪审员陆续走进来，在各自的位置上坐下，她那点小动静被掩盖住了。

她看得出人们都在试图揣摩她的表情，急不可耐地等待接下来的正式宣判，她对此颇有些享受。那些"有学问的人"已经戴上了假发，穿上了长袍，以一种居高临下的愉悦态度看着她和其他陪审员。但此刻，他们发现自己得受陪审团支配。萨曼莎努力挤出一个微笑，她觉得自己就像是个拥有不应该说出去的秘密的孩子。

"被告请起立。"法庭书记官的声音打破了静默。

纳吉布·哈立德在被告席里犹犹豫豫地站了起来。

"陪审团团长请起立。"

在萨曼莎这一排的最后一个位置上，斯坦利站了起来。

"你们是否达成了全体一致的裁决？"

"没有。"斯坦利的声音被卡住了，人们几乎听不见他的回答。

他清了清嗓子，咳了三下。萨曼莎翻了个白眼。

"没有。"斯坦利终于大声说了出来。

"你们达成了足够多数的裁决吗？"

"是的，"斯坦利脸部的肌肉抽搐了一下，脱口而出，"对不起……是的。"

"你们，陪审团，认定被告纳吉布·哈立德在这二十七桩谋杀案中有罪还是无罪？"

尽管已经知道了答案，萨曼莎在这一刻还是屏住了呼吸。法庭里同时有好几把椅子发出嘎吱声，人们如预料中那样急切地竖起耳朵，倾身向前……

“无罪。”

萨曼莎抬头瞥了一眼哈立德，被他的反应吸引住了。他释然地颤抖起来，用两只手捂住了脸。

但接下来他却发出一阵惊慌的叫喊。

沃尔夫冲向被告席，在法警出手阻止之前，他已经越过玻璃隔板，一把抓住了哈立德的脑袋。哈立德被猛地甩在地上，在凶狠的攻击下发出夹杂着喘息的沉闷的叫喊声。他的肋骨在沃尔夫的脚下断了几根，膝关节处的皮肤也剥落了。

警报声响起。

沃尔夫被一拳击中面门，踉跄着跌向后面的陪审团时鼻血流进了嘴里，撞倒了离他最近的一个女人。在他稳住身体的几秒钟内，法警拥了进来，把他和那个被揍断了骨头、倒在被告席的基座上的人隔离开来。

沃尔夫脚步踉跄，挥舞着手臂，几双强有力的手控制住了他力气渐衰的身体，迫使他跪倒直至趴下。他精疲力竭，气喘嘘嘘。空气中混合着汗水和光泽剂的气味，他看到一名受伤的警察的警棍砰的一声掉落在哈立德旁边的镶板上。

这人看着像是死了，但沃尔夫需要确认一下。

最后一阵冲动涌上来，他挣脱了束缚，向那个沾着深棕色血迹的了无生气的躯体爬过去，那个人身上的血渗进了廉价海军蓝套装的纤维里。沃尔夫伸手摸到了那根警棍，手指紧裹住冰冷的金属。法警在他背上狠命一击时他已把警棍举过头顶。迷乱中，他只看到被告席旁那个警卫再次转过身来，冲着他的手腕又一次猛地将警棍砸了下去。

这会儿距斯坦利说出“无罪”仅过了二十秒钟，沃尔夫听到金属撞击木板的声音就知道一切都结束了。他只希望自己已经完成了这件事。

人们尖叫着冲向出口，但一群警察把他们赶了回来，萨曼莎坐在地板上，头晕目眩，茫然地凝视着空中，无视近在咫尺发生的事。最后有个人扯着她的胳膊把她拉了起来，领着她往外跑，那人大声叫喊着，但她一个字都没听见。弱音警报器几乎不起作用。她滑倒在大厅地板上，膝盖撞上了脑袋的一侧。虽然还没感觉到疼痛，但她的背脊已经接触到了黑白相间的西西里大理石地板，晕头转向中，她看见了华丽的穹顶、二十多米之上的那座雕像、彩绘玻璃窗和壁画。

救她的那个人在众人经过后赶紧把她拖起来，在跑回法庭前把她带到了废弃的主入口。巨大的木门和黑色的小门都大敞着，外面阴沉的天空召唤着她。萨曼莎独自一人跌跌撞撞地来到了街上。

她这时的形象如果被拍下来，真是再完美不过地表现了此时此地的主题：浑身溅满鲜血的美丽的女陪审员，一身白色衣裙，经历了创伤和磨难，站在象征着刚毅、真理和不祥的记录天使的石头雕像下面。那位天使从头到脚包裹在沉重的长袍里，仿若死神，准备把无尽的罪愆汇报给天庭。

萨曼莎转过身去，背对着那群贪婪的记者和他们炫目的闪光灯。在数以千计的闪光灯前，她注意到高处的石头上刻着一句话，托着这块石头的是四根石柱，好像在支撑着那句话的隐喻的重量：

保护穷人的孩子并惩罚恶人

读着这句话时，她被某种失败的感觉压倒了，她能够诚实地说自己确信哈立德无辜，就像那个警探确信他有罪一样吗？当她的目光最终落到披着斗篷的天使身上时，萨曼莎知道自己也成了罪人。

她已经受到了审判。

四年以后……

Chapter 1

第一章

2014 年 6 月 28 日　星期六　凌晨 3:50

沃尔夫伸手摸索他的手机，手机每振动一次就在地板上滑得更远一点。夜色渐渐淡去，这间他不熟悉的新公寓的模样显露出来。他爬下床铺去够嗡嗡作响的手机时，被汗水浸湿的床单沾在他身上和他一起下了床。

“沃尔夫。”他答道，为自己至少摸到了墙上的电灯开关而松了口气。

“我是西蒙斯。”

灯咔嗒一下亮了，沃尔夫重重地叹了口气，微弱的黄色灯光提醒了他他身在何处。这是间小卧室，地板上放着一张磨损的双层床垫，天花板上装着一个孤零零的灯泡。这个能唤起幽闭恐惧症的小盒子里闷热无比，因为房东始终没能向前任房客讨回窗户钥匙。一般情况下，伦敦不至于热成这样，但是沃尔夫正好赶上了这股极不寻常的、已经持续了将近两个星期的热浪。

“别那么开心。”西蒙斯说。

“现在几点？”沃尔夫打着呵欠问道。

“差十分四点。”

“我这个周末不需要离开？”

“不需要。我要你和我一起去一个犯罪现场。”

“你办公桌旁边吗？”沃尔夫半开玩笑地说，他已经好几年没见过他的上司离开办公室了。

“真幽默。他们让我出去就为了这事儿。”

“那可太糟了，是吧？”

电话那头停顿了一下，然后西蒙斯说：“相当糟。你有笔吗？”

沃尔夫在门口成堆的盒子里翻找着，找到了一支圆珠笔，在手背上画了几下。

“好了，说吧。”

他瞥见有束灯光从厨房柜子上一扫而过。

“108 室……”西蒙斯说。

沃尔夫走进简陋的小厨房，眼前一花，一道蓝光闪过小窗。

“……圣三一塔——”

“希巴德路，肯特镇？”沃尔夫插了一句，一边仔细看着下面的几十辆警车、新闻记者和对面街区被疏散出来的公寓楼居民。

“你怎么会知道？”

“我是警探。”

“好吧，你到时还会成为我们的头号嫌疑犯。快过来吧。”

“好的。我只是想……”沃尔夫的声音低了下去，他意识到西蒙斯已经挂了电话。

在那两道闪光之间，他注意到了持续不断的来自洗衣机的橘色亮光，这才想起他在上床之前把工作服放进去洗了。他环视了一下排列在墙边的几十个一模一样的纸板箱：

“胡扯。”

五分钟后，沃尔夫挤进他那幢公寓大楼外面拥挤的人群中。他向一名警察晃了一下他的证件，原本打算径直穿过警戒线，不料那名年轻警察一把夺过他的证件仔细检查起来，一边用怀疑的目光打量着眼前这个人，他穿着一条沙滩短裤和一件胸前印着“93 邦乔维：坚持信念之旅”的褪色的T恤衫。

“莱顿－福克斯警官？”那名警察疑惑地问道。

沃尔夫听到自己有些做作的姓氏时愣了一下：“福克斯警官，是的。”

“就是那个法庭屠夫福克斯？”

“应该是威廉……我可以进去吗？”沃尔夫做了个进入公寓大楼的手势。

那名年轻警察把沃尔夫的证件还给他，然后拉起警戒线让他弯腰进入。

“需要我带你上去吗？”他问。

沃尔夫低头看了看自己花里胡哨的短裤、裸露的膝盖和工作鞋。

“知道吗？我觉得自己干得相当不错。”那人露齿一笑。

“五楼，”他告诉沃尔夫，“自己上去小心点儿，里面的人不怎么好惹。”

沃尔夫又一次重重地叹了口气，穿过漂白粉气息浓烈的门厅，走进电梯。三楼和六楼的按钮不见了，其余那些按钮上沾着干掉的棕色液体。他可以肯定那玩意儿要么是便便，要么是铁锈或可口可乐，他用自己T恤衫底部里奇·桑博拉[①]的脸去按按钮。

---

① 里奇·桑博拉（1959— ），美国著名流行乐队邦乔维的吉他手，也是成功的作曲人。

他已经数百次踏进同样的电梯了：无缝的金属盒子，由地方议会拨款安装；里面没有地板，没有镜子，没有凸出来的灯或固定装置。没有任何可以让那些底层人群偷窃或毁坏的设施，于是他们就在四壁上涂满了下流话。沃尔夫刚注意到约翰尼·拉特克利夫既是个“双性恋”又是个“同性恋”，电梯就已经到了五楼，门打开了。

有十来个人散布在安静的过道里。大部分人看上去有点惊讶，不以为然地看着沃尔夫，只有一个邋里邋遢、佩戴法医徽章的人赞许地点了点头，在沃尔夫走过时向他竖起了大拇指。当沃尔夫靠近走廊尽头那扇门时，那股微弱但熟悉的气味变得越来越浓。毫无疑问，这是死亡的气味。在这种环境中工作的人很快就会适应这种由发馊的毛发、大便、小便和腐败肌体的气味混合而成的独特气味。

沃尔夫听到室内有跑动的脚步声，于是后退了一步。一个年轻女人从敞开的门口冲出来，猛地双膝着地，在他面前呕吐起来。他出于礼貌等待了片刻，这才请她挪一步让他过去，这时又响起了一阵脚步声。没等埃米莉·巴克斯特警探冲进过道，他就本能地又后退了一步。

“沃尔夫！我看见你猫在外头啦。”她大叫着冲进安静的过道，“说真的，很酷吧？”

她低头看了看那个跪在他俩中间的女人。

“麻烦你能到别的地方去吐吗？”

那女人不好意思地爬了起来。巴克斯特拉住沃尔夫的胳膊，激动地把他往房间里面拽。巴克斯特在他手下工作了将近十年，她的个子几乎和他一样高，深棕色的头发在毫无特色的门厅的映衬下变成了黑色。她一如既往化着浓妆，让她那双迷人的眼睛大得不同寻常。她穿着修身衬衣和时髦的裤子，上下打量着他，脸上露出了戏谑的笑容。

“没人告诉我今天是便服日。”

沃尔夫没去理会她的玩笑，他知道只要自己保持沉默，她很快就会自觉没趣。

“钱伯斯错过这个会有多恼火？”她笑盈盈地说。

“我自己就能对付这具尸体。”沃尔夫厌烦地说道。

巴克斯特将眼睛睁得更大了：“西蒙斯没告诉你？”

“告诉我什么？”

她领着他穿过拥挤的房间，那里面被十几个摆放考究的手电筒发出的昏暗的光照射着。即便算不上臭气熏天，那气味也是越来越强烈了。沃尔夫可以感觉到恶臭的源头就在旁边，因为有好几只苍蝇正嗡嗡地在他头顶盘旋。

这套公寓的天花板很高，里面没什么家具，虽然比沃尔夫自己的屋子大得多，却不见得更令人舒服。黄色的墙壁上到处是孔洞，老旧的电线和沾满灰尘的绝缘管随意地穿过孔洞，耷拉在光秃秃的地板上。无论是浴室还是厨房，自二十世纪六十年代起就再没有装修过。

“告诉我什么？”他又问了一句。

“这就是那种，沃尔夫，”巴克斯特回避了他的问题，“职业生涯中千载难逢的案件。”

沃尔夫的注意力被转移了，他默默地打量着这间次卧，心想马路对面自己那个破盒子一样的公寓是否要价过高了。他们转过墙角走进挤满了人的主卧，他下意识地扫视了一下地板，在各种设备和几条腿之间寻找那具尸体。

“巴克斯特！”

她站住了，不耐烦地朝他转过身。

“西蒙斯有什么事没有告诉我？”

在她身后，站在巨大的落地窗前的那群人往旁边移去。没等她回答，沃尔夫就已经踉跄着走开了。他的眼睛紧盯着他们头顶上方的某一点：那盏并非警察带来的灯——黑暗舞台上的一盏聚光灯……

一具赤裸的尸体，扭曲成极不自然的姿势，一只脚像是漂浮在高低不平的地板上方，背对着他们，望向窗外。几百根几乎看不见的线固定着这个形体，这些线本身则固定在两个工业用的金属钩子上。

沃尔夫愣了一会儿才看清楚眼前这个超自然场景中最令人胆寒的形象：黑皮肤的腿接在白皮肤的身躯上。他简直无法相信自己的眼睛，又朝房间里走了几步。走近之后，他才注意到把身体不同部分缝到一起的巨大针脚和针线穿过时撑起的皮肤：一条腿来自黑皮肤的男人，另一条腿则是白皮肤的；一边是男人的大手，另一边则是女人晒黑的手，纠缠的乌黑长发纷乱地披挂在苍白的、长满雀斑的、纤细的女性躯干上。

巴克斯特站在他侧后方，饶有兴致地观察着他厌恶的表情。

“他没有告诉你的是……一具尸体——六个受害者！”她在他耳边悄声说。

沃尔夫的视线落在了地板上。他正好站在那具奇形怪状的尸体投下的阴影里，经过简化，各个拼接部位显得更加不协调，光线穿过隙缝，使肢体和躯干之间的连接显得更加扭曲。

“媒体究竟在外面搞什么名堂？”沃尔夫听到他的上司大叫道，“我敢说，这个部门的漏洞比泰坦尼克号还多。如果让我发现有人跟他们说了什么，我马上就让他停职！”

沃尔夫微笑起来，他太了解西蒙斯了，知道他不过是在扮演那种老套的上司角色。他们在一起十多年，对彼此非常了解，在哈立德事件之前，沃尔夫一直把他当朋友看。在虚张声势的外表下，西蒙斯其实是个非常聪明、有同情心、称职的警官。

“福克斯！”西蒙斯大步向他们走过来。他经常需要努力克制才不会叫出下属的绰号。他几乎比沃尔夫矮一头，五十多岁，已经有了一个坐办公室的肚子。“没人告诉过我今天是便服日。”

沃尔夫听到巴克斯特在窃笑。他决定像对付巴克斯特一样不予理睬。一阵不安的沉默后，西蒙斯转向巴克斯特。

“亚当在哪儿？”他问。

“谁？”

“亚当，你的新徒弟。”

“埃德蒙兹？”

“是的，埃德蒙兹。”

“我为什么应该知道他在哪儿？”

“埃德蒙兹！”西蒙斯冲着乱哄哄的房间里大喊了一声。

“你和他搭档很多次了？”沃尔夫低声问，声音里流露出一丝掩饰不住的嫉妒，巴克斯特不禁笑了起来。

“就一个低阶职位，”她悄声说，“他是从诈骗科调过来的，只见过几具尸体。碰上这种事他都会哭鼻子。”

一个年轻人笨手笨脚挤过人群，朝他们走过来。他大约二十五岁，瘦得像根竹竿，除了那一头蓬乱的金红色头发，他全身上下收拾得整整齐齐，手里还拿着个笔记本，热切地冲着上司微笑。

“法医那边进行得怎么样？”西蒙斯问。

埃德蒙兹把本子往回翻了几页。

“海伦说她的团队在这个公寓里没有发现一滴血。他们已经确认，尸体的各部位来自六个不同的受害人，是被粗暴地截下来的，用的可能是钢锯。”

“海伦有没有提到我们还不知道的情况？”西蒙斯不耐烦地呛了一句。

“事实上有。由于现场没有血迹，而且截肢处没有止血的……”

西蒙斯翻了个白眼，接着看了下手表。

“……我们可以肯定的是，肢体是在受害人死亡后被截下来的。”埃德蒙兹汇报完毕，看上去对自己挺满意的。

“这才是个好警察干的活，埃德蒙兹。”西蒙斯挖苦道，然后大喊道，“有人能把牛奶盒上的广告给撕掉吗？因为这个人的脑袋不见了。谢谢！”

埃德蒙兹的笑容消失了。沃尔夫捕捉到西蒙斯的眼睛和他得意的假笑。他们两个几乎同时领会了对方的意思。这也是训练的一部分。

“我是说，不管这些是谁的胳膊和大腿，那人肯定已经死了。等这些肢体被送到实验室，他们就能了解更多信息了。”埃德蒙兹不自然地咕哝道。

沃尔夫注意到黑暗的窗户上尸体的映像。他意识到自己还没有看过它的正面，于是绕了过去。

“你看出了什么，巴克斯特？”西蒙斯问。

“不算很多。钥匙孔轻微受损，也许是被硬摘下来的。我们的人询问了邻居，目前为止还没有人表示看到或听到了什么异常的东西。啊，电力系统没什么问题——公寓里所有的灯泡都被拧下来了，除了受害者上面那一个……就像是在做展示。”

“你呢，福克斯？有什么想法？”

沃尔夫凝视着尸体那张深色皮肤的脸。

“对不起，我们让你厌烦了吗？”

“没有，对不起。即使天气这么热，这东西也只是刚刚才开始腐烂，这意味着凶手要么是在昨天晚上一口气杀了六个人，但这是不可能的，要么是他把尸体冰冻起来了。”

“同意。我们会派人调查冷库、超市、餐馆，以及任何有工业使用规格的冰库的地方，看看最近有无被入侵的异常记录。”西蒙斯说。

“再询问一下邻居有没有听到过钻孔的声音。”沃尔夫说。

“钻孔的声音应该比较常见吧。”埃德蒙兹脱口而出，看到三双愤怒的眼睛一起瞪着他，他立刻后悔了。

“如果这是凶手的杰作，”沃尔夫说，“他绝不会让这东西有从天花板上掉下来的风险，否则我们在这里看到的可能就是一堆残肢了。这几个钩子要扣进承重金属梁，肯定会有人听到声音。”

西蒙斯点点头：“巴克斯特，找人来调查一下。”

“头儿，借一步说话好吗？”看到巴克斯特和埃德蒙兹转身离去后，沃尔夫说。他戴上特制的手套，拨开那张阴森森的脸上纠缠的黑色头发。这是名男性，眼睛睁着，考虑到他最后遭受的残忍对待，表情可以说异常平静。“看着眼熟吗？”

西蒙斯走到沃尔夫旁边，在冰冷的窗户旁蹲下来，仔细审视着那张深色的脸。过了一会儿，他耸了耸肩。

“是哈立德。”沃尔夫说。

“不可能。”

“是吗？”

西蒙斯再次抬头看着那张毫无生气的脸。他的表情逐渐从怀疑变成了深深的忧虑。

“巴克斯特！”他叫道，“我要你和亚当——”

“埃德蒙兹。”

“……去贝尔马什监狱。让监狱长带你直接去找纳吉布·哈立德。”

“哈立德？”巴克斯特惊讶地问，不情愿地看了看沃尔夫。

“是的，哈立德。一旦看到他活着，马上打电话告诉我。快去吧！”

沃尔夫看着街对面自己住的那幢公寓楼。大部分窗户依旧黑洞洞的，只有几扇窗户前挤着几张兴奋的脸，他们正用手机拍着下面的情景，估计是想抓拍几个镜头，好在第二天早上给亲友增添点乐子。显然，他们无法透过昏暗的窗户看到凶杀现场，否则早就冲过来了。

沃尔夫可以看到自己的房间。匆忙中他忘了关灯。他发现了那个纸板箱，压在一排纸板箱下面，上头写着“裤子与衬衫”。

“啊哈！”

西蒙斯揉着疲惫的眼睛走过来。他们默默地站在悬挂着的尸体两侧，望着清晨第一缕霞光一点点染亮黑暗的天空。在这个闹哄哄的房间里，他们居然听见了外面鸟叫的声音。

“这是你遇到过的最烦心的事情吗？”西蒙斯疲惫地开着玩笑。

“第二烦吧。”沃尔夫回答。他的眼睛没有离开渐渐明亮起来的深蓝色天空。

“第二？我倒想知道第一是什么？”西蒙斯再次不情愿地瞥了一眼悬挂在那里的拼装尸体。

沃尔夫轻轻敲击着尸体展开的右臂。相比晒黑的皮肤和修剪精致的紫色指甲，那只手掌显得格外苍白。几十根丝线一样的东西支撑着那只伸开的手，另外还有十来根固定着伸出来的食指。

他观察了一下，确定没有人在听他们谈话，然后低头对西蒙斯悄声说：

“他指的是我的公寓。”

Chapter 2

第二章

2014 年 6 月 28 日　星期六　凌晨 4:32

巴克斯特让埃德蒙兹等在颤动的电梯里，自己冲过那扇防火门进入阴暗的楼梯间，防火门外那一大群寒冷而恼怒的人终于被允许回他们自己的家了。中途她曾掏出搜查证，提醒他们别想阻止她。最初几小时的兴奋劲儿消失后，瞌睡虫上来的居民对警察只剩下抱怨和恼怒了。

当她最终来到门厅时，埃德蒙兹已经在大门口耐心地等着她了。她没招呼他，径直经过他身边走到清冷的室外。太阳刚露脸，但头顶清澈的天空表明热浪还会继续。警戒线外面围观的人群和记者越聚越多，这让她没法回到自己的奥迪 A1 上去，她不禁咒骂了一句。

“一句话都不许说。”她对着埃德蒙兹吼道，后者以一如既往的好脾气忽略了她那没必要的命令腔调。

他们迎着警戒线外面连珠炮似的问题和闪光灯走过去，低头穿过那条带子，挤入人群。巴克斯特听到身后埃德蒙兹的连声抱歉，不禁咧嘴一笑，正想回头瞪他一眼，不料一头撞上一个身材魁伟的男人，沉重的电视摄像机轰然倒地，发出可怕的碎裂声。

“倒霉！对不起！”她说着下意识地从口袋里掏出自己的警官证。这些年，她已经做过几百次类似的事了，给他们写一张欠条什么的，然后一转身就将身后的喧闹忘得干干净净。

那个大个子男人还跪在那里，面对着破碎的摄像机，好像那是他倒下的恋人。一只女人的手一把抓过巴克斯特手里的警官证。巴克斯特恼怒地抬起头，看见了一张不友善的脸。虽然天还没全亮，但那女人已经打扮妥当，做好了上镜的准备，其他人因为疲惫而肿大的眼袋在她脸上完全看不到。她留着长长的红色鬈发，穿着短裙和T恤衫。两个女人默默对视，在埃德蒙兹看来就是充满敌意的对峙，他从来不知道他师傅这么容易被激怒。

红头发女人飞快地瞥了一眼埃德蒙兹。

“你终于找到一个跟你同龄的人了。”她对巴克斯特说，后者皱着眉头瞪了埃德蒙兹一眼，好像在怪他不该出现。“她对你也是这副臭脾气吗？”那女人同情地问他。

埃德蒙兹愣住了，他怀疑自己正在经历这辈子最尴尬的事。

“不是吗？”她看了下自己的手表，“嗯，还嫩着呢。”

“我就快结婚了。”埃德蒙兹喃喃地说，不确定这人为什么要对他说这种话。

红头发女人露出胜利的微笑，张开嘴还打算说点什么。

“我们该走了！”巴克斯特突然冲着埃德蒙兹吼了一句，然后恢复了她通常的冷静风度，“安德烈娅。”

“埃米莉。”那女人回答。

巴克斯特转过身背对着她，跨过那堆摄像机的“内脏”。埃德蒙兹紧跟在她身后。巴克斯特发动汽车引擎，然后突然掉头，埃德蒙兹再三检查了自己的安全带，汽车蹦跳着蹿过两道马路牙子，疾驰而去，闪烁的蓝色警灯在后视镜里越来越小。

巴克斯特离开犯罪现场后再没说过一句话，埃德蒙兹努力睁大眼睛，跟着她穿过空荡荡的街道。空调送出的暖风轻轻地拂过巴克斯特丢弃在车内的CD、用了一半的化妆品和空的快餐包装盒。车子驶过滑铁卢桥时，太阳照亮了他们身后的城市，圣保罗大教堂毫无特色的穹顶侧影杵在金色的天空之下。

埃德蒙兹抵挡不住沉重的眼皮，一头撞到了乘客座的车窗上。他马上坐直身子，为自己又一次在上司面前出丑而恼火。

“那个，就是他吗？”他脱口而出，试图通过谈话来抵挡瞌睡虫。

“谁？”

“福克斯。那个威廉·福克斯。”

事实上，埃德蒙兹已经有好几次看见沃尔夫从他身边走过。他注意到同事们都是怎么对待这位老练的警探的，也感受到了这位老同行身上那股子不怎么讨人喜欢的名人气。

“那个威廉·福克斯。”巴克斯特口气里有股嘲弄的意味。

“我听说过许多他的事……”他停顿了一下，等着看自己是否应该继续这个话题，“你那段时间在他的团队里干过，是吗？”

巴克斯特继续沉默地开着车，好像埃德蒙兹根本没有提起过这个话题。他感觉自己好蠢，还以为她会愿意和一个菜鸟聊这种事呢。他拿起手机想干点什么，突然，她回答了。

“是的。”

“那么他真干了那些被指控的事？”埃德蒙兹知道自己正在聊一个危险的话题，但他的兴趣压过了对惹怒巴克斯特这件事的恐惧，“制造假证据，攻击犯人——”

“干过一部分。”

埃德蒙兹不禁发出啧啧声，惹得巴克斯特发起了脾气。

“你竟敢评判他！你在这行根本还没摸到门呢，”她吼了他一嗓子，“沃尔夫知道哈立德是火化杀手。他知道。而且他知道哈立德会再次动手。”

“肯定有合法的证据。”

巴克斯特苦涩地笑了笑。

“等再过几年，你在这里看着他们一次次耍滑头逃过围捕之后再来说这话吧。”她停顿了一下，觉得自己被激起了怒气，“并不是每件事情都非黑即白。沃尔夫是做过错事，但他铤而走险做的这些事都有正当的理由。”

“甚至当着法庭上所有人的面残忍地攻击一个人？”埃德蒙兹不服气地问。

“那件事很特殊。”巴克斯特回答，她真有点受不了他的声调，“他也承受了很大的压力。有一天你也会，我也会——每一个人都会这样。只能祈祷在你做这种事时，有人能站在你这一边。当那件事发生时，没人站在沃尔夫那一边，连我也没有……”

埃德蒙兹听着她有些懊悔的声音，默不作声。

“他们想要开除他。他们要动真格的，他们想要一个所谓‘耻辱的警探’的样本。然而，二月一个寒冷的早晨，猜猜他们发现了谁站在那个被烧成焦炭的女学生身旁？如果他们当初听沃尔夫的，她就不会死。”

“天哪！”埃德蒙兹叫道，“你觉得，那个……那个脑袋是他的吗？”

“纳吉布·哈立德是孩童杀手。罪犯也是有等级的。出于安全的考虑，他被关在一个最高安全等级的监狱里一间永久隔绝的单人牢房中。他不能见任何人，更别提有人能带着他的脑袋走出那里。这也太荒谬了。”

巴克斯特做出这样的判断后，接下来又是一阵不自然的沉默。这是他们断断续续在一起合作的三个半月里最成功的一次谈话了，埃德蒙兹把话题转到刚才未解决的问题上。

“那么，福克斯——对不起，是沃尔夫，最终能回来还是挺神奇的。”

“永远不要低估公共舆论的力量和政客向舆论低头的急切。”巴克斯特轻蔑地说。

“你好像觉得他不应该回来。”

巴克斯特没有回答。

“这不算是给警察做广告，对吧？”埃德蒙兹说，“让他毫发无损地回来。”

“毫发无损？”巴克斯特怀疑地说。

“嗯，他没被关进监狱嘛。”

“对他来说还不如被关进监狱呢。律师们为了自己的面子，极力争取精神病院的入院令，我估计是为了好收拾残局。他们说这个案子的巨大压力激发了‘完全违背本性’的反应——”

“一个人得做多少次某种‘违背本性’的事，人们才会接受那种事并不违背他的本性？”埃德蒙兹插嘴道。

巴克斯特没理他。

“他们说他需要做持续治疗，他的辩护律师说他有潜在的反人格——哦不，反社会人格失调症。”

“你不相信这个说法吧？”

“至少在他工作时没这种感觉。但如果有足够多的人不停地说你疯了，塞给你大把的药片，到头来你会不由自主疑惑起来，”巴克斯特叹了口气，“所以，我来回答你的问题吧：在他被送进圣安妮医院的一年里，他名誉尽毁，离婚文件在门垫底下等着他。沃尔夫当然不是‘毫发无损’。”

“甚至在他被证明没错后，他的妻子还是离开了他？”

“我还能说什么？这女人是个婊子。”

“你认识她吗？”

“犯罪现场的那个红头发女人，你还记得吗？”

“就是她？”

“安德烈娅。她对我和沃尔夫有一些愚蠢的念头。”

“一起睡过了？”

“还有没有别的可说了？”

“那么……你们没有？”

埃德蒙兹屏住了呼吸。他知道自己鲁莽地越过了一条底线，谈话结束了。巴克斯特没理会这个恼人的问题，汽车沿着绿树成荫的双车道加速往监狱驶去。

“你说他死了究竟是什么意思？”巴克斯特冲着监狱长戴维斯大吼。

她恢复了正常口气，埃德蒙兹和监狱长坐在那张位于这个单调的办公室正中央的大办公桌旁边。监狱长皱起眉头喝着滚烫的咖啡。他通常会提前到岗，但这半小时完全打乱了他的工作日程。

“巴克斯特警官，地方当局有责任向你们传达这类信息。但我们并非定期——”

“但是——”巴克斯特想插句话。

监狱长坚定地继续说道：

“犯人哈立德在他的独立囚室患病，被转移到医疗室，然后又从那里被转移到伊丽莎白女王医院。”

“什么病？”

监狱长拿出放大镜，打开桌上的文件夹。

“报告上记载的是‘呼吸急促和恶心反胃’，他于晚上八点左右被转移到伊丽莎白女王医院的重症观察室，‘尽管进行了氧疗，但依旧毫无反应，血氧饱和度下降’。你们对这个解释还满意吗？”

监狱长抬头瞟了一眼，看见巴克斯特和埃德蒙兹会意地彼此点了下头。当他的目光回到报告上时，他们都困惑地耸了耸肩。

“监狱警察二十四小时守在他房间外面，结果有二十一小时过于乐观了，他们看着他死于晚上十一点。”监狱长合上报告，拿开放大镜，“恐怕我现在能够提供的情况只有这些了。你们如果还需要进一步的信息，可能得直接去医院了。现在，还有别的事吗？”

他又皱起眉头啜了一口滚烫的咖啡，然后推开杯子。巴克斯特和埃德蒙兹站起来准备离开。埃德蒙兹微笑着和监狱长握了握手。

“谢谢您的宝贵时间。”他说。

“暂时先这样吧。”巴克斯特离开房间时不耐烦地大声说道。

埃德蒙兹尴尬地缩回了手，跟着她出了门，房门在他身后摇晃着将要关上。就在门咔嗒一声关上之前，巴克斯特冲回房间，问了最后一个问题。

“该死，我差点忘了。我们需要肯定的是，哈立德离开监狱时，他的脑袋是否还在？”

监狱长困惑地点点头。

“谢谢。”

凶杀与重罪科会议室里回荡着沙滩男孩乐队的《美妙感应》。沃尔夫总觉得伴着音乐工作会更轻松些，这会儿还早，所以不必担心会打扰别人。

他穿着皱巴巴的白衬衫，深蓝色的丝光斜纹棉布裤，还有他唯一的一双皮鞋。手工制作的劳克牌牛津鞋对他来说既是非同寻常的奢侈品又是最明智的选择。他模模糊糊地记起了买这双鞋之前的时光，在值了十九小时的班之后腿都快断了，休息了短短几小时后又把脚伸进那双不合脚的鞋子里。

他放大了音量，没有注意到他旁边桌子上的手机亮了。他现在待的这个房间可以舒舒服服地坐下三十个人，因为并不常用，所以有一股翻修完一年后的新地毯的气味。一道毛玻璃墙挡住了后面的主办公室。

他从桌上拿起另一张照片，不成调地跟着音乐哼唱，在会议室前面的地板上手舞足蹈。一旦挑中一张照片，他就把它钉在墙上，然后退后一步观察：尸体各个部位放大的照片交叠着，拼出两个巨大的可怖形体，一个是正面，一个是反面。他再次审视着那张蜡色的面孔，希望自己没有弄错，在最终确认哈立德死亡的消息之前可以睡一小会儿。糟糕的是，巴克斯特到现在还没有打电话跟他确认这一点。

“早上好。”一个熟悉的声音在他身后响起，带着粗鲁的苏格兰口音。

芬利·肖警官进来了。沃尔夫立刻停止跳舞，关掉收音机。芬利是这里服役时间最长的人，他话不多，但有一种令人生畏的气势，身上总有股烟草味儿。他已经五十九岁，饱经风霜的脸上，鼻子被打断过几次，从未得到很好的矫正。

他和芬利的关系就像现在的巴克斯特和埃德蒙兹，当初照顾和教导沃尔夫的就是芬利。他们有一个约定俗成的规矩，像芬利这种接近退休年纪的人会让年轻人挑大梁，他只需每个星期在沃尔夫的监控报告上签字就可以了。

“你在用两只左脚跳舞，小伙子。”芬利粗声粗气地说。

“嗯，我更像个歌手，”沃尔夫辩解道，“你知道的。”

“你不像。不过我的意思是……”芬利向墙走过去，拍了拍沃尔夫刚钉在墙上的照片，“你这里有两只左脚。”

“嗯？”沃尔夫迅速翻着那些犯罪现场的照片，终于找到了正确的那只脚，“你知道，我时不时犯点这样的错，就是让你感觉我还需要你。”

芬利脸上露出了微笑：“你当然需要我。”

沃尔夫换好照片，两个男人一起凝视着这可怕的拼图。

“七十年代，我曾参与过一个跟这有点相像的案子：查尔斯·泰尼森。”芬利说。

沃尔夫耸耸肩。

“这人给我们留下一堆残肢：这里一条腿，那里一只手。一开始看似乎是随意堆放的，但其实不是。每个部分都有可辨识的特征。他想让我们知道他杀的是谁。”

沃尔夫走近了些，指着墙上。

“左手上有一枚戒指，右腿上有一道手术刀疤。特征太少了。”

“应该不止这些，”芬利实事求是地说，“一个人能在屠杀现场不留下一滴血，他就不会因偶然原因落下一枚戒指。”

沃尔夫用张大嘴巴打哈欠的方式对芬利发人深省的洞察力表示赞赏。

“要咖啡吗？我还得去抽支烟，”芬利说，“双份浓缩加牛奶？”

“你怎么还是记不住？”芬利匆匆走向门口时，沃尔夫对他说，“牛奶额外加热，双份浓缩，脱脂玛奇朵加无糖焦糖浆。”

“双份浓缩加牛奶。”芬利走出会议室时大声喊道，差点撞上进来的瓦尼塔。

沃尔夫从这个娇小的印度裔女人上电视时的惯常打扮认出了她。为了复职，他接受了无数次复职评估和面试，她出席了其中的一次。他记得她当时投了反对票。

他早该意识到她的到来，因为她就像是从卡通剧中走出来的人物：

活泼的紫色运动夹克莫名其妙地搭配着艳俗的橘色长裤。

没等他躲到挂图后面，她已经站在门口对他说话了。

“早上好，警探。”

“早上好。”

“这里好像来了个卖花的。”她说。

沃尔夫不解地看了看占据整面墙壁的可怕的蒙太奇拼图。回过头时，他才意识到她指的是主办公室，里面的办公桌和文件柜上四处散放着大把昂贵的花束。

“噢，这些花已经在这儿放了一星期了。我想是因为穆尼兹案吧。整个社区都送花进来，才搞成这个样子的。”他解释道。

“很高兴看到这里有些变化。”瓦尼塔说，“我找你老板。他不在办公室。”

沃尔夫桌上的电话大声响了起来。他瞟了一眼来电者的身份，接起电话。

“我能帮你做什么？”他心不在焉地问。

“恐怕帮不上。外面的媒体都快把我们撕碎了。局长希望尽快处理好。”

“我想那是你的工作。”沃尔夫说。

瓦尼塔大笑起来：“我今天不想出去了。”

他们两人都看见西蒙斯向自己的办公室走去。

“上头压下来啦，福克斯——你懂的。”

“你看，我这里根本脱不开身。我需要你替我去外面跟那些秃鹰讲话。”西蒙斯的口气真诚得要命。

两位上司刚离开，沃尔夫就被叫到总督察狭小的办公室去了。那个房间只有四平方米，里面放着一张桌子、一台小电视机、一个生了锈的文件柜、两把摇摇晃晃的椅子和一张塑料小凳（以防有更多的人拥入）。沃尔夫一点也不想面对一大群人夸夸其谈，那感觉就像站在梯子最顶端无路可逃。

“我？”

沃尔夫怀疑地问道。

“当然。媒体挺喜欢你的。你是威廉·福克斯！”

沃尔夫叹了口气：“我能不能抓个食物链更下层的人把这差事交出去？”

“我看到那边有个在清理便便的人，不过我想他还是排在你后面比较好。”

“好吧。”沃尔夫喃喃地说。

桌子上的电话铃响了。沃尔夫走过去时西蒙斯接起了电话，看到他，西蒙斯举起了一只手。

“福克斯就在我这儿，我把电话切到免提。”

埃德蒙兹的声音在引擎的轰鸣声中勉强听得见。沃尔夫很同情他。他凭借以往的经验知道巴克斯特是个令人心惊胆战的司机。

“我们在去伊丽莎白女王医院的路上。哈立德一个星期前被送到了这家医院的重症监护室。”

“活着？”西蒙斯不耐烦地吼道。

“当时是。”埃德蒙兹回答。

“现在呢？”

“死了。”

“他的头呢？”西蒙斯沮丧地问。

“我们会向你汇报的。”

“太绝了。”西蒙斯挂了电话之后摇了摇头。他抬头看着沃尔夫，“他们希望你出去，告诉他们这个案子有六个受害人。他们其实已经知道了。向他们保证我们正在辨认尸体，公布姓名之前会联系他们的家人。别提起任何把碎尸块缝在一起的事，也别提你的公寓。”

沃尔夫嘲弄地敬了个礼，出去了。他关门时看见芬利拿着两个外卖杯子走了过来。

“来得正是时候。”沃尔夫冲着他大喊，这时办公室里已经挤满了上白班的人。当一件涉及多人的重大案件发生时，人们很容易忘记余下的世界仍在正常运转：人还在杀人，强奸犯和小偷依旧逍遥法外。

穿过一个放着五捧大型花束的办公桌时，芬利开始打喷嚏。他走近时，沃尔夫看见他的眼泪都淌出来了。他走到沃尔夫身边，猛地打了一个喷嚏，手里的两个咖啡杯掉到地上，弄脏了地毯。沃尔夫看起来沮丧极了。

“这些该死的花！”芬利吼道。他升格为祖父时，他妻子命令他不能再口不择言，把骂人的话挂在嘴上了。“我还要再骂一遍。”

沃尔夫正要劝他不必为此恼火，恰巧一个内部快递员又捧着一大束花从电梯里出来了。芬利的表情就像是挨了重重一击。

“怎么了？这是给埃米莉·巴克斯特小姐的花。”那个穿着邋遢的年轻人说。

“好极了。”芬利抱怨道。

“这已经是第五束还是第六束了。她是不是那个长得挺漂亮的？”那个白痴问道，沃尔夫被这愚蠢的问题搞了个猝不及防。

“啊嗯……她是……非常……”沃尔夫结结巴巴地说。

“我们从不以那种方式看待其他警探。”芬利插了一句，一边看着他的朋友耸了耸肩膀。

“这取决于……”沃尔夫回头看着芬利说。

“我的意思是，当然啦，她很漂亮，”芬利含含糊糊地说，“但是……”

“我认为每个人都有自己独特的美与个性。”沃尔夫聪明地总结道。

他俩互相点了点头，算是完美地摆脱了这个恼人的问题。

“但他从来没有……”芬利对快递员说。

“从来没有。”沃尔夫同意道。

这人茫然地瞪着两个警探：“好吧。”

“沃尔夫！”一个女职员的声音在办公室那头响起，给了他借口丢下芬利以及他们的来访者，她手里举着电话听筒，“你妻子打来的，说有重要的事。”

“我们离婚了。”沃尔夫纠正道。

“不管怎样，她等着和你说话。”

沃尔夫正要去接电话，西蒙斯从办公室里出来了，看到他还站在那里。

“还不下去，福克斯！”

沃尔夫看上去有些恼火：

“我会打给她的。”他对着那女职员喊了一声，走进了空着的电梯里，心里祈祷着他的前妻不要出现在他将要面对的那群记者当中。

Chapter 3

第三章

2014 年 6 月 28 日　星期六　清晨 6:09

巴克斯特和埃德蒙兹已经在伊丽莎白医院的主接待区等了十几分钟。看上去很轻薄的百叶隔门挡住了咖啡馆和 W.H. 史密斯书店共用的入口，巴克斯特看着不远处“嚼嚼怪”薯片的广告，胃里开始发出咕噜声。最后，一个肥得有些病态的警卫踱到了柜台边，接待处一个看上去不怎么友善的女人指了指他们这边。

“喂！”她朝他们这边招了招手，像是在招呼一条狗，“杰克要你们到这边来。”

那个警卫的肩上显然有块薯片。他领着他们两个步履蹒跚地走向电梯。

“我们的事挺着急的。”巴克斯特忍不住大声说。要命的是，这显然使这个男人的步伐更缓慢了。

他们乘坐的电梯抵达地下室时，这位警卫才第一次开口说话。

“‘真正的’警察不会放心把看门这样的复杂任务交给像我们这样

低阶的安保人员，他们会直接接手。许多好事都归他们。”

“犯人尸体被送到停尸房后，一直都由安保人员看守吗？”埃德蒙兹客气地问，试图抚慰这个满腹怨气的警卫。他们一起走向幽暗的通道时，他掏出笔记本，准备记录。

“这只是我的猜测。”那人故意用一种夸张的语气说，“那个警察也许认为这家伙反正已经死了，不再是个威胁了。不过就像我说的，这只是我的猜测。”

警卫沾沾自喜于自己那点小聪明。埃德蒙兹瞟了一眼巴克斯特，以为她会摇头或责备他问出这么愚蠢的问题。出乎意料的是，她竟然为他辩护起来。

“我的同事其实是想从你这里问出停尸房是否安全。”

他们在一个没有任何标记的双扇门前停下来。警卫傲慢地用粗大的手指敲敲窗上那张小小的贴纸——“禁止入内”。

“你觉得这个怎么样啊，亲爱的？”

巴克斯特经过这个讨厌的人，推开门让埃德蒙兹进去。

“谢谢，你真是最大的……”她在那个警卫面前砰地把门关上，“狗屎。”

与那个不友善的警卫相比，停尸房看管人非常友好且效率极高，他五十出头，口音柔和，修剪得完美无瑕的小胡子和他那头灰发相得益彰。他只用了几分钟就找到了纳吉布·哈立德的档案和电脑存档。

“他们把他送到这儿来解剖时我不在，但根据解剖结果，死亡原因是河豚中毒。在他的血液中检出了毒素。”

“那么这个河豚——”

“河豚毒素。”这位看管人纠正道，但并无屈尊俯就的意味。

“啊，是的。这是什么毒素？怎么中毒的？”

“一种自然生成的神经毒素。”

巴克斯特和埃德蒙兹茫然地看着他。

“河豚有毒，他可能吃过。河豚毒素致死最常见的原因就是吃了河豚肉。对某些人来说，河豚也许是一种美味，但我宁愿吃费列罗巧克力。”

巴克斯特的胃部又是一阵抽搐。

“那么，我回去向头儿汇报时，就说一条鱼让火化杀手送了命？”她轻描淡写地问。

“我们一直在进行提取分析，”他抱歉地耸耸肩，“河豚毒素还可能有其他多种来源，如海星、蛇……如果我没说错的话，还有蛤蟆……”

他似乎并没有说服巴克斯特。

“你们要看一下尸体？”看管人愣了一下后问。

“拜托。”巴克斯特回答。埃德蒙兹还从来没听她说过这个词儿。

“我可以问一下理由吗？”

他们向着嵌入墙里的巨大的、漆过的金属冷冻柜走去。

“为了确认他的脑袋是否还在。”埃德蒙兹说，一边在笔记本上涂写着什么。

看管人看着巴克斯特。他原指望她会笑一下或者为她同事的黑色幽默道个歉，但她却郑重其事地点了点头。他有些慌张地指了指最下层那个抽屉，轻轻地把它拉出来。他们三个屏住呼吸等着这个臭名昭著的连环杀手出现在他们面前。

皮肤发黑的腿和脚上布满了老伤疤和烧伤的痕迹。接下来露出的是胳膊和腹股沟。巴克斯特不安地看着他失去两根手指的左手，想起沃尔夫从满地是血的拘留室出来的那个夜晚。她第二天对着询问她的上司声称对此事一无所知。

当胸部出现在灯光下时，三人凝视着那一道道伤疤，那是他在被沃尔夫暴打后做过的一系列手术留下的印记。最终，抽屉咔嗒一声完全拉开了。他们看见自己扭曲的影子倒映在金属板上，占据了原本应该属于脑袋的位置。

“该死！”

沃尔夫在苏格兰场[①]主入口外走来走去，紧张地看着威斯敏斯特中心地带占地近八千平方米的高耸的玻璃塔楼阴影下拥挤的人群。临时讲台即将完工，就搭在平时向媒体发布信息的地方，后面的背景正是那个著名的旋转标记。

有人告诉过他，这个旋转标记象征着不懈的警惕，表现了始终在守望的监察者的形象。但同样也可以说，在晴朗的日子里，因为玻璃幕墙映着对面维多利亚式红砖旅馆和后面的百老汇 55 号若隐若现的钟楼，这幢大楼的其余部分几乎看不见。

沃尔夫的手机在他口袋里嗡嗡地响了起来，他暗骂自己竟然忘了关机。看到来电者是西蒙斯，他赶紧接起电话。

“头儿？”

“巴克斯特刚才确认过了，是哈立德。”

“我已经知道了。怎么死的？”

“是鱼。”

“什么？”

“中毒。摄入毒素。”

“倒是便宜了他。”沃尔夫骂了一句。

“我会装作没听见。”

---

① 伦敦警察厅的代称。

有个穿着松松垮垮的休闲裤的人对沃尔夫做了个手势。

“好像他们已经准备好要我去讲话了。”

“祝你好运。”

“谢谢！”沃尔夫不情愿地回答。

“留神别搞砸了。”

“嗯。”

沃尔夫挂了电话，对着镜子检查了一下，确保裤子拉链拉上了，脸色看上去不比平时更疲惫。他大步走向讲台，希望尽快把这场戏搞定。可是，外面人声喧哗，那些摄像机的黑色镜头追踪着他的每一步，像是瞄准目标的大炮，他的自信马上就耗尽了。有一瞬间，他仿佛回到了伦敦中央刑事法院外，面对令人紧张的媒体的嘲弄，他徒劳地遮着脸，被塞进警车后座之后，外面有人砰砰地砸车，这场景一再出现在他的梦里。

他满怀忧虑地走向讲台，开始复述练习过的简短演讲。

“我是威廉·福克斯警官——”

“什么？声音大一点！”人群中传来起哄声。

有个人跑上临时讲台，打开麦克风，立刻响起一阵杂音。沃尔夫竭力不去理会人群中发出的恶意的笑声。

“谢谢。正如我刚才所说，我是伦敦警察厅连环凶杀案团队的威廉·福克斯警官。”到目前为止一切顺利，他对自己说。听众开始叫喊着提问，但沃尔夫不去理会他们，继续自己的发言：“我们可以确信的是，六名受害者的遗体今天凌晨在肯特镇的某处被发现——”

沃尔夫犯了个错误，他从发言稿中抬起头，马上认出了安德烈娅那一头醒目的红发。他觉得她看上去忧心忡忡，这让他更加心烦意乱。他一不小心把提示卡撞落在地上，只得弯下腰去捡起来，这才意识到他涂鸦般写下的提示居然一条都没有说到。他找到了那张提示卡，连忙拿到麦克风旁边。

“……今天上午，早上，”他感觉嗓子很干，知道自己的脸色已经如通常尴尬时那样涨得通红了，所以他干脆拿起最后一张提示卡开始读，“我们正在进行受害者的甄别工作，在公布他们的姓名之前会先联系他们的家人。鉴于调查还在进行，我现在只能透露这些情况。谢谢大家。”

他停顿了几秒，等着掌声。他没意识到他的表现相当不得体，无论如何都不会得到赞扬。他后退一步准备下去，没想到这时有人大声喊他的名字。

“威尔！威尔！”

沃尔夫转身看到安德烈娅向他跑过来。她躲开了第一个阻拦她的警察，但被另外两个拦下了。他心中升起一股莫名的愤怒。他们离婚后就没见过几次，每次他都会这样。他恨不得让警察把她拖走，但是当一个拿着 HK36C 突击步枪的外交保护团成员靠近她时，他还是决定出面干预一下。

“行了，没事的，让她过来吧。”他不情愿地说道。

他们两人上一次会面是为了讨论卖房子的事，这事儿搞得他挺心烦的，所以，当她冲过来给了他一个结结实实的拥抱时，他不由自主地后退了一步。他屏住呼吸，以免闻到她头发的味道，因为她头发上有她最喜欢的香水味，那也是他非常喜爱的味道。当她终于放开他时，他看到她快哭出来了。

“我不能告诉你其他任何情况，安迪——”

“你怎么不接手机？我给你打了快两小时电话了！”

沃尔夫实在没法跟上她变化的情绪。她这会儿似乎真的动怒了。

“真不好意思。我今天确实有些忙。”说完，他又压低声音悄悄说，“很明显，发生了一桩谋杀案。”

“就在你公寓旁边！”

“是啊，”沃尔夫耐心地回应道，“真是个狗屎一样的社区。”

“我有事情要问你，我要你告诉我实情，好吗？”

“嗯。”

“还有更多内情，是不是？那尸体是给缝在一起的——就像人偶一样。”

沃尔夫开始有些不自在了。

“你是怎么……？你从哪里……？我代表伦敦警察厅——”

“是哈立德，对不对？是他的头？”

沃尔夫扯着她的胳膊把她拉到一边，尽可能避开那几个警察。她从包里掏出一个厚厚的棕色信封。

“相信我，我是最不愿意提到这个名字的人。因为我觉得我们的婚姻就是被这家伙给毁掉的。但我还是从这张照片上认出了他。”

“照片？”沃尔夫警觉地问道。

“噢，天哪！我就知道这事是真的。”她惊呆了，“有人寄给我几张这个人偶的照片。我已经坐在那里琢磨了好几个小时。我得回去工作了。”

有人经过，安德烈娅不说话了。

“威尔，不管是谁寄的，里面包含了一份名单。这就是我打电话给你想要弄明白的事：六个名字，六个日期。”

沃尔夫从她手里一把抓过信封撕开。

“名单上第一个人就是特恩布尔市长，日期是今天。”安德烈娅说。

“特恩布尔市长？”沃尔夫问。他的表情看起来像是世界要坍塌了。

他一言不发，转身冲回门里。他听到安德烈娅冲着他喊了些什么，但都被厚厚的玻璃门挡在了外面。

西蒙斯正在跟局长通电话，局长在电话里用变了调的声音威胁要撤他的职，他则一再为自己团队的进展不利向他道歉。沃尔夫没有通报就冲进了办公室，西蒙斯正在讲述行动计划。

“福克斯！出去！”西蒙斯喊道。

沃尔夫靠近办公桌，伸手按了个按键，想结束通话。

“你他妈的知道自己在干什么吗？”西蒙斯气急败坏地叫道。

沃尔夫刚要张嘴回答，免提那边传来一个失真的声音：“你是在跟我说话吗，西蒙斯？”

“妈的。”沃尔夫啪地按下了另一个按键。

“你开启了语音邮件——”电话里传来一个机器人的声音。

西蒙斯惊呆了，双手抱头，沃尔夫则疯狂地把电话的每个按键都按了一遍。

“这玩意儿怎么挂掉？”沃尔夫气馁地问。

“那个大的红色按键——”听筒里传来局长指导的声音，然后咔嗒一声，一切归于寂静。

沃尔夫把一沓印着奇形怪状尸体的宝丽来照片哗地铺了一桌。

“杀手已经把这些照片发给媒体了，还有一份待死名单。”

西蒙斯擦了擦脸，低头看着这些记录尸体各个阶段状态的照片。

“第一个是特恩布尔市长——今天！”沃尔夫说。

过了一会儿，西蒙斯才理解了他的话。

西蒙斯立刻行动起来，掏出了手机。

“特伦斯！”市长在电话里热情地回应，听起来他似乎在室外，“能接到你的电话真是荣幸啊！”

“雷，你在哪儿？”西蒙斯问。

“正朝里士满公园的汉姆门走——就是我们常去的那个地方。然后，我要去参加一个募捐活动，在……”

西蒙斯悄声把地址告诉沃尔夫，后者拿着手机去了控制室。

“雷，我们收到消息，有人要谋害你。”

市长听到这个消息完全不为所动。

“这是老套路啦。”他大笑起来。

“待在那里别动。我们的车子会过去把你接到这里，然后我们才能做进一步安排。”西蒙斯告诉他。

“真有这个必要吗？”

“你到这儿来，我会向你解释一切。”

西蒙斯挂了电话，转向沃尔夫。

“有三辆车在路上。离他最近的那辆四分钟内可以赶到。是武装机动部队的车。”

“好，”西蒙斯说，“叫巴克斯特和其他所有人都回来。然后我要封锁这一层楼，不准出去也不准进来。告诉警卫，我们接市长的车要从车库入口进来。快！”

特恩布尔市长耐心地坐在由他的司机驾驶的奔驰 E 级轿车后座上。上车之前，他刚让助手取消了紧密的行程，他感觉这将会是漫长而乏味的一天。

早在两个月前他就收到过一封威胁邮件，不得不整个下午都待在里士满的家里。后来才发现，那封邮件是一个十一岁男孩发来的，他一周前刚去访问过这个男孩的学校。他心想，这一次会不会也和上次一样，最后发现完全是浪费时间。

正值周末，排队的车已经侵入了公园，他们现在停在最近空出来的皇家之星与加特公寓[①]外面。市长凝视着坐落在里士满山上的那栋宏伟建筑，心想用不了多久，伦敦又一段悠久厚重的历史就将可耻地走向终结，那些公寓也将变成腰缠万贯的银行家们的住宅了。

他打开公文包，找出那个棕色的预防性人工呼吸器，深吸了一口气。花粉过敏给他的呼吸道带来了大麻烦，他今年已经住院两次。他最强劲的对手已经快追上他的脚后跟了，他确信这一天错过的日程安排不会那么风平浪静地过去。

他感觉车里空气有些压抑，便摇低了车窗，点上一支烟。香烟盒旁讽刺似的放着他的呼吸器，这东西对他已经没什么用处了，尤其是在他下决心戒烟之后。他听到远处有警笛的呼啸声，接着沮丧地发现那是为他而来的。

一辆巡逻车停在他们旁边，几名穿制服的警员跳下车来，跟他的司机说了几句话。三十秒后，两辆警车开着警灯驶上了公交车道。他心里暗暗祈祷这一幕千万别让人拍到——两辆警车，一边一辆，把引人注目的奔驰车夹在中间。

市长把身子往下缩了缩，望着车窗外的景色由宽敞的房子变成了一幢幢办公大楼，后者在逐渐被遮住的天幕下争相寻求关注。

---

① 原为服务退役老兵的慈善机构所有，2013 年转卖给住宅开发商。

Chapter 4

第四章

2014 年 6 月 28 日　星期六　上午 7:19

埃德蒙兹几乎可以肯定巴克斯特在萨瑟克区蹭到了骑自行车的人。当他们的车沿着河边车道逆行时，他闭上了眼睛，那些刚从坦普尔地铁站出来想穿过马路的行人几乎全被吓了回去。

巴克斯特的奥迪车前栅后面有隐藏的蓝灯，关着的时候看不见，从遇险的次数判断，开着的时候也没多亮。巴克斯特一个急转，车子不再逆行，埃德蒙兹这才放开了紧抓着的车门把手。巴克斯特为避免追尾公交车踩了刹车，震耳欲聋的引擎声平静下来后，埃德蒙兹意识到自己的手机在响。来电者是蒂亚，一个二十四五岁的漂亮黑人女孩，她的头像占据了整个屏幕。

"嗨，亲爱的，一切都好吗？"他对着屏幕说。

"嗨，你半夜三更突然消失，这会儿新闻铺天盖地……我只是想听你说句话。"

"现在可不是好时候，蒂。我待会儿打给你好吗？"

蒂亚的声音从手机里传来："好的。你今晚回家时能不能买点儿牛奶？"

埃德蒙兹掏出笔记本，在"河豚毒素"的定义下面做了记录。

"再买些牛肉汉堡？"她又加了一条。

"你是素食主义者啊！"

"汉堡！"蒂亚吼了一声。

他把这条记在购物单上。

"能多益榛子酱。"

"你到底在做什么？"他问。

巴克斯特瞟了埃德蒙兹一眼，后者睁大眼睛，发出了惊恐的尖叫。因为此时车子猛地一个旋转拐了回去，与另一辆车几乎是擦身而过。

"狗屎！"她松了口气，大笑起来。

"好吧，"埃德蒙兹喘着气说，"我现在得挂了。我爱你。"

他们的车驶过警戒障碍，顺着下行斜坡驶进苏格兰场下面的车库，蒂亚的再见说了一半信号就断了。

"我未婚妻，"埃德蒙兹解释道，咧嘴一笑，"她已经有二十四周了。"

巴克斯特不动声色地看着他。

"怀孕了。她怀孕二十四周了。"

她的表情没有变化。

"真开心。我在考虑作为警察怎样才能睡个好觉，一个哭闹的孩子会剥夺你这种权利。"

巴克斯特停好了车，转头看着埃德蒙兹。

"听着，你不适合干这个。你为什么不回诈骗科去，干吗要来浪费我的时间？"

她下了车，砰地关上门，把埃德蒙兹一个人留在车上。他被她的反应吓着了，并非因为她粗鲁或对他即将做父亲毫无兴趣，而是他隐隐觉得她可能是第一个说出真相的人，他有些担心她说得可能没错。

整个凶杀与重罪科的人都挤进了会议室，包括那些并未直接经手这桩案子但现在因紧急情况被关进这层楼的人。毫无力度的空调风吹起墙上照片的边角，巨大的拼图轻轻摇晃起来，让人想起真的尸体悬在高高的天花板下方的情形。

西蒙斯和瓦尼塔已经讲了五分钟。因为空调不给力，屋里越来越闷热，听众变得不耐烦起来。

“……通过车库入口进来。我们会在一号会见室保护特恩布尔市长。”西蒙斯说。

“二号会见室更好，”有人插话道，“一号管子漏水，我怀疑市长未必有兴趣把水刑加进他今天一连串的麻烦当中。”

会议室里响起一阵零星的笑声，应该是来自那些曾经跟人约在一号会见室面谈的人。

“那就二号，”西蒙斯说，“芬利，一切就绪了？”

“是的。”

西蒙斯看上去对这个回答还不太放心。

沃尔夫悄悄捅了一下朋友的胳膊。

“噢，我已经告诉他们让埃米莉和……和……？”

“埃德蒙兹。”沃尔夫悄声说。

“他叫什么？”芬利低声问。

沃尔夫耸耸肩：“埃德蒙？”

“……埃德蒙·埃德蒙兹进入。所有门前都有警卫，武装警察会在车库里接应他们。拉上这层楼所有窗帘，电梯也不准停在这一层，也就是说，我们需要走楼梯——威尔也要这样。”

“非常好，”西蒙斯说，“福克斯，你接到市长后，一名武装警卫会陪同你们一起到这里来。你要留心，这是一幢大楼，不是里面的每一个人我们都认识。一旦你们进入了会见室，就要做好在那里面待很长时间的准备。”

“要多长时间？”沃尔夫问。

“直到我们确信市长没有人身安全问题为止。”

“我会给你们一个桶。”一名叫桑德斯的傲慢的警官喊道，他发现自己的插科打诨还蛮受欢迎的。

“我想知道我们中午吃什么。”沃尔夫回答。

“河豚。”桑德斯嘲讽地说，他在挑战西蒙斯的耐心。

“你觉得这是一件好玩的事吗，桑德斯？”西蒙斯喝道，对于一个指挥官来说也许有些反应过度了，“出去！”

长着一张老鼠脸的警官像个小学生似的结巴起来：

“我其实身体有些不舒服……因为禁闭的缘故。”

“那就坐在那儿闭上嘴。”

巴克斯特和埃德蒙兹挑了个最糟糕的时机走进了会议室。

“很高兴二位加入我们。我给你们一份长目录先看着。”西蒙斯丢给巴克斯特一个文件夹，她顺手就递给了埃德蒙兹。

“我们错过了什么？”巴克斯特问道。

“威尔和我负责保护，”芬利回答，“你和埃德蒙，哦不对，是埃德蒙兹负责一些鉴别工作，桑德斯继续做一个——”

“浑蛋？”巴克斯特提示道，找了个位子坐下来。

芬利点点头，很感激她没让自己破了不再说脏话的誓言。

“好了。搞定。”西蒙斯说道，“既然你们全都在这里，我们现在有六个拼在一起的受害人，一条针对市长的死亡威胁，接下来名单上还有五个人。”他没去理会满屋子的好奇神色，自顾自说下去，“有没有人——”

“还要加上那个指着威尔窗子的怪物玩偶。”芬利兴奋地插嘴。

“嗯。你们对此有什么想说的吗？”对于西蒙斯的问题，大部分人都一脸茫然，“有吗？”

埃德蒙兹试探性地举起了手：“这是一种挑战，长官。”

“说下去。”

“在大学时，我写过一篇论文分析连环杀手联系媒体或警方的动机：十二宫杀手，欢喜脸杀手——”

“浮士德杀手，七宗罪杀手。”桑德斯插嘴道，他对埃德蒙兹的模仿引起一阵嘲弄的笑声，西蒙斯瞪了他一眼。

“你是弗洛伊德信徒吗？”有人问。

埃德蒙兹没有理会他们。

“通常，他们提供的消息会包括无可辩驳的证据，证明他们就是货真价实的罪犯，但并非总是这样。”他继续说道，“有时候是没有被公开的微妙细节，有时候则是更具有实质意义的东西。”

“就像今天寄给福克斯妻子的照片。”瓦尼塔插嘴道，她没意识到自己的失言。

“前妻。”沃尔夫纠正了她。

“正是。在非常罕见的案例中，这是一种求助的表现，即恳求警察阻止他们再去杀人。他们相信，自己只是无法控制的冲动的受害者。或者是另外一种情况，即有人认为他们已经无法忍受了。有两种情形，有意识或无意识，其最终目的却是相同的：希望自己最后被抓住。”

“你认为这属于那种罕见的情况吗？”瓦尼塔问，“为什么？”

“这份名单，其中一条……在框定的时间范围内……紧迫的局势……

我相信杀手在试水时会保持一定距离，但他们不能抵制调查的一步步接近。随着谋杀的展开，他们的信心越来越强，助长了他们的上帝情结，驱使他们冒更大的风险。最终，他们会来到我们面前。”

整个会议室的人都惊讶地看着埃德蒙兹。

“我想我之前从来没有听你说过这样的话。”芬利说。

埃德蒙兹羞怯地耸了耸肩。

“但为什么是我？”沃尔夫问，“为什么那个可怕的东西不去指着别人的窗子？为什么要把照片寄给我妻子？”

“前妻！”巴克斯特和芬利同时喊道。

“为什么是我的——”沃尔夫顿了一下，“为什么是我？”

“你已经知道其中一张脸了。”芬利笑道。

会议室里的人都看向埃德蒙兹。

“连环杀手在警察队伍中挑出某一个人来，这种情况非常罕见，但既然发生了这种情况，其原因总是很个人化的。在某种程度上，这是一种奉承的方式。他必定视沃尔夫——且只有沃尔夫——为最有价值的对手。”

“那行啊。只要他真是这个意思。”沃尔夫轻蔑地说。

“这个名单上面还有些什么人？”巴克斯特问道，她急于把话题转移到埃德蒙兹论文没有涉及的方面。

“我来处理这件事吧，特伦斯。”瓦尼塔上前一步说道，“这一次，我们选择不公布信息。第一，我们不希望引起恐慌；第二，我们需要把所有精力都集中在市长这里；第三，我们不能确定这个威胁是否真实；最后，这个部门需要一个新案子。”

沃尔夫感到有几个脑袋面带责难地转向他。

会议室的内线电话响了，西蒙斯接的。

“行动吧……谢谢。”他向瓦尼塔点了点头。

“好的，伙计们，今天要拿出你们最好的状态来。散会。”

沃尔夫到达地下车库时，市长的奔驰车已经停在那里了。这里和大楼的其他地方不同，没有装空调，滚滚热浪中混合着沥青、橡胶、汽油和尾气的味道，让人几乎透不过气来。除了最黑暗的几个角落，令人压抑的条形照明灯把所有地方都照得雪亮。沃尔夫有点恍惚，是不是天已经黑了？他看了看手表：早上七点三十六分。

他向车子走去，一扇后门打开了，市长下了车，还有他那个成了多余人的沮丧的司机。

“有人可以告诉我到底是怎么回事吗？”市长一边吼着一边砰地关上车门。

“市长先生，我是警探福克斯。”

沃尔夫伸出手，市长的怒气瞬间消失了。他有些不安，但马上就恢复了镇定，和沃尔夫亲切地握了手。

“很高兴终于见到你本人了，警探。”他笑容可掬地说，感觉有些表演过度，好像他此刻置身于本该出席的慈善活动中。

“如果你愿意，请跟着我。”沃尔夫说着向武装警卫做了个手势，后者会陪同他们一起上楼。

“请稍等。”市长说。

沃尔夫刚才无意中把手放在市长后背，本意是想催促他赶快上楼，听他一说赶快放了下来。

“我想知道现在是什么情况，请马上告诉我。”

沃尔夫耸耸肩，没有理会他那自负的腔调，不情愿地回答：“西蒙斯希望能亲自向你汇报。”

市长不习惯被人拒绝或者语焉不详。

“很好。不过，我必须说，我很惊讶特伦斯会派你到这儿来接我。我今天早上在电台听到你的讲话了。你不也是这桩连环杀人案调查组的成员吗？”

沃尔夫知道他不该说任何话，但他想让这个男人快点上楼，而且已经厌烦了他那种傲慢的腔调。他转身面对市长，看着他的眼睛。

“是的。”

市长走路的速度比一般人以为的要快。

如果没有吸烟几十年造成的肺部损伤和慢性哮喘，他们都赶不上他的步伐。三个人迈着矫健的步子走进大堂。

那个极简风格的大堂是这幢大楼中少数几处完全摆脱了六十年代设计风格的区域之一。在他们护送市长过来时，局长直截了当地拒绝了西蒙斯关闭大堂和楼梯井的要求，他声称，武装警卫、内部闭路电视、金属探测仪和遍布整幢大楼的警察已经让这个地方固若金汤。

大堂比往常安静许多，只有少数几个人会经过这里，走向中央咖啡吧。沃尔夫穿过行人的空当，朝着通往楼梯的门走去。

市长这会儿显然有些不安，他第一个注意到一个秃头男人走进大楼，向他们这边跑来。

“警探！”

沃尔夫连忙把市长推到自己身后，武装警卫也举起了手中的枪。

“趴在地上！趴下！”警卫冲着那个拿着棕色文件袋的不起眼的男人喝道。

这人踉跄了一下停住了，慌张地举起了双手。

“趴在地上！”武装警卫不得不把每个命令都重复两次，以防他听不清楚，“把包丢了，趴在地上！”

那个男人丢下纸包，纸包顺着光滑的地面朝市长滑过来。因为不能确定这个男人紧张的动作是有意为之还是无意识的行为，沃尔夫把市长往后推开了几步。

“包里是什么？”警卫冲着那人喊，后者抬头瞟了一眼市长和沃尔夫，“眼睛朝下！看着地上。包、里、是、什、么？”

“早饭！”吓坏了的男人喊道。

“你为什么要跑？”

“我已经迟到快二十分钟了——我是 IT 部门的。”

武装警卫继续拿枪指着那人，后退着接近那个纸包。他小心翼翼地跪在纸包旁边，以非常缓慢的动作窥视里面。

“里面包着热的东西。”他告诉沃尔夫，好像在鉴定一件可疑的装置。

“什么味道？”沃尔夫问。

“什么味道？”警卫大声喝道。

“汉堡和奶酪！”趴在地上的男人喊道。

沃尔夫咧嘴一笑：“没收。”

接下来，他们顺利地到达了办公室。沃尔夫谢过警卫后，芬利把他们领了进去。爬了七层楼的效果已经显现出来了：市长的脸红通通的，每次呼吸都会发出高分贝的哨音。

办公室里让人感觉很压抑，窗帘全都拉上了，惨白的灯光是对真实光线的廉价模拟。他们走过办公室时，所有对着电脑屏幕的脸都转过来看着他们，旁边堆着些色彩鲜艳的花束。西蒙斯一看到他们进来，马上从自己办公室里冲出来，和他的老朋友握手。

“见到你太好了，雷。”他真诚地说，然后转向沃尔夫，“楼下有麻烦？”

“错误警报。”沃尔夫嘴里嚼着汉堡和奶酪说。

“特伦斯，如果你能向我解释一下发生了什么事，我会很感激。”市长说。

“当然没问题，我们私下聊。”西蒙斯带着他们走进会见室，关上门，“我派了辆巡逻车到你家去了。我想你需要确保梅拉妮和罗茜的安全。”

“我很感——”市长走进办公室后呼吸就开始急促起来，他呼哧呼哧地喘了一会儿，咳了几声。他对这种状况非常熟悉，连忙伸手从手提包里摸出蓝色的呼吸器。他长长地吸了两口后觉得好点了。“我很感谢你所做的一切，谢谢你。”

市长期待地看着对方。西蒙斯领会了他的意思，在室内踱起了步子。

“那好，我们从哪里开始呢？你应该已经知道了，我们今天早上发现的尸体是由六具尸体拼凑起来的。事情要更复杂……”

接下来的十五分钟里，西蒙斯向市长解释了那天早上发生的每一件事。沃尔夫在此期间始终一言不发。听到上司居然把他们绝对不想让媒体知道的细节都抖搂出来了，他有些吃惊，但西蒙斯显然非常信任他的朋友，沃尔夫只好假设他有权知道。西蒙斯唯一没有透露的细节——市长一再追问他也不肯说——是名单上另外那五个人的名字。

“我不想让你担心。你在这里绝对安全。”西蒙斯向他保证。

“你认为我到底需要在这里待多久，特伦斯？”

“起码待到半夜。这样一来，杀手的威胁就会落空了。我们会在你周围布置警卫力量，但你显然可以回到相对正常的状态了。”

市长顺从地点点头。

“请别介意，一旦我们抓住那个浑蛋，你立刻就可以离开这里。”西蒙斯自信地说，一边向门口走去，“福克斯会和你在一起。”

市长站起来跟西蒙斯说起了悄悄话。沃尔夫转过身去，好像在面壁，以避免听到他们的对话。

“你认为这是个好主意吗？”市长喘着气说。

“当然，你会没事的。”

西蒙斯离开了房间。他们可以听到他在门口给警察们下达命令。市长对着呼吸器长长地吸了一口气，这才转过身来面对着沃尔夫。他努力挤出一个笑容，意在表明自己对与这位臭名昭著的警察共度一天感到非常高兴。

“那么，”市长又是一阵猛烈的咳嗽，“现在我们怎么办？”

沃尔夫拿起桌上的一沓文件（那是西蒙斯有意留给他的），翘起一只脚往后靠在椅背上。

“现在，我们等着。”

Chapter 5

第五章

2014 年 6 月 28 日　星期六　中午 12:10

随着无所事事的时间越来越长，办公室里的怨气在悄无声息地积聚。“大人物”特恩布尔市长在这里享受特权，而城里另外五个属于第二等级的潜在受害者则无人问津，办公室里已经有好些人在议论这种公然的不平等。巴克斯特怀疑，在那些最具沙文主义思想及心胸狭窄的人当中，这种新的平等主义更多地植根于他们的自大，而非他们对一个更公平的世界的渴望。不过，她不得不承认他们说得也有道理。

一双双怀疑的眼睛不时瞟向会见室，颇有些希望里面发生点什么，只要能证明这种不寻常的状态是正当的就行。警察的工作百分之九十是由一大堆乏味枯燥的文件构成的，对此人们只能忍受一时。几个刚值完十三小时班的警察拖来一块白色写字板，放在沃尔夫贴在墙上的令人毛骨悚然的尸体照片前面。因为不能回家，他们就关了会议室的灯，想趁下一班开始前休息一会儿。

西蒙斯刚对着第七个要求离开禁闭区的人狠狠地发了顿火，因此再没有人敢来说这话了。所有提出要求的人都有合情合理的理由，他当然清楚这种极端命令也许会对其他重要案件产生无可挽回的负面作用，但他还能怎么办呢？他这会儿真希望自己和特恩布尔市长不是朋友，但即便那样，他知道自己也会做出同样的决定。有无数人在盯着伦敦警察厅。如果他们在这次事件中被证明是软弱无能的，无法阻止事先提出警示的凶手，后果将会是灾难性的。

令人尴尬的是，女上司占了西蒙斯的办公室，西蒙斯只好暂时搬到钱伯斯空出来的桌子上。他想，如果钱伯斯在加勒比海看到谋杀案的报道，这位经验丰富的警探能否就这件离奇的案子给他一些启示。

巴克斯特花了一上午终于找到了尸体所在公寓的主人。他原来以为这套老旧公寓里的房客是一对新婚夫妇和他们刚出生的婴儿。巴克斯特一开始以为拼成这具尸体的受害者中有这对夫妇，她甚至不愿多想那个毫无反抗能力的婴儿的命运；令她释然的是，她没有发现这对夫妇的结婚记录，有限的细节也表明住户向轻信的房东提供的一切说辞都是假的。

她一小时后打电话给房东，房东承认通过邮箱接受了现金。他告诉她，他已封好了所有信封，但他从未与房客见过面，接着他恳求她不要把这笔未申报的收入汇报上去。她相信税务局的人最终会查清楚这件事，她不想给自己增加更多麻烦，于是就丢开了这件事。

另一边，埃德蒙兹正兴高采烈地坐在巴克斯特办公桌的一角。这部分是由于他的位置正好处于通风口下面，凉爽的风持续不断地倾泻在他头上；但更重要的是，关于巴克斯特派给他的那个很普通的活儿，他取得了重大突破。

他的任务是查出监狱食物的来源。他很快就了解到，绝大多数监狱食物都是现场制作的，但二〇〇六年发生食品行业罢工之后，一家名为“食品大全”的公司被引进来，为囚犯提供特种饮食。一个简短的电话确认了哈立德是监狱里唯一定期食用无谷蛋白食品的囚犯。当听说“食品大全”公司承认他们因两起食物污染导致住院事件而被调查时，埃德蒙兹竭力隐藏起自己的兴奋。他要让他的进步给巴克斯特留下深刻的印象。

“食品大全”的主管解释说公司的餐食都是通宵准备的，第二天凌晨运往监狱、医院和学校。埃德蒙兹要求他出具一份那天值班的夜班工人名单，并调出那天的监控录像以备他们第二天过去查看。他刚打电话与投诉食物污染的两家公司联系过，相信自己已经掌握了那两名不幸的受害者的诊断结论和令人遗憾的结局。这时，有人在他的肩上拍了一下。

“对不起，伙计，头儿要你去门口接霍奇的班，因为我需要他去做另外的事。”那个脸上汗涔涔的人说，他走进凉风习习的空调房时幸福地闭上了眼睛。

这个借口太过含糊，埃德蒙兹怀疑让自己去解救那个在门外站了好几小时的、脑子麻木的哥们这事是否属实。他朝巴克斯特看去，希望能得到帮助，但她看都没看他，直接挥了挥手。他只好放下电话，不情愿地去替换那个守在会见室门外的人。

埃德蒙兹调整了一下身体，重新懒洋洋地靠在那扇他看守了快五十分钟的门上。因为缺少睡眠，袭来的困意让他的脑袋没法好好思考，柔和的谈话声营造的轻松氛围、敲击键盘的声音和打印机的呼呼声混合成了送他进入梦乡的催眠曲。他的眼皮在打架。那一刻，没有什么比闭上眼睛更让他渴望了。他把头靠在门上，觉得意识渐渐迷离，直到一个轻柔的声音不经意地从门里传出来。

“这是个好玩的游戏，我是说政治。”

市长突然说出的这句话显然是经过思考的。两个人至此已经一声不吭地坐了整整五小时。沃尔夫把他看过的文件放在桌上，等着市长的精彩解说。市长凝视着自己的脚。停顿变成了令人不安的沉默，沃尔夫不知道市长是否听到了自己刚才说出的那句话。他犹豫着再次拿起文件，这时，市长终于开口了：

“你要做好事，手中就必须有权。你要有权就不能没选票，你要有选票就得讨好大众。但有时候，讨好大众需要牺牲一些你已经计划好的事情。这就是个好玩的游戏。”

沃尔夫完全不懂得欣赏这个回答的精妙所在，他等着市长要么继续说下去，要么闭嘴。

“你还是别假装你会喜欢我吧，福克斯。”

“好。”沃尔夫的回答太快了。

“是什么原因让你今天在这里表现得这么谦卑？”

“我只是在做我的工作。”

“我也是。我要你了解这一点。公共舆论并不倾向于你，所以，我也不倾向于你。”

沃尔夫感觉“不倾向于你”这句话未免太轻描淡写了。他回想起当时报纸上对他连篇累牍的谴责。对腐败已提不起兴趣的大众重新被吊起了胃口，坚持把沃尔夫描绘成一个道德败坏的象征：那些自诩道德卫士的人最终把他当成了发泄怒气的出气筒。

市长曾在这件事上推波助澜，鼓动民众对陷入窘境的警方穷追猛打，他本人还发表了名为《治安与罪政》的雄文。他曾对着一屋子同侪一再主张要让沃尔夫受到法律允许的最高级别的惩治，他还自创了一个现在众所周知的口号——“治警察之安”。

沃尔夫回想起纳吉布·哈立德第二次被捕后的戏剧性反转。这个人仍然把沃尔夫当作他的海报男孩，大肆宣扬自己的“消除健康不平等战略”，同时谴责为“最出色和最勇敢的人”以及全体伦敦市民提供的公共服务如何不足。

靠着不同寻常的公众人物魅力，市长的支持者们对他的舆论操作都给予了支持。当时呼吁让沃尔夫付出代价的声音马上转为为他的复职而鼓噪，电视上一个热情的被采访者甚至说他正反两方面都支持。

毫无疑问，如果没有市长的个人影响力，没有他极力鼓吹让“有缺点的英雄”复职，沃尔夫可能现在还被关在牢里呢。不过，他们两人都明白沃尔夫什么也不欠他的。

沃尔夫保持着死一般的沉默，很怕市长说出什么话来弄得自己不得不开口应对。

“顺便说一句，你做了件正确的事，”市长用高高在上的浮夸口气说道，没有注意到沃尔夫剧烈的情绪变化，“腐败和铤而走险是不同的。我现在算明白了。就个人而言，我希望你在法庭上杀死那个杂种。他最后烧死的那个女孩和我女儿一样大。”

在紧绷的沉默中，市长的呼吸平稳下来，但这段过长的聊天耗尽了他所有的改善。他摇了摇蓝色的呼吸器，里面剩下的药渣撞击着瓶壁，发出沉闷的金属声响，从他进入会见室起，他已经服用了超过一周剂量的舒喘宁吸剂。他又镇定地服用了一剂，尽可能长地吸入那口珍贵的空气。

“很长时间以来，我都想告诉你，”市长说，“这绝非人身攻击。我正在做——”

“好吧，那是你的工作。”沃尔夫辛辣地总结道，“我明白。你只是在做你的工作：媒体、律师，还有那个弄断我手腕救了哈立德的英雄，还有把我从哈立德案中调走。我懂了。”

市长点点头。他无意搞坏同沃尔夫的关系，但说出自己的心里话让他感觉好多了。虽然他目前身处的环境不怎么舒适，但他觉得肩上的担子轻了一些，因为有些事情他可以暂时推开不管。他打开公文包，拿出一包烟。

“你介意吗？”

沃尔夫疑惑地瞪着喘着粗气的市长：“你开玩笑吧？”

“人皆有恶习。”市长毫无歉意地说。傲慢让他说不出到了嘴边的道歉，他的权势也让他感觉自己已经不再欠沃尔夫什么了。“如果你还指望我在这里再待上十一小时，我希望你不要反驳我。现在抽一支，晚饭时再抽一支，就这样。”

市长已经把香烟放在唇间，点燃了打火机，一只手挡住空调吹来的风，火苗凑近了他的脸……

有那么一刻，两个人互相瞪着对方，都不明白发生了什么。沃尔夫看着火苗点燃了市长嘴里的香烟，然后迅速吞没了他的下半张脸。市长喘息着尖叫起来，但火苗随即伴着他吸气的动作蹿进他嘴里，顺着口鼻向肺部蔓延。

“救命！”沃尔夫边喊边伸手去拉那个被生生点燃的人，“这里需要帮助！”

他抓住市长挥舞的胳膊，不知道该怎么办。埃德蒙兹冲了进来，目瞪口呆地看着市长浑身着火，发出喉音，咳喘不停，沃尔夫的左胳膊上全是冒着泡的血和流动的火焰。沃尔夫松开了市长的手，不停地拍打自己的胳膊，因为他的衬衫袖子也着了火。他意识到，如果他凑近捂住市长的鼻子和嘴巴，缺氧的火焰立即就会熄灭。

埃德蒙兹冲回走廊时火警已响了三次。他从墙上拉下防火毯时办公室里的人都跳了起来。他看见西蒙斯穿过一张张桌子冲向会见室。埃德蒙兹再次冲进房间。屋顶的自动消防洒水喷头开始喷水，却让情况更加糟糕。这个惊慌失措的人吐出的每一口水都把火焰带出更远，就好像他会喷火。沃尔夫仍在竭力把他往地板上按，这时埃德蒙兹拿着防火毯冲向他们，三人一起倒在积了水的地板上。

西蒙斯冲进房间时正好看见埃德蒙兹把防火毯从他曾经英俊的朋友的脸上拿开，他惊呆了。空气中弥漫着一股烧焦的肉体的味道，他忍不住想吐。又有两个警察冲了进来，其中一个拿防火毯盖住了沃尔夫仍在燃烧的胳膊，埃德蒙兹摸索着市长的颈动脉，低头辨识被烧毁的嘴巴是否还在呼吸。

“没有脉搏！”他叫了起来，不确定谁还在房间里。

当他去拉扯那件来自萨维尔街[①]的手工衬衫时，衣服在他手上碎成一片一片的，他指望通过胸部按压来恢复他的呼吸；但是，他每按一下，血块和烧焦的纤维状物质就会从被毁坏的喉咙里喷涌出来。他从刚工作时参加的三天急救培训班里学到的知识告诉他：没有了呼吸道，世界上没有一种胸部按压急救法救得了他。埃德蒙兹逐渐放慢按压速度，最后停了下来。他拖着脚步走过满地是水的房间，抬头看着西蒙斯，后者正站在门外。

“对不起，长官。”

水从他浸湿了的头发上滴下来，淌过他的脸颊。他闭上眼睛，试图把刚才那两分半钟里发生的超现实场景梳理一下。这时，他听到远处有救火车拉响警笛向这边驶来。

西蒙斯走进房间。他看着朋友烧焦的尸体，脸上的表情难以捉摸。他把目光从眼前可怕的景象中转开，他知道这一幕他将永生难忘。他把注意力转向沃尔夫，后者正跪在地上，痛苦地捧着烧得起泡的胳膊。西蒙斯抓住沃尔夫的衬衫把他拎起来，狠狠地摔在墙上。

“你本该保护他的！”西蒙斯瞪着含泪的眼睛尖叫道，又一次把沃

---

① 伦敦西区有两百多年历史的一条小街，以定制男装闻名。

尔夫重重地摔在墙上，“你本该看好他的！”

没等其他人反应过来，埃德蒙兹已经跳过去死死拉住了上司的胳膊。另外两名警察和巴克斯特也过去拖住了他。他们把西蒙斯拖出了房间，关上门以保护犯罪现场，只留下沃尔夫和那具可怕的尸体。

沃尔夫顺着墙壁滑下来，缩着身子坐在墙角，晕眩地看着流血的手指。他的周围还有零星的油火在越积越多的水上面燃烧着，有点像日本那种引导亡灵进入冥界的水上灯笼。他把头靠在墙上，看着火苗在水流冲刷下闪烁，任凭冷水冲掉自己手指上的血迹。

Chapter 6

第六章

2014 年 6 月 28 日　星期六　下午 4:23

安德烈娅从出租车里钻出来，走进伦敦第三高的摩天大楼苍鹭大厦的阴影里。她抬头仰望着遮蔽了太阳的楼顶。大楼不平衡的身姿随意地伸向天空，顶部细长的金属天线的平衡性也不够好，竭力想突出它的气派身份，却付出了美学的代价，从外观上看，它失去了结构的整体感。

新闻编辑部设在这种大楼里倒是再合适不过了。

她走进宽敞的接待区，朝着自动扶梯走去，丝毫不想加入那六部透明电梯中那些火急火燎奔向自己办公室的不耐烦的商务人士。扶梯缓缓向上，她欣赏起接待柜台后面嵌进墙里的巨大水族箱，那些镇定自若的雇员显然不在意七万升的海水只被一层薄薄的丙烯酸挡着。

安德烈娅在回想自己最近的乐事——戴着水肺潜水，凝视着温暖的海水中五彩缤纷的珊瑚和穿梭其间的安静的鱼儿。电梯在她那一层停住时，沉浸在思绪中的她差点摔了一跤。

她接到电话，要她凌晨三点到犯罪现场做采访。在她终于跟沃尔夫取得联系并把那个装着令人不安的内容的大信封交给他之后，她在苏格兰场外面和摄像一起又待了四小时，录制了半小时的实时更新。这包括重复播放某些信息，虽然没有特别说明，但暗示了在警察总部外面的人行道上有重要活动，以及案件有令人毛骨悚然的进展。

做完上午十一点的新闻简报之后，安德烈娅接到总编伊利亚·里德的电话，对方叫她回家休息几小时。她固执地拒绝了。她不想一再说明自己不可能放弃也许是连环火化杀人案后最耸人听闻的案件（尤其是她还得到了那个信封，这一节她还没跟上司汇报呢）。不过，她最终还是听从伊利亚的建议去休息了，因为伊利亚答应只要有一点动静就给她打电话。

在阳光下漫步半小时还是挺舒服的。她经过贝尔格雷夫广场花园，回到骑士桥那幢三层楼高的维多利亚式建筑——她目前与未婚夫和他九岁的女儿一起住的地方。她关上前门，沿着笔直的楼梯走上顶层颇有品味的淡雅的卧室。

她拉开窗帘，没脱衣服就倒在被子上。室内半明半暗。她把手伸进包里，找出手机，设好闹钟。然后，她拿过那个文件夹，那里面的照片她已经全部交给了沃尔夫，她紧紧地抱着它，闭上眼睛，想着那些照片对警方、名单上那些人以及她自己的重要意义。

她在床上躺了一个半小时还没睡着，两眼瞪着高高的天花板以及四周古色古香的灯饰，心里掂量着把这些证据交给伊利亚会导致的道德与法律问题。她毫不怀疑，不管怎样，他都会毫无羞耻地把全部十二张照片向全世界公布。他的圆滑说辞——“有些观众也许会认为那些图片令人不快”——只会挑起公众病态的好奇心。她不知道那些未被确认的受害者的家人是否会看见这些照片，是否也会对这些模糊又熟悉的肢体充满好奇与厌恶。

那天早上，几十名记者并排站在大同小异的背景前，报道着同样的新闻，每家媒体都在竞相吸引观众的注意力。事实上，安德烈娅与凶手的直接接触已经让她比 BBC 和天空电视新闻占优势了，他们毫无疑问会一再播放这几分钟内拍到的影像。而她非常清楚怎样才能确保全国每一家电视台的注意力都聚焦在她一人身上：

一、推销——安德烈娅会向公众宣布，她曾与城内最新的连环杀手有过接触。

二、挑逗——他们会轮番展示和描述每一张照片，以最狂野的猜测来勾起公众的想象力。他们甚至可能会找一个前侦探，一个私家调查员，甚至一个犯罪小说家，让这些人去引导舆论。

三、承诺——她即将打开的那个信封里有一张手写的名单，上面列了杀手接下来要杀掉的六个受害者的名字和确切的死亡时间。“五分钟内将揭晓一切。”她会做出这样的承诺。这几分钟足以让这句话传遍全球，而警方却来不及打断播出。

四、揭秘——在全世界的注视下，她将念出受害者的名字和死亡日期，在每个名字之间有一个戏剧性的停顿，就像电视选秀的裁判公布决赛入围名单一样。她很想知道那鼓点能持续多久。

安德烈娅恨自己竟会想到这些。警方很有可能还没有联系这些被盯上的人，毫无疑问，这些人至少应该在所剩无多的生命时限里知道自己已经注定的厄运。另外，她也有可能被捕，虽然这一点之前从未成功阻止过伊利亚。在他于记者站短暂就职期间，她亲眼看见他通过无端揣测、以可疑手法散布在调查中获取的细节，以及两次在法庭上阻止提交证据和企图贿赂警方来破坏他人的生活。

她实在睡不着，在床上坐了起来，决定开始行动。她要利用这些照片，这将会给她带来麻烦，但给她职业生涯带来的好处会远远大于坏处。

她会将这份名单握在手里。这么做是对的。她为自己能够在上司不断施压的情况下仍有勇气抗争感到自豪。

她来到通往新闻编辑部的走廊上。即使在这样的高度，安德烈娅也本能地靠墙行走，不去看外面甘菊街屋顶的天空。她像往常一样走进办公室，立刻被二十四小时不间断的忙碌景象吸引住了。伊利亚很享受这种混乱：人们互相叫喊着，电话铃声此起彼伏，无数等离子屏幕从天花板上伸下来，字幕代替了语言。她知道，短短几分钟内，自己就会融入其中，那种富有进取心的氛围就会变成喧哗的背景。

新闻编辑部占据了十层和十一层。隔开两层的地板被拿掉，形成了双倍高度的宽敞空间。在分区记者站工作多年的安德烈娅觉得，这样的装修过于奢侈和浪费，几乎就像个冒牌的新闻编辑部。她所需要的只是一张桌子、一台电脑和一部电话。

新的总编是从美国新闻界挖过来的，他曾经在争议声中揭露过好几家著名品牌公司日益猖獗的腐败。他还带来了大量美国品牌的赞助、团队建设的经验和鼓舞士气的方法，这一切被越来越多地用在一贯保守的英国雇员身上。

安德烈娅坐在她那张亮黄色的（科学研究表明，亮色调与效率之间有着直接的联系）符合人体工程学原理的椅子上，面对着“本与杰瑞”冰激凌机，开始检查邮件，看有没有从杀手那里来的进一步的消息。她从包里掏出文件夹，正要上楼去伊利亚的办公室，却看到大家都从桌子后面跑出来聚集在那个最大的电视屏幕下面。

安德烈娅看到伊利亚也从办公室里走出来，胳膊抱在胸前，站在阳台上往下看。他的目光扫过她，然后不在意地转回到屏幕上。她不知道发生了什么，于是也站到了那群同事后面。

“打开电视！”有人喊道。

突然，苏格兰场熟悉的标志出现了，安德烈娅认出她的摄像罗里用他标志性的软聚焦拉近了镜头，一个穿着不得体的夏季短裙的金发女记者出现在屏幕上。前排有人吹了一声口哨。伊索贝尔·普拉特才在工作站待了四个月。在她入职的那一天，安德烈娅曾认为这是对她职业的一种羞辱。而现在，让这种有胸无脑、靠着打扮上位、只会念稿子的二十岁女孩取代她的角色，则是对她个人和她职业的一种攻击。

伊索贝尔兴奋地告诉他们，警方发言人将要发布一则消息“即……将……登场”，她的乳沟几乎占据了整个屏幕，安德烈娅想知道罗里为什么还要费心把她的脑袋也放进画框里。她的眼泪都快流出来了，她感觉到伊利亚正在看着她。于是她目不转睛地盯着屏幕，不转过头也不离开房间，她不能让他如意。

她并不是第一次低估了总编的冷酷。她明白他的理由，在年度最热新闻的收视率争夺战中，为什么不放个模特儿在镜头前作为给观众的额外福利呢？即使有一天伊索贝尔无上装出镜，她都不会感到惊讶。

他们正在警察总部参加警方最新的发布会，宣布特恩布尔市长的意外死亡，安德烈娅却是作为同事站在屏幕前。这让她满心的自怜自艾郁结成了愤怒。她不会一声不吭地任由他们把她从自己的地盘上赶走。她转身离开，不再听伊索贝尔的乳沟发布的新闻，旋风般回到自己的办公桌旁，整理好文件直奔伊利亚的办公室。他显然也料到了，若无其事地踱回了办公室。

伊利亚尖声咒骂了差不多有五分钟。他气得脸色铁青，因为安德烈娅一整天都守着爆炸性消息秘而不宣。他说了七遍让她卷铺盖滚蛋，三次吐出下流字眼，他的助理跑过来看发生了什么，也被他吼走了。

安德烈娅耐心地等着他把火发完。她预料到了他的反应，同时觉得他生气时那种可疑的纽约口音变成拖长音的南方腔非常可笑。他是个虚荣的家伙。他每天上下班的路上会去体育馆做运动，总是穿着过紧的衬衫来凸显他的腹肌。尽管年过四十，他的头发却一点灰白的迹象都没有，反倒闪烁着不自然的金色光泽，紧贴着头皮往后梳去。办公室有人认为他帅得不得了，是绝对的头号帅哥。安德烈娅却觉得他既滑稽又令人厌恶。她不得不耐心地等待他炫耀权力的欲望慢慢消退。

“这些照片糟糕得要命，根本不能用。”他鄙夷地说，一边把照片摊开在桌上一边竭力掩盖兴奋的心情。

“是的，但这些只是给你看一下，”安德烈娅平静地说，“我还有高清的存在 SD 卡里。”

“存在哪里？”他急切地问，安德烈娅没有回答，他瞟了她一眼，“好女孩，你真有办法。”

尽管这是令人不快的屈尊俯就，但安德烈娅还是忍不住从对方不情愿的赞扬中感受到了骄傲。这个游戏场还是公平的，他们两条鲨鱼围着一块肉在打转。

“警方有底片？”他问。

“是的。”

“沃尔夫？”伊利亚对安德烈娅与这位臭名昭著的侦探的离婚原因有着强烈的兴趣。火化杀手的丑闻在大西洋彼岸也同样具有新闻价值。他咧嘴一笑：“那么，我们就不会被起诉隐瞒证据了，是吗？把这些照片交给制图的人，你可以保住你的工作。”

安德烈娅有些不知所措。他当然明白，她并非只想保住饭碗，而是来重申她对这一重大新闻的所有权的。伊利亚必定已经读懂了她脸上的表情，不然他的笑容不会变得这么阴险。

“别再像之前那样搞砸了。你已经完成了自己的工作，这就够了。

伊索贝尔已经在那里了。她会做报道的。”

安德烈娅感觉眼睛里有种熟悉的刺痛感，她竭力掩饰，同时绞尽脑汁想对策：“那么，我就——”

“就什么？辞职？把照片拿给别家？”他大笑起来，“我打赌你用的 SD 卡是属于公司的。如果我怀疑你企图转移公司财产，我会在权力范围内让保安搜查。”

安德烈娅脑子里马上闪过她钱包里夹在星巴克贵宾卡和专业潜水教练协会注册登记卡之间的那个小小的黑色长方形薄片。他们几秒钟之内就会搜出来。这时她意识到自己还有最后一张牌可打。

“还有名单，”她脱口而出，她的意识来不及跟上她开口的速度，“杀手接下来要杀害的人的名单。”

“胡扯。”

她从口袋里掏出揉皱了的复印件，小心地折叠好，只露出最上面那一行字：

雷蒙德·埃德加·特恩布尔市长——6 月 28 日　星期六

伊利亚眯着眼看那张打印纸，安德烈娅故意举到他够不着的地方。他看着她从电视屏幕前面走回办公桌，又从那里直接来到他的办公室。她没有机会临时伪造这样一张东西。

“我还有另外五个受害者的名字和死亡日期。我发誓，如果你打算从我手里抢走它，我会把它吞下去。”

感觉到她异常的认真，伊利亚靠回椅背，笑得很开心，就好像到了一场桌游最终决胜负的时刻。

“你想要什么？”

“这是我的新闻。”

“嗯。”

“你可以把伊索贝尔留在现场浪费时间。我要从台里播出我的报道。”

“你是外场记者。”

“你可以告诉罗伯特和玛丽，今天晚上不需要他们了。今晚我要整个时段。”

片刻的安静。

“包在我身上。还有什么？”

“锁住所有门，不要放任何人进来，不能让他们把我抓起来，直到我播完。”

Chapter 7

第七章

2014 年 6 月 28 日　星期六　下午 5:58

沃尔夫独自坐在西蒙斯的办公室里。他感觉自己好像是被强迫着注意那个老旧文件柜上无数被踢出来的新鲜凹痕，以及那些踩进地毯里的碎石膏：那是哀悼过程中的第一批残骸。他等待着，慢慢恢复了知觉，心不在焉地抚摸着左臂上潮湿的绷带。

西蒙斯被拉出会见室后，巴克斯特走进来，看到沃尔夫瘫坐在市长了无生气的尸体旁边。她从未见过他如此失落和脆弱的样子，他直愣愣地看着天花板，似乎根本没有看到她。她轻轻地拉起他，领着他走到干爽的走廊上。外面，一帮人密切地注视着他们的一举一动。

“看在上帝的分上。”巴克斯特气恼地嚷嚷起来。

在他们跌跌撞撞地穿过办公室走进女洗手间的过程中，沃尔夫的体重几乎全都压在了她身上。她费力地把他拉到两个水池之间的台面上坐好，然后小心地解开他身上湿透的衬衣，慢慢脱下来，从他前臂湿乎乎的、满是水泡的伤处剥下熔化物时尤其小心翼翼。一股廉价除臭剂、汗水和烧焦的皮肤的味道弥漫在空气中，巴克斯特这会儿莫名其妙地担心，感觉随时会有人敲门进来，尽管她根本没做什么见不得人的事。

“坐好了。”她叮嘱他，然后飞快地冲回办公室，几分钟后就拿来一个急救包和一条毛巾。她用毛巾揉搓着他湿透的头发。她很不专业地撕开黏滑的烧伤敷料，涂到他的手臂上，然后像裹木乃伊似的包扎他受伤的手臂。

过了一会儿，响起了敲门声。埃德蒙兹进来后随意地脱下自己的衬衫，无意间露出了里面穿的T恤。埃德蒙兹虽然个子很高，却瘦得像个中学生，他那件衬衣只能勉强遮住沃尔夫的身体，但巴克斯特觉得总比不穿好。她将大部分扣子扣上，然后跳上洗脸台安静地坐在他旁边，等着他恢复过来。

那个下午接下来的时间，沃尔夫都躲在一个安静的角落里写报告，详细记叙在那个锁上的房间里发生的事情。他忽略了同事们让他先去急诊室然后回家的建议。下午五点五十，沃尔夫被叫到西蒙斯的办公室，在那里忧心忡忡地等着上司的到来。自从他几小时前狂暴地发作了一通之后，沃尔夫就再没见过他。

在等待的过程中，沃尔夫模模糊糊地想起了巴克斯特和洗手间的事，但所有的事似乎都朦朦胧胧，很不真实。他那天早上没做俯卧撑（他已经有四年没做了），这让他感到很不自在。他想起她看到了自己衣衫不整的样子和有些臃肿的体态，打了一个激灵。

他听见身后西蒙斯走进办公室并关上了门。他的上司坐在对面的椅子上，从乐购超市的购物袋里拿出一瓶尊美醇爱尔兰威士忌、一袋冰块和一套可降解的塑料野餐杯。他的眼睛仍然肿着，因为他刚在新闻发布会之前把这不幸的消息告诉了特恩布尔市长的妻子。他抓了一把冰块放在两只杯子里，倒满酒后把一只杯子推向沃尔夫，一句话也没说。他们在沉默中喝着酒。

“我记得你好像就好这一口。”西蒙斯终于开口了。

“好记性。”

“脑袋感觉怎么样？”西蒙斯问，好像他不打算再责怪沃尔夫是因为后者得了轻微脑震荡。

“比胳膊好些。”沃尔夫愉快地回答，如果巴克斯特的包扎也叫治疗，他真的不确定医生还能做什么了。

“我可以直说吗？”西蒙斯没等他回答就说道，“我们都知道，如果你没惹上那些大麻烦的话，你已经坐在我的位置上了。你向来都比我更出色。”

沃尔夫摆出一副礼貌而冷淡的表情。

“也许，”西蒙斯继续道，“你会做出比我更好的决断。也许雷会活下来，如果……”

西蒙斯掐断了话头，又啜了一口饮料。

“这是永远没办法知道的。”沃尔夫说。

“不知道呼吸器里掺进了易燃物？不知道在这里放了一周的花上沾满了豚草花粉？”

沃尔夫留意到他带进来一大堆塑料证据袋。

“沾满了什么？”

“对哮喘病人来说，这显然是致命的。而我却把他带到这儿来了。”

他忘了自己手里拿着的是个野餐杯，把这只空杯子狠狠地砸向墙面，结果杯子擦到桌子，又弹了回来。

“所以，我们得赶在瓦尼塔回来之前把事情解决掉。”西蒙斯说，“我们来谈谈你的事吧？”

“我的事？”

“这就是一次会议，我在这里告诉你，你和这案子的关系过于密切，我站在对所有人有益的立场上劝告你放下这个案子……”

沃尔夫想要反驳，但西蒙斯接着说：

“……然后你对我说滚开。接着我提醒你哈立德的事。然后你再次对我说滚开，我只好勉强同意你继续干下去。但我警告你，只要你的同事、你的心理医生或是我有一丝担心，你的工作就需要重新分派。”

沃尔夫点点头。他知道西蒙斯为他担着极大的风险。

“七具尸体，而且到目前为止，凶器只有人工呼吸器、花和鱼。”西蒙斯难以置信地摇摇头，“还记得那些美好的旧时光吗？杀人时彬彬有礼地走向某人，向那浑蛋开枪？”

“光阴一去不复返。”沃尔夫举起手中印有擎天柱的杯子。

“光阴一去不复返！”西蒙斯回应道，他们碰了碰杯子。

沃尔夫感觉到自己口袋里的手机振动了一下。他掏出来看了一眼，发现安德烈娅发来一条短信：

我很抱歉 ( ) ( )
\ /
V

沃尔夫突然不安起来。因为他知道安德烈娅不会为了一些男女间鸡毛蒜皮的小事发自内心地道歉。他正要回复，巴克斯特一阵风似的冲了进来，打开墙上的小电视机。西蒙斯因为过于疲惫还没反应过来。

“你那个婊子前妻正在讲故事。”巴克斯特说。

屏幕上，安德烈娅正在进行报道。她看上去很震惊。客观地说，沃尔夫觉得以前太不把她的美貌当回事了——出现在屏幕上的她一头长长的红色鬈发向上束起，那通常是她在婚礼或派对上的打扮，她那双闪闪发亮的绿色眼睛几乎不像是真的。她道歉的原因很快浮出水面。她没有站在外面的街道上播报，也没有就着屏幕上她的某张旧照片像个口技演员一样连线播报，而是在演播室里直播，这是她一直想要的。

"……特恩布尔市长是今天下午死亡的，事实上他的死亡是一次有预谋的谋杀行动，与今天早上警方在肯特镇发现的一具六人拼接尸体有关。"安德烈娅说。从表面看，沃尔夫一点都看不出她有丝毫紧张。"有些观众也许会发现接下来的图像——"

"赶快打电话给你妻子，福克斯，立刻！"西蒙斯咆哮道。

"前妻。"巴克斯特纠正道。三个人都飞快地在自己的手机上拨着号码：

"是的，给我接新闻直播室……"

"立马派两组人赶到主教门大街 110 号……"

"你所拨打的用户暂时无法接通……"

安德烈娅的报道仍在进行：

"……我们可以确认的是，脑袋是纳吉布·哈立德的，就是那个火化杀手。至于哈立德如何被害尚未有确切消息。他曾服务于……"

"我正在联系大楼保安。"沃尔夫说。他给安德烈娅留了简短的语音短信："马上给我回电话！"

"……很明显，这是在将一些尸体肢解之后缝合成的一具新尸体。"安德烈娅在屏幕上说，同时将那些恐怖的照片一张接一张展示出来，"警方将它称为'拼布娃娃'。"

"见鬼！"西蒙斯恶狠狠地说，他还在继续拨打控制中心的电话。

当安德烈娅说出下面的话时，他们都停了下来。

"……另外五人的姓名和杀手计划杀害他们的确切时间，我们将在五分钟后播报。我是安德烈娅·霍尔。请继续收看。”

“不会吧？”西蒙斯难以置信地问沃尔夫，同时把手伸向了电话机听筒。

沃尔夫没有回答。

五分钟后，沃尔夫、西蒙斯和巴克斯特都坐下来，看着电视屏幕在切到新闻演播室时渐渐亮了起来。画面给人的印象是，安德烈娅刚才独自一人坐在黑暗中等着这段时间过去。他们办公室其他人也围在从会议室里搬出来的电视机前。

他们晚了一步。

不出所料，安德烈娅没有给沃尔夫回电话。大楼保安在演播室外设置了障碍，西蒙斯派出的警察已经到达了现场。西蒙斯打通了电视台总编的电话，告诉这个讨厌的家伙，他的行为正在对一桩重大杀人案的调查造成极大的干扰，为此他将面临牢狱之灾。威胁无果后，西蒙斯试图诉诸人性，他告诉对方警方甚至尚未通知名单上那些正面临死亡威胁的人。

“那么我们就为你们省去这部分工作了，”伊利亚回答，“而你却说我什么都没有为你们做。”

他拒绝让警方与安德烈娅通话，并马上挂断了电话。他们现在能做的就只有和全世界其他人一起看电视了。西蒙斯猛喝了三大杯威士忌。巴克斯特坐在办公桌旁，一开始对此嗤之以鼻，接下来也和其他人一样沮丧。她本想要求看一下那份名单，但转念一想，再过几分钟这就变成人人皆知的事情了。

安德烈娅错过了第一条提示，沃尔夫可以看出她有些焦虑和犹豫，她显然还在考虑。他知道在那个极简主义风格的直播台后面，她的膝盖一定在上下抖动（每当她紧张时就会这样）。她看着镜头，在几百万双看不见的眼睛里搜寻着，沃尔夫感觉到她在寻找他，寻找一个从自己挖的坑里爬出来的办法。

“安德烈娅，我们开始了。”一个焦躁的声音在她耳边响起，“安德烈娅！”

“晚上好。我是安德烈娅·霍尔。欢迎回来……”

她先是用五分钟迅速回顾了一下整个事件，同时把那些令人毛骨悚然的照片在无数刚打开电视机的观众面前重新播放了一遍。接下来，她开始有些结巴地解释说那些照片里还夹了一张手写的的名单，在念出那六个面临死亡的人的名字时，她的手明显在发抖：

“雷蒙德·埃德加·特恩布尔——六月二十八日，星期六

维贾伊·拉纳——七月二日，星期三

贾里德·安德鲁·加兰——七月五日，星期六

安德鲁·阿瑟·福特——七月九日，星期三

艾什莉·丹妮尔·洛克伦——七月十二日，星期六

七月十四日，星期一……”

安德烈娅停顿了一下，不是为了戏剧性效果（她在飞快地念名单时没有使用主持人惯用的手法，而只是想赶快结束），而是因为她不得不去擦沾了睫毛膏的眼泪。她清了清嗓子，整理着面前的纸张，虽然难以想象，但她似乎是被一个错字或缺掉的一页打乱了节奏。突然，她把手捂在脸上，肩膀抖动起来，好像被压上了千斤重担。

“安德烈娅？安德烈娅？”镜头后面的声音低声叫她。

安德烈娅抬头看了一眼观众，在她的重大时刻，一些不合时宜的黑色污迹弄脏了她的脸和袖子。

“我没事。”

她停顿了一下。

“七月十四日，星期一，拼布娃娃案的首席调查警官，伦敦警察厅的……威廉·奥利弗·莱顿–福克斯警探。”

Chapter 8

第八章

2014 年 6 月 30 日　星期一　上午 9:35

“不好。”

“不好？”

“还很难过。”

“很难过？”

普雷斯顿 – 霍尔医生重重地叹了口气，把笔记本放在她椅子旁边的古董咖啡桌上。

“你看着这个你负责保护的人在你眼前死去，接下来，那个宣称对此事负责的人又说要在两周后杀了你，你想告诉我的就只有，你现在感觉‘不好’和‘难过’？”

“发疯？”沃尔夫又试探着说了一个词，感觉这次应该说对了。

这个词似乎引起了医生的兴趣。她又一次拿起了笔记本，向他靠过来一点。

“那么，你感到愤怒吗？”

沃尔夫想了一下："其实并没有。"

医生扔下了笔记本。笔记本从小桌上滑过，掉在了地上。

很明显，她快疯了。

沃尔夫自复职以来，每周一早上都要来安妮女王大门街上这幢灰泥墙面的乔治时代的独立洋房做心理咨询。普雷斯顿－霍尔医生是伦敦警察厅的一名心理咨询医生。她这间低调的办公室坐落在距苏格兰场步行仅三分钟的僻静小街上，办公室前门只挂了一个黄铜门牌。

医生的个人魅力给环境增添了几分风雅。她六十出头，是那种上了年纪的优雅女性，穿着哑光色系的高端服饰，银发一丝不苟地梳成纹路清晰的高雅样式。她始终维持着一种刻板的权威形象，像是一位严厉的女教师，给孩子们留下根深蒂固、直到成年也无法抹掉的印象。

"告诉我，你还做那些梦吗？"她问，"就是关于医院的梦。"

"你说的是医院，我说的是精神病院。"

医生叹了口气。

"我睡觉时就会做梦。"沃尔夫说。

"是什么样的梦？"

"我说不太清楚。其实我不能把那些叫作梦。那都是些噩梦。"

"我不会把它们称为噩梦，"普雷斯顿－霍尔医生反驳道，"梦没有什么可恐惧的。是你投射了你的恐惧在上面。"

"恕我直言，如果你没有经历过那样的十三个月，你的生活没有沉浸在地狱里，说这样的话会更容易些。"

医生中断了咨询，她感觉到沃尔夫与其说想告诉她他个人的感觉，毋宁说想用争辩来打发余下的时间。她把他随身带来的信封撕开，仔细浏览着那份芬利写的熟悉的每周报告。从她的表情来看，她显然认为这纯粹是对时间、树木和墨水的巨大浪费。

“肖警探似乎对你过去几天处理压力的方式感到非常满意。他认为你百分之百合格。上帝知道他是根据什么标准评价的，但是……祝贺你吧。”她烦躁地说道。

沃尔夫凝视着窗外安妮女王大门街对面的几幢大宅。每一幢都维护得无懈可击，忠实地恢复了它们昔日的荣光。如果不是这个混乱城市的喧嚣从远处隐隐传来，预示着接下来忙碌的一周，他甚至有一种旅行后及时归来的错觉。一阵清风吹进阴凉的房间里，外面的气温已经快到28℃了。

“我建议，在处理这个案件期间我们应该每周见两次面。”普雷斯顿-霍尔医生说。她还在仔细阅读芬利报告（由沃尔夫口述，芬利用他潦草的字体写就）的细节。

沃尔夫笔直地坐在那里，留意着不在心理医生面前攥起拳头。

“感谢你的关心……”

这话听上去言不由衷。

“……但是我没有时间，我要让杀手落网。”

“这正是问题所在：‘我’这个字。这就是我所关心的。之前难道没有发生过这样的事吗？抓凶手并非你一个人的职责。你有同事，有人支持你——”

“我的责任更重。”

“而我有责任告知你。”她最后说。

沃尔夫清楚地感觉到，如果他和她争辩的话，搞不好她会要求他一周来三次。

“好吧，那就这样定了，”她翻了翻日志，“星期三上午可以吗？”

“星期三我需要全力以赴阻止凶手杀害那个叫维贾伊·拉纳的人。”

“那么星期四？”

“行。”

“九点？”

“行。”

普雷斯顿－霍尔医生在工作手册上标记了一下，愉快地笑了笑。沃尔夫站起来朝门口走去。

“还有，威廉……”沃尔夫转过身看着她，“你自己小心。”

度过备受煎熬的一天后，西蒙斯坚持要求沃尔夫星期天休息。沃尔夫猜测他这么做只是为了免受指责，确保沃尔夫在回到岗位之前拿到心理医生的签字。

他在乐购便利超市前停下了脚步，买了足够的食物以备度过周末余下的时间，心里估摸着他那幢公寓楼的入口处也许会有一群记者焦急地等待着他。幸运的是，他能够跟着一大群人一起穿过警察封锁线。法医已完成了他们的工作，但封锁线还没有撤掉。

他利用假期把安德烈娅几个月前给他打包送来的东西分门别类地清理了一下。所有东西堆放起来也只占了半个房间，他当然相信安德烈娅不会把汽车塞进放在墙边的任何一只纸板箱里。

从星期六晚上到星期天，她接连给他打了十七个电话，但他都不予理睬。当然，他接了老妈的电话，她抱怨了四十分钟隔壁栅栏倒下的事，最后两分钟倒是真的为他担心起来。沃尔夫保证会在七月份的某个周末去巴斯帮老妈修好栅栏，这不是为了安慰老妈，至少他要赶在第十四天被残忍杀害之前办妥此事。

当沃尔夫走进凶杀与重罪科办公室时，迎接他的是一阵钻孔声。一队技术娴熟的工人正在修复那间被水淹透的会见室。他艰难地穿过办公室时，注意到同事们对他的反应不同于以往。许多人向他投以鼓励的微笑，有个他不认识的同事还给他端来一杯咖啡，另一个（甚至不是这个专案组的）则信心满满地对他说："我们一定会逮住他的。"有些人则躲着他，好像在躲有毒的鱼、药物或植物一样，生怕杀手处决他时会拿他们当垫背。

"终于哦，"当沃尔夫走向巴克斯特和埃德蒙兹的办公桌时，巴克斯特说，"我们为你做了所有的事，休息日过得可好？"

沃尔夫没有理会她的嘲弄。他比任何人都了解她即将爆发的敌意：不高兴——咄咄逼人，困惑——对抗，难堪——暴力。自从那条新闻在星期六晚上播出后，她便表现出不同以往的安静，她没有试图联系他，尽管他当时最想倾诉的人可能就是她。她似乎想表现得像从未听说过沃尔夫被凶手列入待杀名单这回事，而沃尔夫也愿意配合她。

"结果证明，这个小浑蛋，"她对埃德蒙兹做了个手势，后者坐在她旁边，"也不是一点用都没有。"

巴克斯特把最新进展告诉了沃尔夫。在听到一位专家宣称这种花能在国内任何一间温室里生长后，他们只得放弃了查询豚草花这条线。同样，每一束花都是从全伦敦不同的花店里买来的，每笔交易都是通过邮政现金支付的。

在埃德蒙兹的带领下，他们去了全能食品厂。现在他们已有了纳吉布·哈立德被毒害那晚所有值班人员的名单。更重要的是，他们恢复了监控拍下的视频，视频显示那天凌晨一个身份不明的人进入了那个地方。埃德蒙兹骄傲地把存有那段视频的 U 盘递给沃尔夫，那表情好像等着人家拍他的脑袋表扬一番。

"里面有些东西在我看来已经相当清楚了。"埃德蒙兹说。

"别再来这套了。"巴克斯特抱怨道。

"我发现被污染了的食物还被送到了别的地方。还有三个人也食用了含有河豚毒素的食物，其中两个已经死了。"

“第三个呢？”沃尔夫关切地问。

“没什么希望了。”

“这些人只是碰上了，他们不死也会有其他人死。”巴克斯特说。

“没错，”埃德蒙兹说，“只是没有按照杀手给的名单中列出的顺序，这个名单上有六个确定的名字，那么，杀死的三个——”

“两个半。”巴克斯特打断他。

“……是随机的，杀手甚至没宣布对他们的死亡负责。连环杀手不会这样。这是另外一个案子。”

沃尔夫看上去很满意，他转身面向巴克斯特。

“我明白你喜欢他的原因了。”

埃德蒙兹开心极了。

“没有吧。”

埃德蒙兹的笑容消退了。

“在她受训的那六个月里，我可没有让她跟我共用办公桌。”沃尔夫告诉埃德蒙兹。

“快干正经事！”巴克斯特吼了一句。

“你们找回那个呼吸器了吗？”沃尔夫问。

“那个小罐子后来给焊好了。里面一点儿药都没有，只有一种我叫不上名来的化学物品，”巴克斯特说，“我们对它做了分析，很明显，这种化学物品是在学校的化学实验室里合成的。这完全不是开玩笑，你别抱太高期望。”

“说到这个，”埃德蒙兹插嘴道，“杀手必定在谋杀前不久接触过那个呼吸器，很可能就在那天早上。他为什么不在那个时候杀害市长？这意味着他不是想报复，更多是想造成戏剧化的效果。”

“有道理。”沃尔夫点头道。他犹豫了一会儿又重新谈起刚才那个似乎有些禁忌的话题，“名单上的人怎么样了？”

巴克斯特马上紧张起来。

“这一块不归我们管。我们只管鉴定已死的人，不是马上就要——”她打住了，这才意识到她在跟谁说话，“你可以去和你的搭档谈。”

沃尔夫站起来准备走开，却又停住了。

“你们从钱伯斯那里听到什么了吗？”他随意地问道。

巴克斯特的神情看起来有些疑惑：“你到底想知道什么？”

沃尔夫耸耸肩。

“只是想知道他是否了解事件的进展。我感觉我们需要所有人的帮助。”

沃尔夫厌倦了办公室所有人都盯着他的后背看，于是走进了会议室，那里有人用漂亮的字体在他做的两个大号尸体复制品上随意涂写了“拼布娃娃”几个字。他的心情越来越沮丧，固执地拒绝承认自己不知道怎样用电视播放那段监控录像，而它就被困在那个愚蠢的U盘里。

“电视机边上有个插孔，”比他年长十五岁的芬利走进了房间，“不，在这儿，在下面——哦，我来弄吧。”

芬利拔出了插在电视机背面出风口的U盘，重新插好。蓝色菜单页只显示出一个文件夹。

“还有什么消息是我不知道的？”

“我们派了警员去保护加兰、福特和洛克伦。我们只能先关注那些在伦敦的人。”

“向我发起挑衅，然后又去其他地方杀人？”

“没错，应该是这样。另外的警力用来保护名字相同的人，但他们不是我们要关注的。”芬利说，“关于维贾伊·拉纳的所在，你的猜测和我们差不多。他是个会计师，住在伍尔维奇，五个月前失踪了，当时税收检查员发现他在耍花招。他在诈骗科嫌疑犯的名单上，但他们那里似乎没有太大进展。不管怎样我要求他们随时通报信息。”

沃尔夫看了一下表。

“离星期三还有三十八小时。为了他好，祈祷我们先找到他吧。另外几个人呢？”

“加兰是名记者，肯定少不了敌人。我们找到了两个艾什莉·洛克伦，一个是女侍，另一个才九岁。”

“但我们要求警员对这两人都加以保护，对吧？”沃尔夫问。

“当然。福特是个保安，我想他可能请长病假了。”

“有联系吗？”

“没有。还没联系上。之前提到的人都已经找到了，并且派人去守着他们的住所了。”

沃尔夫有一瞬间陷入了沉思。

“你在想什么，伙计？”

“不知道维贾伊·拉纳拿着他那做了手脚的账本在躲避谁，这种做法真的好聪明，让我们替他们去找那个失踪的家伙。”

芬利点点头。

“如果我们由着他躲藏，不去找他，这样对他也许更好。”

“也许。”

沃尔夫的注意力转到了芬利带进来的一沓文件上。最上面那页里有一张中年妇女的照片，穿着件性感内衣估计是在挑逗某人。

“那是什么鬼东西？”

芬利笑了起来。

“你的粉丝！他们称自己是‘沃尔夫帮’。现在你成名人了，所有那些从阴暗角落里爬出来的疯子都跑来向你求欢了。”

沃尔夫飞快地翻过前面几页，难以置信地摇了摇头。同时，芬利在另外三十页里翻找着，将不合格的随手丢到会议室的地板上。

“有创意！”芬利说，“这个女孩子穿着‘放过沃尔夫’字样的T恤。我也给自己搞了一件，不过跟她的不一样。”他咕哝道。

沃尔夫觉得自己本该料到这一幕的。他曾有过这样的经验，某个恶魔一般的罪犯被判刑后，有几天时间会被邮件淹没。同理，他在勾勒一个杀手的某些特征时，几乎可以描绘出这些绝望的写信者的形象：孤独的、不善社交的女性，长期遭受家暴，深受错误理念戕害，认为没有人是真正的恶人，只有她们才有可能拯救这些被误解的法律的受害者。

沃尔夫知道这种令人困惑的消遣在美国非常盛行，那里有些组织鼓励人们去和三千名死到临头的囚犯通信。诱因是什么？他真是想不通。沉溺于一段关系的悲情的电影式结局？因为那些人大限将至所以不存在承诺问题？又或者只是想在重大事件中插上一脚，而非平凡地度过他们的世俗人生？

他知道不可以把自己的观点公之于众，不能因为怕被人指责政治不正确就对有争议的真相做出义愤填膺的反应。那些人看不到这些人的罪行，只有像沃尔夫这样的人才不得不凝视这些邪恶的掠夺者毫无悔意的眼睛。他真想知道，如果这些消息闭塞的人经历过自己的鞋子被犯罪现场的血浸湿，看到过笔友的恶制造出的破碎家庭，他们中有多少人还会拿起笔来写这种信？

“呵呵，瞧瞧这个！”芬利喊道，他的声音有点过于兴奋，办公室里好几个脑袋都转了过来。

他举着的照片上是一个二十多岁的美丽的金发女子，穿着化装舞会上的女警装束。沃尔夫愣住了，说不出话来，这张照片可不像来自男性杂志的封面。

“丢了。”这种为了博他眼球的自恋狂行为实在让他受够了。

“可是……小姐……来自布莱顿……”芬利读着这封邮件剩下的部分。

“丢了！”沃尔夫吼道，“我要怎么播放这个录像？”

芬利坐到沃尔夫旁边的椅子上，随手把那封邮件丢进了垃圾桶，按下了遥控器。

“如果两星期后你死了，你可别后悔哦。”他喃喃地说。

沃尔夫没有理他，专心盯着大屏幕。粗糙的画面来自全能食品工厂的监控器。双开门被一只盒子顶开，背景是压抑单调的光线，廉价劳工们正机械地做着重复动作。

突然，一个人影出现在门边。毫无疑问，是个男的。埃德蒙兹重看了一遍录像，以门框为尺度估算，这人的身高在一米八以上。这个男人与其他工人一样穿着一条沾满油渍的围裙，戴着发网和口罩，但他是从外面进来的。他自信地走了进来，犹豫了一小会儿要往哪个方向去。接下来的两分钟里，他在食品包装盒那里时而出现时而消失，然后又走向双开门，消失在外面的夜色中，没有一个人注意到他。

“嗯，这是浪费时间。”芬利叹了口气。

沃尔夫要他倒带重放，并停顿在凶手图像最清晰、像素最高的那个镜头。他们凝视着那张被遮住的脸。技术团队已经做了处理，不可能有更高的清晰度了。他戴的发网下面似乎没有头发，是个秃头，至少剃得极短。唯一可以辨别的是那条围裙，看上去似乎沾有干了的血迹。

纳吉布·哈立德原本是不可能被外人接触到的，只能说凶手做了最缜密的计划。沃尔夫估计（显然是错误的），凶手是在杀死了哈立德之后再去对付更容易的目标。他不知道另外那五个受害者是否在这之前就已经被肢解了，更重要的是，为什么?

Chapter 9

第九章

2014 年 6 月 30 日　星期一　下午 6:15

埃德蒙兹举着两只小瓶子凑到灯光下看。据说一只瓶里装的叫“碎粉红”，另一只叫“舍伍德”。他仔细观察了三分钟，还是没有分辨出这两瓶指甲油有什么区别。

他站在占据了塞尔福里奇百货商店一层绝大部分面积的化妆品店里。那些摆放得杂乱无章的柜台有点像海洋中的第一岛链，抵挡着从牛津街涌进来的潮水般的人流，然后把他们分流到各个商店去。他曾有好几次与同样面孔的没头苍蝇一样的顾客迎头相撞，顾客们三三两两毫无目的地在口红、眼线、高光提亮乳液的柜台之间晃悠，不知道该买些什么。

“请问您需要什么？”一个妆容干净的金发女店员问他。她身着黑色制服，脸上涂着厚厚的粉底，让人搞不清楚她是不是在嘲笑埃德蒙兹乱蓬蓬的头发和紫色的指甲。

“我要这两种。”他高兴地说。他把两个瓶子递过去时，一抹紫色闪过她的胳膊。

那女人讨好地微笑着，一扭一扭地绕回到她那个小王国的另一边，想从埃德蒙兹身上敲出更多银子。

“我喜欢舍伍德，”她说，“但我深爱着碎粉红。”

埃德蒙兹看着这两瓶难以分清的东西可怜巴巴地立在她递过来的巨大的购物纸袋里。他确定自己把收据放在钱夹里了，他希望这笔费用能够报销。万一报不了，这两瓶闪闪发亮的指甲油就要花去他本月一半的杂货预算了。

“还需要别的什么吗？”交易完成后，这个女人又恢复了刚才冷若冰霜的模样。

“噢，我要怎么出去呢？”

埃德蒙兹忘了自己二十五分钟之前是从哪里进来的。

“朝电梯那里走，你就可以看到门了。”

埃德蒙兹好不容易挤到电梯那里，却发现自己面对的是同样可怕的香水专卖店。他在三个不同的地方向某个人点过头，发现自己又折回了化妆品柜台，费尽周折后，他才逃离了百货商场。

回家路上的这场漫长迂回要归因于那日清晨案子的进展。现场团队完成了在犯罪现场的工作后，那个拼布娃娃于星期天凌晨被送去法医室了。由于要保证每一个部位的姿势和重量分配的准确性，运送过程非常艰难。工作人员整晚都在做实验、检查和采集样本，一直到星期一上午十一点，巴克斯特和埃德蒙兹才被允许接触尸体。

没有了夜间犯罪现场那种超现实的气氛，那些拼凑的肢体在法医实验室的日光灯下一览无遗，因此更加令人厌恶：胡乱切割的肉体在冰冷的实验室里开始慢慢腐烂。房间里，暗淡的光线增添了诡异的效果，那些缝合肢体的针脚使残损部分显得更加触目惊心。

“案子进展如何？”乔问。他是一名法医，因为身着长袍，头发剃得精光，埃德蒙兹总觉得他像个和尚。

“非常棒，刚刚结束。”巴克斯特讽刺地回答。

“是吗，嗯？”乔咧嘴一笑，他显然已经习惯了巴克斯特这种嘲讽，似乎还相当享受，“说不定会有些帮助。”

他递给她一个装着一枚粗重戒指的证据袋。

“我的回答是一个大写的‘没有’。”她这话让乔哈哈大笑。

“这是从男性的左手手指上取下来的。局部有刻字，不是受害者本人的。”

“那是谁的？”巴克斯特问。

“不知道。也许有用，也许没有用。”

巴克斯特的兴奋劲儿消退了。

“你有什么能启发我们的想法吗？”

“他，”巴克斯特的眉毛挑起来，“或她，”接着又平复了，“肯定有手指。”

埃德蒙兹不由自主地打了个喷嚏，他想假装成咳嗽，巴克斯特瞪了他一眼。

“别担心，还有呢。”乔说。

他指着那条黑色的男性的腿，上面有一条很长的手术疤痕。他拿起一张X光照片冲着灯光。两条长长的亮白色光柱不协调地衬着下面的暗色骨骼。

“钢板和螺钉支撑着胫骨和大腿骨，”乔解释道，“这是一个大手术。‘我们做的手术？我们截的肢？’类似这种大手术。有人会想起做过这个。”

“难道这些手术没有序列编号或类似的东西？”巴克斯特问。

“我觉得肯定有，不过是否可以追踪下去，取决于手术时间距现在有多久，在我看来这是老疤。”

当巴克斯特和乔在研究X光照片时，埃德蒙兹跪下来端详那个来自女性的右胳膊，他注意到这只手正怪异地指着他们在玻璃窗上的影子。他凑近看时，发现那五根手指头上都完美地涂着闪闪发亮的深紫色指甲油。

“食指不一样！”他突然叫了起来。

“啊，你注意到了，”乔高兴地说，“我刚才也注意到了，在那个黑暗的屋子里不可能发现，但在这里，你可以清楚地看到这个指头的指甲颜色不同于其他的。”

“这有什么意义？”巴克斯特问。

乔把手推车里的紫外线灯打开，沿着那条优雅的胳膊照了一遍。紫色灯光照过去时，胳膊上深色的瘀青出现又消失，颜色最深的地方出现在手腕上。

“之前有过挣扎，”他说，“看看这些指甲：不止一个缺口。这些指甲油是事后涂上去的。”

“挣扎后涂的还是死后涂的？”巴克斯特问。

“我得说，都是。我找不到有过炎症的迹象，那意味着她在瘀青出现后马上就死了。”

“……我想，杀手想告诉我们些什么。”

北线因工程需要封闭了虽短却很重要的一部分路段。沃尔夫发现公交车虽拥挤倒也可以挤上去，于是乘坐皮卡迪利线到加里东路，然后再步行二十五分钟回到肯特镇。一走过公园，那座年代久远、漂亮迷人的绿褐色塔楼消失在视野中，这条路上就再没有如画的景色了。不过，气温倒是下降到让人可以忍受的程度了，深夜给城市的这一边带来了习习凉风。

这一天对维贾伊·拉纳的搜寻毫无成果。沃尔夫和芬利去了伍尔维奇，发现那里根本没有人住。荒芜的前院看上去久未打理，草长得很高，四处可见的野草漫过小路一直延伸到前门。透过一扇窄小的铅框窗勉强能看见里面堆着许多未拆封的邮件和广告小册子。

诈骗科拼凑出来的信息几乎不值得一读，拉纳的会计公司里那个不堪骚扰的合伙人曾公开声称，如果他知道拉纳藏在哪儿，他会亲自去宰了他。唯一有价值的发现是拉纳一九九一年之前的信息明显缺失。为了某种原因他改了自己的名字。他们希望皇家高等法院或者是国家档案馆能提供拉纳之前的名字，这家伙之前的行径也许会引导他们找到他现在的藏身之处。

沃尔夫在走去自己公寓所在的街区时，看到一辆挂着定制车牌的深蓝色宾利违规停在主入口处。经过汽车车头过马路时，他瞟见一位银发老人坐在驾驶座上。他走到前门，伸手摸钥匙时，手机响了起来。安德烈娅的名字跳了出来。他马上把手机放回口袋里，然后听到身后的豪华车砰地关上了车门。

“你不接我的电话。”安德烈娅说。

沃尔夫叹了口气，转身面对着她。她又装出一副无辜的样子，这也许是因为她一天中大部分时间都在电视镜头前度过吧。他注意到，她戴着他在他们第一个结婚纪念日上送给她的项链，但决定不提这事。

“我星期六大半个晚上都被关在里面。”她说。

“这就是你违反法律的后果。”

“省省吧，威尔。你和我都明白，就算我不报，别人也会报的。”

“你确定？”

“我他妈当然确定。难道你以为，如果我不报，凶手就只会说：‘噢，她没看到那个名单，真让人扫兴。我最好还是忘掉把这些人宰成碎块的事吧’？当然不会。他会和别的媒体接触，也有可能会在他那个忙得不得了的时间表里给我留个地儿。”

“这就是你的道歉？”

“我没什么可道歉的。我要你原谅我。”

“首先，你得向某人道歉，然后才能让那个人原谅你。就是这么回事！”

“比如说谁呢？”

“我不知道——礼仪警察？”

“因为这是件大事。”

“我不想和你争论这种事。”沃尔夫吃惊地发现，他们居然如此轻易就回到了老路上。他看着安德烈娅背后那辆停在路边的豪华车。“你爸什么时候有了辆宾利？”

“噢，去死吧！”她大叫道，他吃了一惊。

过了一会儿，他才明白过来是什么得罪了她。

“噢我的天哪。就是他，是不是？你的新相好。”他睁大了眼睛透过暗色的车窗玻璃朝里看。

“这是杰弗里，是他。”

“噢，是杰弗里吗？他似乎很……富有。他好像有六十岁了吧？”

“别再盯着他瞧。”

“我想怎么看就怎么看。”

“你真幼稚。”

“仔细想想，你也许不应该把他折腾得太厉害：说不定会弄断啥的。”

虽然还在气头上，安德烈娅还是忍不住弯了弯嘴角。

“说真的，”沃尔夫平静地说，“你就是为了他离开我的？”

“我是因为你才离开你的。”

“哦。”

一阵不安的沉默。

“我们想请你一起去吃晚饭。我们坐在这里等了你近一小时了，我都快饿死了。”

沃尔夫发出了一声毫无可信度的失望的呻吟。

“我很想去，但我真的有事要出去。”

“你其实刚从外面回来。”

“喂，我很赞赏你的大方姿态，但今天晚上就算了吧？我还有一大堆工作要做，现在只剩一天找拉纳了，而且——”沃尔夫看到安德烈娅感兴趣地睁大了眼睛，马上意识到自己说漏了嘴。

“你们还没找到他？”她震惊地叫道。

“安迪，我太累了。我不知道自己在说什么。我得走了。”

沃尔夫把她撂在门口，自己进去了。安德烈娅回到宾利车的副驾驶座上，关上了车门。

“浪费时间。”杰弗里明白怎么回事了。

“远非如此。”安德烈娅答道。

“如果你愿意，我们就去格林豪斯吃晚饭吧？”

“你今晚就自己吃吧，行不行？”

杰弗里生气地问：“那就去办公室？”

“可以，快去吧。”

沃尔夫走进自己那间寒酸的公寓，打开了电视机，把音量调到正好压过楼上那对显然不合拍的夫妻的争吵声。地产节目主持人正在向新婚夫妇展示一幢有三居室的独立住宅，那栋房子位于国内某个比这里漂亮得多的地方，在一个风景如画的公园边上。听着他们细细掂量那份微不足道的报价，他感到既可笑又心碎，这个价格在首都甚至买不起自己现在住的这间小破屋。

沃尔夫走到厨房窗前，看着对面一片漆黑的犯罪现场。他愣了一下，恍惚看见拼布娃娃仍然挂在那里等着他过去。地产节目快要播完了，气象节目主持人神采奕奕地播报：热浪将在今晚散去，接下来会有暴雨降临。

他关上电视，拉上帘子，拿起一本读了四个多月的书，倒在卧室地板上的床垫上。他刚读了一页半就昏昏沉沉地睡去了。

从前一晚折好的衣服上传来手机振动的声音，惊醒了沃尔夫。他随即感到左手臂上一阵剧痛，低头一看，发现伤口在夜里浸湿了绷带。房间在清晨微弱的光线中看起来有些陌生，整个色调是灰色的，而不是他前两周起床时习惯看见的橘色。他翻了个身，拿起振动的手机。

“头儿？”

“你都干了些什么？”西蒙斯愤怒地问道。

“我不知道。我干了什么？”

“你妻子——”

“前妻。”

“……她把维贾伊·拉纳的脸放到早间新闻里，向全世界宣告我们没本事找到他。你是想要我被炒鱿鱼吗？”

“我不是有意的，不是的。”

“你快去处理。”

“好的。”

沃尔夫跌跌撞撞地来到起居室，吃了两片止痛药，然后打开电视。安德烈娅出现在电视上，一如既往光鲜靓丽，但仍然穿着他昨晚看到的那件衣服。她有一种表演天赋，她宣读着从一个毫无疑问是虚构出来的“警方发言人”那里得到的消息，说这位发言人恳求拉纳的家人朋友为了他的安全能够站出来。

屏幕右上方显示现在是星期三早上。他们不知该从何处着手寻找拉纳，而现在距离凶手下一次作案只剩下十九小时二十三分钟了。

Chapter 10

第十章

2014 年 7 月 1 日　星期二　上午 8:28

伦敦恢复了它通常的单调色彩，肮脏的灰色楼群上面是阴沉沉的天空，在无边无际的水泥森林上投下深色的阴影。

从地铁站到苏格兰场只要走短短一段路，沃尔夫一边走一边拨着安德烈娅的号码。让他吃惊的是，她几乎是立即接了他的电话。她似乎真的对他激烈的反应感到迷惑不解，她坚称自己唯一的目的只是想帮助警方弥补或许是因她而造成的伤害。她辩解说全国的眼睛都盯着拉纳只会是件好事，沃尔夫根本不想跟她争辨这套自私的逻辑。他只想让她在发布进一步细节前务必征得他的同意。

沃尔夫走进办公室时，芬利已经在那里卖力工作了。他在电话里对着皇家高等法院的某人一再强调，他们目前尚未完成的这项简单的工作生死攸关。沃尔夫在办公桌对面坐下，翻看着夜班警察放在那里的一沓文件，基本上没有什么太有价值的信息。因为尚未想出更好的办法找到拉纳，他只好继续同事中断的烦琐工作：逐项筛查银行对账单、信用卡账单以及每一条电话记录。

上午九点二十三分，芬利的电话响了，他一边打着呵欠一边接起了电话："我是肖。"

"早上好，我是国家档案馆的欧文·惠特克。很抱歉花了这么长时间才——"

芬利冲沃尔夫挥挥手，示意他留神听。

"你为我们找到那人的姓名了吗？"

"事实上，我确实找到了。我给你传真了一份我们说过的证明文件，但我觉得还是和你直接联系比较好，考虑到……考虑到我们发现的事实。"

"你们发现了什么？"

"是的，维贾伊·拉纳出生时的名字是维贾伊·哈立德。"

"哈立德？"

"所以我们进行了核查，他有一个弟弟：纳吉布·哈立德。"

"Shiatsu[①]。"

"你说什么？"

"没什么。谢谢。"芬利说完挂了电话。

几分钟后，西蒙斯额外指派了三名警察协助沃尔夫和芬利进一步调查拉纳的历史。他们把自己关在会议室里，远离大办公室的喧闹和干扰，专心致志地投入工作。他们还有十四个半小时的时间来找到他。

他们还有时间。

埃德蒙兹昨晚在沙发上睡了一夜，脖子痛得要命。他在晚上八点十分回了家，回到那套政府公建公寓里。他回家时正好看到蒂亚的母亲在

① 日语：指压按摩。

厨房里洗涮碗碟。他压根忘了要回家吃饭这回事了。她像往常一样热烈地迎接他回家，用沾满泡沫的双手拥抱他，她踮起脚尖也只能够到他的胸前。然而，蒂亚不见得会原谅他。她母亲感觉到了某种紧张的气氛，道歉之后很快便离开了。

“等你吃晚饭已经等了半个多月了。”蒂亚说。

“我得应付工作。真的很抱歉错过了晚餐。”

“本来还指望你带甜点回来，还记得吗？到头来还不是我搞定这些事。”

他突然感觉错过了晚餐也没有那么遗憾。

“哦，不是吧，”他的声音里满是失望，“你本该给我留点的。”

“我留了。”

该死。

“现在，你的生活变成这个样子了吗？不吃晚饭，出现的时候还总是涂了指甲油？”

埃德蒙兹不好意思地看了看指甲上正在剥落的紫色指甲油。

“现在已经八点半了。蒂，并没有‘总是’这样。”

“这么说还有更糟的，是不是？”

“也许吧。这是我的工作。”埃德蒙兹突然吼了一声。

“所以我一直不愿意你离开诈骗科。”蒂亚的声音也提高了。

“但我愿意！”

“你就要当爸爸了，你不能这么自私！”

“自私？”埃德蒙兹难以置信地叫道，“我出去挣钱是为了把咱们的日子过下去！我们还能靠什么过活？靠你在发廊的工作？”

他马上就对自己恶意的反驳感到后悔了，可是伤害已经造成了。蒂亚一阵风似的跑到楼上，走进卧室，砰地把门关上。他希望第二天早上上班前向她道歉的时候她已经醒了，并提醒自己下班回家时买些鲜花。

见到巴克斯特，他首先想的是，希望她不要发现自己还穿着前一天的衣服（其他衣服都熨好挂起来，锁在卧室里了），也不要发现他的脑袋还不清醒。她一边忙着联系整形医师和理疗师，询问那条腿的修复问题，一边指示他尽量多找一些关于那枚银色戒指的信息。

他在手机上搜索距离最近、声誉良好的珠宝店，然后步行前往维多利亚广场。他到达时，那位长相夸张的销售人员很高兴地提供了一切必要的帮助，他显然乐在其中。他领着埃德蒙兹走进一间密室。珠宝店前厅悠闲的假象背后是森严的保险柜、脏污的工具、发亮的设备以及十几个隐藏起来的摄像头，这些摄像头监控着每一个加了防护的玻璃橱柜。

一个脸色苍白、穿着邋遢的人闪了出来，他那副麻风病人的样子很容易吓着那些高贵的客人，他把那枚戒指拿到工作台，通过放大镜仔细察看里面刻的字。

“优质的白金戒指，爱丁堡金银检测所标记的纯度，一个姓名首字母为 TSI 的人于二〇〇三年定制。你由此可以查到是谁拥有这枚戒指。”

“哇哦，太感谢了，你真是帮了大忙！”埃德蒙兹一边说一边记笔记，对于那个男人能从几个看起来没什么意义的标记读出这么多信息感到吃惊，“你知道像这种戒指一般是什么价格吗？”

那个人把那枚厚重的戒指放在天平上，然后从一个抽屉里摸出一本折了角的目录。

“这不是设计师品牌，所以价格会低一些，但我们这里类似的戒指大概要三千英镑。”

“三千英镑？”埃德蒙兹确认了一遍，他突然想起前一天晚上和蒂亚的争吵，“那至少可以让我们对受害者的社会地位有一个了解。”

“还有更多的信息，”那人自信地说，“这肯定是我见过的最乏味的戒指。没有任何艺术特色。就像攥着一把五十英镑的纸币走在街上，只为炫富，没什么品位。”

“你应该来为我们工作。”埃德蒙兹热情地说。

“得了吧，”那人回答，“薪水太少。”

到午饭时分，巴克斯特已经给四十多家医院打了电话。一名外科医生自信地说他做过这样一台保肢手术，她立刻激动地把X光照片和术后伤疤的照片附在邮件中发给了他。令她失望的是，五分钟后他打来电话说，如果是他做的手术，他绝对不会留下这样可怕的伤疤，因此他没办法再提供任何帮助。由于照片上没有日期也没有序列号，她提供的信息相当模糊。

她看到沃尔夫在会议室里，他也在打电话，玩命似的跟团队一起搜寻拉纳的下落。她到现在还不能接受他也在杀手的名单上这个事实，也许是因为她不能确定他希望她有怎样的反应。她从来没有像现在这样感觉他们完全不了解彼此。

她惊异于他对工作的投入。换作软弱一点的人，早就精神崩溃，躲起来了，或者在周围拼命寻找同情和安慰。但沃尔夫可不是弱者。一旦发生什么，他会变得更强大，更有决断力，更无情，就像那个拼布娃娃杀手：同样高效，同样无情，像个定时炸弹，带有自毁倾向。目前还没有其他人注意到他身上微妙的改变，但到时候他们总会发现的。

埃德蒙兹在戒指的问题上有很大进展。他已经和爱丁堡金银检测所联系过了。他们告诉他，这个标记属于老城的一位独立珠宝商。他把戒指的照片发了过去，并大致注释了一下尺寸。在等对方回电话的时间里，他忙着对比各种指甲油。回办公室的路上，他在Superdrug和Boots两家药妆零售店里逗留了一下，他很得意现在又有了六个闪亮的瓶子，但没有一个颜色和他一直在找的颜色匹配。

“你看起来糟透了。”巴克斯特在给四十三家医院打完电话后对他说。

“我没睡好。”埃德蒙兹说。

“你穿着昨天的衬衫。”

“是吗？”

“三个月来，你从来不会连续两天穿同一件衬衫。”

“我没想到你会注意到这些事。”

“你跟老婆吵架了，”她了然地说，有点儿享受埃德蒙兹支支吾吾的样子，“晚上睡沙发了，对不？我们都睡沙发了。”

“如果你也睡了沙发，我们可不可以聊点别的话题？”

“嗯，聊什么？她不喜欢你跟一个女孩搭档？”巴克斯特把她的椅子转过来，正对着他扑闪她的长睫毛。

“没有。”

“她问起你白天的事，可你又不能对她说起被肢解的尸体和被烧死的市长？”

“是关于指甲油的事。”他微笑着说，把前一天涂的斑驳的紫色指甲在他面前晃了晃。他想开个玩笑来证明她没有生他的气。

“在这件事情中，你一定错过了什么。生日，还是纪念日？”

埃德蒙兹没有回答，她知道自己戳中他的痛点了。她注视着他，耐心地等着他的回答。

“错过了跟她母亲吃晚饭。”他喃喃地说。

巴克斯特迸发出一阵大笑。

“和她母亲吃晚饭？天哪，让她收敛些吧。看在上帝的分上，我们可是在追踪一个连环杀手啊。”她神秘兮兮地倾身过来，“我也遇到过这种事，当时我正在泰晤士河上追踪一条船，因而错过了他母亲的葬礼！”

她大笑起来。埃德蒙兹也跟着笑了，心里却为没有替蒂亚辩护几句感到有些内疚，她毕竟还是调整了自己的作息时间来迁就他的新工作。不过他还是挺高兴与搭档有了某些共同之处。

“从那以后，我就再没有听到过他的消息了。”她说。

她的笑声渐渐低落了下去，埃德蒙兹觉得自己能从这种满不在乎的姿态里察觉她发自内心的悲伤，这不过是她对自己早已做出的抉择表现出的微弱的犹疑而已。

“也许等到你的孩子出生的那一天，我们都在犯罪现场，而你不在。”

“不会有这种事的。”埃德蒙兹不服气地说。

巴克斯特耸耸肩，把椅子转了回去。她拿起话筒，开始拨打名单上的下一个号码。

“结婚，当警探，离婚。你去问问这个房间里的任何一个人。结婚，当警探，离婚……嗨，你好，我是巴克斯特警探……”

西蒙斯走出自己的办公室，在巴克斯特丢在钱伯斯空办公桌上的一堆尸体解剖照片前停了一下。

“钱伯斯什么时候回来？”他问她。

“不知道。”她回答，一边继续和下一个理疗师通着电话。

“我确定是今天。”

巴克斯特耸耸肩，表示她对此既不感兴趣也不想再听下去。

“几年前他骗我说火山爆发了，于是在那儿多待了一个星期。这次他最好别‘卡’在了加勒比海。替我给他打个电话，好吗？”

“你自己给他打吧。”她大叫，话筒里传出的流行歌曲让她更加恼火。

“我是在命令你打电话。打吧！”

巴克斯特用座机打出去的电话没有人接，于是她用自己的手机拨打了钱伯斯家里的电话，这是她熟记在心的号码。可是电话直接被转到了答录机上：

“钱伯斯！我是巴克斯特。你在什么地方，你这个偷懒的浑蛋？该死，希望不是孩子们接的电话。如果是阿莱或是洛里听到这段留言，请直接忽略‘浑蛋’和‘该死’这两个词吧。”

医院座机那边终于有人接电话了，巴克斯特吃了一惊。

“靠！”她冲着手机脱口而出，然后突然挂断。

随着时间的流逝，沃尔夫感到一种彻底的无助。下午两点半，他接到一个电话，是他派去拉纳表亲家的警员打来的。这一次，如同之前所有的线索一样，毫无进展。沃尔夫肯定拉纳的亲戚朋友将他和他的家人藏了起来。他们全家在五个月前就消失得无影无踪了，包括两个正在上学的孩子，他们本来应该很容易找到。他揉了揉疲惫的眼睛，然后看见西蒙斯在他那间小办公室里来回踱步，一边应付着几个上司没完没了的来电，一边快速浏览着新闻频道来评估最新的损失。

毫无收获的半小时过去了，芬利突然大喊了一声。

“我发现线索了！”

沃尔夫和其他人赶紧丢下手头的工作，过来听他的新发现。

“拉纳的母亲死于一九九七年，她把房子留给了两个儿子，但这所房子从未被出售。几年后，他们把这个房子转到了拉纳刚出生的女儿名下。这毫无疑问是为了避税。”

“地址在哪里？”沃尔夫问。

“绍索尔区，玛格丽特夫人街。”

“就是那儿了。”沃尔夫说。

沃尔夫输了“石头剪刀布”，于是任务落到了他头上。他小心地打断了西蒙斯的电话会议。西蒙斯和他们一起来到会议室，听芬利向大家解释自己发现的线索。大家决定让沃尔夫和芬利去抓捕拉纳。只要能保证拉纳星期四早上安全地出现在公众面前，一切行动都可以自行决定，免得媒体抨击他们，说他们到头来还是没能找到拉纳。

西蒙斯想到了他在英国受保护人士机构[①]的联络人，后者在转移受威胁人士和安保方面有更好的办法，可以让他们来共同负责拉纳的安全。他刚拿起电话，就听到有人在轻敲会议室的门。

“现在别来打扰我们！”他冲着那个胆怯地走进来并关上门的初级警员大吼了一声，“我说了现在别打扰我们！”

“非常抱歉打扰到您，长官，但有一个电话我想您必须要接。”

“为什么必须要接？”西蒙斯问道。

“因为维贾伊·拉纳刚刚走进绍索尔警察局自首了。”

“哦。”

① 英国受保护人士机构（UK Protected Persons Service），隶属英国警察系统，但拥有独立的警力和保护措施，专门为被认定遭到严重威胁的人士提供官方保护。

Chapter 11

第十一章

2014 年 7 月 1 日　星期二　下午 4:20

芬利在汽车行驶到高速公路外车道时打了个盹。事情可能还没到最糟的地步，尽管他们现在已经在车队长龙里等了四十多分钟。暴雨噼里啪啦地打在车顶盖上，盖过了芬利的呼噜声，雨声听上去就像石子砸在薄薄的金属壳上。雨刷已经很久都不起作用了，这也许会成为接下来延误更长时间的原因。

他们匿名征用了一辆车，成功地甩开了媒体（他们去躲避突如其来的暴雨了），即便打开警笛也没用，因为他们正陷在最外面的第四车道上，越来越长的车队把路堵得水泄不通。他们根本到不了坚实的路肩，尽管那儿距他们不到十米，这真够令人丧气的。

沃尔夫与绍索尔警察局的总督察沃克通了电话。沃克给沃尔夫留下了精明能干的印象。拉纳一到警察局，沃克便将他身上搜了一遍，接着把他关押了起来，还派了一个人在门口把守。他向沃尔夫保证拉纳走进警局大楼的事只有四个人（包括他本人）知晓。他让手下发誓死守秘密，即使对同事也绝不透露。沃克还应沃尔夫的要求暂停了警察局的对外服务，谎称汽油泄漏，并吩咐他手下的警员去其他警察局休息。尽管被耽搁在路上，沃尔夫对拉纳目前的安全处境很放心。

那五辆连环相撞的车子终于被移到了就近的车道。他们一个多小时后到达了绍索尔，沃尔夫和芬利下车时，第一声焦雷在漆黑的天际炸响。街灯已经亮起来了，映在疾行的雨伞和水沟里奔腾的急流上，催促着主路上依然拥堵的车流。

他们两人从停车场冲向警察局后门，就在这短短十秒钟内被大雨浇透了。总督察把他们领进屋后迅速锁上了后门。他和芬利年纪差不多，身姿矫健，穿着他们熟悉的制服。他那严重后退的发际线倒与他十分相称，让人以为他是有意秃顶的。他热情地欢迎他们，并把他们带到休息室里喝了一杯热饮。

“那么，先生们，你们有关于拉纳的计划吗？”沃克问。他直接向芬利提问，这可能是出于对年长者的礼貌，因为他已经知道是沃尔夫在安排整个行动。

“只有给受保护人机构的一则很短的说明，”芬利说着用袖子擦了一把脸上的雨水，“除非他们能保证他的安全，否则他们不会转移的。”

“那么我现在应该和你们做交接了，”沃克说，“请随意些。”

“我想跟他谈几句话。”沃克转身要离开房间时，沃尔夫说。

沃克犹豫了片刻后才回答，似乎在搜寻着不至于冒犯到对方的词语。

“福克斯警官，你现在相当有名。”他说。

沃尔夫不知道该如何接话。

“我对你毫无不敬之意，不过，在这一切发生之前，你就已经很有名了，不是吗？”

“你什么意思？”

“意思是，当拉纳先生今天下午跌跌撞撞地走进警察局时，他的情绪相当消沉。他想与妻子、儿女保持一定距离，他这种想法是可以理解的。接着他就崩溃了，为他死去的兄弟痛哭起来。”

“我懂了。”沃尔夫终于明白了沃克的态度：他知道了一切。沃尔夫有些恼怒，尽管他明白这位督察只是在执行自己的任务，“在此之前我从未见过，也从未听说过维贾伊·拉纳。我唯一关心的是让他活着。我的意思是，在我们会面期间，如果需要有人对他实行保护，那么这个人就是我。”

“那么，在你会见拉纳时，我需要一直在场，这你不能反对。”沃克说。

“这样只会让我感觉更安全。”沃尔夫轻飘飘地说。

沃克领着他们走进大楼后面的拘留室，那里已经有三名了解内情的警员正在紧张地等待着。督察把沃尔夫和芬利向他们做了介绍，并要求他们站在门口担任保卫工作。

“我们把他安排在了最里头的一间，尽可能远离其他人。”沃克说。

门摇晃着费劲地打开了，从里面冲出一股霉馊的厕所味。里面有一张蓝色的床垫和一个枕头，横放着一条木头长凳，这些就是拘留室的全部设施了。拉纳坐在那儿，脑袋埋在手里，他依旧穿着那件上面有水渍的厚夹克衫。门锁咔嗒一声打开了，沃克慢慢走向那个被羁押的人。

“拉纳先生，这两位警官负责——”

拉纳抬起头，睁开充血的眼睛盯着沃尔夫，接着从长凳上一跃而起。沃克一把抓住他一条胳膊，芬利则抓住了他另一条胳膊。他们把他拖回到长凳上，他尖叫起来：

“你这个浑蛋！你这个浑蛋！”

两个经验丰富的警官轻易地把这个矮小且体重严重超标的人制服了。他有几天没刮胡子了，胡楂长长短短地布满了他的大脸盘。他好像泄了气，扑在枕头上痛哭起来。沃克和芬利谨慎地放开了手。场面渐渐平静下来。

“我对你兄弟的遭遇表示哀悼，”沃尔夫脸上带着假笑，拉纳愤怒地瞪着他，“但他的确是个人渣。”

“你这个浑蛋！”拉纳又尖叫起来。沃克和芬利再次奋力把他拉回到长凳上。

“该死，威尔。”拉纳的膝盖撞到了芬利的腹股沟，他抱怨道。

“你又来了，福克斯，”沃克愤怒地说，“你再这样，我就不阻止他了。”

沃尔夫抬起一只手表示道歉，然后退后几步靠在了墙上。拉纳平静下来以后，芬利向他解释了他的处境：他们如何严守他自首的消息；如何等待来自受保护人机构的指示；为什么他来自首对保证他的安全来说是个正确的抉择。按照芬利所受的训练，一旦他给予拉纳的信息足以赢得对方的信任，他就可以将谈话转向提问。他问拉纳是否认识名单上的其他人，是否有人想伤害他，是否接到过不同寻常的电话或有过不同寻常的遭遇。

“我可以向你提几个关于你兄弟的问题吗？”芬利的提问是沃尔夫听到的最客气的提问。芬利在小心翼翼地试探着拉纳的爆发点。

沃尔夫尽可能地盯着地板，以避免挑起事端。

“为什么？”拉纳问。

“因为名单上的人肯定和那些他……杀害了的人有关系。”芬利温和地解释道。

沃尔夫翻了翻白眼。

“好吧。”拉纳说。

“你最后一次见到你兄弟是什么时候？”

“二〇〇四……或二〇〇五年？”拉纳不确定地说。

“也就是说庭审期间你没在场？”

“没有，没在场。”

“为什么？”这是五分钟后沃尔夫第一次出声。

沃克一把抓住了拉纳的胳膊，但那人似乎不想挪动身子，也不想回答问题。

“什么样的人会在自己兄弟受审期间一次也没出现在法庭上？”沃尔夫继续说道，完全不理会沃克和芬利责备的目光，“我来告诉你是什么样的人：一个已经知道了真相的人，一个已经知道他的兄弟犯了罪的人。”

拉纳还是没作声。

“这就是你几年前改名换姓的原因。你知道他要干的事，你想让自己置身事外。”

“我根本不知道他会去——”

“你知道！”沃尔夫吼道，“但你没有做任何阻拦。你的小女儿几岁？”

“福克斯！”沃克喊道。

“她多大？”沃尔夫大声问道。

“十三岁。”拉纳喃喃地回答。

“如果不是我阻拦他的话，我真想知道他会不会把你的小女儿活活烧死。她认识他，也许还信任他。你难道认为他会拒绝对这么容易下手的对象下手？”

“别说了！”拉纳喊道，像个孩子似的把手捂在耳朵上，“求求你别说了！”

“你，维贾伊·拉纳，你欠我的！”沃尔夫怒斥道。

他重重地关上门离开了，留下芬利和沃克去应付那个抽泣的家伙。

晚上七点零五分，沃尔夫接到一个电话，对方告诉他最晚十点半会有人过来跟他们交接。受保护人士机构正在为拉纳的安全准备训练有素的警员和安全可靠的住所。沃尔夫没有马上将这条讯息告知沃克和他的手下，因为后者似乎已经懒得掩饰对这几个逗留过久的客人的不耐烦了。

因为不想再瞧见那几张严厉的脸，沃尔夫决定出去为自己、芬利和拉纳买些食物（谨慎起见，他叮嘱过沃克，这里不能给拉纳提供任何食物）。

他决定大方地给所有人买薯条，不是因为觉得亏欠他们，而是因为他不知道自己若是空着手回去，他们会不会让他进门。

沃尔夫穿上潮湿的外套，一个警员替他开了门。沉重的铁门打开的声音明显盖过了外面的暴雨声。沃尔夫冲到空空荡荡的街上，计算着过街的速度，以免被驶过水坑的汽车溅一身水。他找到了一家卖炸鱼薯条的店，走了进去。地板很滑，上面沾满了泥浆。他关上门，挡住了外面的暴雨，这时他的手机响了。

“沃尔夫。”他自报家门。

“嗨，威尔。我是伊丽莎白·塔特。”一个沙哑的声音说。

“丽兹，找我有事？”

伊丽莎白是个精明强干的辩护律师，也是伦敦市中心众多警察局的指定律师。她做这一行快三十年了，为那些因冲动犯事的人（从醉鬼到杀人犯都有）做过第一流的辩护，也支持过那些孤僻或精神错乱的人。虽然他们最终还是得到了应得的惩罚，但沃尔夫挺喜欢伊丽莎白的。

当其他律师红口白牙地撒谎时（不是为了他们毫不疑问有罪的客户，而是为了他们自己），伊丽莎白只在法律允许的范围内为她的当事人辩护，从不逾矩。他们有过少数几次争吵，当时她坚信自己的客户无罪，在那种情况下，她那铁面无情且不知疲倦的战斗力可以媲美他们当中最出色的人。

“我知道你现在正在保护维贾伊·拉纳先生。”她说。

“两份炸香肠和薯条，亲爱的。”他背后有人在点单。

沃尔夫挡着听筒在想怎么回答丽兹。

“我不知道你在——”

“别装了。他老婆给我打电话了，”伊丽莎白说，“我去年给他做过辩护。”

“避税的事？”

“不能说。”

“那就是避税的事了。”

“我已经和西蒙斯说过了，他同意让我今天晚上来见我的客户。”

“绝对不行。”

“你是想让我在电话里给你讲讲《警察与刑事证据法》吗？我刚刚花了二十分钟跟你的上司说这个事。拉纳先生不仅是受你保护的人，他还是一名遭到逮捕的嫌疑犯。我们两人都知道，在接下来的两天里，他说的每一句话，无论是对你还是对其他人说的，都会强化他有罪的印象，牵连他在审的案子。”

“不行。”

“当然，我已经同意你们对我以及我的所有随身物品进行彻底的搜查，并且我会遵循现场的其他必要程序。”

“不行。”

伊丽莎白叹了口气。

“去和西蒙斯说吧，然后再打电话给我。”她说完这句话就挂了电话。

“你什么时候能到这儿？”沃尔夫在电话里含混地问伊丽莎白，同时拿起一大袋薯条往警察局走。

他和西蒙斯在电话里吵了足有十分钟，但想让他们那位患有“诉讼恐惧症”的局长在这件事上——剥夺一个罪犯寻求法律支援的权利，而他们极可能因为这个案子起诉他——让步很不现实。西蒙斯预料到沃尔夫不见得会忠实地执行他的命令，于是提醒他别忘了他们星期六晚上的谈话，重申自己可以随时让沃尔夫脱离这个案子。他还指出，拒绝让拉纳的律师过去可能会成为拒绝让他插手这个案子的好说辞，他保护罪犯的生命也是为了让他享有这个自由。

沃尔夫万分不情愿地给伊丽莎白回了电话。

“我需要先结束布伦特福德这边的事，然后过来的路上会在伊灵短暂停留。我十点钟应该可以到你们那里。”

“这样挺好。他十点半要被送走。”

“我会到那儿的。”

这时响起了一阵惊雷，拘留室里所有的灯都熄灭了。过了一会儿，应急灯诡异的灯光在黑暗中亮起。距应急灯最近的一个单间里，有人开始一下一下地踢门。沉闷的踢门声充斥着幽暗的走廊，墙外是无言的暴风雨。沃尔夫起身挂断了伊丽莎白的电话。

他意识到自己的手在颤抖，但他试图忽略其中的原因。这是他的噩梦：在监护室度过的无数个不眠之夜里，他听着迷宫一样的走廊里传来无数的尖叫声，绝望的身体徒劳地撞击着一动不动的门。他花了片刻收敛心神，然后把手塞进了口袋里。

“我要检查一下拉纳的状况。”他对其他警员说。

他和沃克一起走在黑暗的走廊中，那有节奏的踢门声越来越响。拉纳门口的守卫连忙打开门。单间里面一片漆黑。走廊上微弱的光线几乎没有刺破这团黑暗。

“拉纳先生？”沃克喊道，“拉纳先生？”

芬利晃动着手电筒出现在他们身后，手电筒的光束在屋里一阵狂舞，最后固定在那个躺在长凳上一动不动的人身上。

“妈的。”沃尔夫冲进黑暗的房间，将拉纳的身子翻过来，两根手指搭在他颈部的脉搏上。

拉纳眨巴着眼睛醒了过来，发出一声受到惊吓的尖叫，他刚才睡着了。沃尔夫释然地叹了口气，芬利在走廊里笑出了声。沃克看上去已经等不到十点半了。

Chapter 12

第十二章

2014 年 7 月 1 日　星期四　晚上 11:28

沃尔夫从受保护人士机构得到的最新消息是，他们还堵在 M25 高速路上。拘留所里有一个警员把自己的手机架在台子上，以便大家都能看到BBC关于造成堵车的事故的报道。很显然，有一辆卡车堵在了行车道上。两辆救护飞机降落在车道上，已确认至少有一人死亡。

拘留所里的灯重新亮了起来，使得这里相对暴雨肆虐的室外显得温馨了一些。芬利倒在一把塑料椅子上睡着了。一个警员守在拉纳的拘留室外面，另外两名警员在沃克背后交换了一下恼火的眼神。本来是十二小时轮班制，这已经是第十五个小时了，他们觉得自己像囚犯一样不得自由。

沃尔夫在后门附近徘徊，等着伊丽莎白的到来，她也因无法预料的天气延误了时间。她最新发来的短信说自己五分钟内就可以到达，让他做好准备。

沃尔夫透过门上的孔看着大水漫过停车场，从建筑物的管道里流出来的脏水涌向排水沟。两盏车灯小心翼翼地转过街角，一辆出租车在大门外停留了大约一分钟。一个披着连帽雨衣的人提着一个公文包从车子后座出来，几步冲过来，急切地敲着金属门。

“谁？”沃尔夫问，他看不清来人。

“还能有谁？”伊丽莎白沙哑的声音响起。

沃尔夫拉开门，一阵风卷进来一片雨，把房间里面的公文和招贴海报全都掀了起来。他用尽全力才把门重新关上。

伊丽莎白脱下滴着水的雨衣。她五十八岁了，总是把灰白的头发在脑后紧紧地扎成一束马尾。以前沃尔夫只见过她穿着三件套正装的样子，每一套都以不菲的价格于二十年前购入，但这会儿却显出一副破旧过时的模样。无论他何时见到她，她都像是刚丢了烟蒂，身上的烟味萦绕不去，唇上耀眼的口红即便在黑暗中也看得见。现在，她抬头看向沃尔夫时，露出了一嘴黄牙，微笑中带着宠溺。

“丽兹。”他跟她打了个招呼。

“嗨，亲爱的。”她说着把外套丢在最近的一把椅子上，然后拥抱了他，在他两边脸颊上各吻了一下。他感觉她这次拥抱他的时间比平时要长一些。沃尔夫把这理解为她想表达一种母亲般的关心。

“外面真是一塌糊涂。”她对着整个房间说，好像大家还不知道一样。

“来杯喝的？”沃尔夫问。

“要是有茶喝，我得开心死。”她对他说话的语气非常夸张，足以让更多的人听见。

沃尔夫出去拿喝的，让沃克和他的手下对她进行例行安检。他觉得当面看着一个认识多年的朋友被搜身很不自在。至少他这时走开会显得他与此事无关。因此他尽可能拖延时间。他回来时，看到芬利一边和伊丽莎白开着玩笑，一边在她的公文包里翻捡着。他拿走了一个刻着字的打火机（她留着这东西只是出于某种情感上的原因）和两支昂贵的圆珠笔。

“好了！”芬利微笑着说。

他合上公文包递给伊丽莎白，她几口就喝完了那杯微温的茶。

“那么，我的当事人在哪里？”

“我会陪你去见他。”沃尔夫说。

“我们需要一些隐私。”

“会有人守在门口的。”

“这是私密谈话，亲爱的。”

“那么你最好小声说。”沃尔夫耸耸肩。

伊丽莎白笑了起来。

“我们都是聪明的老狐狸，是不是，威尔？”

他们刚走到拉纳的房间门口，沃尔夫的手机响了。守卫让伊丽莎白进去后重新锁上了门。沃尔夫满意地踱回到走廊上接电话。是西蒙斯打来的，他告诉他两个消息：第一个消息是受保护人士机构的人正在赶来这里的路上，他们将在半小时内到达；第二个消息有争议：沃尔夫和芬利都不准陪同拉纳。

“我要和他们一起走。”沃尔夫坚持道。

“他们有严格的陪同规定。”西蒙斯说。

“我不会让一个——我们不能把他交出去，让他们开车带他到鬼才知道的地方。”

“我们可以，而且我们一定得这样做。”

“你已经同意了？”沃尔夫显然对他的上司失望了。

“我同意了。”

“让我跟他们说。”

“别这样。”

“我会很有礼貌的，我保证。我只是向他们解释一下目前的情况。他们的号码是多少？”

沃尔夫正在与西蒙斯争执受保护人的交接事宜，这时他的廉价电子表哔哔地响起了夜里十二点的提示音。这个愚蠢的男人让他越来越恼火，这个猪脑子居然无论何时也不肯违反条例。沃尔夫觉得还是面对面商讨更好些，于是冲着手机叫了声“笨蛋”就挂断了。

“你还会有朋友，这可真是件稀奇的事啊。”芬利说。他正在与沃克还有其他警员一起观看小屏幕上的天气预报。

“风速达到每秒四十米。”一个扭曲的声音警告他们。

“那些机构里的人都受过良好的训练，”芬利说，“你不要再让自己表现得像个控制狂了。”

沃尔夫正要说些危及他仅剩的友谊的话，这时他听到警卫打开了拉纳那间屋子的门锁。伊丽莎白出来了。她在关上门之前向里面的当事人道了别。她赤着脚踩在米黄色的地板上（沃克把她那双可笑的高跟鞋没收了）。从沃尔夫身边走过时，她什么话都没说，默默从桌子上拿起自己的东西。

“丽兹？”他被她剧烈的情绪变化给弄迷糊了，“一切都还好吗？”

“挺好的。”她一边说一边披上了外套。当她摸索着扣扣子时，她的手开始颤抖。接着，让沃尔夫惊讶的是，她擦了擦眼泪说：“我要走了。”

说完，她向门口走去。

“他说了什么让你不开心了？”沃尔夫问。他感觉自己有些愤怒。他对那些每天都在应付最恶劣的人的女性有一种保护欲。他知道去刺探她内心厚厚的保护层是不恰当的行为。

“我是个大女孩，威廉，”她厉声说道，“开门，拜托快点！”

沃尔夫向门口走去，拉开沉重的铁栅门。又是一阵电闪雷鸣，伴随着伊丽莎白出去的脚步声从天际隆隆袭来。

“你的公文包！”沃尔夫说。他意识到她肯定是把公文包遗忘在拉纳的拘留室里了。

伊丽莎白看上去受到了惊吓。

“我去给你拿来，你不必再去见他了。”他说。

“我明天早上过来拿。”

“别搞笑了。”

“行啦，威尔，别管这事！”她叫了起来，然后跌跌撞撞地走了。

“这是怎么回事？”芬利问这话时眼睛没有从屏幕上移开。

沃尔夫看着伊丽莎白转过街角。渐渐地，一种不安的感觉从他心中升起。他低头看了下表：凌晨零点零七分。

“打开门！”他冲回走廊，尖叫道。

守卫的警员不小心掉了钥匙，沃克很快捡了起来。门锁打开，沃尔夫顶开沉重的大门，看见拉纳直直地坐在垫子上。他听见沃克在他身后释然地呼出一口气……

当他再次看向这坐着的囚犯时，他的呼吸陡地急促了起来。

拉纳的头猛地向前扑倒，脸上满是死尸的蓝紫色瘀痕，充血的眼珠不自然地从眼眶中凸出来。看上去像是钢琴琴弦在他的脖子上绕了好几圈，深深地陷进了褐色的皮肤里。更多琴弦从公文包边缘露出来，这里发生了什么已是一目了然。

“快叫救护车！”沃尔夫回头朝走廊大喊，声音一直传出很远。

他猛地跳起来，冲进雨中的停车场，转过街角，迎着鞭子似的大雨冲到大街上。不到三十秒，空旷的人行道上已经看不见伊丽莎白的踪影。他跑过商店漆黑的玻璃窗，被暴风雨的声音搞得发狂，一辆辆疾驰而过的汽车穿过炸开又落下的水雾，发出像飞机起飞一样的声响。无数雨滴拍打在停泊的汽车的金属盖上。

“伊丽莎白！”他叫道，但声音被风带走了。

他冲过两个商店之间的巷道时停了下来。他退回几步，站在那条狭窄的巷道口上，眯起眼睛朝里看。他缓缓往里走了几步，耳边是雨水打在被丢弃的玻璃瓶、包装纸和垃圾箱上的声音。

“伊丽莎白？”他轻声叫道，又朝里面走了几步，他感觉到脚底下有什么东西裂开了，“伊丽莎白？”

突然，他被人推开，撞到冰冷的石墙上。伊丽莎白冲到街上时，他差点就抓住了她的衣服。

他冲到橘黄的街灯下只比她晚了几秒钟。伊丽莎白惊慌失措、不顾一切地冲到马路当中。一辆客货两用车一个急刹车停在距她只有几厘米的地方，司机愤怒地按了几下喇叭。伊丽莎白现在距他只有几米远，她掏出手机打电话，脚步慢了下来。沃尔夫迅速冲了过去，看见她的鞋上沾着血迹、污泥和巷道里的脏东西。然后，他听见她喘着气对着手机喊道：

“干完了！干完了！”

他伸手想抓住她，她却突然转身跑回到路中央。他本能地追了上去，不确定前面是否有车。伊丽莎白踉跄着冲过了街道中间的安全岛，被绊倒在柏油马路上。她用手和膝盖支撑着爬起来，发现沃尔夫停在马路中间。她看见了他脸上恐惧的表情，顺着他的视线，她看见一辆双层巴士正向她轧过来。

她都来不及叫喊一声。

沃尔夫慢慢走向那个被碾轧过的身体，她躺在十米开外的路边。越来越多的车辆在他身后猛地停住，前灯的光照在那具被轧碎的尸体上。他感到自己的眼泪涌了上来，他太疲惫，太伤心了，甚至没去想他的朋友为何如此。

那个双层巴士司机一脸迷茫，跌跌撞撞地向他这边跑来，身后跟着一些离开舒适的座位、跑进雨中的乘客。他的脸上带着一丝希望，希望这个女人还能站起来，甚至希望她没受什么伤，希望自己的生活不要因此发生巨大改变。沃尔夫不想去安慰甚至去确认一下这个男人。在这种复杂混乱的情况下，他其实不该为没看到这个倒在马路当中的女人背上罪责，但此刻，他的确是那个结束了伊丽莎白生命的人，沃尔夫却不能向他发火。

另一辆汽车也停了下来，街道的这一块区域被照亮了，沃尔夫发现伊丽莎白摔碎的手机还躺在公交车撞上她的地方。他慢慢走过去，蹲下身拾起手机，打开一看，发现手机仍处于通话状态中。他举起手机紧贴在耳边，可以辨别出电话那一头平静的、沙沙作响的呼吸声。

“你是谁？”沃尔夫的声音猛地响起。

对方没有回答，只能听见某人在倾听时发出的持续的呼吸声和背景里传来的机器运转声。

“我是伦敦警察厅的福克斯警官。你是谁？”他又问了一次，虽然他觉得自己已经知道答案了。

远处有蓝色的警灯在靠近，沃尔夫仍然一动不动地坐着，听着杀手的呼吸声。沃尔夫想威胁他，恐吓他，让自己被挑起的情绪爆发出来，但他知道自己在绝对的愤怒和仇恨中无法把话说清楚。所以，他还是继续听着，没有理会周围的忙乱。他不知道自己为什么会把呼吸调慢以配合杀手的呼吸，但对方很快就咔嗒一声挂断了，电话那头只剩下嘟嘟声。

Chapter 13

第十三章

2014年7月2日　星期三　凌晨5:43

凯伦·霍尔姆斯焦急地等待着接下来的路况报道。这些天来，她从未在凌晨之前安睡过，整个晚上被狂暴的风雨惊醒了好几次。天还没亮，她就走出她的格洛斯特小平房，发现自家那个带轮子的垃圾箱横在马路中间，她家的一块栅栏则倒在了邻居的汽车上。她尽力悄无声息地把那块沉重的栅栏扳了回来，心里祈祷着她那个讨厌的邻居不要注意到引擎盖上的新划痕。

每月都要去一次位于首都的总部办公室，这件事让凯伦非常发愁。同事们都可以报销工作期间的食宿，但她找不到人定期帮她照顾那几条狗，而它们的安好是她的头等大事。

高速公路上已经开始拥堵起来，没完没了的平均车速检测拖慢了她的速度，以保护绵延数公里的塑料圆锥筒，仿佛在嘲笑某人还想着在不久之后开始工作。

凯伦低头摆弄着无线电广播，对于错过了路况报道颇有些抓狂。她回头瞥了一眼公路，注意到有一个黑色的大袋子躺在中央隔离带的钢筋护栏之间。这个黑色袋子的大小和形状在她看来都有些不同寻常。当她以每小时七十八公里的车速驶到与袋子平行处时，她敢发誓她看到那袋子在动。她从后视镜往回看，一辆奥迪轿车以每小时一百四十五公里的速度从她的右边冲了过去，差点擦到她的保险杠。这家伙不是太富就是太蠢，以至于不在意被监控摄像拍下来。

她继续行驶在高速公路上，前方三公里处是交叉路口。即使她觉得自己看见了什么不寻常的东西（当然她不敢肯定），她也没有时间停留。也许那个袋子是被她的汽车驶过时带起的风吹得动弹起来，但凯伦还是无法摆脱那种不安的感觉，那袋子里有名堂，里面有什么东西在动。

她那两条斯塔福德郡的杂种犬是搜救犬，它们都看到了，并跳着准备去救援。这个念头让她忐忑不安。当她驶出正在修补的路段时，一辆宝马车以每小时一百六十公里的车速超过了她，凯伦确信那袋子里有活物，而且很可能命不长久了。

当她突然掉转车头经过减速带开向匝道时，她那辆老旧的福特嘉年华猛烈地震动起来。她回去看一下也不过就拖延十五分钟而已。于是她绕上环形路重新汇入高速公路的车流，向着相反的方向驶去。

凯伦觉得要回忆起那袋子的准确地点有些困难，于是在快到达那里时放慢了车速。她发现那个袋子就在前面，于是打开应急双闪，把车子开向路肩，停在与袋子平行的地方。她盯着那个黑色袋子看了几分钟，对自己有些气愤，觉得自己很蠢，因为除了有车快速驶过时，那袋子都纹丝不动。突然，那个袋子向前挪动了一下，吓得她把车子开回到内车道上。

凯伦心跳加速，终于等到一个车流空隙，她下了车，穿过三个车道，然后翻过中央隔离带。车子从她身边驶过时溅了她一身的泥和油腻腻的污水。她跪下来，犹豫着。

“千万别是条蛇啊！千万别！”她喃喃地祈祷着。

当她开口说话时，那只袋子开始向她移动，她似乎听到里面有呜咽的声音。她小心翼翼地抓住那个纸质的袋子，在顶端撕开了一个小小的口子。慢慢地，口子越撕越大，她又担心里面的东西会跑到高速公路上。她不小心把中间撕破了，结果冒出来一个沾着烂泥和脏东西的金发的脑袋，那是一个被捆绑起来并塞住了嘴的女人，她吓得连连后退。那女人用祈求的眼神看了一眼凯伦，然后就失去了知觉。

埃德蒙兹在通过苏格兰场安检时打了个激灵。他昨晚按时回家，带蒂亚一起出去吃晚饭，并为前一天晚上的事道了歉。他们两个都尽力打扮得体，在一起共度了两三个小时，假装这样的奢侈对他们来说已经是习以为常了。他们享用了三道菜，埃德蒙兹甚至还点了牛排。这种自我感觉良好的幻觉是被一个脾气暴躁的女侍者打破的——她隔着整个餐厅问主管，怎样把这两个客人的乐购超市代金券充入账单。

但埃德蒙兹还是兴致不减，因为他终于找到了相符的指甲油。他还不能确定这条信息是否有用，但他觉得对于确定“拼布娃娃”那条来自女性的右胳膊来说是个重要的进展。他走进办公室时看见巴克斯特已经坐在办公桌前了。即使隔着整个房间，他也能感受到她糟透了的情绪。

“早上好。”埃德蒙兹笑着对她说。

“你有什么可乐的？”她不耐烦地呛他。

“昨晚很不错。”他耸耸肩回答。

“对维贾伊·拉纳来说可不好。”

埃德蒙兹坐下来：“他怎么……？”

“对那个我认识多年的叫作伊丽莎白·塔特的女人来说也不好。对沃尔夫来说也不好。”

“沃尔夫怎么啦？出什么事了？”

巴克斯特简短地跟他讲了前一天晚上的事以及今天早上发现的那个年轻女人。

“袋子正放在法医那里鉴定，救护人员到达那里时，他们发现这个东西挂在她的脚上。”

巴克斯特递给埃德蒙兹一个塑料证据袋，里面装着一个尸检脚趾标签。

“请递交威廉·福克斯警官。”埃德蒙兹念道，“他知道吗？”

“不知道，”她说，“沃尔夫和芬利通宵未睡，他们今天暂时停工。”

一小时后，一名女警带着一个神情呆滞的女人经过忙碌的办公室。她是从医院直接被带过来的，脸上还沾着污泥。她的脸和胳膊上到处都是划痕和瘀青，缠结蓬乱的头发中夹杂着金色与黑色。任何突然的响动和说话声都会让她受惊。

大家现在都已经知道她的真实身份了，她叫乔治娜·塔特，是伊丽莎白的女儿。她似乎有两天没上班了，她母亲曾以个人事由为名打电话替她请了假，所以她没有出现在失踪人员的名单上。把这些已知的信息碎片拼凑到一起并不困难，巴克斯特明白了，要胁迫一个意志坚定、足智多谋、道德感强的女人去做谋杀的勾当其实也挺容易的……

“她还不知道。”乔治娜走进翻修过的会见室后，巴克斯特严肃地说。

“关于她母亲的事？”埃德蒙兹问。

“她那副样子无法接受任何不好的消息。”

巴克斯特开始打包自己的东西。

“我们要去什么地方吗？”

“不是我们，”巴克斯特说，“是我自己。不算沃尔夫和芬利的话，猜猜还有哪个家伙会被派出去保护那些人。那名单上第四个是谁？”

“安德鲁·福特，保安。”埃德蒙兹说，有点儿惊讶巴克斯特居然还需要问这个问题。

“彻头彻尾的浑蛋。一个酒鬼。昨天晚上，他居然差点打掉一个女警员的牙齿，就因为她试图阻止他随地撒尿。”

“我和你一起去。”

“我能处理。然后我要去见一个叫贾里德·加兰的人，一名记者，他的死期被排在……”巴克斯特扳着手指算了下，“三天后。他已经决定把人生最后一周用来报道他眼中的我们是多么无能，以及他在被列入连环杀手名单后的心情。我被要求去‘安抚’他或‘确保’他的安全。”

“你？”埃德蒙兹难以置信地问道。幸运的是，巴克斯特把他的不信任当成了赞美，“你想让我干什么？”

“去看看乔治娜能否回忆起什么有用的信息。还有，继续调查那枚戒指，我们需要知道它是为谁定制的。另外，看看法医那边有什么新发现，还要在法医取证完毕的第一时间把伊丽莎白的手机拿过来。”

巴克斯特离开了办公室，埃德蒙兹突然意识到他还没把关于指甲油的新发现告诉她。他把那个小瓶子放在桌上，想到沃尔夫他们正在绍索尔追踪杀手，把被绑架的女人送到办公室，把电话记录送交司法，他却在研究着这么琐碎的事，他觉得自己真的很蠢。他们的经历一定非常可怕，不过，他必须承认自己有点妒忌。

“真美啊，”伊利亚把自己花了两千英镑买来的照片投射在会议室墙壁上，兴奋地喊道，“我得说真是美啊！”

安德烈娅用手捂着嘴巴，庆幸黑暗的会议室里没有人看得见眼泪淌过她的脸颊。照片确实很美，事实上，这也许是她看过的最悲伤的场景：黑白照片上，在瓢泼大雨中，沃尔夫跪在一盏孤独的街灯下面，汽车前灯照着地上的水坑和商店的橱窗，产生了一种舞台灯光的效果。在她和沃尔夫的婚姻存续期间，她曾见过沃尔夫哭过两三次，每一次都让她痛彻心扉。

但这一次是最悲痛的。

坐在雨水横流的街道上，旁边躺着一位被汽车碾轧过的年长妇女。他望着空中，脸上流露出一种嫉妒颓败的神情，手里仍然握着她血淋淋的双手。

他心碎了。

安德烈娅看着周围同事们的脸：微笑着，欢呼着，大笑着。她感觉内心充满了愤怒和厌恶。在那一刻，她鄙视他们每一个人，如果不是因为曾经爱过照片中的这个男人，她不知道自己是否会露出同样欢快的表情。她不得不承认自己也许会和他们一样。

“马路上躺着的那个死人是谁？”伊利亚询问的眼神挨个扫过去，房间里的人都耸耸肩，摇摇头，“安德烈娅？”

安德烈娅专注地看着照片，试图掩饰自己的眼泪。

“我怎么会知道这个可怜的女人是谁？”

“你前夫似乎挺喜欢她的。”伊利亚说。

“有点太喜欢了。”坐在房间角落里的一个秃顶的制片人存心起哄。

“我还以为你能认出她来呢。”伊利亚放过了她。

“呃，我可认不出来。”安德烈娅尽可能做出愉悦的样子，有几个人露出了惊讶的表情。

“不必管她是谁。无论如何，这都是我们台的独家宝贝。”伊利亚说，没有顾及她的语气，“我们会公开这张照片，并且给这个叫拉纳还是什么的人做倒计时。我们会就他的搜寻进展谈几句，然后回到这张照片上，做点推测和虚构。”

房间里每一个人，除了安德烈娅，都笑了起来。

“这女人是谁？为什么拼布娃娃案的首席警探没有去搜寻下一个受害者而是站在交通事故现场？或者这件事和凶杀案有联系吗？诸如此类。”伊利亚期待地等着其他人献计，“还有别的吗？”

“现在最流行的标签是：不在名单上。”一个令人讨厌的年轻人说。安德烈娅从来没见过他手上不拿手机的样子。“我们的‘死亡闹钟’应用软件已经有五万下载量了。”

“妈的，早知道就应该收费的。”伊利亚骂了一句，“拼布娃娃的表情符号弄好了没？”

另一个人试探性地把一张纸顺着桌面推过来。伊利亚拿了起来，看得一头雾水。

“很难用漫画充分表现这种恐怖的感觉。”那个神经紧张的人解释道。

“就这么着吧。”伊利亚对他说，把那张图还给了他，“不过删掉乳房吧，有点儿少儿不宜，你说呢？”

伊利亚显然对自己干了十年的工作驾轻就熟，他宣布休会。安德烈娅第一个站起来离开了会议室。她犹豫着是该去补一下妆还是径直走出去。她唯一确定的事就是她非常想见沃尔夫。

西蒙斯站在会议室里，凝视着墙上巨大的拼布娃娃拼图。他穿着全套制服，看上去无可挑剔，除了右脚的鞋子上擦不掉的划痕。当他看见自己的朋友全身烧焦躺在大水漫过的会见室地板上时，他愤怒地踢着办公室的金属文件柜，损伤了皮革。穿这双鞋很契合当天下午的情况，它是友谊与失去的象征，尽管他朋友的葬礼已经变成了无关个人的、受到管制的、严肃的公众事件。

特恩布尔市长的礼拜仪式定于下午一点在威斯敏斯特教堂里的玛格丽特小教堂举行，他的家人看到遗体之后，要求私下举办一场小型的葬礼。在这之前，西蒙斯按计划应该举行一场新闻发布会，确认维贾伊·拉纳和伊丽莎白·塔特的死亡。在公关团队争论着怎样以最好的方式营造“正面影响”时，他一直克制着没有发火。

西蒙斯看见乔治娜·塔特被人从会见室里领出来，而他还没有攒足勇气再次走进那间屋子，也许永远都攒不足了。他永远不会忘记他朋友那张被烫起水泡、表皮脱落的脸，无论何时回忆起那个场景，他都能闻到皮肉烧焦的味道。

“好吧，这样如何：把焦点放在我们设法阻止这个叫塔特的女人这一事实上，”一个瘦高的年轻人（他看上去只有十五岁左右）建议道，“一个次要的凶手，可以吗？”

西蒙斯缓慢地转过身，面对着那支三个人的团队。他们以示意图和表格为武器，强调着早上重大新闻的要点，那就像是一堆有毒的垃圾。他想说什么，却只是厌恶地摇摇头，离开了房间。

Chapter 14

第十四章

2014年7月2日　星期三　上午11:35

巴克斯特乘坐区域线地铁去塔丘站，心里有些窝火地沿着加兰告诉她的模糊方向走出车站。走在拥挤的主路上时，她始终保持伦敦塔在她左边。为什么不把会面地点定在他家（他家此刻已受到了警察的保护），或者就定在报社办公室，那就省了她这番奔波了。

就在这个案子出现出人意料的转折之时，那个视道德规矩如无物、善于煽动民众情绪的记者要求跟她在一座教堂里会面。她不知道加兰在最后的日子里是否会像许多人那样皈依宗教。如果她还能相信什么的话，她确信自己将会见到一张厚颜无耻地说着有些无礼的谢幕辞的脸。

头顶的乌云开始裂开缝隙，阳光不时地给这个城市带来温暖。她走了十分钟后，看见一座教堂高耸的塔尖，于是转身拐进相邻的小街。她转过街角，明亮的阳光照耀在她身上，她微微张开了嘴。

圣邓斯坦崭新的教堂尖塔高高地耸立在它破败的墙垣之上。茂密的树枝从如梦似幻的屋顶和高高的拱形窗之间伸展出来，爬藤植物相互缠绕着顺着石墙攀爬上去，越过墙头在另一面繁衍出茂密的一片，给紧邻的花园投下奇特的阴影。这景象看上去像是来自童话故事：城市里的秘密森林，隐藏在众目睽睽之下，而那些在枯燥的办公大楼里玩命奋斗的人看不见它。

巴克斯特走进金属大门，踏进被毁坏的教堂，然后沿着巨大的拱门下面缓缓流动的细流向前走去。她侧着身子挤进茂密的藤蔓，来到一个中央筑着小喷泉、地上铺着鹅卵石的庭院。一对夫妇正在那个庭院里自拍，一个肥胖的女人正在喂鸽子。她向着那个安静地坐在角落里的人走过去。

“贾里德·加兰？”她问。

那人惊讶地抬起头来。他和她年龄相仿，穿着一件合身的衬衫，袖子向上挽起，刮得干干净净的脸和很有特色的发型让他看上去还算有魅力。他带着傲慢的微笑打量着她。

“好吧，今天运气不错。”他操着浓重的东区口音说，“坐下吧。”

他拍了拍左边的空位，巴克斯特却坐在了他的右边。加兰毫不掩饰地笑了。

“你就不能把你那愚蠢的微笑从脸上拿开吗？告诉我为什么不把会面地点安排在你的办公室？”巴克斯特厉声说。

“媒体人可不太喜欢警探在他们的办公室四处晃悠。为什么我们不能在你的办公室会面？”

“因为警探也不太喜欢让那些自鸣得意、令人讨厌、爱投机取巧的记者……”她板着脸说，“带着张刚涂完难闻的须后水的脸在他们的办公室四处晃悠，到此为止吧。”

“你读过我写的专栏，是不是？”

“没得选。”

“我备感荣幸。”

"不必。"

"那么，你觉得怎样？"

"那个词是怎么说的来着，不要反……"巴克斯特岔开了话题。

"不要反咬一口？"

"不是，不是这个。哦，想起来了：不要对唯一能够保护你远离那个恶贯满盈、无情狡诈的连环杀手的人反咬一口。"

这一次，加兰孩子气的脸上露出了得意的笑容。

"你知道，我已经在写今天的文章了。文章的开头是恭喜伦敦警察厅又一次成功行刑。"

巴克斯特想知道，如果她给这个本该受她保护的人一拳，将会惹多大麻烦。

"但这不完全是事实，对不对？你本不必做这么多。福克斯警探评价你的工作能力很强，一个顶俩！"

巴克斯特没有回答，她环视着庭院。加兰必定以为自己击中了她的要害，然而事实上，她在看万一自己火气上来会有哪些目击证人。

在他们谈话期间，太阳消失在云层里，这个隐秘的庭院在阴影中显得有些邪气。突然，这个上帝之家被从里面撕开了，这样的形象让人有些不安，厚厚的墙壁上爬满蛇一样纠缠着的藤蔓，墙体渐次坍塌，一片片剥落在地上。无可辩驳的是，这个不敬神的城市里没有人会费心去拯救它。

她已经完全失去了欣赏残垣断壁的雅兴，她转向加兰，一眼发现一个薄薄的小黑盒子的顶部从他的衬衫口袋里戳了出来。

"哦，你这个浑蛋！"巴克斯特一把抢过他衬衫口袋里的迷你录音机。红色的指示灯还亮着。

"嘿，你不能——"

巴克斯特把这玩意儿摔在铺着鹅卵石的地上，用鞋跟使劲碾压了一通。

“我这算是活该吧。”加兰表现出惊人的大度。

“听好了，事情是这样安排的：你家外面有两个警察保护你。你好好利用这一点吧。沃尔夫明天会来见你——”

“我不要他。我要你。”

“你没有选择。”

“听着，警探，事情应该这样安排：我不是犯人。我没有被捕。伦敦警察厅不能控制我的行动，我也没有义务接受他们的帮助。而且，到目前为止，你还没有过叫得响的业绩记录。我愿意和你一起干这件事，但是要以我的方式干。首先：我要你。”

巴克斯特站住了，一副不容妥协的表情。

“第二，我要伪装死亡。”

巴克斯特揉了揉太阳穴，身体往后缩了下，好像加兰愚蠢的计划引得她身体不适。

“想想看吧。如果我已经死了，杀手就不会来杀我了。不过我们必须做得逼真些，比如在观众的眼皮底下做这件事。”

“你倒是可以做些事情。”巴克斯特说。

她坐回到他身边，加兰面露喜色。

“我们可以把你的脸换成约翰·特拉沃尔塔[①]的……哦不，还是算了吧，那是一部电影。不如我们来个瞬间移动怎么样……不行吗？有了：我们租一架喷气歼击机，我想沃尔夫的驾照应该能用上，我们可以把一架直升机给炸成……”

---

① 约翰·特拉沃尔塔（1954— ），美国著名演员，在动作片《变脸》（1997）中饰演一个与对手换脸的角色。

“算了，”加兰有点尴尬，“我想你没有把我的话当回事。”

“就是没有。”

“我的生命处于危险中。”加兰说。巴克斯特第一次在他的声音中听出了恐惧和自怜。

“那就回家去。”她说。

她站起来往回走。

“非常感谢，非常感谢你的帮助。再见。”

埃德蒙兹刚放下电话，巴克斯特就回来了。他在桌子底下掐了一把自己的大腿，以提醒自己在她走进来时不要对她微笑。

巴克斯特恨透了他的微笑。

她坐在电脑前，怒气一眼就看得出来。她开始把键盘上的碎屑扫进自己手里。

“你到底在这里吃了什么东西？”她吼道。

他不想说自己忙得连午饭都没吃，也不想提及她手上的残屑中有些是她早餐时吃的格兰诺拉麦片。巴克斯特抬头看见他紧绷着一张脸，似乎兴奋得快要爆炸了。

“好吧，来听听你的消息。”她叹了口气。

“柯林斯与亨特事务所。这是一家家族运营的律师事务所，总部位于萨里，在全国有几家分所与合作机构。他们有一项历史悠久的传统，那就是他们的员工都有一枚特制戒指……”埃德蒙兹拿起那个装着大白金戒指的证据袋，“就是这个戒指，事实上，入职五年以后才能拥有这枚戒指。”

“你确定吗？”巴克斯特问。

“确定。”

“那这名单恐怕就太长了。”

“根据那位女士的说法，最多也就二三十个人。她今天下午会发给我一份完整的名单，包括这些人的联系方式。”

“这样一来，我们也许就可以打开一个缺口了。”巴克斯特笑了。

埃德蒙兹惊讶地发现，原来她高兴的时候看起来这么不一样。

“你和加兰的会面怎么样？”

“他要我们杀了他。要喝点什么？”

巴克斯特突兀的回答被她主动要为他拿喝的的举动给遮掩过去了。这样的事之前从未发生过，埃德蒙兹惊呆了。

“茶。”他脱口而出。

他讨厌茶。

五分钟后，巴克斯特回到他俩共用的办公桌旁，把一杯奶茶放在他面前。她显然忘记了埃德蒙兹有乳糖不耐症。他只好假装愉快地啜了一口。

“西蒙斯什么时候回来？”巴克斯特问他，“我要和他谈谈加兰的情况。”

“三点吧，我想。”

“他们从乔治娜·塔特那里了解到什么了吗？”巴克斯特问。

“不是很多。”埃德蒙兹说，翻了下笔记本，“白种人。但我们已经知道了。他的右前臂有条伤疤。”他花了些时间辨认自己潦草地写在本子背面的东西，“哦，这里。你外出的时候，有电话找你，是伊芙·钱伯斯。她说你有她的号码。”

“伊芙打电话来了？”巴克斯特有些困惑，钱伯斯的妻子已经回过她电话了。

“她的声音听上去相当焦虑。”

巴克斯特马上拿出手机。埃德蒙兹坐在旁边让她感到有些不方便，于是站起来走到钱伯斯空着的办公桌前。电话响了两声就有人接了。

“埃米莉。”对方说。

“伊芙？你没事吧？”

“哦，挺好的，亲爱的。我这么焦虑有些蠢是吧。我……昨天听到了你的留言。”

“哦，对不起。”巴克斯特有些尴尬地说。

“不用担心。我猜你是太忙乱了，但本昨天晚上根本就没回家。”

巴克斯特一头雾水：“从什么地方回家，伊芙？”

“亲爱的，从警察局呀。”

巴克斯特突然坐直了，她警觉起来，斟酌着字句，以免给电话那头那个心地善良的女人带来过度的困扰。

“什么时候回来的？”巴克斯特用攀谈的口吻问道。

“昨天早上，我回到家时本已经上班去了。冰箱里没有食物，门上也没贴着欢迎回家的字条……这人！”

伊芙发出一阵紧张的笑声。巴克斯特揉揉脑袋。她越听越糊涂了，并竭力让自己的口气柔和一些。

“好吧，那为什么你要比钱伯——本晚回家？”

“对不起，亲爱的，我不明白你的话。”

“本是什么时候休完假回到家里的？”巴克斯特几乎喊了出来。

电话那头是一阵长长的停顿，然后是伊芙充满焦虑的、沙哑的声音：

“他没去度假呀。”

在这段令人窒息的沉默中，巴克斯特努力组织有用的话语，但伊芙在电话那头已经哭了起来。没有一个人意识到钱伯斯已经失踪了两个多星期。巴克斯特感觉自己心跳加快，喉咙干得要命。

“你觉得他出什么事了？”

“我肯定他没事，”巴克斯特不自信地说，“伊芙？”

电话那头传来遥远的哭泣声。

“伊芙，我需要知道为什么本没有和你们一起去度假？”

她控制不住自己了。

“他不可能把我骗得这么惨。”巴克斯特尽量轻松地说，“他给我看了你姐姐在海边的房子的照片，还有桩子上的餐馆的照片。他真的很期待这次度假，不是吗？”

“是的，亲爱的，他很期待。但是就在我们要乘飞机出发的那天早上，他给我打了个电话。我已经收拾好一切，就等着他了。他一大早去了萨米医生那里拿药，结果被要求住院观察。他第二天给我发来短信，说警报解除，他准备回去上班了。”

“他还说了什么？”

“他说他爱我，他的腿最近一直都有些问题，但他不想让我担心。我说我当然要留下来，但他非常固执，说我不能这样浪费钱。我们为这事吵起来了。”

伊芙又哭了起来。

“他的腿怎么了，伊芙？”

巴克斯特回忆起钱伯斯有时候走路有些跛，但她从未听他对此有过抱怨，因此认为事情不至于太严重。

“亲爱的，自从前几年那场事故后他的腿就落下了毛病，经常夜里又酸又痛。他不喜欢说起这事。腿上又是钢板又是支架，而且……他差点失去了……喂？”

巴克斯特丢下手机，发狂似的在钱伯斯的办公桌抽屉里翻找。她浑身颤抖着，几乎快要窒息了。她把抽屉拉出来翻了个底朝天，又把里面的东西全部倒在了桌面上。大家都不解地看着她这番举动。

埃德蒙兹走过来时，她正把第二个抽屉里的文件、文具、止痛片以及零食全都倒在地上。她跪在地上，在一堆乱七八糟的东西里翻找，他于是跪在了她对面。

“我们要找什么？”他小声问。他把那堆东西摊开在地毯上，但是不知道巴克斯特如此疯狂地在找什么东西，“我来帮你吧。”

“DNA。”巴克斯特悄声说，她的呼吸越来越急促。

她擦了擦眼泪，猛地拉出最底下的那只抽屉。她刚想把它翻倒在地上，埃德蒙兹伸手在里面摸出了一只廉价避孕套。

“比如说这个？”他举在手里问她。

她一把从他手里夺过来，接着歇斯底里地哭了起来，不由自主地倒在他的胸前。埃德蒙兹犹豫着抱住了她，愤怒地挥着手赶走了那些围上来的同事。

“这到底是怎么回事，巴克斯特？”他悄声问道。

过了一会儿，她终于镇定了下来。即便这样，她也只能在急促的呼吸中迸出几个字：

“那个拼布娃娃……那条腿……是钱伯斯的！”

Chapter 15

第十五章

2014 年 7 月 2 日　星期三　晚上 7:05

早上八点五十七分，沃尔夫终于爬上了那个不舒服的垫子，连鞋都没脱。他和芬利整个晚上都在两个犯罪现场之间奔波（两个地点相隔四百米）——保存证据，控制媒体的报道，采访证人以及编写声明。芬利开车把他送到他家楼下时，两人都累得说不出话来了。沃尔夫拍了拍他朋友的肩膀，然后下了车。

他坐在硬地板上，嘴里嚼着土司。他看到了安德烈娅当天的第一条新闻播报，当他跪在伊丽莎白被碾过的尸体旁的照片出现时，他马上换了台。接着，他拖着脚步走进卧室，闭上眼睛立刻就睡着了。

他本打算去找个好医生治疗他的胳膊，谁知一觉就睡到了晚上六点，是西蒙斯的电话吵醒了他。在说了几句特恩布尔市长葬礼的情况之后，西蒙斯简短地跟他说了白天的情况，以及前一天晚上媒体的报道产生的影响。他犹豫了一会儿，对沃尔夫说了巴克斯特的发现。法医已经用钱伯斯放在办公桌上的梳子上缠绕的头发做了鉴定，确定拼布娃娃的右腿就是钱伯斯的。最后，他提醒沃尔夫，只要他愿意，他可以随时离开这桩案子。

沃尔夫用微波炉给自己做了肉丸意大利面，但听完西蒙斯的话之后，他怎么也无法把杀手穿着沾血的围裙的形象从脑袋里抹去。他看着模糊不清的监控画面，心想不知道那条肮脏的围裙还沾上了谁的血，那人甚至在杀手用纳吉布·哈立德庆祝自己的成功之前就已经死了。现在一切都说得通了，凶手必须在钱伯斯出国之前杀了他。

他坐在电视机前，发现那张噩梦似的照片已经在各个新闻频道传开了。那些人一直在争论沃尔夫是否应该在这一特大案件中担任重要角色。他吃了两口看似新鲜的肉丸就不吃了。他刚想把这盘东西倒进垃圾桶，门上的对讲机响了。他因为心情沮丧把房间里所有的窗户都关上了，否则他可能会像倒掉令人作呕的快餐一样打发那些讨厌的记者。他不情愿地按了一下对讲机按钮。

“威廉·福克斯：媒体替罪羊，男模，行走的死人。”他冲着对讲机愉快地说。

“埃米莉·巴克斯特：情绪崩溃的贱人和温和的醉鬼。我可以上来吗？”

沃尔夫笑了，按了另一个按钮，飞快地把最脏乱的垃圾扫进卧室，然后关上了那扇门。他打开门迎接巴克斯特，看见她穿着紧身牛仔裤、黑色短靴和白色蕾丝上衣。她的眼睛周围化着蓝色的烟熏妆，身上的花香型香水老远就飘进门来。她走进乱糟糟的房间，递给他一瓶红酒。

沃尔夫认识她很多年了，从来没有看到过她穿得如此休闲的模样。她看上去更年轻更精致了，她这模样更适合出去跳舞或吃饭，而不是来讨论尸体和连环杀手。

“坐椅子？”他问。

巴克斯特环视了一下没有家具的房间。

“你有吗？”

“所以我才问你嘛。”沃尔夫干巴巴地说。

他把那个贴着“裤子与衬衫”标签的纸箱子拖到房间中央给她坐，然后在他自己要坐的那只箱子里找出两个酒杯，给他们俩各倒了一杯酒。

“嗯，这地方看上去真的……”巴克斯特的声音弱了下去，暗示自己不想接触这里的任何东西。她看着沃尔夫，他还是老样子，一身皱巴巴的衬衫，一头乱蓬蓬的头发。

“我刚刚起来，”他撒了谎，“浑身发臭，需要冲个澡。”

他们两人喝着酒。

“你听说了？”她问。

“听说了。”

“我知道你不太喜欢他，但他对我来说意味着很多东西，你知道吗？”

沃尔夫眼睛盯着地板点点头。他们从未像这样聊过天。

“所以，我今天哭倒在实习生的怀里了，”巴克斯特感到很没面子，“我没脸见人了。”

“西蒙斯说是你发现这件事的。”

“还有……我的实习生！如果是你就好了。”

一阵漫长的沉默，两人脑袋里都浮现出他的胳膊抱着她的画面。

“真希望是你在那儿。”巴克斯特喃喃地说，再次强调了那个不祥的画面，她抬起头用那双化了烟熏妆的大眼睛看着沃尔夫。

他在箱子上不自在地变换了一下坐姿，似乎把里面的什么东西给压坏了。这时，巴克斯特把两人的酒杯倒满，身子斜靠过来。

“我真的不想你死。”

她轻声嘟囔着。沃尔夫不知道她来这儿之前喝了多少。她伸出手来拉住了他的手。

“你觉得她猜到我们之间的事情了吗？”

他愣了一下才反应过来：“安德烈娅？”

“我知道！太疯狂了，对吗？我的意思是，如果你想一想这件事，我们基本上忍受了这件事所有的负面影响，却从来没有过……正面的享受。”

她的大眼睛再次望着他。沃尔夫挣脱了她的手，站了起来。巴克斯特坐了回去，喝着酒。

“我们出去找点吃的吧。”他热心地建议道。

“我真的不想——”

“你肯定想去！有一家面馆很不错，就在这条街上。我先去冲个澡，五分钟就好，然后我们就走。”

沃尔夫几乎是跑进了卧室。他将一条毛巾塞在关不严实的门缝里，然后迅速脱去衣服。

巴克斯特站起来时感觉脑袋发晕。她拖着脚步来到简陋的厨房，一口灌下剩下的酒，然后打开水龙头往杯子里灌满了水。她又喝了三杯水，盯着对面空荡荡的房间，在那个房间里，这所有苦难和死亡的幕后黑手曾自豪地展示过他制造出来的怪物。

她想象着钱伯斯在那人的胁迫下给伊芙打电话，拼命想要保护她的情景。

沉闷的水流声从卧室里传出来。

她想象着被车碾过的伊丽莎白·塔特躺在雨中，想着那张沃尔夫握着她手的黑白照片。

沃尔夫在淋浴间里不成调地哼着什么。

她想到了沃尔夫，她知道自己无法拯救他。

巴克斯特把酒杯放进水槽，在微波炉的镜面中看了看自己，然后向浴室走去。这是那天的第二次，她的心跳得很快。一阵轻轻的咔嗒声从门内传来，她明白了，沃尔夫要么是不能，要么是不愿如此，他把门锁上了。她把手放在生锈的门把手上，深深地吸了一口气……

有人在敲门。

巴克斯特愣住了，她的手还放在那个摇晃的金属把手上。沃尔夫仍在淋浴，一点也不知道外面的情况。敲门声又一次急切地响起。她暗暗咒骂了一声，走过去开了门。

"埃米莉！"

"安德烈娅！"

两个女人尴尬地站着，都不知道该说什么好。沃尔夫从浴室出来，腰间裹着一条毛巾。看见两个女人正责备地盯着他，他赶紧缩了回去。他停下看了看门口尴尬的情形，摇摇头把自己关在卧室里了。

"看上去挺温馨的啊。"安德烈娅的语气听上去既饶有兴致又很愤怒。

"我想你最好还是进来吧。"巴克斯特说着站到一边，两只胳膊抱在胸前，"坐盒子上面？"

"我站着就好。"

巴克斯特看着安德烈娅审视沃尔夫寒酸的公寓。她的外表一如既往，完美得叫人觉得乏味，她那双设计师款高跟鞋踩在地板上发出恼人的咯噔咯噔的声音。

"这地方是……"安德烈娅问。

"难道不是吗？"巴克斯特说。她就是要让这个有钱的女人看清楚，她的中产阶级住宅与这个寒酸的小公寓完全不同。

"他为什么住在这种地方？"安德烈娅悄声问。

"嗯，我估计是因为你在离婚官司中狠狠地敲了他一笔。"巴克斯特愤愤地说。

“那也不关你的事，”安德烈娅悄声说，“我们打算五五对开分我们的房子。”

她们在尴尬的沉默中打量着这间小公寓。

“告诉你也不要紧，”安德烈娅说，“威尔刚出院时杰弗里和我在经济上帮过他的。”

巴克斯特拿起喝了半瓶的红酒。

“喝酒吗？”她愉快地提议。

“看是什么酒，这是什么？”

“红酒。”

“这我看得出来，我的意思是：在哪儿买的？”

“莫里森。”

“不，我是说……算了。”

巴克斯特耸耸肩，把酒放回箱子里。

沃尔夫已经穿戴整齐地站了五分钟，他待在乱七八糟的卧室里，等着隔壁争吵的声音小下去。巴克斯特谴责安德烈娅利用他人的痛苦发展自己的事业，安德烈娅非常生气，但即便如此，她也无法否认自己确实做过这样的事，这是毫无疑问的。安德烈娅指责巴克斯特酗酒，巴克斯特听了非常生气，但这也没说错，她就是这样。

当争论转向巴克斯特与沃尔夫的关系时，他忍不住现身了。

“你们这样已经有多久了？”安德烈娅冲着他们两人吼道。

“我和巴克斯特？”沃尔夫一脸无辜地说，“别开玩笑了。”

“开玩笑？”巴克斯特受到冒犯似的叫了起来，她火上加油地问，“什么玩笑啊？难道像我这样的人就是个玩笑？”

沃尔夫想退缩，他完全明白他接下来说的任何一句话都会惹出祸来。

“根本不是。我根本不是那个意思。你知道我认为你很美，很聪明，令人惊艳。”

巴克斯特冲着安德烈娅得意地一笑。

“令人惊艳？”安德烈娅叫了起来，“那你还想否认和她的关系？”她转向巴克斯特：“你和他一起住在这里吗？”

“就算我非得过这样的日子，我也不会住在这个鬼地方。”喝醉了的巴克斯特反驳道。

“嘿！”沃尔夫叫道，“我保证，这里收拾一下就会大变身哦。”

“大变身？变个鬼！”安德烈娅哈哈大笑起来，她感觉心里被什么东西塞住了，“我只要求你诚实。现在这是怎么回事？”

她走过去和沃尔夫面对面。

“威尔……”

“安迪……”

“你们有那回事了吗？”她平静地问。

“没有！”他沮丧地吼道，“是你莫名其妙地抛弃了我们的婚姻！”

“实际上你们两个在一起住了有几个月。你真的要我相信你们没上过床？”

“我们倒是想这么干的！”沃尔夫冲着她喊。

沃尔夫抓过外套走了出去，砰地关上了门，留下安德烈娅和巴克斯特。两个人很长时间都没有说话。

“安德烈娅，”巴克斯特轻轻地说，“你知道，我最喜欢做的就是告诉你坏消息，但真的什么都没有发生。”

争吵结束了，几年以来的怀疑和指责就在这句简短而真诚的声明中烟消云散了。安德烈娅坐在箱子上，她怔怔地想，自己相信了这么久的事居然没有发生过。

“沃尔夫和我是朋友，仅此而已。”巴克斯特喃喃地说，这么说更多是为了自己而不是为了安德烈娅。

她在这段令他困惑的复杂关系中看到了自己的愚蠢。因为钱伯斯的死，她需要有人给她安慰和信心，惊慌之下差点失去了自己最好的朋友。

她耸耸肩，把一切都怪罪到酒精上。

“照片中和威尔在一起的那个女人是谁？”安德烈娅问。

巴克斯特冲她翻了个白眼。

“我不是想要她的名字，”她辩解道，“只是……威尔和她很熟吗？”

“相当熟。她不该……”巴克斯特小心翼翼地挑选着字眼，以免泄露有关维贾伊·拉纳被杀的细节，“她不该遭受这一切。”

“那他的精神状况还好吗？”

“说真的，这倒让我想起之前的事了。”

安德烈娅理解地点点头，想起了他们的婚姻快要结束时的情形。

“太多个人的事，太大的压力，又一次让他精疲力竭。”巴克斯特说，努力想把只有她注意到的沃尔夫身上的变化表达清楚。

“你不得不怀疑，”安德烈娅说，“这是否就是杀手的目的，故意惹怒他，让他将全部精力都放在抓捕杀手上，无暇考虑自身安危。”

“抓住杀手和救他自己不是一回事吗？”

“不完全是。他可以跑掉的——但他不肯。”

巴克斯特苦笑道：“是的，他不会跑的。”

“你知道，我们之前有过类似的谈话。”安德烈娅说。

巴克斯特警觉地看着她。

“别担心，我没有告诉过任何人，并且永远也不会。我的意思是我们已经做了决定。”

“只要有一个字被透露给西蒙斯，沃尔夫就得撤出这个案子，但我是不会对他做这种事的，”巴克斯特说，“我宁愿他自我毁灭也不愿他坐在这里等死。”

“那就请保持沉默吧。尽你所能帮帮他。”

“如果我们能够救出其中一个，证明杀手不是无往不胜的，我们就不会像现在这样感到如此无力了。”

“我怎样才能帮到你们？”安德烈娅真诚地问。

巴克斯特突然有了一个主意，但是事关重大，与一个曾经因向全球媒体发布敏感信息而被拘捕过的女人讨论此事是极端危险的。她本来完全没把加兰关于假死的愚蠢建议当回事，但利用媒体来传播此事，总比其他方式来得靠谱。

安德烈娅的态度非常真诚，而且她真的很关心沃尔夫。她有可能成为巴克斯特成功完成任务的最佳助手。

“我需要你帮我救贾里德·加兰。”

“你要我参与进来？”安德烈娅问。

“还有你的摄像师。”

“我明白了。”

安德烈娅反复揣摩着巴克斯特出人意料的提议。她可以想象伊利亚在得到伦敦警察厅陷入绝望的消息时扬扬得意的嘴脸。他很可能会建议她假装合作一段时间，然后在凶杀发生的前夜把这个大新闻曝光。

但故意误导公众对一个新闻报道者来说无异于自毁前程——无论她有多么冠冕堂皇的理由；新闻界以后还怎么再信任她？

她想起会议室里同事们开心的笑脸，他们对伊丽莎白·塔特如此惨烈的死亡心怀感激，好像她被公交车碾过就是为了让他们开心似的。想到他们也会对着沃尔夫没有意识的身体露出欢快的表情，期待她在自己生命中最糟糕的一天“再加一点料”，她忍不住握紧了拳头。

她不能让他们如意。他们全都会她讨厌。

“我会做的。”

Chapter 16

第十六章

2014 年 7 月 3 日　星期四　上午 8:25

沃尔夫与普雷斯顿－霍尔医生约了九点会面，在这之前，他去了一趟办公室。他在办公桌前坐下时不小心踢翻了装得过满的垃圾桶，他骂了一句。整个办公室没有清扫垃圾的工具，也没有清洁工过来打扫，这意味着清洁工的工作量没有随着该部门工作量的增加而增加。

沃尔夫自己敷衍地打扫了一下后，发现芬利在他不在的时候已经把麻烦无比的监控表格替他做好了，他不禁有些感动。芬利在记事贴上写道：

真是屁事一堆啊！开会时见。芬。

他拿走了记事贴，猜想他那位心理医生不会欣赏芬利的直率。他的目光在钱伯斯空荡荡的办公桌上停留了一会儿，想起前一天晚上巴克斯特的崩溃，这和她的个性明显不符。他不喜欢自己这样心烦意乱地想到她。在他们相识的这些年里，这是他唯一一次见到她表现失常。在这种艰难时期，这对他的影响甚至超过了其他任何事情。

当时老贝利街的中央刑事法庭已经没有多余的旁听席位了，但巴克斯特还是固执地要求陪同沃尔夫去旁听对哈立德的审判。他被停职后，团队中的每一个人都面临有关那一案件处理过程的正式调查。他不想让她来。在他与安德烈娅闹得最厉害的那一周，他们甚至将警察叫到了位于斯多克纽因顿的家里，给媒体捏造的家暴故事又添了几笔。无论如何，巴克斯特托了一些关系才被允许在法庭外那个富丽堂皇的大厅守几个小时。

沃尔夫至今仍能清晰地回忆起那个陪审团团长(他长得活像甘道夫)，想起法庭书记员要求他宣布陪审团意见的样子。那之后所有的事情都是模糊的：惊慌的叫喊，滑溜溜的地板，一只带血的手按在白裙子上。

他唯一鲜活的记忆是码头保安在他左腕上那致命的一击所带来的钻心的痛：后来钢板代替了他的骨头。他当时瞥见巴克斯特站在混乱的人群中，眼泪顺着她的脸颊淌下来，他听到她一再问道："你干了什么啊？"

当他停止挣扎，被一群法警控制住时，他看见她扶着那个溅了一身血的陪审员走了出去。她的背影消失在两扇沉重的大门外面，他还以为从此再也见不到她了。

沃尔夫的回忆被出了故障的传真机发出的恼人声响打断了。他看见巴克斯特正在西蒙斯的办公室里和他谈着什么。自从那天他丢下两个女人走出家门，他们就再没有联系过。等他回来，她们已经走了。他觉得有些内疚，但他想的更多的还是他们之间持续不断的争执。因为来不及做点什么有用的事，于是他拿着监控表离开了。

沃尔夫与普雷斯顿－霍尔医生的会面进行得很不愉快，离开那间老旧发霉的办公室时，他感到如释重负。他走在英国夏日的街头，天上下起了毛毛雨。虽然天气很暖和，他还是在白衬衫外面披了件外套。他仍然留着那个小小的战利品，把它放在办公桌的角上，那是芬利在遭遇一场雹暴后给他买的一件廉价 T 恤，而芬利自己也穿着一件同样的：2013 湿身女孩 T 恤。他想到这个就觉得有些难为情。

他在慢慢踱回苏格兰场时想到了与心理医生的会面。普雷斯顿 - 霍尔医生的声音透露出她的担心，因为他现在承担着巨大的压力：自从他们周一会面后，他连续两次亲眼看见有人死在他面前。幸好还没有人告诉他钱伯斯死了。

尽管这次评估的依据理应只有芬利的报告以及医生与沃尔夫的私密谈话，但实际上它无法避开前一天那张占据新闻头条的黑白照片的影响。

医生说，那张照片最真实地反映了他内心的崩溃，人人都能看得出来他握着那个已死去的女人的手时有多绝望。她说她要打电话给西蒙斯，建议减少沃尔夫在接下来的调查中的参与度，并且建议他在星期一早上之前都不要工作。

沃尔夫回到办公室时，人已经走了一半。埃德蒙顿地区在夜间发生了一场帮派械斗，有两名青少年被捅死，还有三分之一的人重伤住院。这次事件像拼布娃娃事件一样再次让伦敦激动起来——名单上的人死了几个，沃尔夫还在为自己的生命战斗——但这些无非是与此无关的那几百万人茶余饭后的闲聊话题。

他回到办公桌前时，一条消息正在等着他。安德鲁・福特，那个在名单上位列第四的保安，自昨天上午就一直要求与沃尔夫单独谈话。随着时间慢慢流逝，他对那些被指派去保护他的警察越来越有攻击性。巴克斯特曾想让他镇定下来，但马上就被这个粗鲁的人骂回去了。

他们被叫到会议室去开会，沃尔夫在巴克斯特旁边的空椅子上坐下来，后者恢复了以往那副难以接近的模样，化着浓妆，露出厌倦的表情。

“早上好。”他随意地说。

“早上好。”她胡乱应了一句，没有看他的眼睛。

他只好转身去和芬利搭话。

1. （头）“火化杀手”纳吉布·哈立德
2. （躯干）——?
3. （左臂）白金戒指，法律事务所?
4. （右臂）指甲油?
5. （左腿）——?
6. （右腿）——本杰明·钱伯斯警探

A. ~~雷蒙德·特恩布尔~~（市长）

B. ~~维贾伊·拉纳/哈利德~~（兄弟/会计师）

C. 贾里德·加兰（记者）

D. 安德鲁·福特（保安/酒鬼/麻烦制造者）

E. 艾什莉·洛克伦（女侍者或九岁女孩）

F. 沃尔夫

所有的人都默不作声地盯着这个名单，希望灵感突发，发现其中显而易见的关联。会议的前二十分钟，大家只是在兜圈子，西蒙斯于是把话题转到案件当前的进展，向他们展示了几张用几乎难以辨认的笔迹潦草涂写的挂图，但显然未给大家留下深刻印象。

“那个火化杀手肯定是关键，”芬利说，“哈立德，他的兄弟，威尔……”

“他的兄弟和审判没有任何关系，”西蒙斯边说边在名单上加上注释，“他甚至都没去法院。”

“也许等亚历克斯给我们带回来某人的名字，这就说得通了。”芬利耸耸肩说。

“不会的，”巴克斯特插嘴说，“埃德蒙兹联系了二十二个拥有这种戒指的人，他们都与哈立德的审判没有任何关系。”

“那也许是本，会不会与他有关？”芬利问道。

会议室里浮起一阵尴尬的沉默。芬利有些愧疚，他提起已故同事时就好像他只是迷题的一部分。

“和钱伯斯有关，但这种关联不会比这个房间里其他人更多，”巴克斯特不带感情地说，“即使真的和他有关，那名单上其他人该怎么解释？”

“我们能够对其他人的背景追究到多深？”西蒙斯问。

“我们正在尽最大努力，但确实还需要增加人手。”巴克斯特说。

“现在确实没有人手，”西蒙斯有些恼火地说，“我们已经把三分之一的人都调到这个案子上来了。不可能再有富余人员了。”

巴克斯特没再说什么，似乎并不反对上司给予她的压力。

“福克斯，你的沉默有些反常，有什么想法吗？”西蒙斯问。

“如果对哈立德的审判是关键，那为什么我会和他一起被列入这个名单？这说不通啊。他们想要杀死火化杀手，同时也想让阻止这个杀手的人死掉吗？”

一阵沉默。

“也有可能是这个案子太有名了，”芬利猜测道，“也许本手上有一个引起他注意的大案子。”

“只是一种想法，”西蒙斯说，“查证一下。”

就在这时，埃德蒙兹衣衫不整、满脸汗水地冲进了会议室。

“这个戒指属于一个名叫迈克尔·盖布尔－柯林斯的人，”他兴奋地说，“是柯林斯与亨特事务所的高级合伙人。”

“柯林斯与亨特事务所？为什么听起来这么熟悉？”芬利问。

沃尔夫耸了耸肩。

“四十七岁，离婚，没有孩子。有意思的是，他参加了上周五的合伙人午餐会。”埃德蒙兹说。

“那场午餐会与发现拼布娃娃之间大约有十二小时的窗口期。”西蒙斯把这个贵族的名字加到名单上。

“他确定与那场审判无关？”芬利问，没去理会巴克斯特重重的叹息。

“我还在深入调查，但应该没有直接关系。没有。”埃德蒙兹说。

“所以我们并没有找到更近的关联喽？”芬利说。

“唔，审判就是关联。”埃德蒙兹简单地说。

“但你刚才说这家伙与这事无关。”

“其实有联系。他们都有联系。只是我还没找出联系是什么。哈立德是关键。”

“但是——”芬利又挑起了话头。

“下一个话题，”西蒙斯打断了他，低头瞟了一眼手表，“贾里德·加兰要求巴克斯特警探带头执行对他的保护。我已经和她具体谈过了，我希望你们在她需要时能给予帮助。”

“等等，等等！”沃尔夫叫了起来。

“她今天接下来的时间要出外勤，明天的工作也会与此有关。当然，福克斯会很高兴在她不在的时候继续她的查询工作。”

“我需要和加兰在一起。”沃尔夫说。

“在我今天早上接到某人——你应该知道是谁——的电话后，你就该庆幸自己还能留在这里了。”

“在这个问题上我同意沃尔夫的看法。”埃德蒙兹说。所有人都被他这句话惊呆了。巴克斯特似乎要把什么东西扔向他。“这个杀手向沃尔夫发起了挑战。如果我们改变策略，很难说他会使出什么手段来回应。他会认为这是一种侮辱。”

“很好。我希望他如此。我已经做出了决定。”

埃德蒙兹摇摇头：“在我看来，这是错误的。”

“埃德蒙兹，我没有像你那样拿到博士学位，但是，不管你信不信，我在任职期间也曾经对付过一些杀手。”西蒙斯吼道。

“这一次可不一样。”埃德蒙兹固执地说。

芬利和巴克斯特看到埃德蒙兹不肯让步，不自在地变换了一下坐姿。

“够了！”西蒙斯叫道，“你还在试用期。你给我好好记住这一点。无论是谁在保护贾里德·加兰，这个杀手都要在星期六杀了他。而且，加兰只要巴克斯特保护他，其他人都不要。”

“巴克斯特，让福克斯尽快跟进你的工作。感谢大家。会议到此结束。”

埃德蒙兹向巴克斯特走了过去。

“你这个浑蛋，”她对他做了个噤声的表情，“你到底是怎么了？”

“我——”

“这是我的一项重要工作，轮不到你来质疑我的能力，让我在老板面前丢脸。”

巴克斯特注意到沃尔夫在走廊上徘徊，似乎在找机会和她单独说话。

“你知道今天接下来要做的事了吗？”她问埃德蒙兹。

“知道了。”

“那么你可以向他解释这件事。”

她一阵风似的离开了会议室，没有理会沃尔夫。埃德蒙兹对沃尔夫微笑了一下。

“你的指甲油调查进行得怎样了？”他问。

沃尔夫给法医打了个电话，询问他们那具拼布娃娃尸体的另外三个有待确认的部位的最新进展。他们对他说仍在进行化验，还没有新的进展。他需要穿过佩卡姆去见安德鲁·福特，但此刻他正等着巴克斯特，想在她离开之前和她说几句话。

不知怎的，埃德蒙兹突然出现在他的办公桌旁，而且不肯离开，同时巴克斯特去西蒙斯的办公室已经有三十五分钟了，还没回到自己的办公桌旁。埃德蒙兹一直想跟沃尔夫说话，但沃尔夫一直在观望西蒙斯和巴克斯特的动静，无法集中注意力回应埃德蒙兹。

“我有一个想法，”埃德蒙兹说，“这个杀手应该很有条理、能力超强而且足智多谋。迄今为止他还没有失过手。所以我才想到：他之前肯定干过这事。想想看吧。这个人完美地施展着他的艺术——”

“艺术？”沃尔夫疑惑地问。

“这就是他看待这件事情的方式，毫无疑问这种杀手非常可怕，但客观来说，他是想引人注目。”

“引人注目？”沃尔夫哼了一声，“埃德蒙兹，你是那个杀手吧？”沃尔夫板着脸问。

“我想研究一些老案子，”这句话引起了沃尔夫的注意，“例如那种不同寻常的杀手的案例。在那些案例中，受害人被认为难以接近，他们被截肢或致残，而杀手会在某处留下线索。”

埃德蒙兹本来希望沃尔夫能支持他的想法，兴许还会因他的想法而激动呢，谁知他却恼了。

“我们有四个人在全天候跟进这个案子——四个！你真以为我们会在这种人命关天的紧要关头任你花时间去做大海捞针的事？”

“我……我只是想提供些思路。”埃德蒙兹结结巴巴地说。

“做好你自己的工作就好。”沃尔夫一边说一边冲向刚从西蒙斯办公室出来的巴克斯特。

“嘿。”他叫住她。

“什么也没有发生。”

巴克斯特经过他身边向自己的办公桌走去，手里拿着一个文件夹。

“如果你是说昨天晚上的事……”

“不是。”

他们经过会议室时，沃尔夫一把抓住巴克斯特的手腕，拉着她进了会议室，引得坐在附近的人好奇地看着他们。

“喂！”她喊道。

沃尔夫关上了会议室的门。

“对不起，昨天晚上我出去了。我们还有些话没说完呢。她让我很抓狂……我不该把你和她丢在屋里。我向你道歉。”

巴克斯特看上去很不耐烦。

“你还记不记得我形容你的话，我说你美丽、聪明，还有……”

“惊艳？”她假笑着提醒他。

“惊艳，”沃尔夫点点头，“她不喜欢听这些，不是吗？”

巴克斯特放肆地笑了起来：“对，她不喜欢。”

“所以，让我帮你保护加兰吧。我没法和这个埃德蒙兹待在一起。他几分钟前甚至想给我涂指甲油呢！”

巴克斯特笑了起来：“不用。不过，还是谢谢你啦。”

“拜托啦，你是头儿。你怎么说我就怎么做。”

“不行。你少找点事。你也听见西蒙斯的话了，他可能会让你远离这个案子。别抓着不放了。”

沃尔夫的表情非常绝望。

“借过一下。”巴克斯特说着就想离开房间。

沃尔夫却没有从门口让开：“你没明白我的意思，我想帮你。”

“借过一下！”她拔高了声调。

沃尔夫企图抢过她手里的文件夹。那个塑料文件夹在他们的争夺中被扭成一团，裂开了。她曾见过他这副样子，就在调查火化杀手的时候，当时他像是着了魔，无法分辨敌人与朋友。

“放——开——威尔。”

她从未称呼过他的教名。她再次尝试把文件夹从他手中夺过来，但没成功。她只需要喊人来帮忙就能解决问题。但一旦十来个警员冲进来，沃尔夫就不能插手这个案子了。她不知道应该任由他这样还是阻止他。她只想帮助他，但他这样也太过分了。

“对不起。”她悄声说。

她正要举起空着的那只手去敲磨砂玻璃门时，埃德蒙兹冷不防冲了进来，撞上了沃尔夫的后背。

沃尔夫松开了手。

“对不起，”埃德蒙兹说，“我接到一个叫卡斯塔那的警察打给你的电话，是关于安德鲁·福特的。”

“我会给他回过去的。”沃尔夫说。

“他似乎威胁着要从窗口跳下去。”

“是卡斯塔那还是福特？”

“是福特。”

“是要逃走还是自杀？”

“从五楼。所以两者都有可能。”

沃尔夫笑了起来，巴克斯特看着他恢复了平日里自傲的模样。

“好吧，告诉他们我就来。”

他冲着巴克斯特温和地笑了笑，跟着埃德蒙兹走了。巴克斯特站在磨砂玻璃门后面等着他们走远。她长舒了一口气，蹲了下来，免得跌倒。做出这个重大决定让她感到头晕目眩、情绪低落，心里有些茫然。趁着还没有人走进会议室，她稳住呼吸，走出了房间。

Chapter 17

第十七章

2014 年 7 月 3 日　星期四　下午 3:20

沃尔夫必须乘坐轻轨列车到佩卡姆莱车站，这趟旅行对他来说是很大的负担。为了犒赏自己，他点了一个特大号热狗和一杯不加糖浆的双倍低脂玛奇朵，听到他后面的男人点了“咖啡，不加奶”时，他马上就气馁了。

他沿着主路朝三座高耸的议会大楼走去。在这里工作的人很幸运地对下面这件事毫无觉察，抑或只是不放在心上：别的人群视他们为眼中钉，但凡有机会就想把他们搞垮。这些庞然大物的设计者给这些楼房刷上了“可悲的、烟雾迷蒙的伦敦天空灰”，因此，一年中的大部分时间，人们几乎对它们视而不见。

沃尔夫走近那座标示为“莎士比亚大厦”的高楼，心里怀疑那位伟人是否会觉得这是他的荣幸。也许从窗口伸出的那十二面圣乔治十字旗正在宣誓效忠这个伟大的国家，或者至少效忠那十一名令人失望的足球队员[1]。一条狗——沃尔夫猜它是一只斯塔福德斗牛犬或德国牧羊犬——正在一米半高的阳台（它被关在了上面）上朝下不停地叫着，还有一些发出酸腐味道的内衣在雨中晾着，活像是怪诞可笑的现代艺术展。

一些人也许会指责他观念陈腐或阶级歧视，他们肯定没有在大部分的职业生涯中奔波于这些遍布城市的单调建筑之间。他觉得自己完全有资格讨厌他们。

靠近大楼时，他听到一阵叫喊声从大楼背后传来。他绕大楼走了一圈，惊讶地看到一个模样肮脏的男人。那人只穿一件背心和短裤，正站在他头顶的阳台上作势要往下跳。两个警察徒劳地把他往回拉，一些邻居从自家阳台上探出身子，打开手机镜头对准他拍摄，希望能够幸运地捕捉到他跳下去的瞬间。沃尔夫饶有兴趣地看着这古怪的场景，直到一个穿着睡衣的人突然认出了他。

“你不是电视上的那个警探吗？”她扯着沙哑的嗓子问道。

沃尔夫没有理会这个聒噪的女人。那个想跳下阳台的男人突然不叫了，往下看着悠闲地啜着咖啡的他。

“我想你就是安德鲁·福特？”沃尔夫问。

“福克斯警官？”福特说话带有爱尔兰鼻音。

“是的。”

“我要和你谈谈。”

“可以。”

“不是这里，你上来吧。”

“行啊。”

沃尔夫无所谓地耸耸肩，走进大门，福特也尴尬地从阳台栏杆上下

① 可能指英格兰考文垂足球俱乐部，这支球队的队徽上有圣乔治十字。

来了。走上楼梯时，他看见一个漂亮的亚裔女警察站在门口。

“我们很高兴你能来。”她说。

当她说话时，沃尔夫注意到她微笑时嘴上现出一道口子，不禁愤怒起来。

“是他动的手？”他问她，一边用手势比着自己的嘴巴。

“不是有意的。他的身子扭来扭去，我本该随他去的。也许是我自己太蠢了。”

“他这个人不太容易保护，是不是？”

“他去年离职了。现在只是喝酒以及大喊大叫。”

“他曾经在哪里工作来着？”

“德本汉姆百货商店吧，我想。”

“他为什么要叫我来？”

“他说他认识你。”

沃尔夫看上去很惊讶：“也许是因为我逮捕过他。”

“也许。”

那个警察领着沃尔夫走进乱七八糟的房间。DVD 和杂志胡乱堆在过道上，他的卧室更像是个垃圾场。他们走进狭小的客厅，那里堆满了廉价的伏特加及其他烈酒。唯一的沙发隐藏在一床被香烟烧出许多洞的羽绒被下，整个房间弥漫着一股汗臭、呕吐物和垃圾的味道。

安德鲁·福特比沃尔夫小将近十岁，看上去却比他老十岁。乱蓬蓬的头发东一撮西一撮地长在他有些秃顶的脑袋上。他整个人不成比例，身材瘦小，却长着一个啤酒肚，他的皮肤上有一层淡淡的黄疸色。沃尔夫朝他挥了挥手算是打招呼。他实在不想触碰这个人。

“伦敦市警察，拼布娃娃谋杀案主要负责人，警探威廉·奥利弗·莱顿-福克斯，”福特兴奋地背诵着，鼓了几下掌，“但你也叫沃尔夫，对不对？

好酷的名字。羊群中的狼，是吗？”

“或者是猪。”沃尔夫不耐烦地说，同时打量着这个令人反感的房间。

福特似乎想要反驳他，却爆发出一阵大笑。

“因为你是警察。我明白你的意思。”他说，但他其实根本不知道沃尔夫的意思。

“你想跟我谈谈？”沃尔夫问，心里想着巴克斯特可能会愿意负责这个家伙的安全。

“也不全是这个意思……”他接着尖叫道，“到处都是猪！”

沃尔夫对那两个警察点点头，他们离开了房间。

“我们就像是手挽着手的兄弟，是不是？”福特说，“两个正直守法的好人。”

这个德本汉姆百货商店的家伙说自己是“正直守法的好人”，这让沃尔夫有点错愕，他没放在心上。但他有些不耐烦了。

“你想谈什么？”他问。

“我想帮助你，沃尔夫。”福特头往后仰，高声说道。

“得了，你帮不了。”

“你们错过了一些事情，”福特沾沾自喜地说，“一些重要的事情。”

沃尔夫等着他说下去。

“我知道的事你们不知道。”福特孩子气地唱起来，享受着这种千载难逢的优越感。

“刚才那位警察的牙齿是你打落的……”

“那个印度人？”福特做了个不屑的手势。

“……她说你认识我。”

“哦，我认识你，沃尔夫，但你完全不记得我了，是不是？”

“给我一些提示吧。”

“我们在同一个房间里一起待了四十六天，但我们没有说过一句话。”

“是吗？”沃尔夫不确定地回答，他希望那两个警察还没有走太远。

“我并不是一直都在百货商店工作的。我也曾是个人物。”

沃尔夫一脸茫然。

“我看到你身上还有我给你的东西。”

沃尔夫不解地低下头看着自己的衬衫和裤子。他拍了拍口袋，又看了看手表。

“有点热！”

沃尔夫卷起衬衫袖子，露出左臂上烧伤的疤痕和手腕上戴的电子表。这是块便宜的手表，是他老妈去年圣诞节买给他的。

“热，热，热！”

沃尔夫摘下手表，露出那道贯穿手腕的细长疤痕。

“码头保安？”沃尔夫咬牙问道。

福特没有直接回答。他激动不安地擦了把脸，走到厨房里拿了瓶伏特加。

“你低估了我，”他以嘲讽的口气回答说，“我是安德鲁·福特——救了火化杀手性命的人！”

他拿起瓶子猛喝了一口，酒水顺着他的下巴淌下来。

“如果不是我那么勇敢地把你从他身上拉下来，他就不可能活下来，然后杀害最后那个小女孩了。圣安德鲁！这是我要给自己刻在墓碑上的名字。圣安德鲁：孩童杀手的助手。”

福特开始大哭起来。他瘫坐在沙发上，挺着令人作呕的啤酒肚，一个摇摇晃晃的烟灰缸被打翻在地。

“就这样，就这样了。把这些猪全都赶走吧。我不想得救了。我只想告诉你……我要帮助你。”

沃尔夫看着这个倒霉的家伙又拿起酒瓶灌下一大口酒，然后打开了电视机。电视上正在播放儿童节目，音量被他调到最大，发出刺耳的声音，沃尔夫退到门外。

安德烈娅目瞪口呆地看着自己的摄影师罗里穿成宇宙飞船船长的样子，用一根脉冲棒（裹着锡箔纸的棍子）砍掉了一个外星人（长得有点像他的朋友山姆）的头。绿色的黏液立即从断首处喷涌而出，那具过度夸张的躯体终于不再动弹了。

罗里按下了暂停键。

“这个，你觉得怎样？”

罗里三十四五岁，穿得却像个邋遢的青少年。他有点儿超重，留着一脸浓密的深棕色胡子，长着一张友善的脸。

“血怎么是绿的？”安德烈娅说，对刚才的恐怖场面仍然有点儿不知所措。刚才的场面成本低廉却富有成效。

“他是一个克虏大……一个外星人。”

“好吧。我觉得挺不错的，但埃米莉要看到的是红色的血，如果我们还想用这个画面说服她的话。”

安德烈娅安排了巴克斯特和加兰到罗里的摄影工作室“精灵星”会面，发现他的工作室其实是布洛克利车站后面的一个车库。虽然前一天晚上还没有具体的拍摄计划，但是那天，当她、加兰、罗里以及他的制片人兼演员兼最好的朋友山姆在等巴克斯特到来的时候，他们一直在讨论让一个人假死的最佳方案。

他们看了精灵星制片工作室存储目录中的十几条死亡场景短片后，认为取出内脏不太现实，斩首更实际些，但也许会有点儿过火，而且斩首时的动作场面有时会出差错（山姆的大脚趾现在还浸泡在工作室上面的腌菜坛里）。最后大家一致同意，直接一枪打在胸口完事。

手忙脚乱的巴克斯特最后迟到了四十分钟，她对罗里、山姆和加兰现场演示的枪击表演很不看好。她和这几个人又激烈地争论了十五分钟，在此期间，加兰几次威胁着要单干，巴克斯特勉强同意不再作声，听他们解释。她审视着四周，加兰看得出来她是在怀疑这个精灵星制片团队的能力。不过幸好她还没有注意到她头顶上面的腌菜坛子。

“我知道你有疑虑，但我们真的可以做到。”罗里热心地介绍着自己的计划。他们五天前见过一面，当时巴克斯特把他心爱的摄像机踩在肯特郡街的人行道上。幸运的是，罗里不是那种记仇的人，而且对进行此类秘密活动非常感兴趣。

他和山姆生动地解释着这令人难以置信的逼真效果是怎样制作出来的，全世界的电影和戏剧的特效都是这么来的，只要在一个很薄的小袋子（一般会用避孕套）里面装满假血，并把它藏在一个人的衣服下面就行。然后做一个叫作哑炮的小型炸药，它看上去就像一根塞满炸药的细棍，用它接触衣服下面的血袋，假血就会涌出来。他们可以用手表电池提供触发封闭式爆炸的电流，并通过罗里自己设计的发射器充电。但必须在皮肤和爆炸物之间绑一条厚厚的橡皮带，以保护皮肤不被灼伤。

安德烈娅出去打电话时，罗里手忙脚乱地拿出一支格洛克二十二式手枪，那是他用来射击加兰的，他随意地拎着这个沉重的家伙，就像拎着一袋脆薯片。加兰显然有些不自在了，巴克斯特在他低头去瞧枪管时不禁皱起了眉头。

“看上去像真的一样。”加兰耸耸肩说。

“是真的，”罗里兴高采烈地说，“只是没有子弹。”

他把枪放到加兰手中。

“弹匣里有火药，这样枪口就会有火星，还有枪声，但里面没有子弹。”

“他们把撞针拿掉了吧？”加兰冲巴克斯特的方向胡乱挥动那把枪时，她本能地闪躲了一下。

“一般来说会拿掉。”罗里没有正面回答这个问题。

“这把枪呢？”巴克斯特追问了一句。

“没拿掉吧，没有。”

巴克斯特把手放到了头上。

“这是完全合法的，”罗里嚷嚷起来，“我有持枪证。我们知道自己在做什么。这绝对安全。瞧……”

他转向山姆，后者正在调整摄影机。

“在录了吗？”他问。

“啊？”山姆回应道，他看起来有点担心。

一声震耳欲聋的枪响过后，山姆胸前迸出一股暗红色的血流。安德烈娅急忙朝里面冲去，巴克斯特与加兰则惊恐地看着这血如泉涌的场景。山姆丢下手中的螺丝刀，冲着罗里皱起了眉头。

“我本来要先去换下T恤的，你烦不烦啊！”他说着又转向镜头。

“这可真是令人难以置信！”加兰喊道。

他们都以期待的目光看着巴克斯特，她仍然不动声色。

她转向加兰：“我们到外面说句话好吗？”

巴克斯特打开了车门，这样他们就可以有私密的谈话空间了。她把后座的东西扔到了搁腿处。

“我只是想把话说清楚。”她说，“我们不打算让你假死。我觉得这是我听过的最愚蠢的计划。”

“但是——”

“我告诉过你我有一个计划。”

“但你难道不是——”

“我们对这些人可能过于信任了。你能想象吗，一旦伦敦警察厅只能用假死来拯救受保护人性命的消息泄露了，会有什么后果？”

“拯救受保护人的性命，”加兰重复了这句话中的关键字眼，他现在变得越来越焦躁不安了，“你说话时就像个警官！”

“我就是个警官。”

“我的性命由我自己做主。”

“我不会这么做的，”巴克斯特说，“这是最后的答复。如果你不需要我的帮助，那无所谓。但我已经有了计划，我要你相信我。”

她被自己刚说出口的话吓了一跳。加兰也同样感到惊讶。他没想到自己会把即将来临的死亡当作泡妞的机会，伸手去拉巴克斯特的手。

“好……我相信你。”他说，接着马上呜咽起来，巴克斯特扭住了他的手腕。

“好，好，好！”他喘息着，直到她放开了他。

“一起吃晚餐？”他镇定地问。

“我告诉过你，你不是我的菜。”

“那哪款才是？成功的？有决断力的？英俊的？”

“命中注定的。”巴克斯特一脸坏笑地看着他脸上自得的表情转瞬消失。

她原本不会容忍他这种低级的追求方式，但因为前一天晚上在沃尔夫那里受了挫，她现在显然相当享受这种奉承。

“很棒的安全网，但如果你不享受一次约会就没意思了。”加兰很快又变得自信满满。

“你说得没错。”巴克斯特笑着说。

“那你的意思就是同意啰。”加兰充满期待地问。

“不。”她的脸上依然带着假笑。

“你的意思也并非是‘不’，对吧？”

巴克斯特思索片刻后回答：“对。”

高高的照明灯将月光似的灯光打在无数份秘密档案上，在一排排金属组合书柜之间投下长长的影子，延伸到狭窄的过道上，好像黑暗中伸出的手指。埃德蒙兹盘腿坐在档案馆仓库的地上，几乎忘记了时间。他周围散乱地堆放着他单子上罗列的第十七号证据箱里的东西：照片，DNA样本以及证人声明。

巴克斯特和沃尔夫都有事在忙，他抓住这个机会去中央存储仓库查资料。这个有着严格安保设施的仓库位于沃特福特的郊区。通过五年令人难以置信的繁复工作，伦敦警察厅的所有资料的扫描、录入和拍照终于完成。但是，实物证据依然必须保存。

那些较少涉及犯罪的证据可能会在审判过后返还给当事人的家属或被销毁，但是所有关于杀人案或连环杀人案的证据都被事无巨细地保留了下来。这些证据会被相关的警察局保留一段时间（这取决于警察局的储存空间和资源），然后被转移到安全的、有温控的档案馆。当有新的证据出现，新的上诉被提出或者科技进步又有新发现时，案件就会被重新提起，所以，这些有关死亡的证物会比相关的人活得更长久。

埃德蒙兹伸开胳膊打了个呵欠。他几小时前还听到有人推着小车经过，但现在，整个大仓库里就只有他一个人了。他小心地把证据放回箱子，没有发现任何与拼布娃娃有关的线索。他把箱子放回架子上，在自己的清单上划去了这一项。这时他才意识到已经是晚上七点四十七分了。他大声诅咒了两句，拖着脚步朝远处的出口走去。

他经过安检后，工作人员把他的手机还给了他。当他从地下往上走时，发现手机上有蒂亚打来的五个未接电话。他必须把公车开回苏格兰场并去办公室转一下，然后才能回家。他拨了蒂亚的手机，想象着她的反应。

沃尔夫坐在温布尔顿大街的“狗与狐”外面，马上就要喝完第二杯埃斯特拉啤酒了。他是唯一一个勇敢地坐在冰冷的室外餐椅上的人，而且这会儿雨云压顶，但他不想在巴克斯特回家的必经之路上错过拦住她的机会。

晚上八点十分，他看见她那辆黑色奥迪从街角拐了过来，正要停在路边。他丢下没喝完的啤酒朝她走去。距她的车子十米左右时，他听到巴克斯特大笑着下了车。接着副驾驶座的门也打开了，走出来一个沃尔夫不认识的男人。

“这些地方肯定有卖蜗牛的，我去买好了。”那男人说。

“用这个当作你最后的晚餐，我觉得不怎么样。”巴克斯特故意假笑着说。

“没有那种令人作呕的、黏滑的、肮脏的软体动物塞进我的嘴里，我是不肯走的。”

巴克斯特打开后备厢，取出自己的包，然后锁上车。沃尔夫觉得局面有些尴尬，在一个邮筒旁踟蹰不前，接着缩着身子躲了起来，没想到对面两个人朝他这个方向走过来了。巴克斯特和那个人走过他身边时才注意到有个人躲在邮筒旁边。

“沃尔夫？”巴克斯特难以置信地叫道。

沃尔夫随意地站了起来，笑了笑，就好像这是他们平时打招呼的方式。

“嗨，”他打了个招呼，向那个穿着时髦的男人伸出手去，“沃尔夫——或者威尔。”

“贾里德。”加兰同他握了握手。

沃尔夫非常惊讶：“哦，你就是……”

他没有继续问下去，因为他看到了巴克斯特不耐烦的神情。

“你到底在这里干什么？干吗躲在这儿？”

“我担心会打扰到你。”沃尔夫指了指加兰。

“那现在就不打扰了？”她脸红了，“我们能单独聊聊吗？”她对加兰说，他朝着大街走去。

“我来找你是为昨天晚上和今天早上的事道歉，好吧，其实是为了所有的事情道歉，”沃尔夫说，“我以为我们可以一起去吃点什么，不过好像……你已经有计划了。”

“事情根本不是你看到的那样。”

“看上去什么事都没有。”

“好吧，本来就没有什么事。”

“我很高兴。”

“是吗？”

因为那些不曾说出口的话，这场谈话变得很折磨人。

“我要走了。”沃尔夫说。

“你走吧。”巴克斯特回答。

他转身朝着与车站相反的方向走去，就像逃跑一样。巴克斯特心里直骂自己，然后和小路尽头的加兰一起走了。

Chapter 18

第十八章

2014 年 7 月 4 日　星期五　早上 5:40

巴克斯特几乎没有睡着。她和加兰在街上的罗杰咖啡馆吃了晚饭，本来想要点蜗牛的，但那里根本没有。加兰假装失望的样子，还没等一脸疑惑的法国女侍者推荐其他的食物，他便很快点了牛排。而她却因为沃尔夫的不期而至感到心烦意乱，因此并没有理会他的那些努力，不过为了商讨保护他的细节，她和他在餐馆一直待到晚上十点。

她独自吃力地把那些包拎上狭窄的楼梯，心想若自己接受了加兰的帮助，这家伙肯定又要想入非非了。她打开房门，蹒跚着走进自己那崭新的单人公寓。她的猫厄科扑上来迎接她。屋顶的天窗透进丝丝凉风，整个房间非常凉爽清新。她在门垫上踢下皮鞋，拎着东西走进卧室，放到厚厚的白色地毯上。喂完厄科后，她给自己倒了一大杯红酒，把笔记本电脑从客厅里拿进来，爬上了床。

她在网上毫无目的地闲逛了五十多分钟，查看了电子邮件，浏览了 Facebook 上积压了一个多月的动态。她又有一个朋友怀孕了，她还收到了一个去爱丁堡参加单身女子派对的邀请。她很喜欢苏格兰，但她甚至都没查一下自己的日程安排就写了封语气不自然的、女孩子气的道歉信。

她的思绪又转回到沃尔夫那里。前一天晚上，他已经相当清楚地表明了自己的态度。她的手臂上还留着今天早上被他拧出来的瘀青，接着，他又出现在那里要和她一起吃晚餐。他这么做只是出于内疚吗？他后悔拒绝她了？她确信他曾拒绝她了吗？想得厌倦了，她又给自己倒了一杯酒，并且打开了电视机。

按照凶手的时间安排，加兰星期六之前还不该死，凶手现在应该正靠在座椅上看午夜新闻。新闻里正在说的是靠近阿根廷海岸的油轮泄漏事故，每小时有一千一百多升石油流向福克兰群岛。加兰在晚餐期间魅力值又提升了一点，但她不得不承认，即使到了星期六，他的魅力可能也无法超越那些日渐失去地盘的南极小企鹅。

只有厌倦了那些可以想象到的可供闲谈的话题，如油轮泄漏、股价涨跌、福克兰岛上杂居的野生生物、恐怖分子侵入，还有泄漏的石油是否会漂过大西洋来污染英国的海岸（其实根本不会）等，人们才有可能转向谋杀案，讨论加兰如此明目张胆地靠近威胁背后的根本原因。巴克斯特觉得这些电视节目无法安抚自己的神经，于是关上电视找了本书一直看到凌晨。

早上六点刚过，她就打开笔记本电脑搜索新闻。加兰的“死者漫谈”专栏受到前所未有的欢迎，每天早上同一时间网站都会上传最新一期，这个专栏几乎占据了整个屏幕。不过，老有视频出现在屏幕中央，有时是香水或化妆品的广告，有时是查理兹·塞隆的电影。等到它最终自动消失时，她和安德烈娅一起准备的简短声明出现在屏幕上。这条消息已经有超过十万次的点击量：

竞价最高者（伦敦时间上午 9:30 之前）将有机会于星期六早上在伦敦一家秘密旅馆对我进行独家采访。0845 954600。

虽然加兰在文章中公布这个消息已经有一个星期，安德烈娅还是很有信心。一个注定要在某时某刻死去的男人的独家新闻，其诱惑是全世界读者都无法抵挡的。巴克斯特的计划不过是一个简单的障眼法。在安德烈娅的协助下，他们会提前录制一段半小时的访谈视频，这段访谈将会在星期六早上“现场直播”。当全世界的媒体都住进他们在伦敦预订的旅馆，向杀手释放关于加兰下落的错误信号时，他已经在保护人的看护下安全地抵达这个国家的另一个地方了。

这一计划的有效性在于其表面上的合理性：一名贪婪的、自我消费的记者，以及随后将引发的各大新闻媒体之间的狗咬狗，再加上一个看似匿名的秘密约会点。他们已设置好语音信息，要求那些大媒体提出要求并留下具体的联系方式。当然，这都是徒劳的，但这会让安德烈娅和电视台的摄像机出现在酒店这件事变得合理。加兰选择了考文特花园[①]的 ME 伦敦酒店大堂作为接待处。巴克斯特问他为什么，他只回答说是为了在镜头中看起来“很炫酷”。

她看了一下时间，关掉电脑，换上健身服。她踏上跑步机时，太阳才刚刚升起，透过窗户照进了她的起居室。她迎着刺目的阳光闭上了眼睛，戴上耳机，把音量调大到听不见自己的脚步声。

安德烈娅到达精灵星制片工作室那扇有着崭新涂鸦标记的大门前时，加兰已经在里面了。她前天晚上接到加兰的电话，他请求她帮帮他。

---

① 位于伦敦市中心，靠近唐人街。历史上是英国最大的果蔬市场，现为剧院、古建筑、特色餐馆酒吧、时尚小店的汇集地。

“你知道我们可以做成这件事的。”他说。

“但是埃米莉有理由拒绝。”安德烈娅回答。

“她被警方束缚住了，你却没有……求你了。”

“我再去和埃米莉谈谈。”

“她会阻止我们的。”加兰的声音听上去非常绝望，“一旦事情成了定局，她就没有选择，只能跟着做了。她和我们一样清楚，这将是我表现的最佳时机。”

安德烈娅沉默良久。

“晚上八点精灵星见。”她叹了口气，但愿自己的决定是正确的。

“谢谢。”

安德烈娅走进屋里时，加兰正在解自己的衬衫扣子，山姆则在摆弄那个发射器。

“早上好。门上那个新涂鸦是个精美的艺术品。”她表扬了山姆。

“那些该死的溜冰的孩子又想进来了，”他一边往里走一边对着加兰咕哝，“我告诉过罗里不要让他们进来。”

“把那带子递给我们好吗？”山姆说着指指她身后的桌上那条厚厚的保护带，这条带子可以消解较弱的爆炸冲击力。

她拿起带子，感觉到那种厚厚的橡胶和外面那层薄薄的材料，然后递给他。加兰没有穿衬衫，显得瘦骨伶仃，整个身子左边布满了难看的点。他的文身仿了大卫·贝克汉姆著名的守护天使图案，这个文身在他的身上显得非常诡异。

“吸气。”山姆说。他把那条带子绑到加兰胸部，在他背后系紧扣上。

然后他把装满假血的避孕套、盒子里的一个小哑炮和手表电池接受器都贴在了他身上。都弄妥后，加兰穿回了衬衫，安德烈娅让山姆再三检查了枪和其他道具。背着巴克斯特做这些让她感觉不太好，她能做的就是保证所有细节都不出岔子。

山姆利用最后几分钟教加兰怎样把死亡演得更逼真些。安德烈娅希望他没在听，希望他能容忍那个“开膛恶魔”发表十分钟的讲话，以及菜鸟警察在他的葬礼上打喷嚏。

在巴克斯特到来之前二十分钟左右，山姆离开了，身上藏着一个巴拉克拉瓦头套、发射器和一支空枪。

“紧张吗？”安德烈娅问道。她听到了巴克斯特的汽车驶上外面的石子路面的声音。

“你问的是明天的话，那是有些紧张。”加兰回答。

“好吧，如果今天早上执行计划……”

“这就是我紧张的原因。我们没法知道，对不对？我们只知道他想杀了我，但万一杀不了，他会不会收手。”

“这就是埃米莉今天晚上要带你尽量远离伦敦的原因——当然，除非她在这之前杀了我们两个。”安德烈娅焦虑地开着玩笑。

巴克斯特走进门来，看了一下表，说：“该走了。”

巴克斯特根本不知道等着她的是什么，但这绝对不是她愿意看到的。她和加兰来到酒店，被人带进黑洞洞的电梯，很快升到大堂那层。电梯门打开，她在光滑的黑色地板上走了几步，接着被眼前超现实风格的接待区惊呆了。

他们站在一座高大的大理石金字塔的底座上。一本大的古怪的书摊开在他们面前，雪白的沙发衬着黑色的地板，给人一种站在水中的感觉。四散分布的边桌和巨大的接待台就像从地板上长出来的毫无瑕疵的黑曜石。一条条活泼的水母的影子被投射到光滑的大理石墙面上，游进了金字塔里，然后在穿过三十多米高的三角窗射进来的炽热阳光中消失不见。

“来吧。”加兰很高兴，他终于给一直无动于衷的巴克斯特留下了一个特别的印象。

工作人员给了他们每人一杯普罗赛克白葡萄酒，然后领着他们走向皮沙发。加兰告诉她，他们要在这里会见某个人。如果她认出了其中某个人，也不要表现出来。

“我很喜欢昨天的晚餐。”加兰一边看着水母奋力游进金字塔里一边说。

“是啊，食物总是好的。”巴克斯特的回答多少有些逃避的意思。

“我是说有你在……”

“罗杰咖啡馆？”

加兰微笑着，听懂了她的暗示。

“之后我们上哪儿去？我是说，在访谈之后？”他悄声问道。

巴克斯特摇摇头，没有搭理他。

“没人会听到我们说话的。”他轻声说。

“受保护的人都会被送到一个安全的住处……”

“你救不了最后一个人。”加兰痛苦地结束了谈话。

巴克斯特没注意到山姆从接待区经过，走进了厕所，但注意到加兰脸上的神色陡然一变。

“他们来了。”他紧张地说。

安德烈娅和罗里一起走进伦敦 ME 酒店时，正和伊利亚通着电话。电梯门关上后，伊利亚正要给安德烈娅罗列加兰的采访提纲，信号中断了。他要她把握访谈的方向，让加兰挑衅杀手，在整个过程中表现得目中无人。

“没人喜欢杀戮，”他说，“人们喜欢的是争斗。”

走进堂皇的大堂时，她已不想再给他回电话了。罗里已经拍摄了一些巨书和金字塔的备用镜头，虽然他们都相信这些镜头更适合用在他的下一部电影中。某个酒店工作人员没有认出巴克斯特或加兰，但认出了安德烈娅，于是兴奋地做了一番自我介绍。加兰拍卖自己临终访谈的新闻早已传开了。安德烈娅趁那个女人还没走开拦下了她。

“这是一家著名的酒店，”安德烈娅说，“我们可能现在要在这里先排练一下，但我们明天不一定会租用这里来进行直播。因此，我希望你和你的同事们能够最大限度地慎重起来，请确定保他们也明白我的意思。”

“那当然。”那女人微笑着说，好像她脑子里根本就没有要与拼布娃娃杀手的下一个受害者来张合影的念头。她走向接待处，斥责了那些想偷听她们谈话的工作人员。

“你觉得她会买账吗？”安德烈娅问。

“也许吧，”巴克斯特回答，看上去有些担忧，“我们赶快把访谈做了，然后离开这里。”

埃德蒙兹又在沙发上睡了一晚。昨天晚上他回到家时刚过十点，蒂亚已经睡了，把他锁在了卧室外面。于是他干脆熬夜到凌晨，搜索更多的谋杀案件，以便做进一步调查。

他早上研究了迈克尔·盖布尔－柯林斯的背景信息。杀手把这枚白金戒指戴在拼布娃娃的手指上，说明他想要他们认出这个人，尽管目前还不清楚他这样做的原因。可以肯定哈立德是一切问题的关键，埃德蒙兹不屈不挠地追踪调查，终于发现了其中的关联。

那家法律事务所，柯林斯与亨特，曾在法庭上为哈立德做过辩护；但除此之外，迈克尔·盖布尔－柯林斯与此案没有任何关系。他从未参加过庭审，而且，身为合伙人和家庭法专家，他也没有参与任何准备工作，这个案件似乎是由夏洛特·亨特负责的。

虽然这家法律事务所每年会接几百宗案件，但他坚信，他一大早搜索出来的这些绝不仅仅是巧合。他必须把有关哈立德案的完整名单汇总出来。从律师到证人，从工作人员到那些签名进入公共席旁听的人，如果有必要，他要一个一个地调查他们所有人。

安德烈娅对着镜头做了介绍，想到很快会有大量观众批判他们生硬的表演，她感到有点不安。

“……我们今天早上与记者贾里德·加兰在一起，他是拼布娃娃杀手指定的第三个受害者。早上好，贾里德。”

罗里转换镜头，把镜框对准安德烈娅和加兰两个人。他们面对面坐在一张白色皮沙发上。

“谢谢你在如此艰难的时刻与我们对话。让我们从一个最显而易见的问题开始吧：为什么？为什么这个连环杀手会选中你？”

巴克斯特全神贯注地盯着访谈。她看得出，加兰十分紧张。他很害怕。事情不对劲。男厕所的门开了一条缝，山姆从里面出来，悄无声息地走进大堂。他裹着一身黑衣服，戴着头套，右手拿着一把枪。

“我倒真希望我能知道为什么，”加兰说，“据我所知，霍尔女士，你作为一名有经验的新闻从业人员，这份工作并不总能让你交到朋友。”

他们两人发出一阵紧张的笑声。

接待区有个女人尖叫了一声，罗里的镜头转向了那个持枪的男人。巴克斯特本能地冲向那个蒙面男子，即使她认出了那个熟悉的声音，依稀明白发生了什么事，也没有放缓脚步。

“你这该死的东西，贾里德·加兰，你这个狗娘养的！”他即兴表演道。

罗里拍完持枪者，把镜头转回到加兰身上，他非常害怕地站了起来。震耳欲聋的枪声回荡在四壁光滑的大堂里，加兰胸口涌出一股鲜血，安德烈娅立刻尖叫起来。当加兰像计划中那样向后倒在沙发上时，巴克斯特已经牢牢制住了山姆。接着，一阵刺眼的白光从他的伤口处爆出，向黑色的地板喷射着火星。他听到像爆竹引信燃烧一样的嗞嗞声，火花四处溅开，引燃了缠在他胸口的带子，他开始尖声嘶叫起来。

罗里丢下摄像机赶过来帮他。他听见玻璃碎裂的声音，感到环绕着加兰胸口的火花散发出巨大的热量。惊慌之下，他急切地伸手去解系扣，却诡异地发现自己的手指消失在加兰胸口的大洞里了。

他用力去拉带子，但是带子上的大部分橡胶已经熔化在皮肤里了。接着又是一阵声响，像玻璃碎裂的声音。一股滚汤的液体从加兰的皮肤里喷出来溅到他的手上，他后退着跌倒在地上。

巴克斯特茫然地冲了上去。

“不要！”罗里痛苦地喊道，“那是硫酸！”

“快叫救护车！”巴克斯特命令前台的工作人员。

白色火花围成了一圈，接着慢慢熄灭了。只剩下加兰痛苦的呼吸声。巴克斯特冲上去握住加兰的手。

“你会没事的，”她安慰他，“安德烈娅……安德烈娅！”

安德烈娅呆呆地坐在那里。她慢慢回过神来看着巴克斯特。

“前台一定有烧伤急救包。快去拿过来！”巴克斯特一边指示她，一边担心加兰全身都被硫酸或火焰或其他什么东西烧伤了。

安德烈娅带着基础急救包回到沙发这边时，警报已经拉过好几回了。加兰每一次喘息都显得很痛苦。他头靠在沙发上，看着水母爬上墙面，游向光通道的尽头。

安德烈娅拿来急救包时，巴克斯特和她的眼神相遇了。

“你干了什么？”她惊恐地问，然后转头看着加兰。“你会没事的。”她竭力安慰他，但她知道自己在撒谎。他身上部分衬衫掉了下来，她可以看见他烧焦的肺在肋骨之间随着呼吸努力地扩张。她不敢想象接下来会怎样，只能接着说：“你会没事的。”

武装警察冲进大堂包围了山姆，他在警察到来之前就把枪丢下了。局势安定下来后，救护人员也跟进来了，他们小心地把加兰抬到担架上。巴克斯特看到他们把人抬进电梯后互相交换了一下眼神。另一队人则围着罗里处理他烧得不成样子的手。

在加兰坐过的地方，碎玻璃片在照明灯下闪着光。她看到沙发上有好几个大洞。她站了起来，跟着急救人员走进电梯，决定陪在加兰身边。

埃德蒙兹困惑地扫视着办公室。他一直沉浸在自己的工作中，没有注意到同事们都丢下手头的事围到了电视机前。整个部门安静得令人吃惊，这时，西蒙斯的办公室里传来了电话铃声，接着是西蒙斯压低声音的说话声，毫无疑问，他是在和局长通话。

埃德蒙兹站了起来，走到人群后面，一眼就看见了屏幕上的安德烈娅。虽然她不是电视新闻中的生面孔，但她这次报道的新闻却是埃德蒙兹及其他国民始料未及的。她没有坐在桌子后面，而是一路跟着急救人员跑，摇晃的镜头竭力跟上她。他发现了背景中的巴克斯特，后者正倾身对着担架上的某个人，那人想必是加兰。

最后，镜头切回到新闻中心。埃德蒙兹的同事们也回到自己的办公桌前，开始谈论起刚刚发生的事。很多人批评巴克斯特作为加兰的首要保护人竟然允许那个人（他曾在公开场合批评过他们的工作）出现在电视直播中。

几个新的问题被提了出来：为什么巴克斯特会陪同加兰出现在直播镜头中？那个枪击他的人是拼布娃娃杀手吗？他身上究竟发生了什么事？两种说法互相冲突，一种说他是被枪打伤的，一种说他是被烧伤了。

但埃德蒙兹只对一个问题感兴趣：为什么杀手会提前一天行动?

Chapter 19

第十九章

2014 年 7 月 4 日　星期五　下午 2:45

因为烧伤严重加上病源不明，加兰被急救车一路蓝灯直接送到了切尔西和威斯敏斯特医院的急诊室，已有一位烧伤科专家等在那里了。巴克斯特一路都紧握着加兰的手，直到到达医院后一名态度强硬的护士要求她离开。

几分钟后，安德烈娅和罗里坐着第二辆急救车也到了。巴克斯特看到罗里烧伤的左手黏糊糊的，右手手掌少了一大块肉，比起烧伤更像是被啃了一口。急救人员领着罗里去烧伤科专家那里。

巴克斯特和安德烈娅坐在外面的星巴克咖啡店里，一句话都没说。加兰两小时前已被送去紧急手术室了，她们还不知道罗里的任何消息。巴克斯特大部分时间都在思索山姆被带去了哪里，以便证实那个从未被重视的、离谱的猜想。

“我真不知道会发生这样的事。”安德烈娅一边搅动着咖啡一边喃喃道。

巴克斯特没理会她。她已经清楚地知道，请求安德烈娅的协助是她所犯过的最大的错误，而且她真的怀疑，安德烈娅的大脑是不是有严重的问题。

“你真的完全无法被信任啊，”巴克斯特对她说，“凡是你经手的事情都一团糟，这难道还不能说明问题吗？”

她本想挑起一场争吵，但想想也没什么意思，而且安德烈娅明显和她一样内疚。

“我以为我可以帮他。”安德烈娅自言自语道，“就像你说的，如果我们可以拯救他们当中的一个，那么杀手可能就会放弃对付威尔了。”

巴克斯特犹豫了一下，不知道是否要把前一天早上沃尔夫把她堵在会议室里的事告诉她。她想了想还是没开口。

“我觉得我们要失去他了。”安德烈娅嘟囔着说。

“加兰？”

“威尔。”

巴克斯特摇摇头：“不会的。”

“你们两个应该……如果你们想要……你似乎……他应该会幸福的。”

巴克斯特似乎明白安德烈娅那些断断续续的话的意思，但没有理会她更深层的含意。

“我们不会失去他的。”她再次坚定地说。

我很抱歉。我一定会回来给你做饭的。爱你。

埃德蒙兹半侧着身子坐在巴克斯特的办公桌前，想给蒂亚发短信而且不让西蒙斯发现。他已经道过三次歉了，但她没理他。

“埃德蒙兹！”西蒙斯在他身后一声猛喝，“如果你还有时间发短信，你就有时间去法医那里弄清楚今天到底发生了什么。”

“我？”

“是的，你。”西蒙斯拍了他一下，然后急忙赶向自己的办公室。那边的电话铃又响了，他厌恶地朝办公室看了一眼：“福克斯和芬利都出差了，巴克斯特还在医院。所以，我这里只有你了，快去。”

“是，长官。”

埃德蒙兹把桌上摊开的文件迅速整理好，省得巴克斯特回来后训斥他，然后就离开了办公室。

“她现在怎么样？”乔问，他依旧像个修道士，一边在法医实验室的池子里洗手一边问，“我看到新闻了。”

“我想整个国家都看到了，”埃德蒙兹说，“我还没从她那里得到什么消息，但西蒙斯已经和她通过电话了。她还在医院里，和加兰在一起。”

“她很周到，但恐怕已经没必要了。”

“他们正在给他动手术，这说明还有一线生机。”

“不可能。我和那里的烧伤科专家谈过了，我告诉了他们，他们将要面对什么。”

“是什么？”

乔挥手让埃德蒙兹去工作室。那里的一架显微镜下放着几片从酒店沙发上搜集来的玻璃碎片。几滴残余液体可怜巴巴地留在试管的底部。一根通过电线连接到某个设备的金属棒蘸着液体。那根保护带剩下的部分被摊在托盘上，上面还黏着一些加兰的皮肤。

“我想你也知道他们原本想模拟加兰被枪击的假死现场？”乔问。

埃德蒙兹点点头：“西蒙斯告诉我了。”

“好计划。非常勇敢。”乔真诚地说，“那么，怎样杀掉一个被假枪打中的人？改造那把枪？换掉空弹匣？换掉假血袋后面的温和性爆炸物，是吗？”

“我想是吧。”

“错！所有这一切都会被再三检查并确认。因此，我们的杀手决定改造那条绑在加兰胸前的保护带。这是一条里面带有金属的橡胶带，对任何人都没有危险。”

埃德蒙兹看向那条保护带的残余物，上面的橡胶与人肉的臭味扑鼻而来。几根烧焦的金属丝从橡胶带里胡乱伸出来。

“橡胶内侧盘绕着镁带，”乔对刺鼻的臭味毫不在意，“这条保护带包裹在他胸部，燃烧起来的温度高达几千摄氏度。”

“所以，当他们枪击那个血袋时……”

“他们就点燃了这个镁圈。我还发现了用来确保它会烧起来的助燃涂层。”

“那么碎玻璃是怎么回事？”埃德蒙兹问。

“为了置他于死地，如果你能接受这种说法。这个杀手要的是加兰根本没有存活的可能。所以，他在保护带中注入了大量酸，爆炸后会随着强热溅在他暴露的皮肤和内脏上……哦，别忘了还有致命的痉挛、水肿以及有毒蒸汽的吸入。”

“天哪。”埃德蒙兹在他的笔记本上迅速记录着，“是哪一类酸？”

“我还不能确定是什么酸。这种东西更糟，比硫酸糟多了。这是他们称之为超级酸的东西，也许要比普通的硫酸强烈一千倍。”

埃德蒙兹赶紧从那支看起来无害的试管前往后退了一步。

“所以那东西已经把加兰的内脏腐蚀掉了？”埃德蒙兹问。

“你明白我的意思了？毫无希望了。”

“这种东西很难控制吗？”

“是，也不是，”乔回答，“这种东西作为催化剂广泛应用于工业上，但因为它也可以作为武器，所以在黑市上也有得卖，这点很让人担心。”

埃德蒙兹沉重地叹了口气。

“别害怕，你们得到了更多有价值的线索，”乔打起精神说，“我发现了有关拼布娃娃的一些东西。”

巴克斯特从桌子旁走开，去接一个从医院打来的电话。她不在时，安德烈娅无精打采地从包里拿出工作手机打开。她发现自己有十一个未接来电：九个来自伊利亚，两个来自杰弗里，她还没来得及向他报平安。还有一个新的语音来电。她把手机凑近耳朵。

“你在什么地方？医院吗？我找了你好几个钟头了，”伊利亚吃力地说，“有个酒店工作人员说你们拍下了事件经过。我现在就需要那些片子。我已经派技术人员保罗去酒店了，他带着那台客货两用车的备用钥匙。他会在那里上传资料。你听到语音后马上回复我。”

巴克斯特回来时发现安德烈娅一副受到惊吓的表情。

“怎么啦？”她问。

安德烈娅把头埋进手里：“噢，天哪。”

“怎么了？”

安德烈娅抬起头，一脸愧疚。

“他们拿到片子了，”她说，“真对不起。”

凡是她经手的事没有一件不被搞砸的。

他们被叫回医院，不得不强行穿过摄像机和记者的重重包围进入大门。安德烈娅注意到伊利亚已经派伊索贝尔和摄影师前来，报道最新发生的骇人听闻的事件——她发现自己正好身处其中。

“真是报应到自己头上了。”警察拎起警戒线让她们过去后，巴克斯特说。

一名护士带他们进入一间私密的房间。巴克斯特一看她的神态便马上知道了她接下来要说的话：他们已尽了最大努力，但由于伤势过重，加兰的心脏在手术室停止了跳动。

虽然她已料到这样的结果，而且她和加兰认识才三天，她还是忍不住掉下了眼泪。她无法摆脱内疚感。她感觉自己的心都抽紧了。他的安全是她的职责所在。也许他不该背着她搞另一套计划……如果她……

护士告诉他们，加兰的姐姐已经收到了通知，现在正一个人站在大厅里，如果他们能过去安慰她一下，那最好不过，但巴克斯特不敢面对加兰的姐姐。她要安德烈娅向罗里转达希望他迅速康复的愿望，然后就迅速离开了医院。

乔把拼布娃娃从冰柜里取出来，然后用手推车推到实验室中央。埃德蒙兹曾经希望自己永远都不要再见到这个可怕的东西。那个可怜的女人的躯干被残忍地和五个不同的身体部位缝在一起，一道新的缝口横贯她的胸口，在她小小的乳房中间形成一个V字，一直通向两侧肩膀。虽然肢解和拼接都是在那些人死后进行的，但他还是不由自主地觉得这个皮肤惨白的无名女人曾遭受过最为残忍的折磨。

“你在验尸时发现了什么？”埃德蒙兹问，他为了那道不整齐的缝口对乔有些莫名其妙的愤怒。

“嗯？没有，什么都没有发现。”

“然后呢？”

“你告诉我，这具身体有什么地方不对劲？”

埃德蒙兹露出绝望的表情。

“当然，除了显而易见的那些。”乔又说。

埃德蒙兹看着这具奇形怪状的尸体。他怀疑自己可能从此再也无法把这幅景象从脑袋里抹去了。他同样也会恨上这个房间。虽说这个念头毫无道理可言，但这里总归是个令人毛骨悚然的场所。他茫然地回头看着乔。

“看不出来吗？看看这两条腿。完全不同的肤色和尺寸，但被拼合得像是对称的一双腿。但两条胳膊就不是这么回事了：一边是完整的女性胳膊……”

“我们并不需要整条胳膊来识别指甲油。”埃德蒙兹插话道。

“……那只是一只手，而戒指在另一只手上。”

“所以，属于这具身躯的胳膊必定在某种意义上非常重要。”埃德蒙兹跟上了他的思路。

“那当然。”

乔从一个文件夹里取出一些图片递给埃德蒙兹，后者困惑地翻看着。

“这是文身。”

“这是她洗掉的文身。洗得很干净。但墨水中的金属通过 X 光照相技术仍然可以分辨，红外线图像甚至会更清晰些。”

“这是什么意思？”埃德蒙兹翻来覆去看着那些图片。

“那就是你的工作了。”乔微笑着说。

西蒙斯在他那间令人窒息的办公室里和上司一起坐了一个多小时，聆听她那老套的威胁，说她只不过是“传递”上头的意思。她先是谴责他手下的警探，然后是整个部门，以及他在管理上的无能，接着她重申了自己是站在他这一边的。这间没有窗户的房间让他透不过气来。随着温度持续升高，他越来越控制不住自己的脾气了。

“我希望巴克斯特警探停职，特伦斯。”

“为什么？”

“还需要我说得多明白？基本上，是她用这个荒谬的计划杀死了贾里德·加兰。”

他已经厌倦了这个女人自以为是、滔滔不绝的说教。他能感觉到自己头上的汗在往下淌，他拿起一份非常重要的文件给自己扇风。

“她发誓她对此一无所知，”西蒙斯说，“我相信她。”

“在处理这个案件的过程中，应该说她很不称职。”瓦尼塔反驳道。

“巴克斯特是我们最好的警探之一，她对此案非常投入也非常熟悉——比其他任何人都要投入和熟悉——除了福克斯。”

“他可是你的又一枚定时炸弹。你以为我不知道心理医生建议他远离此案吗？”

“这么说吧，连环杀手还在逍遥法外，他借着那个可怕的尸体明确表示要福克斯跟他玩一回。”西蒙斯吼了起来，声音比他想象的要粗鲁。

“特伦斯，为了你自己，你需要出去谴责巴克斯特的鲁莽行为。”

“她不知道！所以你还能让她怎么做？”

他终于把火发出来了。他只想赶快离开这个闷死人的盒子。

“对于新人来说，我……”

“等等，我不想责怪你，”他吼道，“因为你根本不知道我的团队在外面处理的事情，你又怎么会知道？你又不是警察。”

瓦尼塔似笑非笑地看着他这非同寻常的爆发。

“那你呢，特伦斯？真的吗？坐在你的小壁橱里，做了个决定就升任领导了。你这个头开得挺不错啊。”

西蒙斯对她尖刻的话感到无语。他从未想过自己和团队里的其他人有什么分别。

“我绝对不会让巴克斯特停职，或重新给她分配工作，更不会因为她冒着生命危险工作而去斥责她。”

瓦尼塔站了起来，露出她花哨的外套。

“让我们瞧瞧局长对此事有什么话要说。我今天五点钟要出席一个新闻发布会。我们需要针对今天早上发生的事拟一个正式的发言稿。”

“你就自己去干这该死的活吧。”西蒙斯也站了起来。

“你说什么？”

“我不会再去出席什么新闻发布会，我也不会再坐在这儿听你那些狗屁政治高论了，因为我的同事们还在外面冒险奔走。”

“你最好想清楚再说话。”

“哼，我不会辞职的。我现在要去干些更有用的事。您就自己请回吧。”

西蒙斯出去时砰地关上了门。他把钱伯斯的空桌子清理了一下，启动了电脑。

埃德蒙兹回来时看到巴克斯特正坐在办公桌前。他经过西蒙斯身边时忍不住多看了他几眼，发现西蒙斯正在网上搜索加兰最具争议的那些故事。他匆匆走过去给了她一个拥抱，这次她没有避开。

“我一直在担心你。”他坐下来说。

“我一直都在医院，直到……都是为了加兰。”

“他真的运气不好。”埃德蒙兹说。他试图用乔发现文身的话题来引开她的注意力。

“我们要着手……”

“你要着手去……”巴克斯特纠正他，“我退出这个案子了。”

“什么？”

“西蒙斯对我说，上头要我停职。到星期一他们会重新给我分配工作。西蒙斯会接替我的位置，芬利同意带你。”

埃德蒙兹从未见过巴克斯特如此失落。他想建议他们出去，带着那些红外线图像到几家文身店去查一下，却看到一个脏兮兮的内部邮差向他们走过来。

“埃米莉·巴克斯特警探？”他说着递上一个贴着邮票的手写的信封。

“是我。”

她正要撕开信封，却发现邮差还在盯着她看。

“怎么了？”

“我前些天常给你带花上来，是不是？那些花都到哪儿去了？”

“作为证据交给法医化验，最后烧掉了，因为死了一个人，”她就事论事地说，“不过还是谢谢你给我带上来。”

埃德蒙兹讪笑着，那个人听得目瞪口呆，一句话没说就转身走了。巴克斯特撕开信封。一根细长的镁线圈掉到了桌子上。她和埃德蒙兹交换了一个担忧的眼神，后者拿起一副一次性手套递给她。她从信封里抽出一张自己跟在加兰的担架后面爬上救护车的照片。拍摄的人应该站在堵在饭店门口的人群中。照片背面手写了一行字：

如果你们不按游戏规则来，那我也一样。

“他离我们更近了，就像你说过的那样。”巴克斯特说。

“他控制不住自己了。”埃德蒙兹一边说，一边仔细地检查着照片。

“这句话的标点使用相当规范啊。”

“并不奇怪。他显然受过良好的教育。”埃德蒙兹说。

“如果你们不按游戏规则来，那我也一样。”巴克斯特念了出来。

“甭理会这个。”

“你认为这不是他？”

“哦，我认为这就是他。我只是不愿意买他的账。我只是觉得在今天这种情况下，你经历了这样的事故，我不想提起这个……”

“我没事。”巴克斯特坚持要他继续说。

“有什么事不太对头。为什么他把谋害加兰的时间提前了一天？”

“为了惩罚我们。为了惩罚沃尔夫当时不在那里。”

“这是他想要我们认为的。但他却以放弃自己完美的成绩单为代价食言了。他会把这视为自己的失败。”

“那你的看法呢？”

“一定有什么他很害怕的事情迫使他提前杀害加兰。他慌了。或许是我们离他太近了，或许他真的相信明天将无法接近加兰。”

“明天他就进入证人保护程序了。”

“所以伊丽莎白·塔特先搞掉了拉纳。此外，除了你没人知道明天他要去哪里。所以，这件事的意义何在？”

“我？我是负责人。这个团队的任何人，包括沃尔夫，都不知情。”

“正是如此。”

“什么意思？”

“我的意思是，我们来看看是否有这种可能性：我们所有的行动都在杀手的监控之下，他相信今天早上是他唯一的机会，趁着加兰还没有消失……”

“这不可能吧。”

“……或者，某个对这一案件有深入了解的人向他透露了信息。”

巴克斯特大笑着摇摇头。

“哇哦，你可真知道怎么交朋友啊。”

“我希望我是错的。”埃德蒙兹说。

“你当然是错的。这里谁会要沃尔夫死？”

“不知道。”

巴克斯特思索了片刻。

“那我们应该怎么做？”她问。

“这只有你知我知。”

“当然。”

“那我们就来给他下个套儿。”

Chapter 20

第二十章

2014 年 7 月 4 日　星期五　下午 6:10

沃尔夫醒来时发现自己已经回到了伦敦。他和芬利驱车贯穿整个国家，然后再回来，就是为了把安德鲁·福特移交给受保护人团队。他们两人都不知道福特最后的目的地，尽管如此，他们推测地址大概是南威尔士某个偏远的地方，他们是在布雷肯山某处的邦氏提克水库停车场与接应的警察会合的。

福特在四小时的车程中一直很烦人，尤其是在加兰提前一天死亡的消息被主流媒体报道后。他们在一个加油站停车时，沃尔夫给巴克斯特打了个电话，但听到的只有她的语音留言。接下来的旅途中，芬利给福特买了一瓶伏特加，只是希望他能闭嘴消停一会儿。

“给你，安德鲁。”芬利回到车上说。福特没理会他，芬利重重地叹了口气：“喂，给你，圣安德鲁，杀害孩子的帮凶。”

由于福特早上拒绝离开自己那狗窝一样的公寓，他们的行程计划被打乱了，他们在完成交接后不得不在高峰时间回到伦敦。

至少水库那里的交接没出什么意外。他们下车后看到湍急的水流。那里的景致棒极了，太阳照在被森林围绕的蓝色水面上，一条狭窄的钢架人行通道从岸边延伸出去，通道的另一头似乎连接着岸边一座地势较低的塔的最高层。拱形玻璃窗在浅色的石墙上打开了一个口，一个铁质风向标立在蓝色的铜塔尖上，就好像从渐涨的水中撤了出来。

在摇晃的人行通道下面的水中有一个巨大的空隙，把水库的水不断地吸到下面的黑暗中，就好像有人把一个巨型塞子从地球上拔了下来，威胁着要把这座高塔仅剩的部分也拽进深渊。他们站在那里看了一会儿，然后打道回府。

沃尔夫坐直身子，弄清他们在哪里后打了个响亮的哈欠。

“睡得很晚？”芬利问。他竭力想抑制住骂人的冲动，因为一辆奥迪车傲慢地堵在了他们前头，让他正好赶上了红灯。

“老实说，我没有一个晚上睡得好。”

芬利看着他的朋友。

“你还在这儿干什么，伙计？”他问，“走吧。坐飞机离开吧。”

“去哪儿？我这张蠢脸已经在全世界各大报纸上露过面了。”

“我也不知道——要不去亚马孙雨林，澳大利亚内陆？你可以待在那里等事情过去。”

“这种日子我过不来，一眼就能望尽余生。”

“你得看长远些。”

“如果我们抓住了他，游戏就结束了。”

“如果我们不能呢？”

沃尔夫耸耸肩。他自己也没有答案。交通灯转绿了，芬利踩下油门。

安德烈娅回到新闻编辑部时，扑面而来的是同事们的热烈欢呼。大家拍拍她的后背向她表示祝贺，她一路绕过他们走到自己的办公桌前。她意识到加兰身上的假血还有一些溅在她的外套上，虽说她已经在医院的卫生间里擦过了，但依稀还有痕迹。

她还在为罗里担忧。他得留在医院里，定期冲洗伤口，以中和渗进皮肤的酸性物质，尽管事故已过去八个小时，那种可怕的酸性物质仍在啃噬他的肌肤。烧伤专家警告过她，他右手的大拇指很可能保不住了，他食指的神经组织也受到了不可逆转的损伤。

同事们自发的掌声没有得到她的回应，慢慢消散了。安德烈娅坐了下来。加兰被活活烧死的镜头在大屏幕上以慢镜头播放着（这个频道在那一天已经把这个镜头播放上百遍了）。罗里的摄像机拍下了所有的画面。她厌恶地转过头去，却发现伊利亚留给她的字条：

> 抱歉。我必须得离开。谋杀的真实镜头：真是天才！星期一上午咱们再细聊一下接下来的事——这是你应得的报偿。伊利亚。

这个意思模糊的字条只可能是在说他想给她一个永久性的位置，一个她梦寐以求的职位，但是，她一点兴奋的感觉都没有，她感到身心完全被掏空了。她心不在焉地从邮件托盘上拿起一个棕色信封，把它撕开。里面有什么东西掉了出来，落在她的桌上。那是一个小小的金属圈，然后是一张她和罗里走出 ME 伦敦酒店时的照片。

她掏出手机给巴克斯特发了条短信。尽管来自杀手的第二次公告是个大新闻，但这也只是进一步证实了她对整件事情的猜测。她把这些东西放回信封，锁进了她的抽屉。

她不想再玩这个游戏了。

一簇东倒西歪的蜡烛被放在宜家木桌的中央，看上去既浪漫又有着火的危险。蒂亚已把客厅的门关上了，这意味着埃德蒙兹在她之前已经到家了，而且马上开始在厨房里忙活起来。他把她放在冰箱里的菜拿出来做了，她很高兴回到家看到这番情景。他们一起享受了一个美好的夜晚，在白酒和甜点的陪伴下燃起热情，就像埃德蒙兹还在诈骗科时那样。

埃德蒙兹在下班前打印了一沓旧案件的材料，他打算等到蒂亚上床睡觉后再整理一遍。他把这些材料堆在厨房碗柜的顶上，那地方很高，蒂亚够不着。但后来的几小时里，他压根就忘了这回事，直到话题转向他的工作。

“你在那儿吗？”蒂亚问，一边无意识地抚摸着自己隆起的肚子，“那个可怜的人……”

“没有。”

“但你的上司在那儿吧？我听到那个印度裔高级女警官提到了她的名字。”

“巴克斯特？其实她不是我的上司。她是……我想她也许会是吧。”

“出事的时候，你在干什么呢？”

蒂亚显然想表现出对他的工作的兴趣。尽管这是保密的，但他不想毁掉这种氛围。他决定向她透露一些调查中最不重要的信息，这样做既不会让她太紧张，同时也让她了解一下他在这个团队中的角色。

“你看到新闻里播出的拼布娃娃的照片了？呃，那条右胳膊是一个女人的。”

“谁？”

“这个我还在调查。她涂了两种颜色的指甲油，我相信，根据这条线索，我们可以确定她的身份。”

“一只手上涂两款不同的指甲油？”

“大拇指和另外三根手指涂的是糖果色，但小拇指却涂着不同的颜色。”

“你真的以为凭着指甲油就可以找到那个女人吗？”

“这是我们手上仅有的能继续往下查的线索。”埃德蒙兹耸耸肩。

“那这个线索一定非常特别，是不是？”蒂亚说，“我是说，如果它对你们有用的话。”

“特别？”

“是啊，我们那里就有一个傲慢的老女人，每周都会跑去沙龙做美甲，谢里不得不专门为她提前预订那些指甲油。因为他们会把真的金屑加在指甲油里。”

埃德蒙兹认真地听着蒂亚的话。

“大多数店里是不卖的，因为太容易被偷，一瓶就要近一百镑呢。”

埃德蒙兹兴奋地抓住蒂亚的手。

“蒂，你真是个天才！”

埃德蒙兹在网上搜索了半小时，专搜那些限量专供和贵得离谱的指甲油，埃德蒙兹觉得自己已经拨开了迷雾的一角：香奈尔限量版 Feu De Russie 347。

“这玩意儿是二〇〇七年莫斯科时装周开卖的，一万美元一瓶！”埃德蒙兹给他们的杯子里倒满了酒。

“为指甲油干杯？”

“这也许是从慈善拍卖会上买到的东西，”她耸耸肩说，“就算这样，我也敢说，大街上没几个人的钱会多到包里能装着一瓶这玩意儿。”

第二天早上，巴克斯特收到埃德蒙兹的短信，要她上午十点在斯隆街香奈尔专卖店碰头。她提醒他，自己下周一就要被停职了，他也提醒她现在才星期六。

她睡过了头，没听见闹钟，跑步也迟了，出门时又被一辆轮椅阻了两分钟。自从加兰恐怖地死亡后，她整天只想过单调又安全的生活，一个人缩在沙发里看星期五晚上的电视节目。她一个人就喝完了整整两瓶酒。

当轮椅卡在阴沟盖上时，她抓紧时机赶快超了过去，发现埃德蒙兹就在前面不远处等着她。她一直在思索他说过的团队里有人泄密的话，越想越觉得荒唐可笑。沃尔夫显然不会，而她绝对信任芬利。西蒙斯为了她即使面临纪律处分也竭力与上司抗争，尽管她从未当面对他说过这话，但她同样信得过西蒙斯。

埃德蒙兹递给她一杯热咖啡，把蒂亚的发现告诉了她。她很感激他马上就回归了本位，把她看作一个坏脾气的上司，没有流露出一丁点昨天的她迫切需要的怜悯和宽慰的痕迹，他对她的信心让她再度自信起来。

牛津街店的经理接见了他们。这位女士相当干练，她花了一小时打电话并核对客户。最后，她整理出一份有十八个人的转账名单，其中七人附有详细的姓名和邮寄地址。

“另外这些，”那位口齿伶俐的女士告诉他们，“是通过拍卖、奖品、慈善活动送出去的。我们手头自然有他们的联系方式，因为他们是我们的最佳客户……”

这位女士在读这份名单时声音突然变小了。

“有问题吗？”巴克斯特问。

“马库松先生。他是我们牛津街店的常客。”

巴克斯特拿过那份名单，看着上面的联系方式。

“这里说他住在斯德哥尔摩。”巴克斯特说。

“他轮流待在伦敦和斯德哥尔摩两地。他和他家人的产业在梅菲尔[①]。我肯定有他的送货地址。请稍等，我找一下……”

女经理又拨了总店的号码。

“这位马库松先生正在瑞典洗桑拿吧？”巴克斯特悄声对埃德蒙兹说。

“哦，没有，亲爱的，”那女士很戏剧化地手持电话，隔着老远对她说，“他昨天来过这里。”

西蒙斯又回到了钱伯斯的座位上。有几个人带着琐碎的问题来找他——换班、请假等，他都拒绝了，因为目前他手头有最紧迫的事需要处理。

他妻子对他可能会被降职的事颇为担心，他昨天晚上大部分时间都在向她保证一切都不会改变，房贷可以负担，夏季度假也没有问题。他们能应付得了。他们向来都应付得很好。

他正在查看埃德蒙兹提供的那些与哈立德审讯有关的人员的名单，对比失踪人员的数据库，一次对比一个，这活儿弄得他头昏脑涨。他并不完全相信埃德蒙兹说的，凶手盯上的都是与哈立德案有关的人，但是，除此之外他也没有更好的办法。

他集中精力开始梳理名单，当他查到第五十七个名字时，终于找到了匹配者。他双击资料后得到了完整的细节。数据始建于六月二十九日星期日，正是拼布娃娃被发现的第二天，该数据由伦敦警察厅生成。这人就是那三个未确定身份的受害者之一。

“狗娘养的。”西蒙斯喃喃地说。

---

① 伦敦市中心的一块区域，是整个伦敦地价最高的地方。

巴克斯特和埃德蒙兹爬上陡峭的台阶，来到位于梅菲尔繁华街道上的某栋五层别墅的门前。他们敲了两遍门才听到里面有人穿过走廊向他们走来。一个健壮的男人给他们打开大门，他手里端着杯咖啡，手机夹在耳朵和肩膀之间，他正在听电话。他一头长而明亮的金发梳得整整齐齐，身上的肌肉强劲有力，穿着昂贵的衬衫和牛仔裤。当他不耐烦地看着他们时，一股强烈的须后水的气味飘向他们。

“什么事？”

“斯特凡·马库松先生？”

“是我。”

“警察。我们需要问你几个问题。”

马库松马上变得友好殷勤起来，领着他们穿过那个让人难以置信的房间（那只能被形容为乔治时代的科幻风格），进入起居室，那里有一面玻璃墙向后折叠，朝着那个双层花园敞开着。巴克斯特肯定罗里会喜欢这里，如果主人允许他们单独待一会儿的话，他一定会拍些照片。

马库松可爱的女儿下楼来看是谁到家里来了，马库松让女儿上楼去。当马库松胳膊完好的美丽的太太进来招待他们用冰茶时，埃德蒙兹一时间觉得自己似乎在浪费时间。但巴克斯特的经验告诉她，像这种男人很少会给自己的太太买奢侈的礼物，而更有可能在家庭之外进行高消费。

“那么，需要我做什么？”马库兹问，他的瑞典口音非常明显。

“我们相信你曾于二〇〇七年四月去过莫斯科。”巴克斯特说。

“二〇〇七年四月？”马库松犹豫了一会儿，“是的，时装周。我太太拉着我们一起去看秀。”

“我们想问的是，你是否在那里买过什么东西……”巴克斯特停顿了一下，希望这个男人能记起自己有过一次上万美元的消费。但他显然记不起了。“一瓶香奈尔指甲油？”

正在这时，马库松太太给他们端来了饮料，巴克斯特注意到她丈夫脸上有不安的表情。

“你为什么不去陪着利维娅？”马库松对他太太说，一边体贴地给她在椅子上腾出地方，“我们一会儿要出去。”

美丽的、金发的马库松太太顺从地走出去时，巴克斯特不禁翻了个白眼，埃德蒙兹注意到了她颇具戏剧性的情绪变化。

“那么是十瓶指甲油？”她听到门咔嗒一声关上了。

“那是为我在伦敦认识的一个女人买的。我那段时间经常出差，所以觉得很寂寞……”

“不必扯太远，”巴克斯特打断了他，“这个女人叫什么名字？”

“米歇尔。”

“姓？”

“我想是盖利。我在城里时，我们一起吃过晚饭。她喜欢这些时尚的东西，所以我把那玩意儿作为礼物送给了她。”

“你是怎么认识她的？”巴克斯特问。

马库松清了清嗓子：“约会网站。”

“有钱人鬼混网？”

马库松被狠狠损了一下，但似乎并不介意。

“米歇尔不是冲着钱来的，所以我送她一些礼物，”马库松解释道，“为了避免把事情弄复杂，与社会地位不同的人交往似乎是个聪明的办法。”

“我敢打赌是这样。”

“你们最后一次见面是什么时候？”埃德蒙兹问，如以往一样迅速记着笔记。因为分神，他喝冰茶时呛了一口。巴克斯特没理会他。

“我女儿二〇一〇年出生后，我要求中断来往。”

“这对你来说当然很好。”

“从那以后，我再也没有见过她。有意思的是……”

“什么？”巴克斯特问。

“最近一周我倒经常想起她来，也许是因为新闻里说的那些事。”

巴克斯特和埃德蒙兹交换了一下眼神。

“哪些事？”他们异口同声地问。

“那个火化杀手死了，纳吉布·哈立德，是这个名字吧？米歇尔和我最后一次见面时谈了许多有关他的事。那件事对她来说意义重大。”

“什么事？”两人再次异口同声地问。

“她曾经被指派给他，”马库松沉思着说，“她是他的缓刑监督官。”

Chapter 21

第二十一章

2014 年 7 月 7 日　星期一　上午 9:03

沃尔夫没去理会普雷斯顿－霍尔医生的来电，径自走进凶杀与重罪科。他自行解除了她的监护。鉴于她曾宣称他不适合工作，他觉得自己没有理由再去那个凶巴巴的老太婆的办公室里浪费宝贵的时间。

西蒙斯有理由否决心理医生的建议，因为贾里德·加兰在公众面前意外提前死亡。时间如此紧张，他们的胜算这么小，他不能再冒险去刺激杀手，而且在加兰死后，巴克斯特收到的那份公告相当清楚地表明沃尔夫有必要继续介入案件。

西蒙斯认为，派一个不成熟的警探去承受超过他能力的案件无疑是对这个连环杀手的羞辱，其风险可能是：再增加一个牺牲者？再次打破游戏规则？向媒体透露更多的敏感信息？

这些显然不是他要的。

沃尔夫忍不住对那个残忍的恶魔生出了一点古怪的感激之情，因为正是他，这个声称将在一周后杀死沃尔夫的凶手，让他保住了这份工作。

他倒并不打算给他买一张感谢卡，只是每一朵乌云……

沃尔夫一时兴起决定去巴斯过周末。他并非不把自己的死活当回事，只是他在内心深处对某些东西仍有向往，比如，他从小待到大的火炉似的起居室，他母亲烤过了头的威灵顿牛肉，以及和当地他认识最久的朋友喝一杯，他那朋友注定会在距他们高中不超过三公里的地方生活、工作，然后死去。

他花时间倾听了父亲讲了一辈子的那个故事，然后，他明白了自己为什么会定期回老家探访。在与父母平静的谈话中，他们只有一次谈到了那个凶手以及他们儿子即将到来的厄运，他父亲从未这样激动过。在淋浴时，沃尔夫透过热水听到他们详细地讨论了所有的细节并且找到了他们认为有效的解决办法：他可以搬回楼上他以前住的房间。

“我怀疑这家伙会一路追踪到这儿。”他父亲很有把握地告诉他。

过去，沃尔夫也许会因为他们的天真质朴和琐碎而恼火，但这次，他觉得他们幽默得可爱。他爸爸因为儿子嘲笑自己的计划而生起气来。

“我也许不是你们那个大城市的万事通，但毕竟也不是笨蛋！”他怒气冲冲地说。他一直对首都有某种成见，自从他儿子为了更好的生活放弃了他们“平淡的小镇”后，他对他的态度就有所不同了：“还不就是佩着该死的武器，越野长跑，还有全程检测平均速度！”

糟糕的是，这使沃尔夫又嘲笑起他父亲来，老头子更生气了。

“威廉－奥利弗！”他母亲吼了儿子一句。老威廉大叫一声：“去泡杯茶来。”

他讨厌老妈总是把他的两个名字放在一起叫。好像他们那种自命不凡的姓氏还不够糟糕似的。她似乎觉得姓名中的连字符可以伪装成谦和，正如那无可挑剔的花园和停在门口的分期付款买的车，其实与暮气沉沉的室内装饰根本不般配。

沃尔夫帮家里修了些东西，但是不包括隔壁埃塞尔家那道该死的篱笆。每次她都要从她家的门廊赶过来跟他搭讪，吓得他只能贴着墙根、弯着腰一溜烟跑过。

面对未来一周的工作，他感到神清气爽，精力充沛，但接着，他冲那个忙碌的办公室瞟了一眼，意识到一切都变了。

那位高级警官看样子又要霸占西蒙斯的办公室了。西蒙斯转移到了钱伯斯用过的办公桌上。埃德蒙兹坐在他旁边，两只黑色的眼睛转来转去。巴克斯特正在和布莱克警探认真地交谈，谁都知道巴克斯特受不了他，他也肯定对与拼布娃娃有关的事情毫无兴趣。

会议室的活动挂图上又多了两个受害者的名字。沃尔夫看到芬利贴在他桌上的字条，要他“一结束与精神科医生的会面”就到贝尔格莱维亚区的爱尔兰大使馆与他会面。他们要把安德鲁·福特带到那里去接受保护。沃尔夫有些恼火，因为他清楚地记得他们把福特留在了南威尔士，然后就驾车离开了。

他有些迷惑地朝着西蒙斯和埃德蒙兹走去。走到跟前，他发现他们的鼻子破了。

“早，”他悠闲地说，“我错过什么事情了吗？”

马德琳·艾尔斯在为柯林斯与亨特事务所工作的四年中曾担任尽人皆知的纳吉布·哈立德案的辩护律师。西蒙斯立即就在失踪人员报告中认出了这个名字。总体上，艾尔斯在攻击沃尔夫和伦敦警察厅的人当中常常是最积极的一个。她以在法庭上发表的轻率的、备受争议的言论而闻名，比如她曾建议沃尔夫代替她的客户坐在被告席上。

看着艾尔斯的名字，他更加确信了埃德蒙兹始终坚持的看法：这一切都与哈立德案有关。派遣警员去她在切尔西区的住所只是为了正式确认那具拼布娃娃苍白脆弱的躯干就是她的。除了这一悲剧性的确认，调查团队在迈克尔·盖布尔–柯林斯与这一案件之间尚未找出任何有价值的关联。

仅仅三小时后，巴克斯特和埃德蒙兹就回到了办公室，他们已经确认了哈立德的缓刑监督官米歇尔·盖利就是第五个未被确认身份的受害者，那个涂着上万美元指甲油的手的主人，也是那个两面派的瑞典人的情妇。被一些更紧迫的问题所掩盖的一点是，人们发现哈立德在杀掉最后一个受害者时，在米歇尔·盖利的监管之下，居然还能无证驾驶。

由六个不同部位拼凑而成的拼布娃娃现在还剩下一个受害者未确定身份。尽管与庭审有关的人中再没有失踪的人，但西蒙斯还是决定再从头核对一遍名单。只要是他直接联系过的，或者在拼布娃娃事件后出现过的，他就从名单中划去那个名字。

星期日凌晨，在靠近威尔士风景如画的廷特恩村的一所古雅的房子里，雷切尔·考克斯正要下夜班。她做保护人这份工作才一年多一点，这一次派驻的地点是最赏心悦目的。不幸的是，这次也是最困难的。

安德鲁·福特待在这里的大部分时间不是在对雷切尔和她的同事污言秽语，就是在那所小房子里乱扔东西。星期五晚上，他居然点起火来，差点把房子给烧了。到了星期六下午，他们两个人才好不容易制服了他。

芬利曾给过她一个建议，她当时没在意，现在她知道厉害了。在睡了几小时之后，她悄悄到镇上买了几瓶烈酒。她必须瞒过上司，但她毫不怀疑这酒会在接下来的夜晚让这位爱尔兰房客好过一些。

谢天谢地，福特在凌晨三点左右筋疲力尽，停止了折腾，倒头睡下了。雷切尔坐在厨房里粗糙的木桌前，温馨的灯光从天花板上照射下来。她听着那个人如雷的呼噜声，每一次停顿都让她屏住呼吸，在心里祈祷他不要醒过来。她觉得自己又有点犯困了，想起上司教过她的办法，就站起来走到外面去巡视营地。

她踮起脚尖走过嘎吱作响的地板，轻轻地打开沉重的后门，走进清晨寒冷的空气中。她飞快地套上靴子，踩在黎明前潮湿的草地上，感觉一下子提起了精神。寒冷的空气刺痛了她的眼睛，她后悔没带外套出来。

她沿着墙走到前面的花园，突然看到一个鬼魅般的人影站在距前门五十米左右的地方，吓了一跳。

她正好站在她那个持有武器、正在睡觉的同事的卧室下面。只要她喊一声，她同事二十秒之内就会下来，但她不想惊醒她，也不想让她知道自己出门时把无线电对讲机放在厨房的桌子上了，她决定自己来探明情况。

她谨慎地掏出了辣椒喷剂，向那个模糊的人影走去，那影子背后是发着幽光的山丘。她每向前走一步，气温似乎都会下降一点，她压抑的、缓慢的呼吸给这可怕的场景罩上了一层诡异的雾气。

几分钟后，太阳就会跃出地平线。但现在，雷切尔无声地向十米开外的那个人影挪去，仍然看不清他的脸，只看出他的个子很高，正在往前门上安装什么东西。他似乎没有意识到她的接近，直到她踩在砾石地上。冰冷的石块在她的靴子下面嘎吱作响，那个黑色人影突然停止了手上的动作，朝她看过来。

“你有什么事？”雷切尔尽可能自信地问。她受到的训练要求她不到迫不得已时不能暴露自己的警察身份。她又向前踏出一步：“我说，你有什么事？”

雷切尔对自己把对讲机遗忘在桌上这件事很恼火。她现在距离小屋近五十米，必须大声叫喊才有可能惊醒同事。她只希望自己能尽快把事情搞定。那个人影一动不动地站着，没有回答，她已经可以听到对方粗重的呼吸声，一阵阵雾气弥漫在他们之间，好像有什么东西要烧起来了。

雷切尔终于绷不住了。她吸进一大口冷空气，大声叫喊起来，那个人影拔腿就跑。

“库姆斯！”她大声喊着屋里的同事，同时沿着山峰阴影下通向树林的泥泞小路追赶上去。

雷切尔只有二十五岁，念大学时是学校里的长跑健将。在跑下陡峭的山坡时，脚下变得崎岖不平，她很快就缩短了两人之间的距离。寂静的山上只有他们沉重的呼吸声和追逐的脚步声。

“警察！站住！”她喘息着喊道。

太阳正在缓缓升起，黑黝黝的树梢顶端被涂上了一层金色的阳光。雷切尔现在可以看清楚，她正在追赶的人剃了光头，头皮上有一道很深的疤，脚上穿着笨重的靴子，身上穿一件黑色或深蓝色的外套。

突然，他离开小路，笨拙地翻过环绕着树林的铁丝网。

雷切尔听到他在逃进树林时痛苦地叫了一声。她跑到他翻越铁丝网的地方停住了脚步。有时候，肾上腺素会让人忘掉受训时学到的东西，她终于想起自己身边的武器只有一瓶辣椒喷雾。以这个男人的身高和体力，进了树林，她未必是他的对手。再说，她已经得到了自己想要的东西。

她跪下来看着脚下那滴血，因为身边没有工具可以挖出带血的泥土，她从口袋里掏出一张干净的纸巾铺在泥土上。她留意着树林里的动静，回到山上去了。

巴克斯特是星期天早上第一个到达办公室的人，她一接到紧急消息，就马上联系保护人团队。她用了二十分钟终于通过了那套烦琐的身份验证程序，拿到安全号码后与雷切尔通了电话。后者向巴克斯特报告了早上发生的事，此外，她回到小屋时发现门上贴着一个棕色信封。信封里有一张照片，上面是前一天下午雷切尔和她的同事在前面的院子里试图制服福特的场景。

雷切尔和她的上司联合当地警方一起搜查了整个林子，动用警戒线保留了足迹，雷切尔也收集到了那个人的血迹，两者都会被送到伦敦警察厅的法医实验室。

如果这是杀手犯下的第一个错误，那他们一定要紧紧抓住。

显然安德鲁·福特的住处已经不再安全了。西蒙斯派遣巴克斯特和埃德蒙兹两人去接应福特，同时开始为他寻找另一个住处。西蒙斯通过前市长认识了一些政界的人，打过几个电话后，他联系上了爱尔兰大使。

大使馆似乎是一个合乎逻辑的选项，因为它受武装警察的保护，安保措施完全合乎标准。西蒙斯尽可能开诚布公地与大使谈到了福特的酗酒问题以及他不稳定的举止。

“那就没必要检查他的护照了。”大使开玩笑道。[①]

他让伦敦警察厅的人和福特一起待在大使馆顶楼的房间，直到形势缓和，倒霉的芬利不得已在那里过了一夜。

埃德蒙兹星期天晚上回到了家里，长途旅行让他精疲力竭。在他们把福特交给芬利照看后，巴克斯特开车把他送回家。

“别让猫跑出去！”他刚跨进门就听到蒂亚朝他尖叫。

“什么？”

他差点踢到一只毛茸茸的小猫咪，那小东西迅速穿过他脚边，一头撞到了门上。

“蒂？这是什么？”他问。

---

① 大使在此暗讽爱尔兰人普遍好酒。

“它叫伯纳德，你出去工作时，它在家陪着我。”蒂亚有些挑衅地说。

“像个小娃娃，是吗？”

“小娃娃不是还没生出来吗？”

埃德蒙兹拖着沉重的脚步来到厨房，那只小猫咪亲昵地蹭着他的腿。蒂亚显然非常高兴，都没有抱怨他回家晚了，于是他也不打算反对她养猫了，甚至没有提醒她他对猫严重过敏。

星期一早上，瓦尼塔顶替了西蒙斯的职务，负责整个案件。西蒙斯回到钱伯斯的办公桌上，他更期待成为团队中的一员，而不是等着事情平息下来后对他的处分。与此同时，巴克斯特被分派负责一些日常工作。

巴克斯特的第一个案子是一个女人把欺骗她的丈夫刺死了。她觉得这活儿相当无聊，调查只要五分钟，填表却要花好几个小时。她还得和布莱克一起工作，布莱克像桑德斯一样令人讨厌，而且总对她献殷勤。幸运的是，巴克斯特堪称影后，没人看出来她受不了那个男人。

西蒙斯更新了会议室里那块混乱肮脏的写字板：

1.（头）“火化杀手”纳吉布·哈立德

2.（躯干）马德琳·艾尔斯（哈立德的辩护律师）

3.（左臂）白金指环，律师事务所？——迈克尔·盖布尔－柯林斯——为什么？

4.（右臂）指甲油？——米歇尔·盖利（哈立德的缓刑监督官）

5.（左腿）——？

6.（右腿）——本杰明·钱伯斯警探——为什么？

A. ~~雷蒙德·特恩布尔~~（市长）

B. ~~维贾伊·拉纳/哈立德~~（兄弟/会计师）未出席庭审

C. ~~贾里德·加兰~~（记者）

D. 安德鲁·福特（保安/酒鬼/麻烦制造者）——码头保安

E. 艾什利·洛克伦（女侍者或九岁女孩）

F. 沃尔夫

埃德蒙兹早上起来准备去上班时完全忘了家里的新成员，直到他一不小心踩到了那个在过道上睡觉的毛球，差点绊倒。

蒂亚当然站在伯纳德这一边，不准埃德蒙兹对小猫发脾气。

Chapter 22

第二十二章

2014 年 7 月 7 日　星期一　上午 11:29

“播音中”的灯一熄灭，安德烈娅就摘下耳机，匆匆走出演播室，回到新闻编辑部办公室。伊利亚把他们的碰面安排在上午十一点三十五，当她上楼去他办公室时，她还不知道，一旦他给了她她一直想要的，她该怎么说。

当她同意帮助巴克斯特时，她已经把无情的专业素养抛到脑后了，但是，她误导杀手的企图却起到了适得其反的可怕效果，与此同时，她个人的职业声誉达到了一个新的高度。她越是努力让自己从泥潭中脱身，就陷得越深。

伊利亚发现她来了，没等她在敲门前整理一下思路，就第一次主动为她打开了门。他身上有些微的汗味，胳膊下面有两块暗色汗斑。他穿着一件紧身的天蓝色衬衫，绷得好像一用力就会撑破似的，底下是黑色的紧身裤，更凸显了他不怎么美妙的身材比例。

他递给她一杯难闻的浓缩咖啡，她拒绝了，然后他便开始唠叨说很少有人能让他惊讶，但必须承认她表现出了完全出乎他意料的杀手般的敏锐直觉。他按了一个按键，一张图表出现在他身后的投影仪上，他瞟都没瞟一眼，就开始一个接一个报数据。安德烈娅憋着没笑出来，因为那张图表偏得厉害，有一半都投影到窗外去了，如果他不是这么自信，只要回头看一眼就能发现。

当伊利亚祝贺她在加兰案中出色的工作（似乎那场令人作呕的现场直播是她精心策划的）时，她完全走神了。她脑子里不断闪现着加兰痛苦的表情，这时伊利亚终于转到正题上来了：

"……我们最新的黄金时间新闻主播！"

看着安德烈娅没有反应，他有些泄气。

"你听到我说的了吗？"他问。

"是的，我听到了。"安德烈娅平静地说。

伊利亚放松地倒向椅背，往嘴里丢了块口香糖，理解地点了点头。接下来说话时，他无意识地用手指傲慢地指着安德烈娅。

安德烈娅很想把那根手指扯到一边。

"我明白你的想法，"他一边嚼着口香糖一边说，"是因为沃尔夫。你在想：他不会真的以为我会坐在摄像机前向全世界报道我前夫的死亡吧？"

安德烈娅特别讨厌他代替她说话，但也承认他说中了要点。她点点头。

"那么，这是个硬骨头啊，亲爱的。"他咬牙说道，"这就是事情如此紧迫的原因。当人们看到沃尔夫曾经爱过的人在现场播报他的死讯，谁还会去看乏味的 BBC 呢？唉……惨啊！"

安德烈娅苦涩地笑了，然后起身离开。

"你真是令人难以置信。"

"我是个现实主义者。不管怎样，你总会挺过去的，为什么不在摄像机前像个明星一样经历整个过程呢？你可以说服他在前一夜做一个独家专访。这将是多么令人心碎啊，不是吗？我们可以播出你们道别的镜头。”

安德烈娅飞快地走出办公室，砰地把门关上。

“考虑一下吧！”他在她身后喊，“我等着你的答复。到底走哪条路，我等你到周末！”

安德烈娅得在二十分钟内回到镜头前。她走进卫生间，想平息一下情绪，结果发现里面没有一个人，于是锁上门痛哭起来。

埃德蒙兹在空荡荡的法医实验室里等着乔，打了个大大的哈欠。他一直站在医用垃圾箱和冰箱之间逼仄的角落里。这里也是距离那些装尸体的大冰柜最远的地方，他一边在笔记本上写写画画，一边每隔几秒就朝那边瞟一眼。

他昨晚熬夜到凌晨三点，一直在筛查他放在厨房碗柜顶上的文件。蒂亚不会找到这些东西，但新来的小猫可就难说了，它攀着窗帘就可以爬到那个地方去。接下来，它会在那些包含重要证据的文件中留下自己的痕迹。今天，还没到中饭时间，他就已经感到很疲倦了。他觉得这样的劳累很值得，他发现有一个案件肯定值得进一步调查。

“哇哦！你到底怎么啦？”乔走进实验室，问道。

“没事儿。”埃德蒙兹说着从角落里走出来，不自觉地遮挡了一下破损的鼻子。

“肯定就是他了，”乔说，“那三张照片出自同一台相机。”

“说说血检的发现吧。”

“他不在我们的数据库里。”

“那就是说，我们从未逮捕过他。”埃德蒙兹说。他现在可以把大部分在档的文件都排除在外了。

“血型：O 型阳性。”

“少见吗？”埃德蒙兹怀着希望问道。

“多得像烂泥，”乔说，“也没有变异和疾病，或是使用酒精药物的迹象。眼睛颜色：灰或蓝。在最近有记载的变态连环杀手中，他的血型平常得可怜。”

“这么说，你什么都没查出来？”

“也不能这么说。这个足迹的鞋码是46，鞋底花纹表明这是一种军靴，所以可能是个军人？”

埃德蒙兹掏出了笔记本。

“取证的人在脚印中发现了石棉、焦油和漆的痕迹，铜、镍和铅的含量也明显高于周围的土壤。那地方也许是个仓库？”

“我会进一步了解。谢谢你。”埃德蒙兹说着合上了笔记本。

“嘿，我听说他们确认了拼布娃娃的躯干。你把文身也复原出来了，是吗？”

“是一只企图逃出笼子的金丝雀。”

乔看上去有些困惑：“把它抹掉倒是挺奇怪的。”

埃德蒙兹耸了耸肩。

“我猜她可能意识到某些金丝雀终归是属于笼子的。”

爱尔兰大使馆是一幢引人注目的五层建筑，从某个角度可以俯视白金汉宫。天气晴朗无风，沃尔夫走进下垂的旗帜的阴影笼罩下的宽大走廊。那个堂皇的入口位于垃圾收集服务点上方，兼作通往地下室的火警通道。

沃尔夫在他的职业生涯中去过许多大使馆，都是奉命行事。那些大使馆给他留下的印象都差不多：高高的天花板，古老的画作，装饰性的镜子和看上去很舒适的沙发（好像没人有勇气坐上去）。感觉就像去一个有钱的亲戚家拜访，他既想对你表示欢迎，又怕你弄坏了什么东西。这个大使馆也不例外。

沃尔夫经过安检区，来到一个宏伟的楼梯前面，两侧的墙壁被精心粉刷成了蛋青色。他上楼时停了三次，要再次听到安德鲁·福特熟悉的嘶喊声在优雅的走廊上回荡，还真需要些勇气呢。

在走上顶楼再次面对那个好斗的家伙之前，沃尔夫在片刻的宁静中望了一眼远处的宫殿。他对门口持枪的守卫微笑了一下，进了房间。他看到芬利在安静地看着电视，福特却像个刚学会走路的小娃娃一样在地板上翻滚。

这个房间原本是按照正常办公室的样子布置的，电脑、桌子和文件柜，但现在要么被移走了，要么被堆叠在远处的墙角，以安置这位毫无教养的客人。有人一接到通知就在房间里布置了行军床、水壶、沙发和电视。

福特像头动物般睡在电视机前精致的皮沙发上，他那床臭烘烘、污迹斑斑的羽绒被现在正摊在沙发上。这是一幅很奇特的画面：一个肮脏的人，周围也是一派颓唐邋遢之气，让沃尔夫不敢相信的是，他家里那些破烂玩意儿，那些又脏又臭的床上用品，居然跟着他跑遍全国，最后又被带到这里。

“沃尔夫！”福特兴奋地叫了一声，好像他们是老朋友似的。

芬利坐在没有铺羽绒被的沙发那头，向他高兴地挥了挥手。

“他见到你的时候会发出什么样的声音？”沃尔夫问芬利。

“恐怕我重复不了。当然不是那么友好了。”

福特站起身来，沃尔夫看见他的手一直在颤抖。这个爱尔兰人突然冲向窗口，朝着底下的大街嚷嚷起来。

“他来了，沃尔夫。他来杀我了！”福特嚷道。

“杀手？噢……是的，”沃尔夫给弄糊涂了，“但他不会来的。”

“他来了。他来了。他知道这里的事，是不是？他知道我之前在哪里。他也知道我现在在哪里。”

“如果你不从窗口那儿回来，他就要知道了。快坐下来。”

芬利带着点怨气看着这个孩子气的男人，他在看着他的十七个小时里简直是受够了。沃尔夫在他朋友旁边的椅子上坐下来。

“晚上还好吧？”他逗他。

“如果他老是这副样子，我都想杀了他。”芬利咕哝着。

“他最后一次喝酒是什么时候？”

“凌晨。”芬利回答。

沃尔夫的经验是，一个长期酗酒的酒鬼，断了他的酒会有很严重的后果。福特越来越焦虑，他的胡言乱语和颤抖的手都是发作的先兆。

“他需要酒。”沃尔夫说。

“相信我，我去要过。但大使不给。”

“你为什么不去休息一会儿？”沃尔夫对芬利说，“你肯定想死香烟了。”

“我才是那个要死在这儿的人！”福特在他们身后叫道。

他们都不理他。

“你出去的话，给我们带几瓶……柠檬水回来。”沃尔夫意味深长地看了芬利一眼。

西蒙斯拿着杯咖啡走过瓦尼塔的门口。

她嘴里咕哝着自己最喜欢的印地语的骂人的话。

就因为他，她整个上午都在埋头处理积压的文件和邮件。她打开下一封邮件：又是一封群发给“拼布娃娃案”相关人员的更新邮件。她注意到钱伯斯的名字也在接收者当中，不禁叹了口气。西蒙斯在得知钱伯斯的死讯后马上根据规章制度取消了他的门禁卡，但接下来还有无数关乎将他从数据库中移除以及采集他设备中的数据的工作需要完成。

考虑到让一个逝世同事的名字没完没了地出现在数据更新的邮件中不大合适，她干脆打印了一份删除他的申请书，开始着手后面的工作。

西蒙斯和埃德蒙兹已经一声不吭地工作了一个多小时，虽然他们的位置相隔不到半米。这位易怒的上司这会儿如此沉默，让埃德蒙兹感觉很轻松。也许与巴克斯特在一起的三个月把他练得皮实起来了，但让他更舒服的还是默契，两名专业人员，两个有智慧头脑的人，在专注而有效地工作，对彼此怀有相当的尊重。

西蒙斯转向埃德蒙兹，打断了他的思路。

“一会儿提醒我给你要一张桌子，好吗？”

“当然，长官。”

接下来的沉默让人很不舒服。

西蒙斯还在做着他的劳动密集型工作，逐一联系名单上剩下的八十七个人。他第一遍仅划掉了二十四个人。他把名单翻回第一页，再次从头开始，他相信一旦确定了最后一个受害者，整个谜团就可以解开了。

埃德蒙兹的想法是先编辑一下这个名单，但他不确定西蒙斯会在什么时候让他以何种角色来介入调查，他也不想多问。再说他手头还有许多事情要忙，他要调查拼布娃娃受害者与纳吉布·哈立德之间所有可能的联系。

他没有发现钱伯斯和贾里德·加兰有什么联系，但他估计，警察与记者之间多年来累积的怨气肯定不小。他决定把注意力集中在迈克尔·盖布尔–柯林斯、特恩布尔市长和女侍者艾什莉·洛克伦身上。

他沮丧地发现，有某种东西将这些人联系在一起，就算知道哈立德是关键，也还是看不清全盘状况。

巴克斯特正在距沃尔夫公寓两条街的一桩严重的强暴案现场。她没有爬进废料桶帮布莱克搜集证据，而是去询问证人，这让布莱克很恼火。她心里记挂着在爱尔兰大使馆的沃尔夫和芬利，距离保住安德鲁·福特的性命还有一天半的时间。她也记挂着埃德蒙兹——她已经习惯了他像只小狗似的跟在她身边，今天早上她忍不住冲着空气吼了一嗓子。

她觉得无聊。在调查一个年轻女人一生中所遭受的最残忍的折磨时觉得无聊，这很糟糕，但她真觉得无聊。她又想起加兰在离她几步远的地方无助地挣扎翻滚的时刻。她记得自己抓着他的手，祈祷他能活下来，然后护士走进来宣告了他死亡的消息。

她失去了激情。这是她人生中最糟糕的时刻，假如一切可以重新来过，她愿意。她在什么地方出了错？记忆萦绕心头好过什么都没有？感到恐惧和危险好过什么感觉都没有？凶手是否会问自己这些问题，为他的暴行辩解？

她被自己的念头吓住了，决定起来做些事情。

福特在沙发另一头的羽绒被下响亮地打着呼噜，沃尔夫和芬利在看《疯狂汽车秀》的重播，把音量调到几乎听不见。福特喝了大概一瓶半“柠檬水”后终于消停了。

“托马斯·佩奇。”芬利尽可能小声地用粗嘎的声音说道。

“什么？”沃尔夫问。

“托马斯·佩奇。”

“狗屎。他打落——”

“你的两颗牙齿，在你受训期间的一个犯罪现场。我知道。”

“他一直是这种暴脾气。”

“你也总是这种神气活现的样子。”芬利耸耸肩。

“你现在为什么要提到他——”

“休·科特利尔。”芬利打断他的话。

“蠢货。”沃尔夫呸了一声，差点吵醒福特，“我第一次逮到小偷时，他就按死规则横插一杠放跑了那人。”

“他在做自己该做的事。”芬利微笑着说。他显然有意激怒沃尔夫。

“那蠢货的手表被他的客户偷走了，你怎么说？”

“我的意思是：你没有原谅这些人，你一直心怀怨恨。你或许也会因为我以前说过的话或做过的事而怨恨我。”

“说过的话。”沃尔夫假笑着澄清道。

“那个垃圾当然不怎么招人喜欢，但你肯定非常恨他。他把你的手腕拧断了……三处？”

沃尔夫点点头。

“救了哈立德的命。”

“再问一次，”沃尔夫说，“你的意思是？”

“没有什么特别的意思，只是觉得事情发展到这样的局面挺滑稽的，是不是？你负责保护的人是一个我怎么都不相信你会尽力去保护的人。”

“你说对了一半，”两人被电视分神了，过了一会儿，沃尔夫悄声说，“事情发展成这样真是挺滑稽的。但无论如何，我还是会保护这个狗——”

沃尔夫没有骂出声来，芬利对他的克制赞同地点了点头。

“……保护这个人的生命是我最想做的事，因为如果我们救得了他，也许就可以救我。”

芬利理解地点点头，在沃尔夫背上重重地拍了一下，回过头继续看电视。

Chapter 23

第二十三章

2014 年 7 月 8 日　星期二　早上 6:54

“放开我！”福特尖声叫着，沃尔夫、芬利和外交安保人员拼命把他往房间里拉，“你们要杀了我！你们要杀了我！”

这个憔悴而偏执的家伙力气大得出奇，三个人费了九牛二虎之力才拉住他，没让他跑出房间。他的手使劲抓住结实的门框，两条腿踢蹬着。电视里，安德烈娅正在向全世界直播福特最后几小时的死亡倒计时。她把镜头切到外场记者，沃尔夫和同事突然与福特一起出现在直播镜头里，他吓了一跳。

当他回头看镜头时，差点放开手里抓着的疯子——有人在对面楼上的窗口手持摄像机拍摄这边的场景——幸亏大使馆安保召来了援兵，另外两个带枪的人冲过来，帮忙抓住了福特。

“遮住窗子！”沃尔夫大叫。

两名警员马上明白了。其中一个冲向窗户，另一个抓住了福特踢蹬的腿。无助的福特瘫倒在地，哭了起来。

“你们要杀了我！”他抽泣着说。

“把这些记者赶出那栋大楼。”沃尔夫对新来的警员说。那警员点点头，马上冲了出去。

“你们要杀了我！”

“闭嘴！”沃尔夫喝道。

他要跟西蒙斯通话。他不太清楚违背福特的意志拘留他是否合法，因为那个神通广大的摄影记者，他们可能会被指控侵犯人身权利。他知道这个程序需要瓦尼塔批准，但他很清楚她的回答只会符合公关团队的要求，只要她自己不用担责，怎么都好。但西蒙斯不一样，他是真正了解现场情况的人。

幸运的是，西蒙斯那天正好上班比较早。半小时后，沃尔夫就和西蒙斯通上了话，就目前的局势展开了讨论。两人都觉得福特的情况与加兰不同，加兰可以拒绝警方介入，而福特却不能归入“心智健全者”之列。所以，为了在最大程度上确保他的安全，警方可以暂时剥夺他的人身自由。

坦白说，他们现在处于一个灰色地带，只能先抓住救命稻草再说。按照规章制度，必须有一名有资质的从业医师评估病人的精神状态并签字同意后才可以这么做。但是，自从伊丽莎白·塔特事件后，沃尔夫根本不允许任何人接近福特。

大使看到电视直播后马上返回大使馆。沃尔夫有些内疚，因为他们对这个竭力提供帮助的大人物太过粗鲁——沃尔夫责备他手下的人把消息卖给了媒体，并要求他马上全面调查泄密事件（他其实并无权这么做）。沃尔夫打算过后再向他道歉。

他跟着福特度过了熬人的一夜，现在却把气出在不相干的人身上。其实他本该把气出在安德烈娅身上的，她为了升职不惜危害他人性命。

这一次，他不会再由着她肆无忌惮地干扰他的工作了。一旦这个人出了事，他会要她负责。

西蒙斯建议再找个地方安置福特，但沃尔夫不同意。这个城市一半的新闻媒体都聚集在这条街上了。他们在通电话时甚至听得到街上传来的嗡嗡声。他们绝对不能让福特暴露在越来越密集的人群面前。他们现在身处一幢有安保措施的大楼，应该能够给他最好的保护。

沃尔夫回到房间时，福特正平静地和芬利聊天。与半小时前那股疯狂劲儿相比，他显得十分顺从和理性。

“你做了你该做的事，”芬利说，“你有什么理由让一个刚被宣判为无罪的人在你面前被打死？”

“你不会真想告诉我，你认为我做了件正确的事吧？”福特苦涩地笑道。

“不。我要告诉你的是，你做了你唯一可以做的事。”

沃尔夫轻轻关上房门，不想打扰他们的谈话。

“如果你没有插手干预，哈立德死了，那他火化杀手的身份就不太可能暴露了，那么威尔，”芬利对站在门边的沃尔夫做了个手势，“就要在他的余生蹲二十五年监狱了。”

“一个小姑娘死了。”福特说着流下了眼泪。

“是啊。一个好人免去了罪责，”芬利说，“我不是说哈立德活下来是件好事。我是说……事情就这么发生了。”

芬利掏出一盒随身带着的纸牌，分为三摞。两人的聊天似乎让这个无法预知自己未来的人安静下来了，却让坐在沙发另一头的沃尔夫有些动容。他这些天一直沉浸在那灾难性的一天留给他的负面情绪中，从来没想过还可以有这样积极的想法。

他抄起双手盯着芬利。多年来他们一起玩牌，他知道他是个会出老千的家伙。福特看了一遍自己的牌，哭了，他才不是那种不动声色的人。

“任选三张吗？”芬利问。

“再抽吧。”

布莱克有一个脆弱的膀胱，却很爱喝伯爵茶。几天下来，埃德蒙兹摸索出了他泡茶、去厕所的规律。等布莱克经过他和西蒙斯的办公桌后，埃德蒙兹站起来冲向后面巴克斯特的办公桌，他有两分钟的时间。

“埃德蒙兹，你到底在搞什么名堂？”看到埃德蒙兹弓着身子，以免别人注意到他，巴克斯特不由得问道。

“有人告诉了媒体，所以，凶手大概和大使馆有关。”他悄声说。

“我现在无权讨论这个案子。”

“但是我只信任你。”

巴克斯特心里一暖。加兰惨死后，人人都对她避之唯恐不及，好像她是个麻风病人。现在她知道，至少有一个人仍然看重她的想法，这让她恢复了一点信心。

“不，你可以信任他们所有人。任何人都有可能泄露使馆的事情：使馆安保、工作人员以及对面楼房的人。你真的应该放弃这条线索。趁着你还没给我带来麻烦，赶快出去吧。”

埃德蒙兹迅速回到自己的座位上。几分钟后，布莱克端着个马克杯走了过来。

刚过中午，西蒙斯已经从那个八十八人的名单上剔除了四十七人，埃德蒙兹则继续寻找受害者之间的关联。当常规方法让他一无所获时，他转而求助于原来在诈骗科受训时学到的方法，借来一个同事的密码，进入他原来部门的专业软件。

十五分钟后，他就有了新发现，猛地从座位上跳起来，把西蒙斯吓了一跳。他们转移到了会议室。

“艾什莉·洛克伦。”埃德蒙兹兴奋地说。

“下一个受害者？”西蒙斯问，“她怎么了？”

“她在二〇一〇年结婚，改名为艾什莉·哈德森。”

“这件事我们应该知道的吧？”

“知道是知道，但电脑不会搜索她用不同的名字登记的一个只开了十个月的银行账号。二〇一〇年四月五日，她给她婚后名下的账户里存了两千五百英镑现金。”埃德蒙兹把打印单递给西蒙斯。

“时间大约就在哈立德审判开始前后。”

“我调查了一下，她当时在一个酒吧做女待，拿的是最低工资。两星期后，她就存了两千五百英镑。”

“有意思。”

“很可疑。”埃德蒙兹纠正道，“所以，我查看了一下其他受害者的账户在那段时间的变化，发现有两个提款操作与维贾伊·拉纳先生有关。”

“为什么哈立德的兄弟要把两千五百英镑转给一个酒吧女侍呢？”

“这正是我想问她的。”

“去吧。干得好，埃德蒙兹。”

下午四点时，沃尔夫听到门外传来警员交班的模糊声响。上午的事过后，他们把电视关掉了，但这只是个象征性动作，他们仍然可以清楚地听到聚集在下面街道上的看热闹的人、警车及记者发出的声响，不过，那些人觉得越来越无聊，已经开始慢慢散开了。

除了几个短暂的小插曲，福特居然保持住了他刚刚找回的冷静，这让沃尔夫和芬利得以窥见他曾经的风貌。在外面那些等着看热闹的人的刺激下，他甚至显露出挑衅和决绝的一面。

“我的人生已经被一个连环杀手毁了，我不想让另一个连环杀手来决定我该在何时死去。”

“这就是精神。”芬利鼓励他。

“我要拿回控制权，”福特说，“今天似乎是个和平常一样的好日子。”

出于安全考虑，他们关上了所有窗户，合上了百叶。尽管从过道里吹进来一点风，整个房间还是非常闷热。沃尔夫解开了衬衣袖口，卷起袖子，露出了左臂上烧伤的疤痕。

“我从没问过你，”福特指着沃尔夫的烧伤处，“这是怎么回事？”

“没事。”沃尔夫回答。

“特恩布尔市长出事时，他也给烧伤了……”芬利说。

“这么说来，你们两个在我身边都有生命危险，是吧？你们知道的，他可以向这里发射火箭筒。”

芬利倒是从来没想过这个，他忧虑地看着沃尔夫。

“我反正也没多长时间了。”沃尔夫愉快地说道，通过百叶窗的缝隙朝外窥视。

“我不能让任何人伤害我。”福特说。

沃尔夫盯着街上一个三人小团体，观察了足有五分钟。他们与其他围观的人隔着一段距离，似乎在等待什么。其中两个人把一个大帆布袋拿到封闭的街道中间。沃尔夫看到他们三个戴上了不同的动物面具。不久，又来了六个人，加入了他们。

“芬利！”沃尔夫站在窗口喊，“你能联系到下面的警员吗？”

“可以呀，什么事？”

“有麻烦。”

两个戴着面具的团伙成员，一个戴着卡通猴子，一个戴着鹰，蹲下来打开了帆布袋。他们拿出需要的东西，奋力挤过人群，从警戒线下面钻了过去。

“儿童杀手！”其中一个稍显沉闷的声音喊道。

“火化杀手的救星！”他的一个女性同伙喊道。

控制人群的警察迅速把那两个越过警戒线的人带走了，但后面还有七个追随者，他们从大袋子里掏出旗帜、易拉宝和麦克风，引起了媒体的注意。一个戴鲨鱼面具的女人的咆哮声盖过了街上的喧闹声。

“安德鲁·福特死了也是活该！”她吼道，“如果他不去救火化杀手的命，安娜贝尔·亚当斯今天还活着呢！”

沃尔夫回头看福特的反应，心想又要用强力制服他了。奇怪的是，他一动不动，只是坐在那里听着那些人肆无忌惮地攻击他。芬利不知道该说什么好，于是又打开了电视机，屏幕上正在播一个儿童节目，他调大音量，想盖过外面的骚乱声。沃尔夫突然觉得，这个阴暗的大房间与福特那个家徒四壁的狗窝有几分相似。

“放过恶魔，上帝会惩罚你的！”

抗议者在外面不停地喊着相同的口号。其中一个人正绘声绘色地对记者说着什么，带头的那个人暗示福特与哈立德从一开始就勾结在一起。

“以前发生过这种事情吗？”沃尔夫问福特，他的目光始终没有离开下面的威胁。

“跟这次不太一样。”福特心神恍惚地说。他的声音几乎像是耳语，他也跟着喊起了口号：“放过恶魔，上帝会惩罚我的。”

街上的一些警察开始包围抗议者，不过他们现在还算是和平抗议，没有理由驱散他们。沃尔夫向芬利做了个手势，让他也到窗边来。

“你觉得这是他在捣鬼吗？”沃尔夫压低声音问。

“我不知道。但感觉不太对头。”

“要不要我到下面去问几个问题？”芬利问。

“不。你陪着他更好。我去吧。”

沃尔夫朝那几个戴面具的人瞥了最后一眼，然后走向门口。

“沃尔夫，”福特在背后叫道，“夺回主动权。”

沃尔夫对这奇怪的建议礼貌地笑了笑，对芬利耸耸肩就离开了。他走到一楼时，埃德蒙兹打来电话，告诉他关于艾什莉·洛克伦的新发现。

“她只愿意跟你谈。”埃德蒙兹说。

“我忙着呢。”沃尔夫说。

他刚走出大使馆，一大群记者就迅速围了上来。他后悔没让芬利下来应付这个场面。他没理睬那些不停叫喊着他名字的人，低头钻过警戒线，穿过人群，循着口号声而去。

“这事很重要，”埃德蒙兹在电话中说，“她也许能够告诉我们所有受害者之间的联系。然后，我们就能找到正确的方法，弄清楚是谁在对付你们了。”

“行。你把号码发给我，我有空就打给她。”

沃尔夫挂断了电话。那七个抗议者周围有一圈空地。凑近看，那些卡通面具显得越发邪恶：一动不动的微笑的嘴里蹦出恶毒的话语，愤怒的眼睛在塑料面具的黑洞里燃烧。他们中身量和举止最令人生畏的是一个戴着狼面具的人，那个面具的下巴可以活动。那人高举着两个标语牌，围着其他人边走边有节奏地大声喊着口号。沃尔夫注意到那人的腿有点跛，估计是一颗橡皮子弹击中他臀部留下的旧伤。

他有意避开那个好斗的男人，走近那个戴着鲨鱼面具的女人。他一把夺下她手里的麦克风，远远地丢到大楼后面的墙根下，传来一阵尖锐的电流声。那台跟着他们的摄像机拍下了他所有的动作。

“嗨！你不能……等等，你是那个警察吗？”那女人恢复了娇柔的、中产阶级的语调。

“你在这里干什么？”沃尔夫问她。

“抗议。”她耸耸肩。

沃尔夫能够感觉到她得意的笑容淡了下去。

“老天，别这么严肃好吧。”她掀起了面具，“事实上，我也不知道。我们没人知道。这类事情都是网上组织的，比如说快闪活动，或者女孩子们围在旅馆外面，让男孩乐队显得更受欢迎。今天也是有人组织我们来抗议的。”

“什么网站？”

她递给他一张传单，上面印着具体流程。

“他们在我们学院散发传单。”

“你来这儿有人给钱吗？”沃尔夫问。

“当然有。否则我们来这里干吗？”

“可你之前好像热情还挺高的啊。”

“这叫作演技。我从一张卡片上看到的。”

沃尔夫很清楚有多少人在听他讲话。一般情况下，他是不可能在电视直播中向她提问的。

“你是怎么拿到钱的？”

“现金，装在那个袋子里。一份是五十英镑。”她似乎觉得他的问题很无聊，“在你过来提问之前，我们所有人在布朗普顿公墓的一块墓碑前碰了个头。袋子已经放在那里等着我们去拿了。”

“谁的？”

“袋子吗？”

“谁的墓碑？”

“我以前看到过那个名字——安娜贝尔·亚当斯？”

沃尔夫竭力掩饰自己听到这名字时的惊讶。

“这袋子，还有里面所有的东西都是谋杀案调查需要的证据。”他说着把那只空的大旅行袋踢回那群人面前。

那伙人骂骂咧咧，但都服从了沃尔夫的命令，把那些标语牌、旗帜和提示卡乱七八糟地丢成一堆。

“还有面具。”沃尔夫不耐烦地吼了一声。

他们一个接一个很不情愿地卸下六个彩色面具。其中两个抗议者丢了面具后马上用兜帽盖住脑袋以隐藏自己的真实身份，即便如此，在法律上他们也没有做错什么。

沃尔夫转向那个戴着狼面具的抗议者，只有他完全无视沃尔夫的命令，还在声嘶力竭地喊着口号，一边迈着大步在人群中踩出一圈空地，好像在标记自己的地盘。沃尔夫走到他面前。这个狼面具很讽刺地被画成舔着嘴唇、流着口水的模样，他冲着沃尔夫重重地撞上来，然后继续转圈。

“把这些玩意儿给我！”沃尔夫喊道，指着他举过头顶的两个标语牌，那上面写着他嘴里正在喊的口号。

沃尔夫后退几步，挡了这人的道，他已经做好了最糟的准备。他原本以为他是那种人：因匿名而大胆，藏在面具后面，因在人群中感到安全，敢公然做出暴力的事，敢破坏公物和盗窃。

对于逮捕这种暴徒，沃尔夫不会有任何犹豫。但那人在距他很近的地方停了下来。他不太习惯必须站直了才能与那人的身高匹敌，塑料面具下隐隐散发的带着药味的腐臭气息让他不由得往回缩了缩。诡异的是，那双盯着他看的野性的浅蓝色眼睛好像本该属于面具上那种生物。

“标语牌，拿来。”沃尔夫说，凡是了解他过往的人都会从他的声音里听出恐吓的意味。

他的眼睛一眨不眨地盯着那人。那人把头歪向一边，就像真正的动物一样，好奇地掂量着新的挑战者。沃尔夫能感觉到身后的摄像机正专注地盯着这紧张的对峙局面，盼望着局面再度升级。突然，那人丢下了一直高举过头的标语牌。

“还有面具。”沃尔夫说。

那人似乎不想服从。

这次，沃尔夫向他靠了过去。他可以感觉到那塑料鼻子触到了自己的鼻子，两人热乎乎的气息喷到对方脸上，他闻到一股令人作呕的气味。剑拔弩张的局面僵持了约十秒钟，令沃尔夫惊讶的是，那人浅色的眼睛突然望向他身后大使馆楼上的窗户。周围的人都紧张地大叫起来，他们也注意到了那个戴狼面具的人所看到的。

沃尔夫转身看见福特摇摇晃晃地站在倾斜的屋顶上，芬利正从一个小窗口探出身子，想拉他回来。福特走出了芬利的手够得着的范围，踉踉跄跄地在没有栏杆的屋顶上向着烟囱走去，就像个失去平衡的走钢丝的演员。

“不，不，不！”沃尔夫尖声喊道。

他一把推开对峙的抗议者，穿过人群向着大使馆跑去。几个使馆安保人员出现在福特近旁的窗口和楼下的空地上。

“别这样，安德鲁！”芬利叫道，他一半身子钻出了窗户，摇摇晃晃地趴在屋顶上。

一块瓦片掉了下来，砸向停在下面的警车的风挡玻璃。

“不要动，芬利！”沃尔夫在人群中冲着他大喊，“你不要动！”

“沃尔夫！”福特喊道。

沃尔夫猛地站住脚，抬头盯着这个人，他那邋遢的头发被风吹得飘拂起来，虽然他在下面无法真切地感觉到。他听到消防车正呼啸着穿过街道朝这边驶来。

“你要夺回主动权！”福特又说了一次。这一次，沃尔夫明白了他的意思。

“如果你这样做了……如果你死了，他就赢了！”芬利大喊。他蹲在屋顶上，一只手紧紧抓着窗框，更多瓦片开始往下掉。

“不。如果我这样做，我就赢了。”

福特放开了那根大烟囱，试探性地举起颤抖的双臂，平衡身体。下面的主路被从车上下来的人挤得水泄不通，人们争相观望这一轰动的新闻在自己眼前发生。除了记者播报新闻的声音，下面的人群还算安静。消防车离这里只有几条街的距离了。

芬利在窗框和屋顶之间拖着脚移动。当福特差点失去平衡时，下面的人群发出了惊恐的尖叫。他闭上眼睛，张开胳膊摇摇晃晃地走向屋顶边缘。

“该来的总要来。”他的声音轻得只有芬利听到了。

然后，他纵身往下一跳。

芬利爬了过去，但福特已经跳下去了。沃尔夫只能和街上的两百多人一起看着这一幕发生：他无声地滑过窗口，滑出围观者的视野，落在地面上，发出沉闷的巨响。

那一刻，四周一片寂静——接着，拿着相机的记者们蜂拥而上，以压倒性优势把那几个警察逼到无路可退，开始争相报道第一现场的惨状。沃尔夫冲向黑色的金属防火梯，匆匆跳下最后六级台阶到达福特那里。那具尸体以扭曲的姿态躺在地上，他发现自己正好站在从破碎的后脑壳里淌出的一大摊血上。

还没等他去检查那人的脉搏，黑压压的人群已经扑上来，挡住了照在尸体上的阳光。沃尔夫意识到自己又一次成了惨剧照片中的主角，于是他向后退去，靠着墙坐下来，血越聚越多，他等待着救援。

三分钟后，警察把这一区域清空了。沃尔夫站起来回到现场，看到消防队员把挂在屋顶上的芬利救了下来。沃尔夫朝防火梯走去，踩出一串红色的脚印，他在那里等着一个肥胖的验尸官慢腾腾地走下来。

沃尔夫两手插进口袋里，不解地皱着眉头。他从口袋里摸出一张奇怪的字条，小心地打开一看，揉皱的纸片中央有一个血色的手指印，背面隐约透出几个字母，他把字条翻过来，上面是凶手潦草而独特的笔迹：

欢迎回来

他困惑地瞪着这行字，想弄清楚这张字条在他口袋里待了多久，以及凶手是怎么做到的——

狼面具！

“让开！”沃尔夫大吼一声，推开梯子上那个胖子。

他飞快地跑过闹哄哄的街道，疯狂地搜寻那伙抗议者。因为事情已经结束了，有些人在整理东西，有些东西就丢在现场不要了，他冲到那人丢下标语牌和旗帜的地方。

“走开！”他冲着在那儿闲逛的人吼道，然后跳上一张长椅，四处张望。

他发现马路中央有个熟悉的东西，急忙冲过去，看到了那个塑料狼面具，已经被踩了好几脚了。

他弯下腰捡起面具，他知道凶手还在那里，正在看着他，嘲笑他，为自己无可争辩的力量而陶醉，因为他掌控了福特，掌控了媒体，还有，不管沃尔夫承不承认，他还掌控着他……

St Ann's Hospital I

圣安妮医院（一）

2010年10月6日　星期三　上午10:08

沃尔夫凝视着环绕宏伟的古老大楼的阳光斑驳的花园。有几块光斑奋力追逐着整齐的草坪上随风舞动的枯叶。

甚至全神贯注地欣赏这宁静的景色对他疲惫的精神而言也是一种负担。一天两次强制服用的药物让他总是处于一种半睡半醒的状态，不是那种由酒精引发的暖暖的眩晕——而是更疏离，更冷漠，更沮丧。

他明白医院这样做的必要性。公共区域都是些精神失调的人：那些企图自杀的人和曾经杀过人的人坐在一起，那些精神压抑、感到自己一无是处的则与自我感觉好到膨胀的人一起聊天。这是一种通过药物来稀释灾难的疗法，但沃尔夫忍不住觉得其目的与其说是治疗，不如说是控制。

一直待在医院这个超现实的环境中，让他对日期渐渐失去了概念，在这里，他和所有的病人一样，穿着睡衣式的袍子在大厅里漫无目的地游荡，什么时候吃饭，什么时候洗漱，什么时候睡觉，都会有人提醒。

沃尔夫不能肯定他现在的状况应归咎于吃下去的药，还是失眠导致的疲惫。处于这种半紧张型精神状态中，他害怕夜晚降临，害怕眼睛周围带着瘀青的夜班值班人员把病人带回病房或禁闭室（那里催生了这家古老美丽的医院的高墙内真正的精神病）之前的肃静。每天晚上，他都会想为什么这些人被独自留在黑暗中时会挣扎，会哭泣，会浑身僵硬。

“张开嘴。”护士不耐烦地站在他面前。

沃尔夫张开嘴，把五颜六色的药丸压在舌头底下，假装吞了下去。

“你明白我们把你转移到这间安全病房的原因，是不是？”她就像问小孩子一样问他。

沃尔夫没有回答。

“如果我告诉西姆医生你能较好地对待自己的治疗，我相信她会把你转回普通病房的。”

沃尔夫把注意力转向了窗外，她气恼地转身走开，去照料别的病人了。

他坐在娱乐室一个安静的角落里，这是他在第六公共休息室最喜欢的消遣，这里配有可折叠的橘色桌椅。“乒乓球男”每天这个时间会来打球，此刻，为了输掉这场单人比赛，他正变得越来越恼怒。两位“粉红女士”（沃尔夫之所以这么叫她们是因为她们拖鞋的颜色）正在用橡皮泥捏简单的模特。有一伙人坐在艳俗的廉价沙发上，围着那台大电视机。他隐约听到电视里提到了自己的名字，还没等他弄明白是怎么回事，一个工作人员已经冲过去把伦敦市长换成了海绵宝宝。

沃尔夫看到电视上托儿所的场景，想起夜晚住宿区的暴力与混乱，难以置信地摇了摇头。一位粉红女士正开心地把血揉进橡皮泥里。她破损的指甲显然很痛，但她还在继续揉捏，很可能是她疯狂地去抓那道岿然不动的门时弄破了指甲，沃尔夫看到后不禁皱起了眉头。

他不知道自己与这些人是否有同样的特征：容忍极端的能力。他深知，他本可以当着所有那些人的面杀了哈立德，不计后果，不求自保。

他本可以把他撕成碎片。

也许“正常的”人更能控制自己的感情。事实上，他认为正常的也许并不正常。

一个二十来岁的高个子黑人从电视机前站起身来，向窗边他坐的桌子走过来，打断了他的思绪。除非完全无法避开，沃尔夫在这里尽量避免与任何人接触，包括安德烈娅，她曾给医院打过电话，还辛辛苦苦赶到这里来看他，但他拒绝离开房间。

沃尔夫曾经见过这个人。他总是光脚穿着双亮红色拖鞋。他给沃尔夫留下的印象大体是性格内敛、时常沉思。所以，当他朝一把塑料椅子做了个请求的手势，然后耐心地等着自己回应的时候，沃尔夫很是吃惊。

他点了点头。

这人小心翼翼地把椅子从桌子底下拉出来坐下。他把手伸向沃尔夫时，身上有淡淡的感染的气味，他戴着手铐，每当他走进公共区域时，工作人员就给他戴上这个。

“乔尔。”他用浓重的伦敦南区口音说道。

沃尔夫让他看了自己绑起来的手腕，以此来解释他为何不能握手。虽然这人气质平和，但他似乎有点坐立不安，沃尔夫听到他的脚紧张地蹭着桌子下面的地板。

“我想我认识你，”乔尔咧嘴一笑，用两只手指着沃尔夫说，“你一跨进这道门，我就对自己说：‘我认识他。’”

沃尔夫耐心地等着他说下去。

“看到你做的事，我就在想：‘这个人，他认为不能放过火化杀手，他知道。’对不对？这个变态狂杀了许多女孩。对不对？他们却要放过他。”

沃尔夫点点头。

乔尔摇摇头，咒骂了一声。

“你尽力了。你对他做了正确的事。”

“你知道，”沃尔夫几星期来第一次开口，他的声音自己听起来都有点陌生，“我很赞赏也很感谢你有这样的看法，但这并不代表我没有看到你整个早晨都在对着一碗麦片粥喃喃自语。”

乔尔看上去有些被冒犯了。

“一个信神的人知道喃喃自语与祷告的区别。”乔尔的口气有点斥责的意味。

“一个神志清醒的人也知道一碗可可麦片与神的区别。”沃尔夫带着无意识的嘲笑反唇相讥。他突然意识到自己多么怀念与同事们之间的斗嘴。

“好吧，好吧。既然这样，”乔尔站起身来，“那再见吧，警探。”

乔尔刚要离开，却又停了下来，转过身来对着沃尔夫。

“我爷爷曾经说过：一个没有敌人的人是一个没有主心骨的人。”

“至理名言。”沃尔夫点点头。他对他们之间的对话感到厌倦了，“不过我猜类似的名言也是你来到这里的原因吧。”

“不。我选择留在这里。”

“真的吗？”

“只要我留在这里，我就会活着。”

“一个没有敌人的……”沃尔夫思索着念了出来。

“没有敌人了，警探……”乔尔说着转身走了出去，“问题就在这里。”

Chapter 24

第二十四章

2014 年 7 月 9 日　星期三　凌晨 2:59

埃德蒙兹的手表在凌晨三点哔哔地响了起来。他坐在一簇光的中央，这簇光来自中央存储仓库高高的天花板上一盏嗡嗡作响的灯。这是他第四次来看档案了，他意识到他开始期待这些孤独的夜晚了。

他发现始终如一的黑暗很祥和，人工控制的温度令人愉悦：既暖和到能脱去外套，又不至于热到让头脑无法保持清醒与警觉。他又吸进一口满是灰尘的空气，望着在他周围旋转的微尘，感到自己快要被浩如烟海的历史信息淹没了。

这就像是一场没有结局的比赛。这成千上万一模一样的纸盒，每一个都包含着一个谜团，等着被证实，甚至第一次被解开。其实，这些文档带来的挑战还算是容易承受的，更困难的是，意识到这里每一个盒子都代表着逝去的、被毁灭的生命，排着整齐的队列，就像地下墓穴里那些坟墓一样享受着尊敬和肃穆。

这一天发生的事毫无疑问证实了他的怀疑。但是，杀手再一次证明他能找到隐藏的目标。

巴克斯特一直都太天真了。

大使馆里的人肯定透露了安德鲁所在的位置，这并非偶然的例外。这已经是他们第四次遭到这种背叛了，更糟的是，除了他，没人明白这一点。

他又一次向蒂亚撒了谎，他说自己运气不好被安排去做监控，于是又得到了宝贵的一夜，可以用来追寻杀手的过往。他就在这个巨大仓库的某处，埃德蒙兹深信这一点，这个魔鬼最初只是试探性地跨出几步，现在他正朝着他们飞奔而来。

星期一晚上，他偶然发现二〇〇八年的一桩尚未解决的案子，一个在英国本土长大的宗教极端分子死在一间保安措施极其严密的囚室里。中央监控录像证实那段时间没有人进出过那幢大楼。死者二十三岁，身体健康，有窒息迹象，但没有别的证据支持这一点，最后只能被认定为自然死亡。

他在网上还搜索到一桩发生在海军军事基地的可疑死亡。乔答应帮他再查一下那些靴印所属之人的身份，之后，埃德蒙兹给宪兵部门发了一份书面申请，要求他们向他披露这桩死亡案件的全部文档，但尚未得到回复。

整整一个小时，他都在整理一桩发生在二〇〇九年的凶杀案的证据。死者是一个跨国电子公司的继承人，某天从旅馆套房里神秘消失了，隔壁房间的两个保镖对此一无所知。现场大量的血表明这个年轻人已经死了，但尸体却始终没能找到。凶手没留下任何有用的指纹、DNA和脚印。这也意味着埃德蒙兹无法把这个案件与拼布娃娃案联系起来。他记下了日期，把所有的材料都放回盒子。

冷冷的空气使他能一直把这工作做下去。他一点都不觉得累，但他告诫自己最晚凌晨三点一定要离开，可以回家再睡几小时，然后去上班。他又点击了名单上另外五个案件，希望能找出蛛丝马迹。他叹了口气，站了起来，把盒子放回架上，沿着阴暗的过道走出去。

快走到那组高架的最后一排时，他突然意识到签条上的日期已经变成了二〇〇九年十二月，就是他名单上下一个凶杀案发生的月份。他低头看了下手表：凌晨三点零七。

“再看一个。”他找到那个盒子，把它从架子上拿了下来。

上午八点二十七分。沃尔夫走进普拉姆斯特德大街旁边一条破败小路上的一栋公寓楼。他现在根本无法睡觉，主要是因为只要闭上眼睛，那个令人不安的狼面具就会出现在他眼前。凶手的自负令人震惊。他竟然冒险去了大使馆，鲁莽地加入自己组织的游行中，做出与沃尔夫对峙这种自我毁灭的举动。

沃尔夫想起埃德蒙兹曾说过，杀手热切地渴望最终被抓住，随着时间的流逝，他会无法抑制地向他们逼进。他想知道，这次发生在大使馆外的事件是否是杀手在求助，是否是绝望而非自负在驱动着他?

他走上泥泞的台阶，试图回忆起一周前那场暴风雨。走到四楼时，他拉开一道油漆剥落的防火门，走进黄色的走廊。他没见到本该守在艾什莉·洛克伦门口的两名安保警察。

他走到 16 号房门口，那似乎是整幢楼里唯一漆过不久的门，他刚要敲门，两名手里拿着三明治、端着咖啡的警察进了走廊。他们发现有个警探站在那里，吓了一跳。

“早上好！”那名嘴里吃着培根吐司的女警说。

沃尔夫的胃发出轻微的声响。

她分给他一半早餐，他礼貌地拒绝了。

“知道什么时候转移她吗？”她那个看上去年轻一些的同事问。

“还不知道。”沃尔夫简短地回答。

“哦，我不是那个意思，”那个男的马上说，“恰恰相反——她非常令人愉快。她走了我们会想她的。”

那个女警赞同地点点头。沃尔夫很吃惊。他一直以来的刻板印象让他以为会从门里钻出来一个只穿睡衣、喷云吐雾、屋里像猫咪救助站的女人，但这两个警察显然并不急着离开。

“她在洗澡，我带你进屋吧。”

那名女警打开房门，领着他走进一尘不染、氤氲着咖啡与培根香气的房间。一阵暖暖的风穿过摆在起居室桌上的色彩鲜艳的花朵，拂动了网格窗帘。房间装饰品味很不错，挂着蜡笔画，实木地板与整个房间的布置相得益彰。有一面墙上贴满了照片，厨房水槽边上放着等待晾干的烘焙器具。他听到隔壁房间传来流水声。

“艾什莉！”那个女警叫了一声。

水声停止了。

“福克斯警探来了。”

“他有电视上那么英俊吗？”女人用柔软的爱丁堡口音问道。

女警显然有些尴尬，让她难堪的是，艾什莉继续说道：“我觉得，无论你想带他去哪里，最好先让他洗个澡——”

“他看上去像是随时都能睡着。”女警说。

“你让他到厨房来喝杯咖啡吧。”

“艾什莉……”

“什么？”

“他已经进来了。”

“哦，他都听见了？”

“是的。”

“太没面子了。”

女警难以忍受这种尴尬，跑到外面找她同事去了。沃尔夫听到那堵薄墙后传来擦抹、喷洒和关龙头的声音，他站在那一面贴满了照片的墙前面时下意识地开始嗅自己。那些照片简单而真诚：同一个美丽的女人和朋友在海滩上，和一个老人坐在公园里，和一个看上去像她儿子的男孩在乐高主题乐园。他看着那完美的一天里两张兴高采烈的脸，心里一沉。

“那是乔丹。他现在六岁了。”迷人的口音从他背后传来，听起来与芬利粗嘎的声音简直天差地别。

沃尔夫转身看到了一个与照片上一样令人惊艳的女人，她站在浴室门口，毛巾裹着她深金色的头发。她显然刚刚换上紧身的丹宁蓝牛仔短裤和浅灰色背心。沃尔夫的目光在她那两条修长的美腿上逗留了片刻，之后他又尴尬地转过身去看照片。

“别吓着人家。”他自言自语地说。

“你说什么？”

“我说：他在哪儿？”

“我相当肯定你刚才说的是：别吓着人家。”

“没有的事。”沃尔夫摇摇头，一脸无辜。

艾什莉做了个滑稽的鬼脸。

“我把他送到我妈那儿去了……嗯，坦白说，是在那个变态连环杀手威胁要杀死我们后。”

沃尔夫忍着不去盯着她的腿看。

“艾什莉。”她自我介绍道，向他伸出手来。

他不由得向她走过去，她刚洗过的头发散发出一股草莓洗发水的味道，他注意到她明亮的淡褐色眼睛，看到她皮肤上的水汽洇透背心留下的深色水渍。

“福克斯。”他自我介绍，紧紧握住了她纤细的手。他迅速往后退了一步。

“不是威廉？”

“不是威廉。”

“那么你可以叫我洛克伦。”她笑着说，把他上下打量了一通。

“什么？”

“没什么。就是——你看上去很不一样。”

“嗯，媒体的照片上我经常和尸体在一起，所以——我有一张悲伤的脸。”

“你难道想告诉我，你现在有张快乐的脸？”艾什莉说着笑了起来。

“这张脸？”沃尔夫说，“不。这是我最近一周的脸，一个被误解的英雄，也许是唯一一个有足够勇气和智慧抓住那个连环杀手的人。”

艾什莉笑着问：“是吗？”

沃尔夫在艾什莉好奇地打量他时耸了耸肩。

“去吃早餐吗？”她说。

“你有什么建议？”

“这条路上有家全世界最好的咖啡馆。”

“第一，全世界最好的咖啡馆是锡德家，就在我家转角。第二，你是受保护者，不能离开公寓。”

“你会保护我的。”她无所谓地说，过去把窗户关上。

沃尔夫没辙了。他知道他不应该对她着迷，但他很享受他们之间的谈话，不想毁了这种愉悦。

“我得换双鞋。”她说着走进了卧室。

“你可能还得考虑换条裤子。”他建议。

艾什莉站住了，假装受到了冒犯。她捕捉到了他又一次扫过她双腿的目光。

“怎么了？我让你紧张了？”

“根本不是，”沃尔夫冷淡地说，“你看上去太糟糕了。我可不能把这副样子的你带出去。”

艾什莉对他毫无说服力的侮辱报以嘲笑。她走向晾衣架，解开背心，让它掉下来盖住臀部，然后脱下牛仔短裤。沃尔夫惊讶得差点忘了看向别处。她扭动着身子穿上一条紧身的石磨蓝牛仔裤，然后随意地把头发扎成马尾，这让她看上去更有魅力了。

“好些了？”她问他。

“好得不能再好。”他真诚地回答。

她得意地笑了。她从未这么干过，但是，她也许只剩三天生命，她很享受与只剩五天生命的他调情。她穿上一双磨旧的经典款匡威球鞋，抓起厨房桌上的钥匙。

“你对高度感觉如何？”她轻声问。

“只要别从上面跌下来就好。”他回答，有点困惑。

艾什莉踮着脚尖走出前门，走到外面的阳台上，然后转身对沃尔夫说：

“可以吗？”

沃尔夫觉得艾什莉对这个看上去不咋样的小咖啡馆过于推崇了。他那份裹着一层油的煎火腿像活了一样差点从盘子里滑走。艾什莉甚至都没吃完她那份烤面包。他怀疑她只是找个借口离开公寓，之前其实从没来过这个咖啡馆，他怀疑，是否有人来过一次之后，还会再来第二次。

“我无意冒犯，洛克伦，但这家咖啡馆——”

“我在这儿工作。”

“……好。很好。”

他们沿着大街走过去，在这段短短的路程中吸引了很多目光，沃尔夫不太肯定那些人到底是认出了他们，还是只想多看几眼艾什莉。他们挑了靠窗的位置，尽可能远离那些老主顾，二十几分钟的谈话基本上没什么特别的内容。

“我一直在担心你。”当沃尔夫以为他们仍旧在聊最喜欢的邦乔维乐队的专辑时，艾什莉突然冒出这样一句。

“对不起，你说什么？”

“你怎样……应付所有这一切？”

“让我们直截了当地面对这个问题。你三天后可能就会死，你却在担心我？”沃尔夫问她，顺手放下了刀叉。

“你五天后可能会死。”她耸耸肩。

这句话让他卸下了防卫。他一直忙于调查，竟忘了自己的末日也正在逼近。

“我一直在看新闻。”艾什莉说，“当你被锁在房间里时，不可能去做别的什么事。这就像是猫捉弄老鼠，你看上去被毁得越厉害，玩你的人就越开心。”

“我都不知道自己是一副被毁掉的样子。”沃尔夫开玩笑说。

“你是，”艾什莉说，“发生在那些人身上的事，正发生在我身上的事，都不是你的错。”

沃尔夫无意识地哼了一声。她尽力让他感觉好些。

“在这整件事中，你镇静得有些古怪啊。”他说。

“我相信命运。”

“我不想把你的肥皂泡戳破了，但依我看，如果有神的话，他并不站在我们这边。”

“我的意思不是神。只是——事情可能会以不可思议的方式发生。”

“比如？”

“比如命运今天上午把你带到我这里来：两个本来永远不可能相遇的人见了面，让我有机会为几年前做过的事赎罪。”

沃尔夫被搞糊涂了。他本能地环视了一下四周，确定没人听见他们的谈话。他被艾什莉吸引住了，以至于忘了他们身在何处。这个看上去完美的女人与周遭沉闷的环境格格不入，与之前安德鲁·福特身处豪华的大使馆时的表现简直是对立的两极。

“你要保证听完我的话再……你先保证。”

沃尔夫双臂交叉抱在胸前，向后靠在椅背上。他们两人都知道埃德蒙兹发现了维贾伊·拉纳把五千英镑存在她账户上的事。

“四年前，我在伍尔维奇的一家酒吧工作。对我们来说那是一段非常艰难的时期。乔丹只有一岁，我正打算离开他的父亲，他不是个好人。我只能在我妈妈帮忙照看乔丹的时候出来做兼职。

“维贾伊是那里的常客。他午饭基本上都在那里吃，我们相处得很友好。他不止一次看到我因为钱或者离婚的事流泪。他是个善良的人。他曾经给过我十镑的小费，我想还给他，但他很想帮我。这对我来说是雪中送炭。”

“也许他想要的不只是帮你渡过难关。”沃尔夫尖刻地说。他对哈立德兄弟一点好感都没有。

“他并没有那个意思。他有家室。有一天，他向我提了个建议。他告诉我他的一个朋友在警方那里有麻烦，但他知道他是无辜的。他给了我五千英镑，条件是让我说我曾在某个特定的时间段在回家的路上看到过那人。就这样。”

“你做了伪证？”沃尔夫沉声问道。

“我当时非常绝望——我很羞愧自己居然答应了他。我根本没想过有可能会出大岔子，那时我和乔丹的全部资产只有十五英镑。”

“那改变了一切。”

沃尔夫对艾什莉所有的好感都消失了，他愤怒地盯着她。

“事情就是那样。我很快意识到我是在火化杀手案中撒了谎，我很惊慌。”艾什莉泪流满面，“我不能为了钱帮人逃脱这种罪责。我直接去了维贾伊家，请你相信我，我告诉他我不能这样做。我没有提到他的参与或他的钱，我只是说我错了。”

“那他怎么说？”

“他劝我不要这么想，但我觉得他完全理解我的想法。在回家的路上，我打电话给我做证人陈述时去的那家律师事务所。”

“柯林斯与亨特。”

“我找到了其中一个高级律师。”

“迈克尔·盖布尔－柯林斯？”

“是的！”艾什莉惊讶地说。

他死亡的消息还没有公之于众。

“我告诉他我要撤销声明，他就开始威胁我。他开始细数我犯下的罪：蔑视法庭，干扰警方调查，甚至还可能与凶手共谋！他问我是不是想坐牢。当我把乔丹的事告诉他时，他说社会保障部门会管他的，他们甚至有可能把他从我身边带走。”

艾什莉在回忆这段可怕的谈话时身体都在发抖。沃尔夫虽然厌恶她，但还是递给她一张纸巾。

“输掉这桩案子对他们事务所来说代价太高了，所以他无论如何也要赢。”沃尔夫说。

“他要我‘闭上愚蠢的嘴巴’，说他会想尽办法不让我坐牢。这是我最后一次直接听说与这桩案子有关的情况。后来我看着事情一步步发展，看着你试图阻止那个我曾经帮助过的凶手，而我——真的太抱歉了。”

沃尔夫一声不吭地从桌边站起来，拿出皮夹，把一张十镑的钞票扔在他吃了一半的盘子里。

“你需要道歉的人不是我。”他说。

艾什莉大哭起来。

沃尔夫走出咖啡馆，丢下那个需要他保护的女人，独自坐在街角。

Chapter 25

第二十五章

2014 年 7 月 9 日　星期三　上午 10:20

埃德蒙兹简直快累晕了。他早晨六点钟才离开档案馆，过了不到一个小时，他就坐在了那张与人共享的办公桌前。他希望能在那些可以正常上下班的同事来之前打个盹儿，但这个愿望破灭了，因为西蒙斯七点零五就坐在了他旁边的椅子上。他展示的职业道德和强迫症倾向只有埃德蒙兹才能超越，他已经开始了一天的工作，他首先要完成名单上剩下的七个名字的调查。

埃德蒙兹给蒂亚发了条短信，告诉她他很想她，今天晚上尽量准时回家。他甚至考虑提议出去吃饭。发出之前他犹豫了一下。外出吃饭又要多耗费几小时，对他来说不是什么好主意。他心里纠结成一团，既觉得自己应该做些努力，又感觉自己未必不该受到妻子的责怪，毕竟他向她撒过外出监控的谎了。

在最初的团队会议上展示了他关于犯罪心理学的专业知识后，他已经成为部门罪犯行为学的非正式专家了，对于这一角色，他既无正式资格也不会获得经济报酬。高级警官要他准备一份有关杀手留给沃尔夫的最新信息的报告。

乔没花多长时间就确认了字条上的血指印与在铁丝网前采到的血样相匹配。埃德蒙兹因此自信地得出了结论，这不过是又一次挑衅与嘲讽。杀手并不在意威尔士的那次小失误，他送来自己的DNA样本以证明他们对他束手无策。事实上，他亲自递交这张字条表明他将自己视为至高的神明，而且暗示，他想要在五天内以令人惊叹的方式结束一切。

他猛地惊醒过来。电脑屏幕上是他打了一半的报告，光标在最后一个单词后面不耐烦地闪烁着。屏保甚至都没有激活。他肯定只睡了片刻，但不知为何感觉更困了。他主动提出为西蒙斯去弄杯喝的，然后走到厨房。在等着水壶里的水烧开的间隙，他从堆满了马克杯的水槽里兜了一捧冷水泼在自己脸上。

“你不会又挨打了吧？”

埃德蒙兹刚擦干脸就看见巴克斯特在倒他烧开的水。他眼睛下面挂着两个大眼袋，鼻子那里有一块瘀青。

“蒂亚揍得你满地找牙？”她戏谑地问。

“我告诉过你，我被一只猫绊倒了。”

“好吧。你又‘被一只猫绊倒了’？”

“不是。我只是没有睡觉。”

“因为什么？”

他去档案馆的事一直瞒着大家。要不要跟巴克斯特坦白呢，他最终决定还是不说的好。

“睡沙发。”他知道她会接受这个解释，“你今天干什么？”

“有个家伙从滑铁卢桥上跳下去淹死了。留下了遗嘱和所有的一切。很有可能是史上最痛快的自杀，只有某个负责看守犯罪现场的警官觉得有些可疑，但也说不出什么理由来。然后我们去布卢姆斯伯里寻找一摊血。那家伙也有可能自己去了医院急诊室：谜团解开了。”

她重重地叹了口气，但在埃德蒙兹听来这比他自己要做的事情有趣得多。

“你见到沃尔夫了吗？”她问。

“他没有来。”

布莱克出现在厨房门口。自从成为巴克斯特的搭档，他就开始穿外套梳头发了。

“准备走了吗？”他问。

“走吧。”巴克斯特说着把她的咖啡杯摞到已经堆满杯子的水槽里。

安德烈娅下出租车时刚和沃尔夫通完电话。通话很不顺利，她这头都是汽车噪音，他那头是大街上热闹的人声。

她本想约沃尔夫见一面。新闻编辑部的制作团队已经为即将到来的“拼布娃娃终结篇”做好了准备。不幸的是，沃尔夫根本没心情跟她说话。

他指责她和她的团队报道了安德鲁·福特在大使馆的确切藏身地点，他还把现场的抗议也归到她头上，指责她通过电视直播帮助变态凶手操控局面。她听着他的指责，没为自己辩解，尽管他的指责完全没道理，当时所有媒体都在直播这条新闻。

她想帮他买晚饭，他却让她离远点儿，然后就挂断了电话。她一声未吭，但对他劈头盖脸的斥责也不禁气恼起来，因为这也许是他们最后一次通话了。显然，从他说话的语气看，在他的意识里还没有下周二他就可能死去这个念头，她疑惑这到底是乐观还是拒绝接受现实。

关于她升职的事，伊利亚给了她很大压力，自从那次会议之后，这件事一直在她脑海中徘徊。她恨自己优柔寡断。换成其他时候，她要么干脆地递上辞呈，带着自己剩余的一点道德和自尊离开，要么决定接受这个职位。

前一天晚上，她和杰弗里讨论了这件事，他们俩坐在自家虽小但布置优雅的花园露台上，在傍晚的阳光中聊着天。一般来说，在他们两人的关系中，他不会试图去影响她的决定。这也是他们能够顺利走到今天的原因。他尊重安德烈娅的独立，她也在与沃尔夫的婚姻中得到了成长。她和杰弗里会在一起共度某些时光，但他们从来不会跟对方黏在一起。

杰弗里和其他人一样看着拼布娃娃事件慢慢发展，但他从不对安德烈娅耸人听闻的报道风格和毫无根据的推测，甚至死亡倒计时这样荒诞可耻的噱头大惊小怪。他只是要她小心一些。他塞满书架的战争书籍让他明白，纵观历史，被选中做信使的人都有出众的传播能力，能以足够快的速度将信息送达那些期待的耳朵，更糟糕的是，他们是可以牺牲的。

杰弗里耐心地听她讲述，夜凉如水，花园中精心布置的灯在夜幕中一盏接一盏亮了起来。他的看法是，如果她想要升职，她的决定完全是由野心所驱使的。他们不需要钱，她已经建立了自己的声誉，她是一个有天赋的记者。作为一个旁观者，他敏锐地察觉到，在这件事上，沃尔夫的看法才是她真正在意的，于是他建议她去跟沃尔夫谈谈。

于是就有了那天早上他们之间的通话，沃尔夫清楚地表明了他的立场。

芬利穿过整个大办公室向西蒙斯和埃德蒙兹的办公桌走去，同时一只眼睛紧紧盯着高级警官的办公室。他看见那个可怕的小个子女人正在给某人打电话，一边激动地打着手势。他倚在他们两人的办公桌上，挡住了埃德蒙兹的视线。

“她正在发火呢。”芬利说。

“因为什么？”西蒙斯问。

作为长官，西蒙斯向来都是第一个知道消息的，现在却要从办公室的流言蜚语中打捞消息，这让他有些尴尬。

“威尔，”芬利说，“还会有谁？好像是因为他把艾什莉·洛克伦从她的公寓里带出去了。”

“干吗去了？”

“吃早餐。然后他愤然离开，把她一个人留在了咖啡馆。她的保护团队提出了正式的投诉。我们的女上司想要停他的职。”

“她要这么做很容易，”西蒙斯说，“他在搞什么名堂？”

芬利耸耸肩。

“威尔做的事，谁知道呢？他今天显然想避开办公室的人。我现在出去见他。”

西蒙斯很喜欢这种在上司眼皮子底下的私密谈话。

“如果她问起我，就说我去为艾什莉·洛克伦安排新的安全住所了，事实也是如此。”芬利说。

“我们也出去。”西蒙斯说。

“我们？”埃德蒙兹问，“去哪儿？”

“我这个名单上还有四个人没着落，”西蒙斯说，“其中一个已经死了。我们去找找死的到底是哪一个。”

西蒙斯和埃德蒙兹买了 Greggs 家的香肠卷，边走边吃，肉汁在人行道上滴了一路，他们已经快走到名单上第三个地址了。他们去过法庭速记员的家，发现她二〇一二年死于癌症。接着，他们了解到当时的法官蒂莫西·哈罗盖特和他的妻子已经移民去新西兰了。幸运的是，一个邻居有他们儿子的联系方式，他半夜打电话把父母吵醒，确定他们两人都活得好好的。

他们走过布伦瑞克广场花园，快到兰斯登阶地那一带毫无差别的排屋群时，太阳从云层后面露出脸来。他们找到了那扇黑色的门，发现它半开着。埃德蒙兹重重地敲了几下门，随后他们走进铺着花纹复杂的瓷砖的公用走廊。一块雕刻的牌匾引着他们一路上楼到了“阁楼”，让两人吃惊的是，这个阁楼在这幢四层楼房内显得很浮夸。

他们沿着有回声的楼梯走到通往顶层公寓的走廊。墙上装饰着褪色的照片，大部分是一个上了年纪的绅士和一个比他年轻许多、相当有魅力的女人在充满异国风情的地方拍的。男人在游艇上伸出胳膊揽着的那位金发美女似乎并没有上岸，因为旁边那张照片上是一位穿着比基尼的红发美女慵懒地和他一起躺在沙滩上。

公寓里传来响亮的砸东西的声音，他们走近时，看到那扇门并没有关上。他们交换了一个关切的眼神，安静地推开了门。昏暗的过道铺着与大楼入口处一样的地砖。他们轻手轻脚走过那些关着的门，朝着走廊尽头亮着灯的那个房间走去，木地板上响起重重的脚步声。

“你这个笨蛋，我跟你说过不要碰它。”

埃德蒙兹愣住了。他和西蒙斯马上认出了这个高傲的、讽刺的声音。

“巴克斯特？”埃德蒙兹叫道。

他径直走进房间，看见布莱克正跪在地上收拾他刚才打破的名贵花瓶的碎片。

房间里的两个人看到埃德蒙兹和西蒙斯进来都有些不自在。

“你们两个到这儿来干吗？”她问。

“找罗纳德·埃弗里特，哈立德案失踪的陪审员。”埃德蒙兹说。

“哦。”

“你呢？”

“我早上跟你说过：一大摊血，却没有尸体。”

“在哪里？”西蒙斯问。

“到处都是。”

她指着大沙发后面的地板。那里有一圈干涸的黑色血迹，那是因为血浸透了地毯，渗到了它周围的白色瓷砖上。

“天哪！”埃德蒙兹说。

“我估计你们再也找不到这位埃弗里特先生了。”巴克斯特冷冷地说。

埃德蒙兹看着脚下的血，想起在档案馆里通宵查资料时看到的案例：一摊血，没有发现尸体。这不可能仅仅是一种巧合。

“怎么啦？”巴克斯特问他。

他不能告诉任何人他私下做的调查，除非他能够肯定自己发现了确实可靠的东西。

“没事。”

他瞟了一眼手表。他答应过蒂亚带她出去吃晚饭，但他要先去趟档案馆，在那里也许要待一小时，如果他从这里直接去档案馆的话，可能还来得及。

“这么一大摊血不符合杀手一丝不苟的一贯作风，”西蒙斯说，“在拼布娃娃其他受害人的家中没有发现一滴血。”

“也许他并不像我们想象的那样缜密。”埃德蒙兹说，他蹲下来查看一直渗到沙发旁的血迹，“也许这是唯一一名在自己家里被杀害的受害者，城里不是有几起有血迹而无尸体的案例嘛。”

法医团队进来时，埃德蒙兹抓住机会赶紧开溜。他找了个借口，告诉西蒙斯他还要回办公室处理几份公文，然后他冲下楼梯跑向地铁站。

沃尔夫的手机响了。他看到一条短信：

你欠我的。一起晚餐？ LX

“你在笑什么？”芬利问他，他们正准备走回苏格兰场。

沃尔夫没回答。他拨了短信上的号码。

“你好，我是福克斯警探。”

“你好，我是洛克伦女士。”

芬利惊讶地看着他。

“你是怎么知道我的号码的？”

“还记得守着我家的女警朱迪吗，你早上见过的？”

“那个投诉我的人？”

“就是她。她打电话给一个朋友，她朋友的朋友知道你的号码。”

“我很惊讶你想和我一起吃晚餐。”沃尔夫说。

芬利又向他投来惊奇的一瞥。

“哦，上帝知道我们都没怎么吃早餐。”她笑着说。

“我的意思是，我欠你一个道歉。”

“我不想利用这一点，你也并没有离开很久。七点可以吗？”

“在你家？”

“我想是的。那样我就不用离开公寓，给你招来麻烦。”

“我会先好好洗个澡。”

芬利这次甚至都懒得惊讶了。

“干得不错。一会儿见，福克斯。”

没等他回答，她就挂断了电话。沃尔夫停下了脚步。

“这么说，我得替你打掩护了？”芬利说。

“我得去个地方。”

“用我们在你生日那天送你的须后水，别穿那件你老穿的蓝衬衫。”

“我很喜欢那件衬衫。”

“你穿那件衬衫看上去像个孕妇。这话是玛吉说的，不是我说的。”

“她还说了什么？”

“开心点。”芬利狡猾地一笑。

“每次你撒谎，我总能揭穿你，老家伙！”巴克斯特说。

她和芬利在厨房里碰上了，随意聊起了沃尔夫。他笨嘴笨舌地回答了第一个问题后，她继续追问了五分钟。他开始手忙脚乱，而她心知肚明。

“他不太舒服。”

“头痛？”

“嗯。”

“但你之前说是胃痛。”

“嗯，我说的就是胃痛。”

“等等，你之前说是头痛。”

她很喜欢折磨这位老朋友。

“好吧，你赢了。他到艾什莉·洛克伦那里去了。”

“西蒙斯说他们吵起来了。”

“又和好了。”

“那你为什么不一起去？”

芬利显然不想回答这个问题，但他知道巴克斯特不会放过他。

“他们没有邀请我。”

“邀请？”

“去吃晚餐。”

“晚餐？”

巴克斯特的高兴劲儿瞬间消失了，她一声不吭。芬利不知道说什么好，只好埋头煮咖啡。当他回头想给巴克斯特倒杯咖啡时，她已经离开了。

Chapter 26

第二十六章

2014 年 7 月 9 日　星期三　晚上 7:09

沃尔夫走在普拉姆斯特德大街上时，天上正在下雨，他希望雨水能冲淡他身上新买的须后水的味道。在身上喷洒过后，他往公寓墙上也喷了一些，希望能够遮掩一下墙板后面不知道什么东西散发出的怪味。近十年来，他很少会花半小时以上来穿衣打扮，精心准备约会——每天外出不过是去见那些一起工作的人。

他在酒品商店那里停下了脚步，进去拿了两瓶他认识的酒（这种酒是巴克斯特的最爱），然后到车库旁边的花店买了束花。花耷拉着，这让沃尔夫很郁闷，他不明白自己为什么要花这么多钱买一把他家乡野地里遍地都是的花。

他直接来到艾什莉住的公寓，在她家门口遇见了那两个安保警察。两个人见到他都很不高兴。

“我们已经投诉你了。”那个女警挑衅地说。

“如果我一周后死了，你们会后悔的。”沃尔夫说。

那名男警笑了，女警却没笑。他从两个人中间挤过去敲了敲艾什莉的家门。

“这一次别抛下她一个人掉眼泪了——伙计！”那个男警显然很妒忌他们的约会。

沃尔夫没理他。但二十秒后门依然关着，沃尔夫有点后悔没说些什么来驱散这尴尬的沉默。她终于打开了那道新装上的安保门锁，沃尔夫听到身后那个男警发出生了惊叹声。她穿着粉红蕾丝裙，蓬松的鬈发盘了起来。这身装扮对于在家吃顿波澜不惊的晚饭来说，似乎过于隆重了。

“你迟到了。”她突然说，然后退回到屋里。

沃尔夫不安地跟着她进了屋，砰地关上形状奇怪的老式立钟旁的房门。

“你今天真美！”他说。现在他多希望自己打了领带。

他递上酒和花，她礼节周道地把花插进一个装了水的花瓶里，表示她希望这花重新变得鲜妍明媚。

“我知道这么穿有点过了，但我也许再没机会穿上这条裙子，这可是我精心挑选的。”

艾什莉给自己开了红酒，给沃尔夫开了白酒。他们在厨房里聊着天，她时不时地搅拌着食物。他们聊到了所有第一次约会时会聊的老套内容——家庭，爱好，渴望——用它们来填补一个个话题和笑话的间隙。这是第一次，他们两人感觉这是一段正常的关系，好像还有无限的未来在前面等着他们，好像这个夜晚的相处会开花结果。

艾什莉做的晚餐相当美味。虽然她一再道歉说“有点烧焦了”，但沃尔夫根本没吃出来。她端上甜点时又给两人的杯子里加了些酒，谈话变得有些忧伤，但气氛越发浪漫迷人。

艾什莉说，做饭过后房间里会变得很热。他也感觉有些热，卷起了衬衫袖子，这时她看到了他左臂上烧伤的疤痕，露出惊讶的表情。她把椅子挪过来，靠近他细细地查看，用温柔的、仿佛带着电流的手指轻抚着敏感的疤痕。

沃尔夫闻到了草莓洗发水和红酒的味道，她正面对着他，相距不过几寸，呼吸混着呼吸……

突然，狼面具出现在他眼前。

沃尔夫退开了，艾什莉也向后靠去。狼面具的形象马上消失了，但刚才的气氛也找不回来了。他毁了这一瞬间，现在她脸上写满了拒绝。他真的很想挽回这个本来很愉悦的夜晚。

“对不起！”他说。

“不，说对不起的应该是我。”

“我们可以再像刚才那样吗？你抚摸着我的手臂，看着我，含情脉脉。”

“那你刚才为什么拒绝我？”

“不是因为你。上一个跟我距离那么近的人就是那个凶手，那个想把我们都杀死的人……就在昨天。”

“你看见他了？”艾什莉的眼睛睁得大大的。

“他戴着面具。”

沃尔夫跟她细说了昨天发生在大使馆外面的事。他在那里见到一个戴着狼面具的人，他俩曾直视着对方。他的解释帮他取得了谅解，她又靠拢过来。她的手搭在他的手臂上。他可以闻到她嘴里淡淡的酒味。她急促地呼吸着，张开了双唇……

沃尔夫的手机响了。

“见鬼！”他看了下手机屏幕，想要挂断电话，但瞬间又微笑着向艾什莉道歉，接起了电话。“巴克斯特？……谁？……不，别这样……

哪里？……我一小时后到。”

艾什莉有些气恼，只得收拾桌子。

“那你马上就要走？”她说。

沃尔夫觉得自己很喜欢她的口音，听到声音里的失落他差点改变了主意。

“一个朋友有麻烦。”

“那他不能找警察？”

“不是那种麻烦。相信我，如果是别人的话，我会打发他们该找谁找谁。”

“那这个人对你一定很重要。”

“实话说，确实如此。”

埃德蒙兹睁开眼睛，有几秒钟他都不知道自己身在何处。他一直枕着自己的胳膊趴在文件堆上，被架子移动的声音给惊醒了。他太累了，这里既昏暗又安静，他实在困得撑不住，就睡了过去。他打起精神看了眼手表：晚上九点二十。

“糟糕！”

他赶紧把东西一股脑扔进放在地上的证据盒里，将盒子放回架上，然后朝着出口跑去。

沃尔夫在海明威街下车时差点不够钱付车费。他奋力穿过那些在酒吧外露天喝酒的人，进酒吧时亮了下他的证件。

“她去厕所了，”一个姑娘告诉他，“有人看着她。我们想叫救护车，但她坚持要我们先找你。等等，你是警探……沃尔夫。是那个沃尔夫！”

沃尔夫没等她掏出口袋里的手机就朝厕所跑过去。有个女服务生一直陪着巴克斯特等他过来。他谢过服务生，让她回去了。巴克斯特还有意识，但只有在他大声叫她的名字时才会回应一下。

“这多像以前啊！”他说。

他拉下她的外套盖在她头上，遮住她的脸。他猜刚才那个女孩会告诉外面的每一个业余摄影师，新闻里那个男人现在正在女厕所里。他把巴克斯特打横抱起来，走了出去。

门童为他挡住了蜂拥而来的人群，让他出去。沃尔夫觉得门童肯帮忙只是不想让这个女醉鬼第二次吐在酒吧，并非出于对她的关心，不过这样的帮助还是值得感谢。他抱着她走过那条街，差点在她家那狭窄的楼梯上绊了一跤。他费了好大力气才打开房门，迎面而来的是收音机聒噪的声音。他跌跌撞撞地走进卧室，把她放在床上。

他脱下她的靴子，把她的头发朝后梳好，就像之前无数次那样，即使那段时间并不长。然后，他走进厨房，拿出干净的碗，关掉音乐，准备喂猫。水槽里有两个空酒瓶，他暗骂了一声，责怪自己没在酒吧问清楚她在那里买了多少酒。

他倒了两杯水，一口喝完自己那杯，拿着另外那杯水和碗来到卧室。他把碗放在床边，把水杯放在床头柜上，然后脱下鞋子和她并排躺在一起。巴克斯特已经开始打呼噜了。

他关掉台灯，凝视着昏暗的天花板，听着第一阵雨点打在窗户上的声音。他希望巴克斯特仅仅是因为最近压力过大才会重新开始酗酒。他曾经帮她把这事瞒了很长时间，太长时间了。每次他都会在这里度过一个无眠之夜，不时看看她是否还在呼吸，为她清理一切，他不知道他是否真的是在帮她。

埃德蒙兹到家时浑身都湿透了。家里一片漆黑。他轻手轻脚地穿过昏暗的过道，想着蒂亚可能已经睡着了；可是，当他打开卧室门，却看到床铺没有动过的痕迹。

“蒂？”他一个房间一个房间地找过去，打开所有的灯，看看有没有少了什么东西：蒂亚的工作包，她最喜欢的牛仔裤，那只总是绊人一跤的猫。她没有留下字条。她去她妈妈那里了。自从他被调到拼布娃娃专案组后，他太多次把她一个人留在家里了。

他瘫倒在沙发上，刚才还以为自己又要在那里睡一夜。他揉了揉酸涨的眼睛。他非常担心她，只要再坚持五天，一切就都结束了。蒂亚肯定能看到尽头。

他考虑过给她打电话，但他知道她会关机。他看了看时间：晚上十点二十七。肯定是未来岳母来把她接走的，因为她的车还停在路上。他抓起钥匙，关掉灯，虽然累得够呛，还是走进了夜色。

这个时间路上车不多，他顺畅地穿过了整个城市，直接把车停到了大楼外面的停车场，匆匆走向保安。那人马上认出了他，交谈了几句之后，埃德蒙兹亮出了自己的证件，交出个人物品，再次走进了档案馆。

沃尔夫在酒精的帮助下睡了过去，但还不到一小时，他就被巴克斯特上厕所的声音吵醒了。他躺在黑暗中，卧室的灯照亮了门框，他听见冲水的声音，碗橱打开又关上，接下来是她对着水槽呕吐的声音。

他看到巴克斯特已经能够自理，就想起床回家，但这时巴克斯特回来了，她爬上床，身子缩成一团靠向他，用双臂搂住他。

“你的约会怎么样？”她问他。

“很短。”沃尔夫回答，他恼怒芬利没为他保守秘密，又怀疑巴克斯特是算好了时间故意喝醉。

“真不好意思。谢谢你过来看我。”她说着差点又睡着了。

“我差点就不想过来了。”

“但你还是来了。”她喃喃地说着，很快又沉入了睡眠，“我知道你会来的。”

埃德蒙兹的预感被证实了。他努力找到刚才在看的那个盒子，他没放回原处就匆忙回家了。他重新进入二〇〇九年那桩案子：一位有权有势的公司继承人，在安保措施严密的酒店失踪了，只留下一摊血，没有尸体。他研究着每张照片中的犯罪现场，最终发现其中有一张能证实他的怀疑。

经证实，有八滴血溅在旁边的墙上，之后又被人擦去了，这个场景与拼布娃娃现身的那个房间里的场景惊人地相似。以他们目前掌握的信息来看，这显然是凶手为了转移尸体肢解已死的受害者时留下的血迹。要不是这些看似无足轻重的血迹，肢解运送尸体的情况可能永远不会被发现。

这就是他们要找的凶手。埃德蒙兹很确定。

他兴奋地把证据放回盒子里。他感觉到他终于找到了一些很有说服力的东西。他站起身，一张纸片从盒子里掉落到地板上。那是仓库中每个盒子都附带的表格，上面记录了调用者姓名、签字进出的日期、调用材料的原因说明。埃德蒙兹蹲下来捡起卡片，一眼就看到最后一行那个熟悉的名字。最后一个查阅这盒证据的是：

威廉·福克斯警探— 05/02/2013：血迹分析

威廉·福克斯警探— 10/02/2013：归还仓库

埃德蒙兹脑子有些发蒙。档案盒里并没有案件发生时沃尔夫署名的文件或是法医方面的相关报告。最有可能的情况是，沃尔夫在调查其他案子时被引到了这桩案子上。也许他无意中发现了拼布娃娃杀手的前一个受害者，不知不觉引起了那人的注意。这也许可以解释这个挑战的个人性和这份钦佩的目的性：一个杀手认定的真正的警探。

这样一切就都说得通了。

埃德蒙兹兴奋起来。他打算明天一早去问沃尔夫，说不定他知道这个杀手的一些旧案。因为对自己的新发现太过兴奋，他走到其他档案架旁开始查找名单上的下一个案件。

终于，他们开始猎杀那个猎手。

Chapter 27

第二十七章

2014 年 7 月 10 日　星期四　上午 7:07

太阳透过敞开的门照在床上。沃尔夫睁开眼睛。他躺在巴克斯特的床上，从头到脚盖得严严实实。从另一个房间传来的有节奏的跑步声吵醒了他。

沃尔夫费了好大力气才爬起来，找到了昨晚踢到床底下的鞋。他走进阳光明媚的起居室，有气无力地朝巴克斯特挥了挥手，她穿着运动服，头上的偏马尾还是他昨天晚上给她梳的。如果不是对她足够了解的话，他可能会说她看上去精神焕发、活力充沛。她一直都有迅速恢复的能力。这也是她这么多年能够隐藏自己恶习的原因之一。

他走进敞开式厨房，想煮壶咖啡，她没注意到他。

“你还留着那个……”他问她。

巴克斯特按照设定的速度跑步，皮肤上全是亮晶晶的汗珠。她似乎对必须拿掉耳机听他说话有点不开心。

“你还留着那个备用牙刷吗？”沃尔夫问。

他们之间一直都有一个心照不宣的约定，巴克斯特家里会多备几套洗漱用品，供沃尔夫偶尔在此过夜时使用。有段时间，这甚至成了常事。尽管他们很清白，但安德烈娅很难不怀疑他们的关系。

“在浴室最底下的抽屉里。”她说完又戴上耳机。

沃尔夫感觉她好像要找碴跟他吵一架，但他不想跟她抬杠。这就是典型的巴克斯特作风。她对自己的行为感到尴尬，然后用不快将其表达出来。

壶里的水开了，沃尔夫拿起一个马克杯，问她是否要来一杯。她拿掉耳机大声问：“什么？”

“我只是问你要不要喝咖啡。”

“我不喝咖啡，你比任何人都清楚这一点。我只喝葡萄酒和颜色诡异的鸡尾酒。”

“所以你是说不啰？”

“那就是你认为的我，对不对？可怜的酒鬼，她甚至都不能照顾自己。承认吧你。”

沃尔夫不跟她吵架的决心动摇了。

“我没这么想过。”他说，“只是问问你喝不喝咖啡而已……”

“我不需要你来可怜我，知道吗？你尽可以去跟那些高雅的人寻开心。行行好吧，下回别来这套了。”

她长长地嘘出一口气。

“我希望这一次没自找麻烦！”他喊道，“我就该让你一个人待在厕所的地上，结果倒把我的晚餐搭进去了。”

“是啊，你和艾什莉·洛克伦的晚餐。多甜蜜啊！我真为这种关系感到开心。我肯定你们能成，只要你们俩在接下来的四天里没被残忍地杀掉！”

“我去上班了。”沃尔夫说着走向门口，“顺便说一句，你好自为之！”

“我不知道你为什么要这么做。”巴克斯特对着他的背影喊，“这就像在屠宰场选中了一头母牛！”

房门砰的一声关上了，把起居室墙上画着纽约天际线的挂画都给震了下来。巴克斯特加快了脚下的步伐，把耳机的音量调高。

沃尔夫带着气走进办公室，冲到芬利桌前，他的朋友正急切地等着他分享和艾什莉·洛克伦的约会呢。

“你为什么要那么做？”沃尔夫生气地说。

“你说什么？”

“你把我和洛克伦吃饭的事告诉巴克斯特了。”

“我不想告诉她的。但她看出来了。”

“那你得想办法弥补！”

“现在吗？”

沃尔夫看着芬利，在这个部门里他一直是快乐和正能量的源泉，但现在化身为格拉斯哥[①]粗汉一个。沃尔夫把手从口袋里拿出来以便迅速做出反应——芬利的左勾拳一直是个传奇。

“是朋友就该这么做。”沃尔夫说。

“我也是埃米莉的朋友。”

“那更有理由这样做了，你现在伤害了她的感情。”

“哦，我伤害了她的感情？我吗？”芬利平静地说，这可不是什么好兆头，“我看你哄着可怜的小姑娘好多年了。无论你们之间发生了什么，你都已经付出了婚姻的代价，你现在还在付出代价，那意味着你真的想

---

① 苏格兰最大城市。

要她，但你又没有勇气这样做；要不就是你不想要她，却没有勇气和她了断。不管怎么样，你还剩下四天去做一个男人。”

沃尔夫无话可说。芬利已经把他的心思全部抖了出来。

“我现在有条线索要跟，我得出去了。”芬利说着站了起来。

“我和你一起去。”

“不。不用。”

“十点钟还要开个碰头会。”沃尔夫说。

“那你替我打个掩护吧。”芬利苦笑着说。

他在沃尔夫背上重重地拍了一下就出去了。

上午九点零五，沃尔夫又一次没接普莱斯顿－霍尔医生打来的电话，他在等高级警官办公室里的电话铃声响起。芬利带着情绪离开了，而他已经听到巴克斯特在办公室那头对着别人大吼大叫了。

埃德蒙兹对这一切毫不在意。他花了十分钟准备好他想与沃尔夫讨论的文件，兴奋地期待着他的反应。他拿起那些文件，走向沃尔夫的办公桌。在走过去的过程中，他把反复练过的开场白在脑袋里又过了一遍。

“小加布里埃尔·普尔，二〇〇九年。”埃德蒙兹说。

他以为他会得到认同，谁知沃尔夫只是重重地叹了口气，不耐烦地抬头看着他。

“这跟我有什么关系吗？”

沃尔夫的反应令人扫兴，但埃德蒙兹还是没放弃。

“我希望是有关系的。”他说，“一个电器王国的继承人在宾馆套房里失踪了，尸体没有找到。这么说你能想起什么吗？”

“听好了，我不想对你说粗话，但你就找不到别的人谈这件事了吗？我可没那么多空陪你玩。”

看着沃尔夫毫无兴趣的样子，埃德蒙兹的信心有些动摇了。他觉得自己应该把事情解释得更清楚一些。

“对不起，我从头开始讲。我一直在档案馆调查……”

“我想我告诉过你不要做这件事。”

“我记得，但我向你保证，我用的都是业余时间。无论如何，我发现了一些……”

“不。不要再说‘无论如何’。如果一名比你级别高的警探命令你不要去做某事，你就不要做！”沃尔夫吼道，引来了整个办公室的注意。沃尔夫站了起来。

“如果可以，给我个解释的机会。”埃德蒙兹结巴起来，他不明白一场好好的谈话为什么会变成这样，但他不打算走开，他有重要的问题需要了解清楚，“我发现了一些非常有价值的信息。”

沃尔夫绕到桌子前，埃德蒙兹还以为他改变主意了，连忙拿起最上面的一份文件递给他。沃尔夫一把把他手里的文件打散在地。周围响起了校园霸凌中会出现的嬉笑声。巴克斯特朝他们走来，西蒙斯也恢复了自己的上司模样，站了起来。

“我需要知道你为什么会调阅普尔案的证据。”埃德蒙兹提高了声音，但他的声音里有一丝颤抖。

“我不喜欢你说话的腔调。”沃尔夫朝着这个身材瘦长的年轻人摆出了打架的架式。

“我也不喜欢你的回答！”埃德蒙兹的话让每个人都大吃一惊，连他自己都不敢相信。

“你为什么要调查这桩案子？”

沃尔夫一把抓住埃德蒙兹的喉咙，把他逼到墙上。布莱克用叉子敲着玻璃杯。

“嘿！”西蒙斯喊道。

“沃尔夫！”巴克斯特大叫着冲向他们。

沃尔夫放开了埃德蒙兹，一道暗红的血顺着埃德蒙兹的脖子淌了下来。巴克斯特站在他们俩中间。

“到底怎么回事，沃尔夫？”她冲着他喊。

“告诉你的小哈巴狗离我远点儿！”他吼道。

她有些不认识面前这个双眼圆睁的人了。

“他不再是我的人了。你失控了，沃尔夫。”她对他说。

“我失控？”他脸色通红，情绪激动。

巴克斯特明白其中隐含的威胁。只差一点点，他就爆出那个她已隐瞒多年的秘密了。但她反倒松了口气，因为从此再不用费力掩饰。

但他却犹豫起来：

“告诉他，如果想指控什么，最好拿出点实质性的东西。”沃尔夫说。

“指控什么？”巴克斯特问。

“我没有指控你任何事情，”埃德蒙兹喊道，“我只是想要你的帮助。”

瓦尼塔错过了一开始的场面，这会儿从她办公室里走了出来。

“你们在吵什么？”巴克斯特冲着两个人大喊。

“他把时间都浪费在我以前的旧案子上，不好好干自己的活！”

“哦，去你的吧！”埃德蒙兹一反常态。血从他捂在头部的手指缝里流了出来。

沃尔夫又要朝他冲过去，西蒙斯拦住了他。巴克斯特走过去低声询问埃德蒙兹。

“是真的吗？”她问他。

“我发现了一些情况。”

“我告诉过你别管这事！”她冲他吼道。

“我发现了一些情况。”他固执地又说了一遍。

“我真不敢相信你居然站在他这一边。”沃尔夫说。

“我没有站在哪一边。我认为你们两个都是浑蛋！”巴克斯特喊。

“够了！”

办公室里死一般寂静。瓦尼塔气冲冲地走向吵成一团的几个人。

“埃德蒙兹，去医院看下你的头。巴克斯特，回你自己的团队去。福克斯，从现在开始你被停职了。”

“你不能停我的职。”沃尔夫轻蔑地说。

“你看我能不能。出去！”

“长官，我想我同意沃尔夫的意见，”埃德蒙兹反而支持刚刚打伤他的人，“你不能停他的职，我们需要他。”

“我不能让你把这个部门搅得四分五裂。”她对沃尔夫说，“出去，这里没你的事了。”

此刻的气氛非常紧张，每个人都屏住呼吸看着沃尔夫的反应。出乎众人意料的是，他竟然只是苦涩地笑了笑，从西蒙斯的手臂中挣脱出来，用肩膀顶开埃德蒙兹，走了出去。

十点钟，西蒙斯和瓦尼塔在会议室讨论案情进展。一块白板支在会议室中间，上面列着十二个人的名字，就像一个完成了的拼图游戏。不幸的是，在最后一个受害者罗纳德·埃弗里特身上，还没有找出一点西蒙斯想要的信息。他们仍然没有找到他。

“就我们两个。”西蒙斯微笑了。

“肖警探呢？”她问。

“不知道。芬利没给我打电话。埃德蒙兹去医院缝针，福克斯刚被你停职了。”

“如果你认为我的决定是错的，你就直说吧，特伦斯。”

“没什么错。”西蒙斯说，“挺果断的。”

“他是个不定时炸弹。这不能怪他，但是从全局出发，他现在的危害大于贡献。”

“我很赞同，但在这件事情上我不能与你步调一致，”他说，“让我把巴克斯特调回来吧。”

“我不会答应，在加兰事件之后，这样不行。我会给你派人的。”

“我们没时间说这些。艾什莉·洛克伦两天后就要被杀了，福克斯四天之后。巴克斯特熟悉案情。让她脱离这个团队也许是个错误的决定。”

瓦尼塔摇摇头，低声说了句什么。

“好，不过我会把我的反对意见写上。现在她归你管了。”

“美丽的、血溅衣裙的陪审员，”萨曼莎·博伊德凝视着她站在中央刑事法院外的这张广为流传的照片，“这是他们给我取的名字，不同于我印在名片上的名字。”

芬利几乎没看出来桌子对面的人就是照片上那个女人。毫无疑问她仍然非常有魅力，但她长长的淡金色头发现在染成了深棕色，发型像个男孩子。她化着很浓的妆，导致她那双盯着黑白照片的天蓝色眼睛都不那么引人注目了，她身上昂贵的时装很悦人眼目，但她完全无意于卖弄风情。

最著名的法庭案件的第三著名的现场见证人同意和他在肯辛顿的一家时尚咖啡馆见面。他刚到咖啡馆门口时还以为这家店在关门装修，因为提着购物袋的顾客和带着刺青的员工似乎都不太在乎店里那些暴露在外的管子、悬挂着的灯泡或是没有刷石膏的墙壁。

芬利外出并非是因为和沃尔夫起了争执。这次见面是他前一天晚上安排的。芬利坚信收集证据最有效的方式就是向正确的人问正确的问题，这跟资金追踪、脚印检测和血迹分析一样有效。他知道同事们都认为他是个行事老派的老古董。但他很乐意固守自己的那一套，至今无意改变，尽管离退休只有不到两年的时间了。

“我做了很多努力才摆脱了这一切。”萨曼莎说。

“也不全是坏的一面，至少从宣传的角度来说。”

他啜了一口咖啡，差点儿呛住。味道有点像沃尔夫喜欢的那种。

“是的。订单多到我们接不过来，尤其是订购同款白色连衣裙的，后来我们不得不拒绝掉那些客户。”

“可是？”芬利问。

她回答之前仔细考虑了一下。

“我那天不是在摆姿势拍照。我想寻求帮助。我从来没想过要出名，尤其不想因为那样……可怕的事情。但突然间，我成了那个‘美丽的、血溅衣裙的陪审员’，从那以后我在人们眼中就一直是这种形象了。”

“可以理解。”

“恕我冒昧，我想你不会理解的。实情是，我对自己那天的表现感到非常羞愧。那时我们都受到福克斯警探轻率举止的极大影响，我感觉对一个警察的指控使我们的决定蒙上了阴影。不过这是我们中大多数人做出的裁决。十二个人当中有十个犯下了不可挽回的错误，我每一天都在想这件事情的后果。”

她的话里没有自怜，只有对责任的接受。芬利拿出罗纳德·埃弗里特最近的照片放到桌上。

“你认识这个人吗？”

“怎么会不认识？我被迫在这个可怕的老东西旁边坐了四十六天呢。我可不愿意靠他这么近。”

“你认为有人会因为什么理由要伤害埃弗里特先生？”

“你显然没见过这个人。我的第一直觉是：他把爪子伸到某个不好惹的人的太太身上去了。怎么？他发生什么事了？”

“这需要保密。”

“我不会告诉别人的。”

“我也不会。”芬利说着结束了这个话题。他想了好久才问了下一个问题。“你能不能回忆起他与其他陪审员有什么不同？”

“不同？”她一脸茫然，芬利心想自己会不会是在浪费时间。“哦，只是……我们从未证实过。”

“从未证实什么？”

“我和其他几个陪审员都有过被媒体记者询问是否可以出售信息的经历。那些记者想要知道我们锁上门后讨论的内容，哪些人投了什么票。”

“你觉得埃弗里特先生答应他们了吗？”

“是的。我觉得他收了记者的钱。报道出来的东西中有的是陪审团内部信息，还有可怜的斯坦利先生，他从一开始就反对不公正的裁决，却在某天早上醒来后，发现自己的脸出现在海报上，说他有强烈的反穆斯林倾向，还说他的家人与纳粹科学家有关系，诸如此类荒谬的事情。”

“你们不是应该避开这些媒体吗？”

“你还记得那场审判吗？跟避开媒体相比，避开空气还更容易点。”

芬利突然冒出一个念头，他在文件中翻找了一阵，又拿出一张照片放到桌上。

“你是不是碰巧也认识这个想要接近你们的记者？”

她专注地看着照片。

“是的！”她激动地说。芬利坐直了身子。“新闻里报道的就是他的死亡，是不是？贾里德·加兰。我的天哪。我之前都没认出他来。我见到他的时候，他还留着油腻的长头发和络腮胡子。”

“你肯定是同一个人？”芬利问，“再看一眼。”

“毫无疑问。我在哪儿都能认出他那诡异的微笑。如果你不相信我的话，你很容易就能查出结果。因为有一天晚上他跟着我到我家，还赖着不走，我最后不得已报了警。”

护士在忙着给埃德蒙兹缝针，即便在这种时候他也无法停止思考上午的事。他在候诊室里等了好几个小时，其间把上午与沃尔夫的谈话重温了好几遍，几乎把每一个词都写在了笔记本上。他不明白为什么沃尔夫会完全误解他的意思。

他非常疲惫，也许无意中有什么不尊重或冒犯之处。不过冒犯了他什么呢？埃德蒙兹不知道沃尔夫说自己看不出两案关联是否撒了谎，另外，他是否知道自己忘了把更新的法医报告一起交上去。他的过度反应也许是一种自我防卫。

埃德蒙兹因祸得福，因为他进了急诊室，蒂亚不得不回他的短信。她甚至说要放下工作过来陪他，但他向她保证自己没事。他们商量过后决定她本周留在她母亲那里，因为接下来几天他也几乎不在家，他向她保证这件事结束后他会补偿她的。

放下愧疚之后，他乘坐地铁穿过整个城市来到沃特福德，然后打了辆出租车来到档案馆。他机械地走完了入馆程序，只是在楼梯底部的小办公室停留了一会。以前他总是大步走过那道标着“管理员”的门直接去仓库，但这一次，他礼貌地敲了敲那扇玻璃窗，走了进去。

一个小个子中年妇女坐在一台过时的电脑前，如他预期的那样：苍白的皮肤，大框眼镜，乱蓬蓬的头发。她就像他那些极度渴望聊天的老年亲戚一样热情地欢迎他进来，他不知道自己是否是她这段时间以来的第一个访客。他同意坐下来聊天，但拒绝了喝饮料的邀请，因为那至少要浪费他一个小时的宝贵时间。

她告诉了他关于自己去世的丈夫吉姆的一切，她发誓地下陵墓里那些友好的幽灵一定存在，埃德蒙兹好不容易才把话题引到他想要的轨道上。

“那么，这里所有进出都要经过这个办公室吗？”

“所有。我们进出都要扫描条码，每个地方都有警铃！”

“那么，每个人来看过什么，你全都知道？”埃德蒙兹说。

“当然。”

“那么我想看看威廉·福克斯警探曾经查过的资料。”

“所有的吗？”她惊讶地问，“你肯定？威尔有段时间经常来这儿。”

“所有的。”

St Ann's Hospital II

圣安妮医院（二）

2010 年 10 月 17 日　星期日　晚上 9:49

沃尔夫拖着疲惫的脚步回到自己的房间，准备十点那一拨的夜间检查。死气沉沉的走廊被灯光照得雪亮。热巧克力手推车发出一股难闻的气味。这是一个颇具误导性的名称，因为每次病人把这种饮料粗暴地扔回给工作人员时，这半温不凉的饮料又会在空气中变凉几分。

一颗橡皮泥小球在他指间转来转去，这是他一周前从粉红女士那里偷来的，他每天晚上用来充当简易耳塞。虽然没法完全隔断无时不在的尖叫声，但总算能把那声音削弱很多。

他走过一个个敞开的房门，里面的人都已经出来了，他们要抢在晚上宵禁之前享受电视机前的最后一刻。他转过墙角，走到一条空荡荡的走廊上，从其中一个黑暗的房间里传出喃喃的低语声。他走过那扇门时停留了一会儿，无意中听到那个祈祷者正压低嗓子快速地背诵祈祷文。

“警探……”那个声音轻声叫道。

沃尔夫停住了脚步，不知道是自己的幻觉，还是药物的作用。他朝着黑暗中张望。门半开着。一束灯光射入室内，但也只照亮了一小片地板，一具黑色的躯体半掩在黑暗中，光着腿跪在地上祈祷。沃尔夫没再听见什么，就继续向前走去。

“警探……”在吟诵下一首诗之前，那个声音又唤道。

沃尔夫小心地靠近那扇沉重的门，伸手推开。老旧的绞链发出吱嘎声。他站在相对安全的门口，在黑暗中摸索着电灯开关，他觉得那开关应该在门的右边。嵌在墙上的日光灯发出嗡嗡的响声，但它上面糊着不知是食物还是干掉的血，亮度和一支蜡烛差不多，在墙上投下一道道暗影。不知道什么东西在塑料罩子里燃烧，发出一股怪味。

乔尔中断了祷告，伸手遮挡住眼前混浊的灯光。他只穿着磨破的内衣，身上的伤疤都暴露在外，这些伤疤并不是事故或暴力伤害造成的，而是因为自虐。它们都是些大大小小的十字架，老疤已经变白，新疤则泛着红色，红肿发炎。

小房间的其他方面跟它的住客也很契合：一本页面上沾着血的《圣经》放在布满黄色污渍的床上，那些诗篇韵文都被野蛮地撕下来，用唾沫粘在所有可以粘的地方，上帝的话完全占领了这个逼仄的小房间。

乔尔好像刚从昏睡中醒过来，慢慢抬起头看着沃尔夫，脸上露出了微笑。

“警探，”他伸出手指着四周，轻声说，“我想让你看看这些。”

“我倒希望没看见。”沃尔夫说，他的声音近乎耳语，并试图用最礼貌的方式捂住鼻子。

“我一直在想着你的事……关于你的处境。我可以帮助你。”乔尔说，他的手挥过伤痕累累的胸部，“这是……这个可以拯救你。”

“自残？”

“上帝。”

沃尔夫怀疑这种以自残求得救赎的方式可能根本没什么用。

“救我什么，乔尔？”他不耐烦地问。

乔尔猛地爆发出一阵大笑。沃尔夫转身就要离开。

“三年前，我妹妹死了——被人杀了。欠了钱，”乔尔说，“欠了一群坏蛋一百五十镑——他们就把她的脸割下来了。”

沃尔夫转过身看着乔尔。

“我，我的意思是，我不想告诉你。你知道我想要怎么做，让他们尝尝慢慢死去的滋味，让他们也感受一下。”乔尔凝视着空中，想象着报复的残忍画面，“我做好了准备，也去侦察过。但这些人不是那么容易接近的。我感到很无助。你知道我在说什么吗？”

沃尔夫点点头。

“那真是绝望的时刻，对不对？这样一来，我就只剩下一个选择了，只有一条路是正确的。我做了个交易。”

“交易？”沃尔夫听得呆住了。

“用我的灵魂换了他们的。”

“你的灵魂？”

沃尔夫环视着他们周围的《圣经》，叹了口气，觉得自己大概太无聊了，居然听他瞎扯了这么久。他这会儿听到外面的走廊上工作人员陪同病人回房的声音。

“晚安，乔尔！”他说。

“一个星期后，我在家门口的台阶上发现了一个垃圾袋，就是那种最常见的黑色垃圾袋。那上面全是血。我是说，我的手上沾满了血，我的衣服……”

“袋子里是什么？”

乔尔没听见这个问题。他好像在凝视着自己手上那些不存在的血迹，嗅着那种血腥气。他开始喃喃自语，慢慢朝着房间里少得可怜的几件家当走过去。他从那本被撕了大半的《圣经》上又撕下一页，用蜡笔在上面涂写着。

沃尔夫这才意识到他不是在背诵《圣经》。他只是在背诵数字。他小心地把那页纸从乔尔伸出的手上接过来。

“这是一个电话号码。”沃尔夫说。

“他是冲我来的，警探。”

“这是谁的号码？”

“这火湖就是第二次的死。”乔尔背诵着后面墙上《圣经·启示录》里的话。

“乔尔，谁的号码……”

“永久的诅咒。谁能不害怕？”一滴眼泪从他的脸颊上滚落，他让自己镇定下来，然后直视着沃尔夫的眼睛，“但是你知道吗？”他看着沃尔夫拿在手里的那页起皱的纸，惨然笑道：

“一切都值得。”

Chapter 28

第二十八章

2014 年 7 月 11 日　星期五　上午 7:20

巴克斯特知道自己的奥迪车毁了，她挺沮丧的，因为她自以为是个好驾驶员，对车也很爱惜。但她没有选择，只能停在主街上的一处公共停车场。那里原本是一个砾石遍布的建筑工地，只在角落里加装了一个自动计费器，就神奇地变身为停车场了。

那天晚些时候，她正在为艾什莉挑选和布置安全地点。根据瓦尼塔的命令，他们的任务并不复杂。她和埃德蒙兹从公寓里接走艾什莉后就坐上一辆没有标记的汽车，跟西蒙斯在城郊会合。艾什莉会在那里换车，然后被带往南部海岸，保护人员会在船上等着。最后一段行程他们不参与。

巴克斯特走进四楼的走廊。两个睡眠不足的警官坐在艾什莉门外，听到脚步声站了起来。巴克斯特亮出证件。

“你也许还得再等几分钟。”守卫的女警坏笑着说。

那名男警似乎很不高兴。巴克斯特没理会这个劝告，把那扇蓝色的门敲得砰砰响。

“我的时间很紧。”她说。

两个守卫交换了一个恼怒的眼神。

“我说过了，我想他们可能还没起来。”

“他们？”巴克斯特问。

这时，门锁咔嗒一声开了。沃尔夫一边扣着衬衫一边走出来，看到巴克斯特站在门口，不禁愣住了。

“嗨。”他僵硬地打了个招呼。

巴克斯特的表情从困惑变成了愤怒。她一句话不说，紧握拳头，转过肩膀用全身的重量把沃尔夫顶到身后——这一招是他传授给她的——然后一拳袭向他的左眼。沃尔夫跌跌撞撞地向后退去。那两个警察惊讶地看着这一切，但并没有出手干预。

巴克斯特怀疑自己的手指断了，但她没理会，转身愤然朝走廊走去。

“巴克斯特！等一下行不行？”沃尔夫跟在她身后冲出大楼，一直追到街上，最后来到停车场，“我不喜欢把将死之人的招牌挂出来，但我只剩下三天时间了，拜托你理解一下。”

巴克斯特不情愿地站住了。她转过脸，两条胳膊不耐烦地抱在胸前。

“我们不是一对儿，”沃尔夫说，“而且永远也不可能是。”

巴克斯特翻了个白眼，转身朝车子走去。

“我们是另外一回事，”他真诚地说，“有点儿复杂，叫人恼火，很特殊也很混乱。但我们不是那种关系。你不能为这种事生我的气。”

“你就继续随心所欲地做你想做的事吧。”

“我会的，而且这也是我要说的。我不适合一段稳定的关系。安德烈娅证实了这一点。”

巴克斯特转身又要走，沃尔夫轻轻地拉住她的手臂。

“别碰我！”她冲他吼道。他连忙放开了她。

“听着，我只想你知道……”沃尔夫努力搜寻着合适的字眼，“我什么都没做……我永远都不想伤害你。”

巴克斯特放开抱在胸前的手臂，盯着他。

“去你妈的，沃尔夫。”她说完转身走向艾什莉的公寓。

沃尔夫看上去很受伤，但他没打算去追她。

“巴克斯特！”他在她身后喊，“保护那个小女孩！”

她没理会，继续向前走。

“如果他没法杀艾什莉，我认为他会对小女孩动手！”

巴克斯特消失在街角，她始终没再理他。

因为前一天没有开会，瓦尼塔重新安排了九点半的案情复习会议。距会议开始还有两分钟时，巴克斯特冲进了会议室。沃尔夫的卷入耽误了她不少时间，返回城里时她又遇上了堵车。

巴克斯特刚要把包放在夜宵过后油腻的桌上，埃德蒙兹就进来了。他看上去衣衫不整，非常疲惫。

“看在上帝的分上，”她气恼地把包挪到了地上，“这地儿简直是粪坑。”

“我有话要和你说。”埃德蒙兹急促地对她说。

“现在不行。这是个倒霉透顶的早上。”

“我发现了重要情况，但我完全不能理解。”

巴克斯特看见瓦尼塔在自己的办公室里朝他们张望。

“那么就说给大家听听吧。快开会了。”

她想绕过他走出去。

“这件事。我真的需要先和你谈谈。”

“天哪，埃德蒙兹！之后再说。”她吼道。

她小跑着进了会议室，为自己的迟到道了歉。埃德蒙兹焦虑地跟在她身后。现在，那张拼布娃娃挂图似乎已经完整了。

1.（头）“火化杀手”纳吉布·哈立德

2.（躯干）——？玛德琳·艾尔斯——（哈立德的辩护律师）

3.（左臂）白金指环，律师事务所？——迈克尔·盖布尔－柯林斯——与艾什莉·洛克伦说过话

4.（右臂）指甲油？——米歇尔·盖利——（哈立德的缓刑监督官）

5.（左腿）——？罗纳德·埃弗里特——陪审员——向贾里德·加兰泄露情报

6.（右腿）本杰明·钱伯斯警探——为什么？

A. ~~雷蒙德·特恩布尔~~（市长）

B. ~~维贾伊·拉纳/哈利德~~（兄弟/会计师）没在审判现场，贿赂艾什莉·洛克伦

C. ~~贾里德·加兰~~（记者）从罗纳德·埃弗里特那里收买信息

D. ~~安德鲁·福特~~（保安/酒鬼/麻烦制造者）——码头保安

E. 艾什莉·洛克伦（女侍者或九岁女孩）——做伪证的目击证人

F. 沃尔夫

会议开始前，瓦尼塔简单讲了一下艾什莉·洛克伦那天下午接受个人保护计划的情况。巴克斯特看到白板上新添加的批注，芬利告诉大家他与萨曼莎的谈话，以及罗纳德·埃弗里特把情报卖给了贾里德·加兰的事情。他挂出了加兰那段时间的文章，所有的文章都在不懈地抨击沃尔夫代表的伦敦警察厅或新纳粹分子、敌视穆斯林的陪审员。

埃德蒙兹几乎没在听。连续四天不眠不休后，他不由自主地在昏暗的档案馆睡了几小时。他已经感觉到沉迷于某事带来的副作用。他几乎没法集中精神，只能五分钟想这件事，十分钟想那件事。他茫然地凝视着空中。他的左眼缝了几针，嘴巴里有口腔溃疡——这是身体虚弱的症状。

他已经把沃尔夫这些年来搜寻证据的资料梳理完了，但其他的例行调查使他陷入了深深的困惑。二〇一二年至二〇一三年，沃尔夫在档案馆里研究了七起凶案中的杀手的档案。那些杀手显然与他们正在追查的杀手行凶方式极为相似。其中一具尸体的解剖报告甚至提到了微量酸引起的“可怕的内脏损伤”。

显然沃尔夫一直在追踪这个连环杀手，却没有公开这件事，所有文件都没有显示他在调查这件事。他一直在暗中调查，但这是为什么?

令埃德蒙兹疑惑的是沃尔夫调查的时间，他翻查旧档案是刚复职时的事。他没走完全部复职程序就着手调查，也许在这一段饱受争议、声誉扫地和解职拘禁的艰难时期后，他想要单枪匹马抓住凶手来证明自己。也许他只是想证明自己。

但这仍然不能解释在拼布娃娃案出现后，他为何依然对这段调查经历三缄其口。他不可能认不出猎杀他的杀手的标志性手法呀。

埃德蒙兹非常想和巴克斯特谈谈所有这一切。

“我们还是不知道到底谁要杀死这些人。”瓦尼塔有些沮丧地说，她陈述事实的口气听着更像在指控下属不得力，“哈立德案受害者的亲属，没有一个跟警察有关。”

埃德蒙兹翻看着西蒙斯递给他的一沓加兰的文章。

“钱伯斯无论如何都无法跟哈立德联系起来。”巴克斯特提出这一点。现在说起自己的朋友，她终于可以不那么悲伤和愤怒了。

其中一篇文章引起了埃德蒙兹的注意。加兰采访了特恩布尔市长，这篇文章满是诅咒和诽谤，这家报社甚至都不用等待庭审结束就可以把它印出来。市长当时正忙着他的新计划，他公开邀请“受迫害的”纳吉布·哈立德来帮他完成“治安与犯罪政策”报告。在访谈中，加兰有意引导市长对伦敦警察厅这位最丢人现眼的警察发起越来越激烈的攻击。

“这几乎就是威尔想要攻击的人的名单，”芬利打趣道，“当然，如果他本人不在上面的话。”

“浮士德式的杀手，你可以这么说。”西蒙斯笑着说。

芬利也咯咯地笑了起来。

埃德蒙兹慢慢放下他在读的文章，转向芬利。一个快要成形的念头在他疲惫的头脑中慢慢浮现。他低头瞟了一眼放在膝盖上的文章，抬头看向房间中央的挂图。

电光火石间，什么东西对上了。

一切都讲得通了。

“是沃尔夫！”他喘息着，把那些文章全丢在地上，两只手按在太阳穴上，迫使自己杂乱的思绪各归其位。

“我只是开个玩笑。”芬利不自在地说。

听到埃德蒙兹咕哝着这个名字，其他人都看了过来。他突然从座位上跳起来放声大笑。

“我们一直都这么盲目，”他来回走动着说，“从一开始我们就错了。哈立德从来都不是问题的关键，沃尔夫才是。一直都是沃尔夫！”

“你在胡说些什么，埃德蒙兹？”巴克斯特问，“沃尔夫是我们的人。”

芬利冲着巴克斯特做了个鬼脸，要她放心。

埃德蒙兹一把撕下挂图上受害者的完整名单丢在地上。

“嘿？”西蒙斯喊了起来，但瓦尼塔做了个手势，让埃德蒙兹继续。

他开始兴奋地涂画起来。

1. 火化杀手——沃尔夫一直死缠不放——曾试图杀了他
2. 辩护律师——不相信沃尔夫的证词——让哈立德脱了罪
3. 律师事务所老板——知道证人声明是假的
4. 缓刑监督官——没有经验——让哈立德又一次杀了人
5. 陪审员——向加兰透露了关键信息
6. 钱伯斯——
7. 市长——在哈立德杀害最后一个女孩前后无耻地利用了沃尔夫
8. 哈立德的兄弟——贿赂洛克伦做伪证
9. 记者——刊登针对沃尔夫的假新闻，利用信息影响大众/陪审团
10. 保安——救了哈立德的命，弄伤了沃尔夫的手腕
11. 证人——为了钱说谎，否定了沃尔夫的证词
12. 沃尔夫——做下骗局

“这也太荒谬了，是不是？”巴克斯特说，她看着周围的同事，想赢得支持，“我的意思是，你们没有人会相信这样的鬼话吧？”

“钱伯斯？”埃德蒙兹问她，“缺失的一环是什么？”

“就因为沃尔夫昨天对你有些不客气，你就不爽了，突然间开始指控他——我也不知道是什么。”她回答。

“钱伯斯？”埃德蒙兹又问了一遍。

“没有关联。”她挑衅地说。

“什么关联？”埃德蒙兹的声音响彻整个房间。

“我说了，什么都没有！”

芬利清了清嗓子转向她。巴克斯特皱起眉头看着他。

“我跟你一样，一个字都不信，小姑娘，但我们需要把这一切全部梳理一遍。”他说。

巴克斯特拒绝再谈这个话题。

“威尔一直相信是本寄出了那封信。”芬利说。

“什么信？”

“有关职业标准的，”芬利说，“说他过于执着，情绪不稳定，建议重新给他安排工作。”

芬利回头看了一眼巴克斯特，但她甚至没抬头看他。

“这封信在法庭上公开宣读后，成为压死骆驼的最后一根稻草，”西蒙斯回忆说，他的神情越来越焦虑，“那封信救了哈立德。”

“这是实质性的指控，埃德蒙兹警探，”瓦尼塔明确地指出，“实质性的指控需要实质性的证据。”

埃德蒙兹回忆起了一些事情。他翻着自己的笔记本，念出其中一段：

“六月二十八日——在会见室外站岗，听到特恩布尔市长与福克斯警探的谈话：‘我明白。你只是在做你的工作：媒体、律师，还有那个弄断我手腕救了哈立德的英雄。’”

“福克斯说的？”西蒙斯关切地问。

“一字不差。”埃德蒙兹说，“他在我们还没开始调查之时就说出了三个受害者的身份。”

“这不够，”瓦尼塔说，“如果我们顺着这个思路走下去的话，这些还不足以支撑我们揭开真相。”

埃德蒙兹走出会议室，但很快就回来了，他带来了档案馆的证据盒。他把相关文件一一分发给同事，包括带出这些证据的登记表格。

“你们都还记得昨天沃尔夫对我的发现做出的反应吧？”埃德蒙兹

问，“另外六份在我的办公桌里——我们的办公桌里。”

“这就可以解释所有事情了，”巴克斯特说，“沃尔夫显然吓到了这个变态狂，现在凶手是在自卫。”

“这点我考虑过，但是沃尔夫有没有把这件事告诉过这里任何一个人？”埃德蒙兹问大家，“这整盒整盒的无价信息，也许可以挽救所有那些人的命。也可以救他自己的命。”

没有人回答。

埃德蒙兹蹲下来，两只手捂着眼睛，脚后跟轻轻地前后摇晃着。他的脸扭曲起来，好像在忍受很大的痛苦，接着他开始小声念叨一些毫无意义的信息：

“沃尔夫找到他……接近他……透露案件的细节……不……不，但是他这么做不可能只是因为这些人都是沃尔夫的敌人——是沃尔夫招募了他。”

“我听够这种胡说八道了。”巴克斯特说着起身要走。

埃德蒙兹转过身来对这位不安的听众说：

“沃尔夫要的是复仇，或者说是正义，随你怎么说吧，为安娜贝尔·亚当斯，为她的家人，为他自己。”他边说话边把所有的信息拼合起来，“这些腐败者、袖手旁观者和机会主义者没有一个得到应有的惩治，而在他自己被关进精神病院的同时，那个小女孩却被害死了。

“所以，他一复职，就马上着手调查那些未解决的谋杀案。毕竟一个未解决的谋杀案也就意味着一个未被逮捕的凶手。他独自一人秘密地进行调查，发现这七个案件都与同一个凶手有着某种关联。但是他没有逮捕他，他利用凶手来报复每一个他认为应该得到报应的人。

“最天才的安排是把他自己的名字也列入名单中，使整件事情像是在针对他。沃尔夫知道，只要他的生命处于危险中，就不会有人怀疑到他头上。我的意思是，想想看吧：如果沃尔夫的名字不在名单上，可能从一开始他就会受到怀疑。”

有人在敲玻璃门。

“现在不行！”五个人冲着那个探头探脑的女人齐声吼道，吓得她赶快缩了回去。

“假设,这是一个大胆的假设,假设福克斯已经发现了这个凶手的身份,”西蒙斯没理会巴克斯特的怒视，“那么答案很有可能就在这七个盒子里。”

“有可能。”埃德蒙兹点点头。

“这简直是荒谬透顶！”巴克斯特嘘了一声。

“如果你没有说错，那么我们得假设福克斯在整个调查过程中一直在向凶手传递信息。”瓦尼塔说。

“如果是这样，可以解释很多事，”埃德蒙兹说，“我想可能从好些天之前就开始有信息泄露出去了。”

埃德蒙兹看向巴克斯特，想获得她的肯定，但她故意不理他。瓦尼塔叹了口气。

“那么我们就有把握救下艾什莉·洛克伦了，”她说，“因为这次福克斯不会参与进来。”

芬利和巴克斯特互相看了一眼。

“有什么问题吗？”瓦尼塔问。

“沃尔夫今天早上和她在一起，”巴克斯特冷淡地说，“他似乎是在她那里过夜的。”

“还有什么规则是这个人没有打破的？”瓦尼塔说着责备地看了一眼西蒙斯，“我们要让洛克伦女士了解她的处境。埃德蒙兹警探，如果你说的是真的，你觉得凶手知道福克斯在背后操控一切吗？”

“很难说。”

“依你看呢？”

“我只能推测。”

“那就推测。”

“不，沃尔夫显然认为自己比我们所有人都聪明得多，包括凶手。我觉得他一定会把一切做得滴水不漏。而且，我也不认为凶手会允许自己选中的任何一个受害者存活于世。这是他的骄傲。一旦失手，他会觉得非常难堪。”

“这可以解释为福克斯想要先抓到他。”瓦尼塔说。

巴克斯特把一大捧文件丢到玻璃门上，再次站起身来。

“这纯粹是胡说八道！我们在谈论的是沃尔夫！”她转向芬利，“他是你的朋友，记得吗？”

“当然，但面对事实吧，埃米莉。”他看上去非常痛苦。

巴克斯特转向埃德蒙兹。

“你这些天来就会在团队里挑事，这种小儿科正是你的专长，对不对？如果这里有人觉得自己比任何人都聪明，那就是你！”她恳求地看着各位同事说，“如果沃尔夫被栽赃了怎么办？你们有谁考虑过这个吗，嗯？”

“也许是，”西蒙斯平静地说，“但我们需要弄明白。”

“我同意。”瓦尼塔说着拿起了会议室里的电话，“我是瓦尼塔。我需要马上派一队武装机动部队去威廉·福克斯的住处。”

巴克斯特难以置信地摇摇头，从口袋里掏出了手机。

芬利紧紧盯着她的举动。“埃米莉！”他坚定地制止了她。

她不情愿地放下了手机。

“注意，嫌犯可能存在危险，”瓦尼塔继续对着话筒说，“……没错，嫌犯……确定了。我命令你们逮捕福克斯警探。”

Chapter 29

第二十九章

2014 年 7 月 11 日　星期五　下午 12:52

巴克斯特朝后视镜瞟了一眼。艾什莉紧张地坐在后座，看着车窗外面缓慢后退的街道，车速慢得让人心焦。

巴克斯特要求芬利开车，显然这个要求让他很吃惊。在任何人看来，这都算得上很不同寻常的一天了。他以最不合理的路线穿过这个城市，巴克斯特拼命忍着才没说他。

巴克斯特干脆拒绝和埃德蒙兹说话，更别提和他坐在一辆车里同行两小时了。她想象着他坐在办公室里插手沃尔夫的案件，收集证据来对付他，脸上露出难以掩饰的愚蠢笑容。

武装机动部队踢开沃尔夫家那扇不起眼的门后发现他不在家。芬利到了那里，看到他的同事正在对这间小小的公寓进行彻底搜查，最终找到了沃尔夫搜集来的、积满了灰尘的文件盒。

整件事情的大致情况已经向艾什莉解释过了。她说她根本不知道沃尔夫现在在哪儿，也不知道任何有关他停职的事。作为最后一个见过沃尔夫的人，巴克斯特别无选择，只能说出他们的临别谈话，但她决定不提她给沃尔夫脸上来的那一拳。

他们在十二点十五分接上艾什莉，并计划一点半在温布利球场的停车场与西蒙斯碰头。她已经打电话说他们会晚到一会儿。一路上，两个女人一个字都没说过，芬利扮演着好好先生的角色，努力不让车里完全陷入沉默。

巴克斯特觉得极不安全，因为他们在同一条路上停留了差不多十分钟，身边尽是来来往往的行人，有些人甚至离他们车上要保护的乘客只有几十厘米的距离。当第三辆车通过交通灯时，巴克斯特才意识到他们正身处何方。

“我们来苏活区[①]干什么？”她问。

“是你让我开车的。”

“是啊，但应该是‘朝着正确的方向’吧。”

“那你原本想怎么走？”

“肖迪奇，本顿维尔，摄政公园。”

“国王十字那一带都在修路。”

“我们没堵在那几个地方算运气好了。”

这时，车里响起叮的一声，艾什莉忙不迭地去看自己的手机。

“是什么？”巴克斯特问，“他们应该把你的手机收走。”

她不耐烦地伸出手去要手机，艾什莉却在匆忙地回复短信。

“快！”巴克斯特吼了一声。

艾什莉关了手机递过去。巴克斯特拿出电池和SIM卡，然后把手机

---

① 位于伦敦西部，原本是红灯区，后来色情业式微，逐渐演变成喝酒、消遣、听音乐的地方，如今游客云集，许多酒吧、餐厅、高档酒店聚集于此。后文提到的官殿剧院和唐人街都位于此区。

丢进仪表板上的小柜里。

“告诉我，为什么我们冒着危险把你藏起来，而你却坐在这里发短信？”

“她收到了短信。”芬利说。

“等你到了保护屋，你可以在室外摆个漂亮的姿势自拍，然后发到Facebook上去。”

“她收到了短信，埃米莉！”芬利喝道。

后面有车在按喇叭。芬利回头看时，前面的两辆车已经开走了。他连忙跟上去，却赶上了红灯，这时他们正停在壮观的宫殿剧院前面的十字路口。

“这是沙夫茨伯里大街？”巴克斯特大吃一惊，“你确定这是最快的路……”

车门砰的一声关上了。

巴克斯特和芬利转身看到了空着的后座。巴克斯特撞开后门，跳下车子。她发现艾什莉正拼命穿过一群背包客，然后消失在沙夫茨伯里大街的转角。巴克斯特拔腿就追。芬利冲过红灯，差点与迎面驶来的一辆车撞上。他多年来第一次说了脏话，被迫掉转车头。

巴克斯特跑到路口时，艾什莉在第一个路口左转，穿过装饰华丽的牌坊跑进了唐人街。巴克斯特也赶到了牌坊。红金相间的柱子顶着绿色的屋顶耸立在街面上。她在这里跟丢了艾什莉，后者已经放慢了脚步，融入了商店和餐馆前面狭窄的走廊上川流不息的行人。

“警察！”巴克斯特大喊，把自己的证件举在胸前。

游客在一排排大红灯笼下面走来走去。店主们大声说笑，开着她听不懂的玩笑，音乐声从临街的窗口传出来，陌生的气味弥漫在伦敦遭到污染的空气中。她知道，如果她不能在几秒内找到艾什莉的话，她就彻底跟丢她了。

她看到一个亮红色垃圾箱旁有一个灯柱，与五颜六色的拱廊十分相配。她跑过去，在人头攒动的海洋中看到艾什莉就在她前面二十米开外的一家店门口，正走向另一个牌坊。

巴克斯特挤进人群一路追过去，艾什莉又出现在她的视野里。她就在她前面五米，一辆陌生的车滑过来停在她面前。艾什莉跑到路上，一头钻进车里。那辆车的司机看见巴克斯特跑过来，飞快地打着方向盘并踩下油门。巴克斯特的一只手已经触到了驾驶座的车窗，但那辆车疯狂地掉过头急驰而去，随后驶上了沙夫茨伯里大街。

“沃尔夫！”她跟在后面绝望地叫道。

他刚才就看着她。

她一遍遍重复着车牌号，确保她已经记下来了。她沉重地叹了口气，掏出手机拨了芬利的电话。

在瓦尼塔把他和西蒙斯叫到会议室通报艾什莉·洛克伦事件的最新动向之前，埃德蒙兹已经听见了瓦尼塔不怎么得体的反应，没等她来喊，西蒙斯就从自己的办公桌走到了大办公室里。埃德蒙兹正忙着处理那几个证据盒，一次梳理一个盒子，西蒙斯则正在查看沃尔夫之前两年的电话记录。

“她肯定是沃尔夫？”埃德蒙兹困惑地问。

“肯定，”瓦尼塔说，“我们已经把那个车牌号列为首要追踪目标。”

“我们不能把这个信息对外透露。”西蒙斯说。

“对。”瓦尼塔说。

“但公众可以帮我们找到他们。我们完全猜不到他要把她带去哪里，”埃德蒙兹说，“她处于危险中。”

“这个我们无法确定。”瓦尼塔说。

“确实不能，”埃德蒙兹说，“我们目前还不能说这是他犯的案子，但我们知道他在背后。”

“你醒醒吧，埃德蒙兹。”西蒙斯吼道，“向全世界宣布这个晴天霹雳一样的消息，说我们的首席警探策划了整个案子？而现在我们还让他带着下一个目标跑了！”

瓦尼塔沉思着点点头。

“但是……”埃德蒙兹说。

“在这种情况下用一点手段无可非议，至于我，在我们确认福克斯有罪之前，我可不想因为这件事情丢了工作。”西蒙斯对埃德蒙兹说，“即使到那个时候，也有时间和余地慢慢理清哪些信息被泄露了。”

埃德蒙兹很反感。他一头冲出会议室，砰地关上门。前一天早上被他的脑袋碰破了的玻璃裂痕又扩大了一点。

“处理得不错。总还有一个能管事的。”瓦尼塔说，“虽然这种警察与强盗的模式超出了你熟悉的领域，但你还是有希望的。”

埃德蒙兹打开男厕所的门，沮丧地把一只金属垃圾桶一脚踢开。他既想大笑又想大哭，讽刺的是，让沃尔夫得到保护的居然是这种只懂得掩盖自身错误的官僚主义作风。如果他想让上司们有所行动，他就必须找到沃尔夫的无可辩驳的罪证。

他必须用沃尔夫的脑袋来思考，这样他才能找到线索。他在最脆弱的时候非常需要这么做。

巴克斯特和芬利把车开进市郊的南米姆斯车站服务区。他们把艾什莉的手机装上 SIM 卡后打开，发现原来她一直在给沃尔夫发短信告知他们一路上的每一个停留地点，而来自沃尔夫的短信只有一条：

沃德街，跑。

他们回到艾什莉的公寓，想在那里找到一些可以推测两人去向的线索，但一无所获。在返回苏格兰场的路上，他们接到了一个电话。服务区的停车管理公司告知他们，车牌自动识别系统的摄像头发现了那辆被追踪的车，他们已经联系了警方。

那辆破旧的福特护卫者被发现时连车门都没关，油箱也空了，这意味着沃尔夫不会再回到这辆车上了。监控录像显示，他们在消失之前已经抛弃了这辆车，估计是换了辆车。沃尔夫现在领先了他们四小时。

“埃德蒙兹的天才理论怎么解释这一切？”他们穿过停车场回去时，巴克斯特问。

“我不知道。”芬利说。

“解释不通啊。她是自愿跟他跑掉的。她自愿在这里跟他换了车。他想要救她，而不是杀她！”

“等我们找到他，就真相大白了。”

巴克斯特大笑起来，好像在嘲笑芬利的天真。

“问题是，我们没法找到他。”

在圣安妮医院的前台等待时，埃德蒙兹把通知板上杂乱无章的国民健康保险海报又看了一遍。每当有穿着随意的医院员工进出，他都会满怀希望地抬头看一眼。他开始怀疑自己来这里并不是个好主意，不知这五小时的旅程到底会换来什么结果。

“埃德蒙兹警探？”终于，一个神色疲惫的女人过来叫他了。

她领着他进了门，穿过迷宫一样阴森森的过道，只在有门挡着的地方停下来刷一下她的门禁卡。

“我是西姆医生，是这里的主治医生之一。”她的语速太快，埃德蒙兹几乎无法听清那些音节。她快速地翻看着手上的文件，把什么东西放进了同事的文件格里。“你想了解有关我们的一个——”

那个女人看到有人急着要跟她说话，便说了声：“对不起。”

她匆匆跑过走廊，留下埃德蒙兹站在娱乐室门口。他很绅士地为一个上了年纪的妇女打开门，她拖着脚步走出去，看都没看他一眼。他向里面张望了一下。房间里的大部分人都围着一台电视机坐着，电视机的音量大得惊人。一个男人发着脾气把乒乓球拍丢到房间那头，还有些人在窗边读书看报。

“警探！”那个刚才匆匆离开的女人在走廊里喊他。

埃德蒙兹放开门让它自己合拢，然后跟着那个医生走了。

“去我办公室的路上在住宿区停一下，”她说，“我会把乔尔的档案找出来给你。”

埃德蒙兹停下了脚步：“乔尔？”

“乔尔·谢泼德？”她不耐烦地说，然后才意识到埃德蒙兹根本就没说过要与她谈论这个病人。

“乔尔·谢泼德。”埃德蒙兹又问了一遍。他想起这是档案馆文件中出现过的人名，是沃尔夫列出来的人名之一。因为与调查无关，所以他一开始并没有理会。

“对不起，”那个女医生揉了揉疲惫的眼睛，“我以为你到这儿是为了调查他的死亡。”

“不，不，”埃德蒙兹赶忙说，“我可能说得不清楚。请告诉我关于乔尔·谢泼德的事吧。”

那位医生太累了，因此也没注意到埃德蒙兹突然改变了主意。

“乔尔是个有严重心理疾病的年轻人——但总的来说，是个不错的小伙子。”

埃德蒙兹拿出了笔记本。

“他有严重的妄想症、精神分裂症状和幻觉，”她一边打开乔尔原先住过的房间的门一边解释，“但鉴于他的过去，他有这样的行为倒也不难理解。”

“如果可以，请说得再详细一些。”埃德蒙兹说。

医生叹了口气。

“乔尔的妹妹死了——被杀了，死得很惨。而他又杀了那些杀害他妹妹的人，邪恶滋生邪恶。”

房间里空荡荡的。四面墙壁都刷白了，但还能看出那流血的十字架诡异的影子。他们脚下的地板上涂写着经文，房门朝里的一面有深深的抓痕。

“有些比较麻烦的病人留下的痕迹很难擦去，”医生无奈地说，“我们医院已经没有什么空床位了，但我们不得不把这个房间空出来，因为没法让其他病人住进来。”

房间很冷，空气陈腐污浊。埃德蒙兹虽然需要留在这里了解更多，但他实在不想再待下去。

“他是怎么死的？”埃德蒙兹问。

“自杀的。服药过量。这事本不该发生的。你可以想象，我们对于分发的每一颗药都有监控。但至今还不知道他是怎么囤到足够的量的……”她停了下来，意识到自己把脑子里想的东西说了出来。

“他说过自杀的原因吗？”埃德蒙兹问，一只手掠过那个最大的十字架。

“没有。没明确说。乔尔一直觉得有一个恶魔——甚至就是魔鬼本人——在‘索要他们的灵魂’。”

“一个恶魔？”

“谁知道，”医生耸耸肩，“他的幻觉几乎占据了他全部的思绪。他坚信自己和魔鬼做了一个交易，他迟早要向魔鬼交出自己所允诺的，只是时间问题。”

“交出什么？”

“他的灵魂，警探，”她说着看了下手表，“浮士德什么的。”

“浮士德？”埃德蒙兹竭力想回忆起在哪里听到过这个词。

“那是个很老的故事：罗伯特·约翰逊来到尘土飞扬的十字路口，身上除了衣服和一把旧吉他一无所有……”

埃德蒙兹点点头，现在他明白这名词到底指什么了。他知道他的头脑正在捉弄他，但是那几个褪色的十字架看起来确实比他刚进屋时颜色更深了。

“既然我已经来到了这里，我能不能去看一下威廉·福克斯警探住过的房间呢？”他随意地问，双脚已经在朝着那道门快速移动了。

那位医生显然对这个突然的要求感到吃惊：“我不明白你怎么……”

“只要一会儿工夫。”埃德蒙兹坚持道。

“好吧。”她有些生气地说，然后带着他穿过走廊，推开另一个刷白了墙壁的房间的门。里面有几件基本的家具，挂着几件衣服，放着些个人物品。“我说过的，我们都住满了。”

埃德蒙兹走进房间，目光扫过毫无特点的地面，然后开始探查床下。他走向光秃秃的墙壁，手在新刷的墙漆上来回摸索。

医生似乎有些不安：“我可不可以问一下你到底在找什么？”

“那些你怎么也擦不掉的东西。”埃德蒙兹喃喃地说。他爬上床去检查床背后的墙面。

“房间搬空后我们会做一个全面的损毁报告。如果有什么遗留的痕迹，我们应该会知道的。”

埃德蒙兹把床从墙根拖出来，蹲下去在背面寻找沃尔夫留下的“隐形的”痕迹。他的手指停留在被床框掩盖的一串凹痕上。

“有笔吗？”他说，眼睛不肯挪开，生怕弄丢什么东西似的。

医生连忙走过去，从衬衣口袋里掏出一支又短又粗的铅笔递给他。埃德蒙兹一把抓过来，疯狂地在那块地方涂写起来。

“对不起，警探！请问……”

黑色的形状逐渐清晰起来：字母，单词。最终，他丢下铅笔，坐在床沿上，掏出了手机。

“这是什么？”医生担心地问。

“你再找个房间让这里的病人搬进去。”

“可我已经解释过了——”

埃德蒙兹冲着她说：

“我要你把你身后的这道门锁起来，保证不让任何人或任何东西进入，直到法医团队到达。我说得够清楚了吗？”

沃尔夫和艾什莉奔波了六百多公里，终于到达了目的地。他们中途只停过一次车，把那辆福特轿车换成了不引人注目的厢式车。坐小飞机飞越这个国家噪声很大也很不舒服，但只需要三百镑。还有二十分钟飞机就要起飞，他们把车开进航站楼外的“只准下客”区，然后冲进了格拉斯哥机场的主入口。

收音机七小时不间断地播放着直播节目。到处都是关于艾什莉即将被谋杀的讨论。一家博彩公司被迫道歉，因为他们居然开了一个盘口，赌她的心脏会在哪一刻停止跳动。

“浑蛋。”艾什莉笑着说，沃尔夫又一次惊讶于她的勇敢。

同样的片段一遍遍地重复播放，沃尔夫每次听到安德鲁·福特身躯落地的声音都会皱一下眉头。媒体对一个什么“艾什莉密友”做了个独家专访，这让她吃惊不小，主要是因为她实在想不出有哪个女人会接受这种独家专访。沃尔夫很高兴听到收音机里都是这样的新闻。这意味着，警察还没有公开他带着下一个受害者潜逃的事实。

他打赌自己的同事还没有发出全面的通缉令，他和机场安保的头儿十分钟前刚通过电话，应他的要求，八点二十他们到达机场入口处时，对方会等在那里。

他面目英俊，肤色较深，四十多岁，穿着一身漂亮的制服，那枚安保徽章就像精心挑选的饰品一样在口袋外面晃荡。沃尔夫注意到，他在接到一个不同寻常的电话之后马上在身边布置了两名持枪警察。

“啊，福克斯警探，真的是你。我都不敢相信！”那人说着紧紧握住沃尔夫的手摇了摇，“卡勒斯·德克斯塔，安保主任。”

德克斯塔转向艾什莉，伸出了手。

“你当然就是洛克伦女士了。”他极力做出同情她处境的样子，“我可以为二位做些什么？”

“有一架飞往迪拜的飞机，十七分钟后起飞，”沃尔夫直截了当地说，“我希望她能上这架飞机。”

德克斯塔吃了一惊，但他没有表露出来。

“你有护照吗？”他问艾什莉。

她从手袋里拿出护照递给他。虽然时间紧迫，他仍然很专业地仔细检查了这本护照。

“跟我来。”他说。

他们走过安检通道，强征了一辆摆渡车前往登机口。一个女声正在播报飞机起飞的最后通告。

德克斯塔显然对这种急匆匆赶飞机的事习以为常，他向右一个急转，把摆渡车停在一条空荡荡的自动人行道前。这在沃尔夫看来毫无必要，因为他已经用无线电通知过了，让机组人员在他到来之前不要关机舱门，不过德克斯塔显然很喜欢这么干。

“你在迪拜下飞机，两小时后坐另一架飞机飞往墨尔本。”沃尔夫轻声告诉艾什莉。

“墨尔本？”她吃惊地问，“这就是你的计划？去度假？不，我不能。乔丹怎么办？还有我母亲？你总不能连电话也不让我给他们打一个，因为他们会从新闻里听到……”

“你必须走。”

艾什莉看上去心烦意乱，但过了一会儿，她点点头说：

“我们难道不该跟卡勒斯说一声？”她指指那个人，后者像动作片的主角一样从驾驶座探出头来，此时他们正走过铺了地毯的地板。

“不，我会在你降落前自己给他打电话。除了我们两个，我不想任何人知道你的去向，”沃尔夫说，“你在墨尔本下飞机时是星期天早上五点二十五分，那时你就安全了。”

“谢谢你！”

“你一到达那里就直奔总领事馆，告诉他们你的名字。”沃尔夫把她纤细的手拉过来，在她手背上潦草地写了个手机号码，“你到了之后告诉我一声。”

他们到达机舱门口时距离起飞只有几分钟了。德克斯塔过去跟机组人员说话时，沃尔夫和艾什莉从摆渡车上下来，互相对视着。

“跟我一起走。”她说。

沃尔夫摇摇头：“我不能。”

艾什莉也料到了这个回答。她向他走近一步，靠着他的身体闭上了眼睛。

“洛克伦女士,”德克斯塔在检票口那里喊,“你要准备登机了,马上。”

艾什莉对着沃尔夫羞怯地笑了笑，然后转身走了。

“回见，福克斯！”她对他喊。

“回见，洛克伦。”

德克斯塔看见她进入机舱便关闭了舱门，并要求控制塔让这架飞机优先起飞。沃尔夫谢过了他的帮助。他本可以自己与海关协商的。他的护照就放在外套的内口袋，他甚至搞不懂自己为什么带着它。当艾什莉要求他跟她一起走，抛开伦敦的一切麻烦时，带着护照只会让这种邀请更难拒绝。

他看着艾什莉的飞机滑向跑道，呼啸着驶过沥青地面，升入五彩斑斓的夜空，远离了危险，远离了他。

Chapter 30

第三十章

2014 年 7 月 12 日　星期六　凌晨 2:40

治安警察迪恩·哈里斯正在窗前看书，毫不理会静音的电视正在播什么节目。起居室宽敞却令人厌倦，放在窗台上的豪华台灯摇摇欲坠。他开着电视只是为了有个伴儿，帮助自己在这个不熟悉的房间里度过又一个孤独的夜晚。

其他治安警察对他调到拼布娃娃专案组这件事非常忌妒。他们尚处于职业生涯的初始阶段：登记一下他们看到的尸体数量。而“那个威尔士人”成了他们的英雄，就因为他们之中只有他用泰瑟枪放倒过人。

对自己这个新任务，迪恩看似冷淡，其实暗自感到骄傲。当然，他把这件事告诉了家人，他知道消息会像病毒一样传播开去，并且他们会夸大它的重要性，甚至还会为他发明一个新的职位。他没有料到，自己的工作竟然是花两个星期保护一个小女孩，而她只是刚好与杀手的目标重名而已。

洛克伦的家人继续别扭地过着自己的日子，尽可能无视他的存在。

他们容忍他待在家里，同时很自然地紧张起来，甚至不放心让洛克伦一个人去浴室。尽管他们知道（他也知道）这个小女孩与连环杀手或与此案相关的人一点关系都没有。但至少他并不是唯一的一个。这个国家可能还有几十个艾什莉·丹妮尔·洛克伦不得不让自己家里住进不情愿的警察。

迪恩把注意力从书上转开，因为他听到楼上传来很响的咯吱声，跟着是呼呼声。他的注意力又回到书上，却忘了自己看到哪里了。在刚刚过去的半个月里，他已经熟悉了这幢大房子的特征，这个声音似乎是电暖器在半夜自动开始工作时发出的。

他打了个响亮的呵欠，看了下手表。夜班总是最难熬的。虽然他努力让自己在白天睡足七小时，但要熬到凌晨六点实在很累人。

他拿下眼镜，揉揉酸涩的眼睛。当他再次睁开眼睛时，他突然感觉房间亮了许多，不祥的阴影投射在墙上，随着电视节目的变化不停地摇曳和变换位置。他愣了一会儿，才意识到有什么东西触发了花园里耀眼的安全灯。

迪恩站起来透过高高的窗子朝下张望。显然是定时洒水装置绊住了运动传感器，于是旋转喷头为了它们唯一的观众同步运作起来。但那美丽的花园里空无一人，于是他又坐回去，盯着没有声音的电视屏幕，看着那些愚蠢的画面来回切换。

二十秒后，定时洒水装置停下了，明亮的灯光也熄灭了，房间似乎比刚才更暗了。迪恩放松地靠在椅背上，闭上了眼睛。突然，他感觉自己的眼皮变成了橘色的，他睁开眼，差点被从外面倾泻进房间的白色强光晃瞎。他跑到另一个窗口去看，发现安全灯现在正照向屋子，而庭院的其余部分都在阴影中。

后门发出一声巨响。迪恩心跳加速，一把抓过搭在椅背上的防弹背心，慢慢地走到门厅，那里也被怪异的灯光照得雪亮。他移向门口，被眼前闪烁的光点晃得有些发晕。他想起自己几小时前为了舒服把那把泰瑟枪放到了另一个房间的椅子脚下，但这会儿想起来已经太晚了。他穿上防弹背心，高举着可伸缩警棍，时刻准备着出击。

安全灯在他身后熄灭了。

迪恩走进黑暗中。他屏住呼吸，听到有什么东西正沿着走廊过来，于是他猛地拉开门狠狠地一击。结果什么都没有，只击中了空气和木质护墙板。没等他再出击，一个坚实的东西撞在了他的前额上，他摔倒在黑暗中。

他昏头昏脑地伸手去拿无线对讲机，按下紧急按钮，这样他说的话就会通过公开频道传播出去。小屏幕上的绿色背光照亮了一小块墙壁，迪恩就着光摇摇晃晃地站起来去摸电灯开关。

“警察控制中心，请派更多人手过来。”他趁着自己还没摔倒，对讲机还没掉到地上，含混不清地讲出了这句话。

他重重地摁下电灯开关，头顶上的小号枝型吊灯亮了，地板上有一串带着泥浆的脚印一直通向楼梯，通向艾什莉的卧房。迪恩从地上捡起警棍，跌跌撞撞地走到楼梯平台，脚印在那里突然转向女孩装饰漂亮的房门。

迪恩高举警棍冲进了房间，里面却空无一人。泥泞的脚印通往开着的阳台门。他探身去看空荡荡的庭院，然后坐在金属栏杆旁，肾上腺素的跌落让他像泄了气的皮球。他掏出手机，在等待外援到来时，拨通了那天晚上早些时候收到的那串数字。

埃德蒙兹身上盖着外套睡着了。在过去的两三周里，他睡在沙发上的时间要比睡在床上的时间多。巴克斯特坐在厨房的桌子旁，脑子非常清醒，她在看刚收到的短信。她静静地走过没铺地毯的楼梯去看睡在埃德蒙兹和蒂亚的卧室里的洛克伦一家。

沃尔夫是对的。他曾警告过她，如果杀手搞不定艾什莉，就会去对付那个小女孩。他已经证明了自己杀人的随机性。那三名饮食挑剔的死者就是哈立德中毒案的附带受害人。所以，他出于骄傲去谋杀一个无辜的小女孩一点都不奇怪。

巴克斯特要把小女孩一家转移走的时候，瓦尼塔曾有过犹豫，她觉得把所有可能的受害者都保护起来完全是浪费时间。巴克斯特曾向团队提出把自己的公寓给他们一家暂住。

她还是没有排除沃尔夫被栽赃的可能性。毕竟，这是他一天内试图拯救的第二个艾什莉·洛克伦。她决定打电话给她唯一完全信任的人，虽然她对他仍然非常生气。

因为蒂亚住到她母亲家去了，埃德蒙兹慷慨地同意把自己的家让给巴克斯特和她的贵族避难者们。他非常疲倦，但还是把他们领进了家门，然后飞快地冲到便利店去买了一些他能负担起的必需品。巴克斯特很庆幸他出去买东西了——这意味着他没看到这富贵的一家在这么寒酸的临时居所前露出的惊骇表情。

“他应该炒了他的用人。”巴克斯特走进厨房，把一堆猫饼干放在地板上，听到洛克伦夫人对她趾高气扬的丈夫悄声说道。

埃德蒙兹整个晚餐期间都倒在沙发上睡觉，这意味着他既没有吃烤面包加豆子，也没有机会私下和巴克斯特谈话。她觉得这样也许是最好的。什么都没有改变。他相信沃尔夫有罪，无论她说什么都不会改变他的想法。他不像她这样了解沃尔夫。

巴克斯特重新组织了一下她今早反驳埃德蒙兹的观点，同时拿起手机敲下了一条简短的信息：

那女孩很安全。想跟你谈谈。回电。

她知道沃尔夫会丢掉手机以防被跟踪，但她还是按下了发送键，这样让她感觉她与她生命中最重要的人仍有联系。事实上她极有可能再也见不到他了，但对于这点，她连想都不敢想。

安德烈娅悄悄下床，以免惊醒了杰弗里。她裹了一件长袍，轻手轻脚地下楼进了厨房。她透过玻璃天花板看着太阳从墨蓝色的天际冉冉升起。这个天花板让室内温度波动剧烈。即使是冬天，在晴朗的中午，这个陈设完美的空间也会热得令人难以忍受；而在夏天的凌晨时分，她走过冰冷的地砖，脚指头都有些麻木了。

她关上门，现在她需要一个私密的空间。她坐在餐桌前，手捧一杯橘子汁，把手机拿到耳边。即使已分开好几年，她在凌晨五点给沃尔夫打电话也丝毫不会觉得不方便。她的生活中再没有别人可以让她这样想，即使杰弗里也不行。

几年来，她已经非常习惯前夫不规律的工作模式，她知道，在办案过程中，他很可能会在半夜醒来。但事实上，其中有更深层的原因。她知道，无论何时，无论他是睡是醒，只要她想跟他说话，他都时刻准备倾听。对此她习以为常，直到现在仍是如此。

在过去的十二小时里，她的电话六次被转接到他的语音信箱，她宁愿挂断电话也不愿留下一条语意含混的信息。她努力把心思放回工作上。伊利亚今天还等着她对升职一事的回复，对此她甚至连考虑答案的过程都放弃了，天真地想象着正确答案会在她需要的时候奇迹般地冒出来。

杰弗里像往常一样六点起床，安德烈娅有意避免在早餐时间谈起那个老话题。他必定也像她一样讨厌这个话题，再说他对此也是一筹莫展。

他在祝她好运之后就去洗澡了，这一举动不过是让她知道他并没有忘记她的麻烦，然后他就上楼去了。

安德烈娅六点二十分从家里出发，开始准备播报又一轮“死亡倒计时”新闻。她一走进新闻编辑部，就对沃尔夫没有回复她的原因一清二楚了。她发现自己的邮箱里塞满了邮件和照片，它们来自那些想用新闻线索换取经济报酬的人，每个人都说自己看到了沃尔夫与艾什莉·洛克伦。那些看着就不靠谱的线索里散乱的地点让她想起几年前曾报道过的雪豹逃跑事件：有在两个不同的服务站的，有在格拉斯哥机场的，有坐在卡车后面的——还有一张是几分钟前在迪拜拍摄的一个模糊身影。

安德烈娅拿不定主意，于是她给巴克斯特发了条短信，询问对方一切是否安好，然后提前走进化妆室，以避开伊利亚。她不需要他再来提醒自己还有个重大决定要做。

她还有十小时来做决定。

巴克斯特仍然坐在厨房桌前，她听到埃德蒙兹那边有了动静。她飞快地把那把格洛克 22 手枪（这是她从证据袋里拿出来的）放回袋里。她不想让自己和洛克伦一家处于毫无防备的状态，很轻松地就从自己的调查证据袋里拿出了手枪。然后只花了一刻钟就翻遍了抽屉和其他证据袋，找到了一把点 40 S&W 子弹装满弹匣。

埃德蒙兹脚步蹒跚、眼神迷离地走进厨房，当他看到水槽里那一堆没洗的碗碟时不禁抱怨起来。显然洛克伦一家从来没自己洗过碗，而且也不打算学着去洗。

“早上好。”他打了个哈欠。

他拖着脚步走向茶壶。

“谢谢你为我们提供的食宿。”巴克斯特说。

埃德蒙兹还处在半睡半醒的状态中，弄不清她到底是真心还是讽刺。

“凶手来找她了，就像沃尔夫说的。”巴克斯特对他说。

埃德蒙兹停下泡咖啡的动作，在桌旁坐下。

“让他跑了，”巴克斯特看着他满怀希望的样子，说，“看守洛克伦家的那个孩子脑袋挨了一记，不过他没什么事。”

巴克斯特沉默了片刻，在心里盘算着该怎么说。

“听着，我不会为昨天的事责备你，也不怪你认为沃尔夫有犯罪嫌疑。考虑到你发现的证据，你不这样做就不是个警察了。”

“技术科的人说，在发现拼布娃娃的第二天，沃尔夫就在谷歌上搜了马德琳·艾尔斯。”埃德蒙兹说，但巴克斯特仍自顾自地说下去。

“你不如我了解他。沃尔夫是个有准则的人——或许是我认识的人里最有道德感的，即使有时候他会做出一些不合法或可怕的事情。”

“这不矛盾吗？”埃德蒙兹尽量小心翼翼地问。

“我们都知道，合法的事和正确的事并不总是符合我们的期待。沃尔夫从来没做过……”

巴克斯特突然停了下来，因为埃德蒙兹从工作袋里拿出了一个文件夹放在她面前的桌子上。

“这是什么？”她警觉地问。

她似乎不想打开来看。

“我今天下午去了趟海边，圣安妮医院。”

巴克斯特的表情阴沉下来。显然她认为他做得太过分了。

“你是怎么想到要去……”

“我找到了一些东西，”埃德蒙兹提高了声音，“在沃尔夫的房间里。”

巴克斯特非常愤怒，一把抓过文件夹打开来。第一张照片是一个刷了白漆的小房间，大部分家具都移位了。她不耐烦地抬头看了看埃德蒙兹。

“继续。”他催促道。

第二张照片像是床后墙上的污迹。

“有点意思。”巴克斯特边说边把那张照片放到其他照片的后面，然后瞟了一眼第三张也是最后一张照片。她沉默地盯着这张照片看了好几分钟，然后扭过脸避开埃德蒙兹的视线，不让他看见自己的眼泪。

那张放在她膝盖上的照片里有她熟悉的名字，那些名字深深地刻进了粗糙的墙面，他们都是沃尔夫认为应该对小女孩的死亡负责的人。那些黑色的字母像是被烟熏过，焦黑的字体永久地留在了古老建筑物的肌理中。

“我很抱歉。”埃德蒙兹轻声说。

巴克斯特摇摇头，把文件夹丢回桌上。

“你错了。他讨厌回到那里！他不可能……他……”

她知道她在对自己撒谎。她觉得她之前所了解的一切似乎都错了，毕竟，如果她幼稚到完全相信沃尔夫，那她还能靠别的什么幻觉活下去？这个她不肯辜负、试图效仿并希望一起生活的男人，竟是埃德蒙兹曾警告过的魔鬼。

她似乎听到了加兰死亡时的尖叫，闻到了市长的尸体残余的焦味，她想起自己在没有旁人的时候拥抱了钱伯斯并祝他假日快乐。

“是他，巴克斯特。这是事实。我很抱歉。”

她迎着埃德蒙兹的目光，慢慢地点了点头。

这是事实。

Chapter 31

第三十一章

2014 年 7 月 12 日　星期六　上午 8:36

“是你吗？”瓦尼塔冲进会议室，冲着芬利问。接着，她又转向西蒙斯：“是你吗？”

两个人都不知道她在说什么。他们茫然的神情更激怒了她，她一把抓起遥控器，不停地换着频道，直到看见安德烈娅坐在新闻演播室里，头顶是死亡倒计时钟。瓦尼塔把音量调高，一张焦点模糊的照片填满了屏幕。

“……据称，艾什莉·洛克伦由迪拜国际机场安保主任法赫德·阿勒米尔护送。”安德烈娅在播报新闻。

一段很短的手机视频以慢镜头显示在屏幕上。

“看这里，我们可以清楚地看到福克斯警探和艾什莉·洛克伦经过格拉斯哥机场一号航站楼。”

“这些我们都了解。”芬利说。

“等着瞧这个！”瓦尼塔叫道。

安德烈娅又出现在屏幕上。

“一个接近调查小组的人向我们透露，洛克伦女士是火化杀手一案的证人，她与拼布娃娃案中的其他受害人也有关联。消息灵通人士确信福克斯警探参与了护送洛克伦女士出国的行动。”

“聪明的姑娘。”芬利微微一笑。

“什么？”瓦尼塔问。

“我是说埃米莉。她并没有透露什么重要信息，但足以暗示这一个艾什莉是杀手的目标。于是他就没理由再去对付那个小姑娘和其他艾什莉·洛克伦了。她想通过这个新闻告诉全世界，凶手就要失败了。”

“她还告诉了全世界，伦敦警察厅极度无能，以至于这个女人宁愿凭自己的运气闯世界，也不想依靠我们的保护！”瓦尼塔说。

“埃米莉在拯救生命。”

“但代价是什么？”

瓦尼塔办公室的电话铃响了。她咒骂了一声，然后去接电话，并叫西蒙斯跟她过去。西蒙斯犹豫地看着芬利的眼睛。

“特伦斯！”她又喊了一声。看着西蒙斯匆匆走出去，芬利脸上露出厌恶的表情。

“领导跟屁虫。”他自言自语地说。

埃德蒙兹让开路让西蒙斯先过去，然后走进了会议室。他一声不吭地打开自己的工作袋，似乎对新闻报道毫无兴趣，他已经和巴克斯特彻底讨论过这件事了。

“这么说来，是威尔了？”芬利问。

埃德蒙兹庄重地点点头，把刚从袋子里拿出来的文件夹递给芬利，但芬利不接。

“我相信你。”他说，然后转身去看电视屏幕。

“如果你不介意我这么说的话，我觉得你好像一点也不吃惊。”埃德蒙兹说。

“等你在这行待到我这把年纪，什么事情都不会让你吃惊了。只会让你感觉悲哀。如果说我学到了什么，那就是，如果你把别人逼得太厉害，他们最终会反击。”

“你不想解释沃尔夫的行为？”

“当然不想。但这些年来，我看到过许多‘好人’对彼此做出可怕的事——丈夫勒死了出轨的妻子，兄弟保护姐妹远离伴侣的虐待。最终你会意识到……”

“意识到什么？”

“不存在什么‘好人’。只不过有些人还没有被逼到那个分上，而另一些人已经被逼到没有退路了。”

“你似乎不想让沃尔夫被抓住。”

“我们必须抓住他。有些人不应该有这样的遭遇。”

“那么你认为有些人应该有了？”

“是的，有些人该有。别担心，伙计。我想抓住他的心情比你们任何人都迫切，因为比起你们，我更不想让他受伤害。”

瓦尼塔和西蒙斯回到会议室，各自找了把椅子坐下来，两个人看上去都有些局促不安。埃德蒙兹把自己总结出的凶手的基本信息递给他们。

“我们快没有时间了，”他说，“所以必须把了解到的关于凶手的一切信息都集中起来——包括某些有根据的假设，然后缩小搜索范围：白人男性，身高一米八二至一米九三，光头或几近光头的短发，右前臂与后脑有伤疤，穿十一码的靴子，标准军队二〇一二年款，现役或曾为军人。智商极高，定期测试以刺激自我。情感冷漠，轻视人类生活，享受挑战，渴望测试自己的能力。他很无聊，所以，他很可能已经不是军人了。所有这一切把戏都告诉我们，他乐在其中。他总是独来独往，性格孤僻，只满足基本的食宿需求。考虑到伦敦的物价，他的钱只够在偏僻地段租套小公寓。

“那些只是因为喜欢杀戮而加入军队的人，一般渴望出名，在他们做了或是被怀疑做了某件可怕的事情之后，常常会被开除。我们的系统里没有他的指纹，他肯定只是被怀疑做了什么事，不过，考虑到那些伤疤，也不排除受伤的可能性。”

“全都是些猜测。”西蒙斯说。

“这是有根据的猜测，而且正是可以突破的地方。”埃德蒙兹毫无歉意地说，“我们需要编辑一份名单，包括所有二〇〇八年以后退伍的符合我刚才说的那些特征的人。”

“干得不错，想法很好，埃德蒙兹。”瓦尼塔说。

“你批准后，我会继续和芬利一起收集证据。如果西蒙斯警长能够为我编制名单，那将会很有帮助。”

西蒙斯没有为指派给他的新任务表示感激，他刚要说什么，瓦尼塔马上回答：“只要你有需要。我估计巴克斯特正在外面寻找福克斯，是不是？”

“巴克斯特午夜之前不会离开那个女孩，任何命令、威胁和恳求都无法动摇她。我不会浪费你们的时间。”埃德蒙兹说。

芬利和西蒙斯交换了一个惊讶的眼神。他这是在发布高级警官的命令吗？

“随着每一桩凶杀案的发生，凶手必定越来越接近我们。他的计划是要在对峙中结束这一切。如果我们找到了他，我们就能找到沃尔夫。”

会议到此结束。瓦尼塔和西蒙斯朝她的办公室走去，埃德蒙兹留下来想与芬利单独谈几句。他关上会议室的门，犹豫着，不知道怎样开始这个有些奇怪的话题。

“芬利……有事想问一下。”

“什么？”芬利看着关上的门。

“你和西蒙斯昨天好像聊到了什么。”

“你恐怕得再具体一点。”芬利笑着说。

“浮士德。”埃德蒙兹说，“我想知道你说的浮士德指的是什么。”

“老实说，连那段对话主要在说什么我都不记得了。”

埃德蒙兹掏出笔记本。

“我们谈起受害者时，你说，‘这几乎就是威尔想要攻击的人的名单，如果他本人不在上面的话’，然后西蒙斯说，‘浮士德式的杀手’或类似的话。”

芬利点点头，他想起来了。

“什么都不是，只不过是个愚蠢的玩笑。”他说。

“你能解释一下吗？”

芬利耸耸肩，坐了下来。

“几年前，我们这里发生过一连串的凶杀案，那些人赌咒发誓说自己是无辜的，尽管他们周围出现了越来越多的尸体。”

“把责任推给恶魔或是魔鬼？”埃德蒙兹非常感兴趣。

“是啊，浮士德式的不在场证明，这些案子因此才变得广为人知。”芬利咧嘴一笑。

“那么到底怎样才能做到？”

“你说什么？”

“我的意思是，在现实情况下怎么才能做到？”

“怎么做到？”芬利不解地问，“这是一个都市传说，伙计。”

“讲来听听？”

“你问这些是要干什么？”

“这有可能很重要，拜托。”

芬利看了看表，估量着他们所剩无几的宝贵时间。

“好吧。现在是故事时间：有些电话号码流传在街头巷尾，它们只是一些普通的手机号码。没有人知道这些号码属于谁，也没有人能追踪到它们。这些号码只能打通一次，然后就联系不上了。如果有人得到其中一个号码，他又愿意的话，就可以拥有一次交易机会。”

“一次与魔鬼的交易。”埃德蒙兹被这个故事吸引住了。

“是的，与‘魔鬼’的交易。”芬利叹了口气，“但是任何一个涉及魔鬼的故事，总会有一个陷阱：一旦你答应了，他就会要求某种东西作为回报……”

芬利停顿了一下，示意埃德蒙兹靠近些。

“你的灵魂！”他吼道，埃德蒙兹吓了一跳。

芬利一边咳嗽一边嘲笑自己神经紧张的同事。

“你觉得这故事有那么一点真实性吗？”埃德蒙兹问。

“预付电话卡魔鬼？不。不。我不相信这种事。”芬利突然变得严肃起来，“你今天得把精力集中在更重要的事上，好吗？”

埃德蒙兹点点头。

“那就好。”芬利说。

洛克伦夫妇正在埃德蒙兹简陋的客厅里看电视。巴克斯特坐在厨房桌子边，可以听见艾什莉在楼上卧室里玩耍。她想起身去做些吃的，但这时艾什莉却突然没有声响了。

巴克斯特站起来，透过隔壁房间电视的巨响紧张地倾听着，听到艾什莉踩在楼梯平台上的脚步声后，她松了口气。之后，艾什莉咚咚地蹦下楼来，冲进厨房，头发上夹着乱七八糟的发卡，还插着些花。

“嗨，埃米莉！”她欢快地说。

“嗨，艾什莉！”巴克斯特回答，她总是害怕跟小孩儿说话，总觉得他们会看出来她害怕他们，“你看上去真漂亮。”

“谢谢，你也很漂亮。”

巴克斯特怀疑这话的真实性，但还是对她无奈地笑了笑。

“我想问你，如果我在外面看到了什么人，是不是应该回来告诉你？”

“是的，请告诉我，”巴克斯特尽可能做出热情的样子，“我正等着一个朋友呢。”她撒了个谎。

“好的！”

巴克斯特原以为小姑娘会回到楼上去，可她却站在那里咯咯直笑。

“怎么啦？”

“怎么啦？”艾什莉笑道。

“你笑什么？”巴克斯特的耐心被磨没了。

“笑你要我做的事！我是在告诉你，后面院子里有个人！”

巴克斯特强挤出来的笑容消失了。她一把抓过艾什莉，把她推进客厅，向她警觉的父母做了个手势。

“上楼去，锁上房门。”她低声说着，顺手把小姑娘塞进他们怀里。

三个人还在原地发愣，巴克斯特已经冲回厨房，从包里掏出手枪。她听见屋子旁边有刮擦的声音，全身都僵住了。她悄悄潜行到后窗，但什么都没看到。

有人在重重地敲前门。

巴克斯特穿过走廊进入浴室，听到门上有金属撞击门锁的声音，她举起了手枪。前门吱的一声开了，她看见一个巨大的影子穿过门廊。她屏住了呼吸，等着那人经过浴室门口，突然冲出来用枪顶住那个戴着帽兜的脑袋，那人手里装满了刮胡刀、剪刀和一次性手套的袋子掉在了地上。

“警察！”巴克斯特说着低头看了看她脚下那些不祥的物件，“你是谁？”

“蒂亚。亚历克斯的未婚妻。我住在这里。”

巴克斯特俯身看见了孕妇凸起的肚子。

“天哪，真是太对不起了！”她放低了枪口，“我是埃米莉——埃米莉·巴克斯特。很高兴终于见到你了。”

迪拜国际机场的安保主任在艾什莉下飞机时已经和沃尔夫通过电话了。他是个让人畏惧的人，总是咆哮着对周围所有人发号施令，所以，他强迫航空公司为她重新安排去墨尔本的航班也就不足为奇了。

艾什莉很害怕。她看见同机的人都被挤到机舱最后几排的座位上，她的周围空出了四排座位。娱乐系统的时钟被调成新时区的时间。现在是星期天的早上，但她还是感觉不到安全。她看了看自己未调整过时间的手表，明白直到伦敦时间的午夜时分，她都不能放松警惕。

从沃尔夫把计划告诉她时起，她就对可能连累同机舱无辜者这一点表示难以接受。显然，这个无处不在的凶手似乎没有底线，她忍不住怀疑让整架客机坠毁是否也在他庞大的计划之中。她连着好几个小时紧抓着扶手不放，随时准备从高空坠落。她听了沃尔夫的嘱咐，拒绝所有食物与饮料，对每一个走出座位的人都保持警惕。

昏暗的灯光在她四周闪烁着，艾什莉警觉地抬头看去。其他乘客都在睡觉，机组人员踮着脚尖走来走去。扶手开始颤动，她的手下有震动感，一声欢快的“叮”不合时宜地响起，然后安全带信号灯亮了起来。

他发现了她。

整架飞机剧烈地震动起来，熟睡中的人都醒了。艾什莉看着机组人员焦急的表情，他们一边安抚旅客，一边让他们回到自己的座位上坐好。

灯光熄灭了，艾什莉看了看窗外，只看见一片漆黑，她感觉自己好像已经死了……

震动渐渐平息了，灯光又亮了起来。机舱里充满了紧张的笑声，过了一小会儿，安全带的信号灯再次熄灭。机舱里响起了对讲机的声音，机长对刚才的骚乱表示歉意，并开玩笑说，飞机上的每个人都得到了一张按摩椅，不是只有头等舱乘客才有。

其他人继续睡觉。艾什莉在脑子里数着数字，默想着时针的位置，直到飞机降落。

安德烈娅签字示意直播结束。“正在直播中”的指示灯熄灭时，死亡倒计时的时间停在 +16:59:56。她很享受这一天，因为充满了正能量，人们祝愿艾什莉·洛克伦平安，给了她许多建议，助她奋力逃脱凶手指定的死亡时间。讨厌的倒计时在午夜过后开始了正数。一名来电者将其重新命名为“生命时钟”，它第一次象征着希望而非绝望。它在计录凶手失败的时间。

安德烈娅走回新闻编辑部办公室，看见了等着她上楼的伊利亚，心情马上沉到了谷底。他做了个傲慢的手势命令她上来，然后就回自己的办公室了。

安德烈娅不想冲动。她在办公桌前稳定了一下情绪，尽力不去想那个她将要做出的决定的分量，她已经有答案了。她穿过闹哄哄的办公室，深吸了一口气，走上了金属楼梯。

沃尔夫在一家可以用现金支付的廉价民宿里看着新闻。午夜刚过，他的预付电话卡手机响了起来，这时他已经在这个脏兮兮的房间里紧张地待了好几小时。一个陌生号码发来了短信，他倚在床上打开短信，顿时松了口气：

还活着！ Lx

她平安无事。

沃尔夫从手机里拿出 SIM 卡折成两半，起身去关电视。突然间，他看到安德烈娅的新闻频道已经重新设置了“死亡时钟”。他看着自己生命中的三分钟流逝掉，仿佛再有几秒钟，他生命的电源开关就要弹起了：

–23:54:23

Chapter 32

第三十二章

2014 年 7 月 13 日　星期天　早上 6:20

瓦尼塔和西蒙斯分别待到了晚上七点半和九点，而埃德蒙兹和芬利住进了办公室，打算挑灯夜战。午夜一点前，洛克伦一家在警察的护送下回家了，巴克斯特也过来加入了他们。

埃德蒙兹以为蒂亚会一直打电话或发短信来质问那个寒酸的家怎么变成了民宿旅馆，住进了陌生人。结果一个电话也没有。准妈妈后来一整天都在和那个九岁的小姑娘玩耍，巴克斯特离开后，她马上就睡了。

巴克斯特到达办公室时，芬利接手了筛查离职军人名单的烦琐工作。埃德蒙兹把会议室地板上的档案馆资料收起来，忙着仔细分析这堆东西。

巴克斯特总觉得晚上的办公室气氛有些奇怪。尽管苏格兰场里都是些靠咖啡因提神的工作狂，但上夜班的人似乎都有悄声低语的习惯。压抑的灯光弥漫在空荡荡的办公室和黑暗的走廊上，有种温暖的感觉，白天打电话时人声嘈杂，夜里却是文雅的低语。

早上六点二十，芬利坐在椅子上睡着了，轻声打起了呼噜，巴克斯特接过了他手上的工作。根据埃德蒙兹提供的嫌犯基本资料，他们可以把绝大部分受过重伤的人排除在外，于是最初估算的上千人的名单缩减成了一份二十六人的名单。

有人清了清嗓子。

巴克斯特抬头看见一个戴着帽子的邋遢男人站在她面前。

“有份文件需要交给亚历克斯·埃德蒙兹。”他朝身后的平板拖车做了个手势，那里整整齐齐地码放着七个档案盒。

“是的，他就在……”

巴克斯特看见埃德蒙兹正恼怒地把一个盒子丢到会议室那头去。

“怎么啦？为什么不能让我也一起来研究一下？”她微笑着说。

她刚关上玻璃门，一份文件散开来从天而降。

“所有他能看到的，我都看不到！”埃德蒙兹气馁地叫道，“他到底发现了什么？”

他把地板上的文件揉成一团掷向巴克斯特。

“没有印记，没有证人，受害者之间也没有关联——什么都没有！”

“好吧，冷静一下。我们甚至都不知道沃尔夫的发现是否还在。”巴克斯特说。

“我们没有办法证明这一点，因为他把法医检测都外包出去了，而且，星期天那儿都没人上班。”埃德蒙兹瘫坐在地板上。他看上去憔悴不堪，两只眼眶比以往任何时候都黑。他捶着自己脑袋一侧说：“我们没有时间让我当个笨蛋。”

巴克斯特开始意识到，她这个同事对这桩案子令人印象深刻的投入并非出于居高临下的自我中心心态，也不是为了证明自己在团队中的地位，而是被他强加于自身的巨大压力所驱使，他怀着一种难以解释的执着，顽固地拒绝将掌控权拱手让人。在这种情况下，她觉得此时并不适合告诉他，他这副样子有多像沃尔夫。

“又到了一批盒子。”巴克斯特说。

埃德蒙兹困惑地抬头看了她一眼。

“噢，你干吗不早说？”他说着站起来冲出了房间。

细雨渐渐浸透了沃尔夫的外套，他在考文垂街公交车站已经站了一小时。他的目光始终未从那个肮脏的网咖店门口移开。就像其他无数纪念品商店一样，那里也出售伦敦品牌的纪念衫，竭力在首都最昂贵、最繁华街道上的世界大品牌的包围中存活下去。

他一直跟踪那个人到这里，始终与他保持着一段距离：从他乘火车，到他穿过观看考文特花园街头表演的人群，再到他进入皮卡迪利广场几百米外那家又脏又丑的网咖店。

气温骤降，他的跟踪对象身着标准的伦敦人服饰：一件黑色的长外套，一尘不染的皮鞋和刚熨过的衬衫长裤，所有这一切都笼罩在一把随处可见的黑色雨伞下。

沃尔夫努力跟上这个身材高大的人穿过人群的轻盈脚步。他看见好几个从另一个方向走过来的人想要和他的目标搭讪，有人向他乞讨，有人递给他一沓传单，没有一个人意识到这个走向他们的人是个怪物：一匹披着羊皮的狼。

离开考文特花园后，那个人走了条捷径。沃尔夫跟着他走过僻静的街边小巷，加快了步伐，想要抓住这个永不停歇的城市里少有的寂静时刻。他在追踪前面那个并未有所察觉的目标时，脚下的步伐变成了小跑，但这时一辆出租车转过街角，停在不远处，沃尔夫不情愿地放慢了脚步，然后又跟着猎物回到了繁忙的大街上。

毛毛雨变大了，沃尔夫拉起黑色长外套的领子裹住脖子，弓着背让自己暖和些。他看着咖啡馆霓虹时钟上的彩色数字在湿淋淋的玻璃窗内缓慢地变形，提醒着他这是他的最后一天，最后的机会。

他在浪费时间。

伊索贝尔·普拉特正在播音室里直播一个速成课程。差不多有五个热心的技术人员在向这位美女主播解释什么时候应该去看哪一个镜头。她为了自己职业生涯中这个出乎意料的机遇，穿上了自己最保守的套装，但伊利亚对此却不太开心，他让人告诉她“解开最上面的三颗纽扣”。

她的处女秀亮相形式比较简单：一对一的访谈，中间两次提问。电视台预计全世界有几千万观众会收看这半小时的直播秀。伊索贝尔觉得自己又要不行了。

她从未想过要出这种风头。她从一开始就没想过从事记者这份工作，她这样一个既无经验又无资历的人居然得到了这份工作，每个人都非常吃惊。她和男朋友曾为是否要申请其他工作吵过架，但她讨厌在那里工作，她决定离开。

新闻编辑部的人都觉得她笨，是个妓女，或者说是一个笨妓女。她耳朵不聋，自然能听到背后这种闲话。伊索贝尔可能是第一个承认自己没有天分的人，但一般人发音错误或犯了无知的过失后都能被原谅，她犯了类似错误时却被没完没了地嘲讽。

她一直对着那两个尴尬的男人微笑，大笑着回应他们明显的玩笑。她假装对自己获此殊荣感到很兴奋，但事实上，她只希望安德烈娅来坐这个位置，来协调这些复杂的机位变化和节目流程。

“我想我会习惯的。”当其中一个男人把她的椅子移到主播的位置上时，她笑着说。

“别让自己太舒服了，”安德烈娅穿过播音室去化妆时喊道，令人敬佩的是，她为了她的新工作很早就来了，“你出现在这里只是因为我不能采访自己，明白吗？”

“我发现线索了！”埃德蒙兹在会议室里喊了起来。

巴克斯特踩过丢在地板上的文件，关上门，芬利、瓦尼塔和西蒙斯已经在里面了。西蒙斯看上去有些焦虑，显然在考虑是否要斥责埃德蒙兹把一切都搞得乱七八糟的。

埃德蒙兹把手伸进档案馆的盒子，拿出一些文件。

“没错，”他呼吸急促，“你们得容忍我，我把这儿搞得有些乱。等等，不是这些。”

他把那些文件从西蒙斯手里夺过来，丢在他身后的地板上。

“你得和大家分享信息。”埃德蒙兹微笑着说，“这是沃尔夫从档案馆登记带走的案件资料之一——斯蒂芬·希尔曼，五十九岁，一家倒闭的电气制造公司的 CEO。他的儿子是公司的董事，在一次合并失败之类的事情后自杀了……不过这一点并不重要。”

“与现在的事情有关吗？”瓦尼塔问。

“这也是我在想的问题。”埃德蒙兹热情地说，“请猜测一下是谁造成了这次合并的失败——小加布里埃尔·普尔。”

“他是谁？”巴克斯特代表大家发问。

“他是这家电气制造公司的继承人，他在一家宾馆的套房里失踪了，留下一摊血，没有尸体。”

“哦。”巴克斯特假装感兴趣。

他们每个人都有更重要的事情要做。

“这个人，”埃德蒙兹打开另一个纸板盒，“他的女儿在一次爆炸中死了……”他指着另一个盒子说，“……是这个人安装的炸弹，他企图在一间封闭的囚室里憋死自己。”

所有人看起来都一头雾水。

“你们难道还没看出来？”埃德蒙兹说，“他们是浮士德式的杀手！”

大家的表情更茫然了。

“那不过是一个都市传说。”芬利咕哝着说。

“一切都是有关联的，”埃德蒙兹说，“所有的一切！复仇谋杀之后的献祭。我们永远不明白沃尔夫是如何列出这张敌人名单的。现在，一切都迎刃而解了。”

“这也太荒谬了！”西蒙斯说。

“这真是个大进展！”瓦尼塔说。

埃德蒙兹在另一个盒子里翻了翻，拿出一份报告。

“乔尔·谢泼德，”他说，“六个月前死于一次可疑的自杀。他被判定为三起报复性凶杀案的凶手，声称魔鬼就要来收取他的灵魂了。他当时在一家精神病院里。”

“好吧，这是你的答案。”西蒙斯咧着嘴说。

“圣安妮医院，”埃德蒙兹解释道，“他是那里的病人，与沃尔夫在同一时期住院。沃尔夫十天前请求调出这个盒子，现在，一张证据不见了。”

“什么证据？”瓦尼塔问。

“一页沾了血的《圣经》。”埃德蒙兹直接念报告，“我觉得沃尔夫发现了什么。”

“那么，你认为拼布娃娃杀手杀的人比我们原本以为的还要多？”瓦尼塔问。

“我想说的是，浮士德式的杀手并不只是个传说。那个拼布娃娃杀手就是一个浮士德式的杀手。我觉得沃尔夫已经发现了这个人的身份，他就在某处，在搜寻着他，这个人毫不含糊地相信，自己就是一个恶魔。”

咖啡馆的门开了，一个身影走向光线明亮的皮卡迪利广场，汇入了人流。沃尔夫向右走了几步以便看得更清楚，但那张脸又被人群和刚刚打开的雨伞遮住了。他只好走开去。

沃尔夫需要做出决定：停下，还是继续跟着？

就是他——沃尔夫几乎可以肯定。他小跑着穿过那条马路，经过停在那里的警车时，他挡住了自己的脸，然后跟着他的目标走向繁华的大街。街上人很多，沃尔夫竭力不让目标离开他的视线范围。雨突然大了起来，街上的人要么冲向避雨处，要么急忙打开雨伞。几秒钟内，至少有几十把同样的黑色雨伞在他面前打开。

沃尔夫生怕失去目标，焦急地走出人流，疾奔了十米，紧紧跟在那个人身后。当他们走过商店橱窗时，他竭力想通过窗玻璃看清楚这个人的面目。动手之前，他必须确定就是这个人。

他古怪的举止引起了周围几个人的注意，显然有人已经认出了他就是新闻里那个人，只不过这会他被淋湿了。他推开这些人向前走去，现在，只有两个人在他的目标后面，他们走过了特罗卡迪罗广场。他抓住藏在衣服里的长约十五厘米的猎刀，走到另一个人前面去。

他不能跟丢。

他不能让凶手逃脱。

他一直在等一个完美的机会：一个僻静的公园，一条无人的小巷。但他发现现在这样更好——他隐匿在一个再普通不过的场景里，变成拥挤人群中的一个面孔，只是一个从躺在马路中间的尸体旁退开的路人。

他们经过交通灯时，沃尔夫瞥了一眼那个人的侧脸。毫无疑问就是他。他调整好位置，走到目标的正后方，距离近到那人黑色雨伞上溅开的雨滴能打在他脸上，他盯着那个人暴露在衣服外的脖颈，那是他要下刀的位置。他拔出刀紧贴在胸前，深吸一口气稳住两只手。他只需要向前一推……

马路对面有什么东西分散了他的注意力：他和安德烈娅的名字滚动着滑过弯曲的玻璃幕墙，把赫利俄斯的马的雕像分成两半。他愣了一会儿才意识到这些倒转的字母是自己头顶上的LG广告屏的倒影。他抬头看了一眼广告下面的滚动新闻：

……全球直播的独家访谈— 13:00 BST 电视台—安德烈娅·霍尔/福克斯为您带来全球直播的独家访谈— 13:00 BST 电视台—安德烈娅·霍尔/福克斯……

后面的人群推开他穿过马路，他这才从思绪中回过神来。人流停下来，他失去了跟踪目标。他把刀插进衣袖里，绝望地在黑色雨伞的海洋中搜寻着那张脸。突然，雨大了起来，街上只剩下措手不及的游客的尖叫声和雨滴砸在伞面上的砰砰声。

当沃尔夫走到那个著名的十字路口时，又一波人向他拥过来。他站在那块屏幕下方，灯光照亮了头顶昏暗的天空，他意识到自己太过暴露了。他被四面八方挤过来的看不清脸的人推来搡去，这里面似乎没有一个是他要找的人。

他恐慌起来。

他转过身奋力挤回去，绝望之中把什么人撞倒在地。地上满是来来往往的鞋子和车轮，他弄丢了自己的刀，抬头所见尽是一张张充满敌意的脸。他奋力挣扎着跑离马路中央，竭力跟上缓慢移动的人流，回头看见仍有一大批人跟在他身后……

死亡正在向他逼近。

St Ann's Hospital III

圣安妮医院（三）

2011 年 2 月 11 日　星期五　早上 7:39

乔尔跪在他房间里冰冷的地板上祷告，这是他每天早餐前必做的功课。一个工作人员在规定时间叫醒他，打开房门给他戴上一副手铐。现在，只要他离开自己的房间就要一直戴着手铐。

半个月前，他无缘无故攻击了一名护理人员，从而成功延长监禁期。那名护士一直对他挺不错，他也在担心自己是否把她伤得很重，但他决不能离开。他知道这是逃避自己命运的懦夫行为。

他是一个懦夫，很早以前他就有了这个名头。

那一次，他正在祷告，忽然听到走廊传来一声叫喊。有个人踩着沉重的步子走过他门口，接着这幢大楼某处传来一声疯狂的尖叫，让他的心怦怦直跳。

他站起来走到走廊上，那里有几个病人正焦急地盯着娱乐室的方向。

他朝着那个方向跑过去。“回自己的房间去！”工作人员以最严厉的口吻命令他们。接着大厅又传来一声可怕的尖叫。

乔尔和那些病人没有服从命令，他们冲向那道双扇门（一天中的大部分时间他们都待在那里）。这时又传来一声痛苦的哭喊声。这一次，乔尔认出了沃尔夫的声音。他拨开那排鲜艳的装饰用的矮树，冲进了娱乐室。

房间里到处都是砸烂的家具，另一边还躺着一个失去知觉的医生。三个身强力壮的工作人员都没能制服这个疯狂的人，一名护士在不停地打电话。

“不！”沃尔夫咆哮道，把乔尔吓了一跳，“我告诉过他们的！我告诉过他们他还会再干的！”

乔尔顺着沃尔夫疯狂的眼神看过去，大电视屏幕上，一名记者站在伦敦大街上,两名受了伤的警察正用一道简易屏风挡住后面还在冒烟的场景。

“我本来可以制止这一切的！”沃尔夫尖叫着，眼泪顺着他的脸颊淌了下来。

他像一头野兽一样胡乱踢打着，这时，另一个医生拿着一支大号针筒进来，就像是个兽医，只想把野兽放倒。

记者把已有的信息重播了一遍，所有的事情全都清楚了。

“几位目击者告诉记者，他们看到的就是纳吉布·哈立德——去年五月被捕的火化杀手。现场有未经证实的尸体，还有，如你们所见，我身后冒出的烟……”

医生把硕大的针头扎进沃尔夫的左臂，他大哭起来。在针药的作用下他渐渐瘫软下来，那些被他打得无力还手的工作人员努力撑住他的身体。在他昏过去之前，他看见了乔尔，乔尔脸上既没有怜悯也没有惊讶。乔尔只是冲着他点点头，表示理解，然后沃尔夫就失去了知觉。

沃尔夫醒来时已经在自己的房间里了。窗外一片黑暗。他的视野模糊不清，愣了一会儿才反应过来自己为什么无法把手放在沉重的脑袋上，他被绑在床上了。他徒劳地反抗着粗大的绳索，刚才烧灼着他的愤怒仍在心底熊熊燃烧。

他想起那则新闻报道：浓烟在破烂的白色床单上翻腾。他把头转到一边，朝着地板呕吐起来。他不需要看到现场的照片，他比任何人都更清楚那些镜头背后发生了什么。他知道又一个本不必遭受伤害的年轻女孩遇害了。

他闭上眼睛，试图将注意力集中在愤怒上。这样做消耗了他的精力，掩住了他的思想。他瞪着空白的天花板，低声念叨着那些应该对这一切负责的人，但接着他想起了一样东西：绝望之中的最后依托，一个精神错乱之人的疯言疯语……

“护士！”他大声叫喊，“护士！”

还要过一小时，医生才会来解除他的禁闭，然后再过半小时，才会允许他打电话。在等待医生做决定的时候，他从床垫下取出那一页脏兮兮的纸。他几乎已经忘了它的存在。

他勉强站起来，被扶到走廊上去用护士站的电话。工作人员都离开后，他打开那张揉皱的纸，第一次注意到那些用蜡笔写的数字下透出的带着血腥味的字眼：上帝、魔鬼、灵魂、地狱。

他靠在墙上稳住身体，用那只没被绑住的手拨了号码。

一阵铃响。

沉默之后是闷闷的一声咔嗒。

“喂？”沃尔夫紧张地问。

没人回应。

“……喂？”

终于有一个机器女声响了起来。

“音乐，过后，请，说，全名。”

沃尔夫等着提示音。

“威廉·奥利弗·莱顿－福克斯。”

又是一阵长得似乎没有尽头的沉默。沃尔夫知道这个想法毫无道理，但那个电脑合成的人声透着某种让人不安的东西，那音调，那语气，它们好像在为他的绝望欢快地起舞，它们好像在嘲笑他。

“需要，交换，什么？”那个声音终于发问了。

沃尔夫瞟了一眼空荡荡的走廊。他听到某个房间传出轻柔的低语声。他本能地握住了话筒。

他犹豫了。

“需要，交换，什么？”那个声音催促道。

“纳吉布·哈立德……雷蒙德·特恩布尔市长……马德琳·艾尔斯……码头保安……本杰明·钱伯斯警探——以及每一个手上沾了无辜女孩鲜血的人！”沃尔夫愤然说。

沉默。

沃尔夫正要放下听筒，但他顿了一下，又拿到耳边听了一会儿，然后挂了电话。他觉得自己精神错乱了，他嘲笑自己。即使在接受精神治疗用药最厉害的时候，他也能意识到这种行为的荒谬可笑。尽管如此，说出这些名字，吐露了想把他们送去另一个世界的念头后，他心里的确好过了一点，即使只是对着一台机器。

他转身走到一半，寂静的走廊突然响起了震耳欲聋的铃声，这铃声在他的四周环绕。他不由得跪下来，举起手去捂耳朵，转身面对那个不起眼的电话，不知道是电话铃真的这么响，还是这些治疗摧毁了他的感观。

一个体重超标的工作人员从他身边冲了过去，嘴里嘟囔着一句谁也听不清的话。沃尔夫屏住呼吸看着那人拿起听筒紧贴在耳边，他显然很害怕电话另一头的什么人或什么事情。

那人的脸上露出了一个灿烂的微笑。

“嗨。我知道。对不起。是这里的一个病人打的电话。”他抱歉地解释道。

沃尔夫慢慢站起来拖着脚步走回自己的房间，心想也许，只是也许，他可能完全疯了。

Chapter 33

第三十三章

2014 年 7 月 13 日　星期日　下午 1:10

芬利又从那份名单上划去了一个名字，让自己舒展了十秒钟之后，他再次回到那份还剩四百个退伍军人的名单前。他看到巴克斯特坐在她自己的办公桌前专心工作，头上戴着耳机，以屏蔽办公室噪声的干扰。

埃德蒙兹暂时无事可做，就离开了会议室，不过现在又走到西蒙斯的办公桌前，打开了一个芬利不认识的电脑程序。瓦尼塔和西蒙斯把自己关在她那间狭小的办公室里看安德烈娅的访谈，节目毫无疑问是在谈论损失控制问题，他们屏住呼吸等着听沃尔夫的前妻将向全世界宣布什么样的爆炸性新闻。访谈期间死亡倒计时的时钟已经消失了，但没有人需要它来提醒自己那条时间线。

芬利低头看了一眼列表上的下一个名字。他综合各方面的信息——国防部准许访问的少量信息、全国警察电脑网、全国警察数据库以及谷歌搜索——慢慢缩小嫌疑人的范围。他觉得把各种因素都考虑进去会更好，毕竟这个凶手完全有可能不是退伍军人，甚至从来没有当过兵。他尽力不往这方面去想。这是他们找到沃尔夫的最佳机会，所以他和巴克斯特继续为埃德蒙兹提供名单。

桑德斯大步走到巴克斯特桌前。她摘下了耳机，但没有停下手中的工作，希望他明白她的暗示，然后离开，但他在她面前挥了挥手，显然他需要的是大声警告。

“滚开，桑德斯。”她大叫道。

“哇哦！你没必要这样吧。我只不过是过来看看你。你知道，安德烈娅·霍尔对沃尔夫与一位‘不具名’的女同事做了一些非常可耻的指控，”他脸上露出了诡异的微笑，“我是说，我们都怀疑……”

他看见巴克斯特的脸色，马上闭了嘴，咕哝着走了出去。这个新闻对巴克斯特是个打击，她尴尬地承认自己确实有点受伤。她已经和安德烈娅谈过这个问题了，安德烈娅最终也接受了她和沃尔夫之间什么都没有发生这一事实。但这个女人居然在全球播出的电视节目中在她前夫还有几小时就要死去的时候往他身上泼脏水。

不过，这些小小的背叛还影响不了巴克斯特对沃尔夫的感情。

一小时后，芬利笨拙地把名单中的下一个名字敲进了电脑。令他尴尬的是，他的速度比巴克斯特慢，但他还是想尽可能多做一些，免得她完工后还得再帮他查一部分。国防部的这条信息简明扼要：

> 莱塞尼尔·马斯中士，出生于1974年2月16日，（人工）情报部门，因健康原因2007年6月退伍。

“他们站在哪一边？”他喃喃自语道，心想他们还能不能更含糊点。他把“军队情报”这几个字写在手边的餐巾纸上。

谷歌搜索很快出现了几页结果，大部分都是新闻或讨论板块。他打开最上面那条链接：

……马斯中士被调派到皇家莫西亚军团……在一次进攻行动中，他所属小组的九名成员阵亡，仅他一人幸存……他们执行任务时在赫尔曼德省海得拉巴村南部遇上了路边炸弹……他内脏受伤，危及性命，脸部与胸部严重烧伤。

幸存者——上帝情结？芬利在一滴棕色沙司酱渍旁写下这句话。他进入全国警察数据库搜索细节，惊喜地发现了一串信息，包括他的身高（192cm）、婚姻状况（未婚）、就业状况（无业）、注册为残疾人（是）、旁系亲属（无）及已知地址（过去五年无）。

看到这些信息与埃德蒙兹的推测如此相似，芬利大受鼓舞，马上去看第二页，接下来他明白了为什么马斯中士会有这么多记录了。他的名下附有两个文档。第一个是二〇〇七年六月由伦敦警察厅创建的事件报告：

2874　2007.6.26.

伦敦西区波特兰大街 57 号，4 楼，职业健康套房。

[14:40] 上述地址被报发生骚乱。一个病人，莱塞尼尔·马斯中士，与工作人员发生对抗性冲突。

警方到达时，听到楼上有人高声叫喊。确定为马斯先生（男性，30~40 岁，身高一米八以上，白人 / 英国人，面部有伤疤），他盘腿坐在地上，两眼茫然，血从一侧脸颊上流下来。桌子被掀翻在地，窗子被砸破。同事去照顾马斯先生时，我被告知他头部的伤是自残所致，没有其他人受伤。詹姆斯·巴里克罗医生认为病人患有 PTSD(创伤后应激障碍），因为病人听到自己由于身体和精神创伤不能重返军队的消息时十分狂躁。

医生与工作人员都不希望事态进一步扩大。没有理由逮捕他或继续让警方介入。因为他的头部受了伤并有自杀倾向，他们叫了救护车。我在现场等待救护车的到来。

[15:30] 救护车到达现场。

[15:40] 陪同救护车送病人去伦敦大学学院医院。

[16:05] 清理现场。

芬利意识到自己已经站了起来，急于和团队其他人分享这个最有可能的嫌疑人。他把鼠标移到第二个文档上，双击，出现了一张照片，上面有一台破损的电脑，躺在翻倒的桌子旁。他翻到第二张照片，是一扇破损的大窗户。当他无意中拉到最后一张照片，一股寒意从他背后升起。

这是从敞开的门口拍的，背景中有一个满脸恐惧的工作人员正担心地朝这边张望。照片展示了莱塞尼尔·马斯脸部深深的锯齿形伤疤，但是，让芬利感到胆寒的不是那道可怕的伤疤，而是他的眼睛：苍白黯淡，毫无情感，充满算计。

芬利接触过的杀人恶魔多得自己都记不清了，他发现这些犯下骇人暴行的罪犯有个共同的特征，眼神疏离冷漠，比如此刻电脑屏幕上盯着他的那双眼睛。

“埃米莉！亚历克斯！”他冲着办公室大吼。

莱塞尼尔·马斯毫无疑问就是凶手。至于他是拼布娃娃案的凶手还是浮士德案的凶手，芬利不在乎。埃德蒙兹可以努力去搜集证据。

他和巴克斯特要做的只是找到他。

沃尔夫紧张地等待着。一连几小时，他望着瓢泼大雨冲刷着大街，时不时地擦拭一下那间幽暗的公寓唯一的窗户上凝结的水雾，心里祈祷着他下一秒就会看到马斯回家，不会错失消除多年心结的机会。

他必须随时做好准备。他觉得自己已经无法获得救赎了。他从来没想过自己有一天得在无孔不入的媒体面前扮演某个角色，也没料到马斯会选择安德烈娅做自己的信使。如果事情以不同的方式展开，他可能会在星期二上午作为一个英雄走进苏格兰场。他只不过是又一个无辜的目标，在自卫过程中失手杀害了一个有心理疾病的前军人而已。任何有关他涉及此事的证据都会随着马斯的死而消失。他身上仍然带着精心选择的剪报，他原本计划将它们放进马斯的公寓里。

大部分文章都与火化杀手的审判有关，谴责警方失败的原因，屡屡提及几个人名，分析女学生安娜贝尔·亚当斯如何无辜被害。另外一些文章有关军队企图掩盖阿富汗伤亡平民尤其是儿童的数量，这些事情都发生在马斯所在军团参战期间。沃尔夫确信，人们会认为这些信息刺激了马斯不稳定的精神状态，而他遭遇路边炸弹奇迹生还的经历会使这个故事更有说服力。

但现在这一切都没有意义了。沃尔夫放走了一个嗜血成性的恶魔，而他回到正常生活的希望也随着这个计划一起分崩离析。伊丽莎白·塔特和她的女儿原本不该被牵扯进来。他带着艾什莉一起潜逃的举动非常鲁莽。但最关键的是，他没有料到埃德蒙兹的介入。

这个年轻警探从一开始就在追踪他，至少发现了一桩马斯早期的不太成功的谋杀案。沃尔夫知道他把那些发现联系起来只是时间问题。如果他没有那么愚蠢地去抨击埃德蒙兹，他本可以弄清楚他的同事们究竟发现了多少。

巴克斯特对他做过的事和不得不继续做的事到底了解多少，对他而言无关紧要。他知道她永远不可能理解，无论她怎样努力。就算所有的证据都指向反面，她仍然相信法律，相信正义，相信冷漠无情的体制会给撒谎者和腐败者应有的惩罚。她会视他为敌人——马斯的同路货色。

他受不了这个。

在这幢被人忽略的大楼底层入口处，大门砰的一声关上了。沃尔夫抓起他在水槽底下找到的一把锤子，紧贴着那扇薄板门倾听外面的动静。过了一会儿，又是砰的一声，有人进了楼下的房间，随即传来电视声。沃尔夫放松下来，又回到了窗边，继续盯着牧羊人丛林市场和远处的火车轨道。

沃尔夫对这个臭名昭著的反社会杀人恶魔的巢穴有些失望。这感觉就像是窥到了一个精妙的魔术背后的简单手法。他本来还以为墙上会有用血涂画的风格怪异的艺术作品、不祥的宗教涂鸦或者他的一系列受害者的照片或是纪念品之类的，结果什么都没有。不过，这个刷成白色的房间里有一种说不出的令人不安的东西。

房间里没有电视机，没有电脑，任何地方都没有镜子。六套一模一样的衣服整整齐齐地叠放在抽屉里或是挂在衣橱里。冰箱里只有一罐牛奶，地上没有床，只铺了一张薄薄的垫子，这是军人回家后的常态，表面上完整无损，内里早已面目全非。一整面墙上的书都摆放得整整齐齐，并以颜色分类：《论战争与道德》《意外的物种：关于人类进化的误解》《爆炸百科全书》《医学生物学》……

沃尔夫又一次擦去窗上的水雾，注意到一辆汽车在下面辅路的入口处徘徊。他可以透过公寓劣质的窗户听到楼下单调的引擎声。他无法清晰地辨认出这辆车，但可以肯定的是，这是一辆不怎么高级的车，应该属于这栋楼里的某个住户。他踮起脚尖，感觉有什么地方不对劲。

突然，那辆车加快速度驶入车道，后面紧跟着两辆标有“武装机动部队”字样的车，那两辆车在下面的草地和石头上停了下来。

“该死！”沃尔夫骂了一声，飞快地冲向门边。

他走到昏暗的过道里，轻轻带上马斯的房门。但过道尽头的楼梯上已经响起了武装警察沉重的脚步声。

他无处可逃。

靴子重重地踩在楼梯上，有人正向他跑过来。这里没有紧急消防出口，没有窗户，只有一扇漆皮剥落、通往大厅对面公寓的门。

沃尔夫朝它踢了一脚，它纹丝不动。

他又踢了一脚，木头裂开了一条缝。

他拼命挤过那道门缝。门锁从木头上掉下来，他进到一个空荡荡的房间里，这时警察也已经来到了楼梯口。他刚把门推回去，马斯的门上就响起了重重的敲击声。

“警察！开门！”

又过了一会儿，随着砰的一声巨响，警察用强力锤敲开了那道门。沃尔夫心跳加速。他躺在地板上听着几米开外令人生畏的声音。

“这就是那个浑蛋的房间！”他听到一个熟悉的声音正在楼梯上跟人争论，“如果他们现在还没找到他，那他们可能就找不到他了。”

沃尔夫爬起来从门孔里朝外张望，巴克斯特和芬利正好进入他的视野。他们在过道里不耐烦地等着，巴克斯特朝他这边看过来，有一瞬间，沃尔夫确定她已经看见他了。她朝下看了看破损的门锁。

“这地方不错。”她对芬利说。

她轻轻地推了下门。门打开一条缝，碰到了沃尔夫的脚。他回头看了看空房间和那幢相邻的建筑物的低矮屋顶，他可以从窗口爬上去。

“解除警报！”有人在过道里喊了一声，领头的警察拿着什么东西从马斯的房间里走出来。

“我们在垫子底下发现了这个。我相信是你们的人的。”他用责难的口气说，把那个有凶杀与重案科标识的笔记本电脑递给巴克斯特。血色的指纹印在镀银的表面，在昏暗的过道里显得脏兮兮的。她警觉地打开电脑交给芬利，好像不敢看它。

“是钱伯斯的。”她说着脱掉了刚才用来拿电脑的手套。

“你怎么知道？”

“密码。”

屏幕与键盘之间夹着一张沾了血的字条，芬利念道：

“Eve2014。”

他敲击了一下键盘，屏幕亮了起来。他小心地输入密码，出现的是熟悉的伦敦警察厅安全服务器屏幕。里面有一封已打开的简短的电邮。日期是七月七日：

> 你收到这封邮件是因为你最近被凶杀与重案科高级警官移除了。如果你认为这是一次错误的操作，你仍然需要登录，请联系帮助平台。
>
> 致意
>
> IT 支持团队

芬利把屏幕转向巴克斯特。

“他一直都在登录我们的服务器，”她呻吟了一声，“这就是为什么他总是抢先我们一步！埃德蒙兹胡说八道。沃尔夫没有泄露信息！”

“我知道你一直希望如此。我也一样。但我们还不能确定。”

她恼怒地瞪了他一眼，走了出去。

“多谢啦，多谢……实在太感谢了……你又这样说。”她一边说一边将武装警察送走了。

沃尔夫冲向窗口，爬上屋顶，顺着第一道防火梯下去。他经过警察把守的辅路路口时挡住了自己的脸，雨水打在市场的金属卷帘门上的声音越来越远，他已经爬上了金贩路车站的台阶。他刚上火车，车门就关上了，他望着外面闪烁的蓝色灯光，听着火车驶过桥梁发出的哐当声。

他失去了自己的优势。

Chapter 34

第三十四章

2014 年 7 月 14 日　星期一　凌晨 5:14

巴克斯特被雨滴敲打公寓窗户的声音吵醒了。从天际传来隆隆的雷声。她躺在沙发上，厨房温馨的灯光笼罩着她，无绳电话压在她的脸颊下面，让她很不舒服，她就这样睡着了。

她期盼着沃尔夫会来电话。他怎么可以不打来呢？她感觉遭到了背叛，满腔怒火，有太多疑问尚未解开——难道对他来说她就这么微不足道？她甚至都不确定她想要从他们最后一次谈话中得到什么：一句道歉？一句解释？也许她只是想确认沃尔夫已经完全失去了理智，她的朋友事实上是病了，而非生性邪恶。

她伸手去拿放在咖啡桌上的手机，打开一看，没有未接来电，也没有新信息。她坐起来，两条腿从沙发上滑下来。她把一个空酒瓶扔过木地板，发出响亮的滚动声，她希望没有吵醒楼下的邻居。她走到窗前，看着微微发亮的屋顶。愤怒的云层每时每刻都在变幻形状，一道闪电划过天空。

无论发生了什么，在天亮之前，她都将永远失去某些东西。

她只希望知道失去了多少。

埃德蒙兹通宵分析牵涉全城的金钱流动路径。借助钱伯斯的笔记本电脑，埃德蒙兹无可辩驳地证明了莱塞尼尔·马斯的罪行，不可思议的是，拼布娃娃案和浮士德案的凶手竟然是同一个人。令他感到有些失望的是，他不会去亲手逮捕这个令人着迷且富有想象力的连环杀手，但是，毫无疑问，沃尔夫的介入比他想象的任何魔鬼都更让他震惊。

他不知道这个世界是否还是自己认识的那个世界。

埃德蒙兹非常疲劳，努力想集中精力完成工作。他大约凌晨四点接到蒂亚妈妈发来的短信，马上给她回了电话。蒂亚夜里有少量出血，产科医生让她马上住院，以确保孩子的平安。于是她被送去医院，检查结果显示一切都好，所以不必担心。医院只是想再监护几小时。

埃德蒙兹有些气恼地问为什么不早点给他打电话，蒂亚妈妈解释说，蒂亚不想他在这么重要的工作期间为她担心，如果她发现她妈妈给他打电话，她会生气的。蒂亚的想法让他有些不安，挂了电话，他无法思考别的事情，只想过去陪着她。

早上六点零五分，瓦尼塔穿着颜色极其醒目的套装走进办公室，她今天要出现在电视镜头前。她拎着滴着雨水的伞从门口一路走来，突然发现埃德蒙兹还在办公室。

“早上好，埃德蒙兹。”她向他打了个招呼，“你得去和媒体交代——他们太有毅力了。外面已经是世界末日了！”

“他们从半夜就开始忙活了。”埃德蒙兹说。

“你又整夜都在这里？”她问道，感动多过惊讶。

“是，不过我可不想把通宵工作变成习惯。”

“没人想要这个习惯……”她对他微笑道，“你会成功的，埃德蒙兹。继续努力。”

他把一夜没睡编制出来的财务报告递给她。她翻阅着厚厚的一沓文件。

“搞定了？”她问。

“全部搞定。金贩道上那个单间公寓属于一个向伤残军人提供住房的慈善组织，所以很难找到。他以相当大的折扣租下了这个房子。相关资料都在第十二页。”

“干得不错。”

埃德蒙兹拿起桌上的一只信封递给她。

“这个与案件有关吗？”她一边撕开一边问。

“某种程度上吧。”埃德蒙兹说。

她听到这句话愣了一下，不禁对他皱起了眉头，然后回她的办公室去了。

巴克斯特早上七点二十来到办公室。在此之前，她被要求安静地离开中央司法鉴定图像组（CFIT）。说实话，离开那个黑暗的房间令她感到如释重负。她真不明白 CFIT 的官员怎么受得了把自己关在那间容易引发头痛的房间里，查看来自全城的监控录像。

这是一个超级识别者团队，其成员能在人群中辨别个体的面部结构，从而认出某人，他们因此项出众的能力而被选入，他们通宵用面部识别软件来搜索沃尔夫和马斯。巴克斯特知道这就像大海捞针，所以，当他们忙活了一夜都没找到这两个人时，她一点都不奇怪。

其中一个成员去喝咖啡，回来时迟到了两分钟，遭到了她的斥责。他们的主管对此表示抗议，他当着所有人的面把巴克斯特训斥了一顿，然后把她请了出去。她气冲冲地回到凶杀与重罪科找埃德蒙兹，他正在给蒂亚发短信。

“那个录像识别有进展吗？”他发完短信，把手机放在一边。

“我被赶出来了。”她说了个大概，埃德蒙兹只是耸耸肩，他甚至都不想问她原因，“这根本就是浪费时间。他们不知道上哪儿去找。他们搜查了沃尔夫公寓周边，但他显然不会再回那里，还有马斯的公寓，我看他也不会再回去。”

“面部识别进行得怎么样了？”

“你不是在开玩笑吧？”巴克斯特笑了起来，“到目前为止，沃尔夫被识别出三次。一次是一个年老的中国女人，第二次是地上的一个水坑，第三次是一张贾斯汀・比伯的海报。”

尽管 CFIT 未能成功定位这两个人，他们面临巨大压力，但俩人还是忍不住想嘲笑这种荒谬的匹配方式。

“我有事跟你谈。”埃德蒙兹说。

巴克斯特把包重重地放到地板上，倚在桌旁准备听他说。

“埃德蒙兹，”瓦尼塔在她的办公室门口叫了一声，她手里举着一份折起来的文件，“能耽误你一点时间吗？”

“啊——哦，”他站起来向瓦尼塔的办公室走去。巴克斯特嘲讽地哼了一声。

埃德蒙兹关上办公室的门，在桌旁坐下，桌子上放着他在四点半打印的那封信。

“我必须说我非常吃惊，”她说，“尤其是在今天这种时候。”

“我觉得我为这个案子贡献出了我能贡献的一切。”他说着指了指桌上那封信旁边的一大堆文件。

“你确实做出了很大贡献。”

“谢谢。”

“你确定要这样做吗？”

“是的。”

她叹了口气：“我真的认为你相当有前途。”

“我也这么认为。不过不幸的是，不是在这里。”

“好吧，我会把这份报告递交上去。”

“谢谢你，长官。”

埃德蒙兹和瓦尼塔握了握手，然后走出她的办公室。巴克斯特一直在复印机旁徘徊，看着他和瓦尼塔短暂交流，想听听他们在说什么。埃德蒙兹拿起自己的外套向她走去。

“去哪里？”她问。

“医院。蒂亚昨晚住院了。”

“是她？……还是小孩？……”

“我想他们都没事了，但我想去那里。”

看到巴克斯特对他和他家人表现出的关心，他很难开口对她说他想在这个关键时刻离开团队。

“你这里并不需要我。”他让她放心。

“那么她，”巴克斯特冲着瓦尼塔的办公室点点头，“已经签字通过了？”

“老实说，我并不在乎。我只是交给她一份申请书，请求调回诈骗科。”

“你说什么？”

“结婚，当警探，离婚。”埃德蒙兹说。

“我不是这个意思……并不是每一个人都这样。”

“我马上就要有孩子了。我不能再这样干下去了。”

巴克斯特微笑起来，她想起自己听到他未婚妻怀孕时的无情反应。

“你为什么不回诈骗科去？干吗要来浪费我的时间？”她苦笑着重复了自己之前说过的话。

让埃德蒙兹惊讶的是，她紧紧地拥抱了他。

“好了，就算我想留下来也不可能了，”他对她说，“这里每一个人都讨厌我。就算确定他们有错，你也不可能按照自己的想法来。你今天有任何需要我的事都可以打电话找我，”他说完又加重语气真诚地说，“任何事。”

巴克斯特点点头，放开了他。

“我明天会回来上班。”他笑着说。

“我知道。”

埃德蒙兹冲她真诚地一笑，穿上外套离开了办公室。

沃尔夫把他从路德门山民宿旅馆的厨房里偷来的那把刀丢进了垃圾箱。他在瓢泼大雨中能勉强认出圣保罗大教堂的钟楼，当他经过老贝利时，雨小了下来。中央刑事法院因所在街道的名字得了这个著名的绰号，高耸的建筑物下方有些可以挡雨的地方。

他也不知道为什么要选择法庭，其他几个地点对他有着同样重要的意义：安娜贝尔·亚当斯的墓地，发现纳吉布·哈立德焚烧这女孩的地方，以及圣安妮医院。因为某种原因，他觉得法庭是那个对的地点，它是一切开始的地方，是他曾经与恶魔面对面较量而且活下来讲出故事的地方。

沃尔夫在过去一星期留起了胡子，还戴了一副眼镜。雨还是不依不饶地下着，抽打着他浓密的头发，加强了他的伪装效果。他走到老法庭的访客入口处，跟在浑身湿透的人群后面排着队。他从前面高声说话的美国游客那里听到，那个高调的凶手将在 2 号法庭接受审判。他身后的队伍慢慢变长，有人小声提到他的名字，兴奋地预测着拼布娃娃杀手会被如何了断。

门终于打开了，人群顺从地拖着脚步经过 X 光机和安检。一名法警领着第一组人（包括沃尔夫）走过寂静的走廊，让他们在 2 号法庭的入口处等待。沃尔夫没有别的选择，只好询问那个法警是否可以坐在 1 号法庭里。他不想引起别人的注意，那个法警对他的要求有些吃惊，他担心自己被认出来，但法警只是耸耸肩，陪着他走到 1 号法庭，让他和其余四个已经在那里的人在公共旁听席外面等着。他们几个人似乎彼此认识，用怀疑的眼光打量着他。

短暂的等待之后，门打开了，一股熟悉的抛光木质家具和皮革的味道飘浮在房间里。沃尔夫当时就是从这里被拖出去的，他的手腕被扭断了，浑身是血。他跟着那几个人走进去，坐在前排，低头看着下面的法庭。

工作人员、律师、证人和陪审员陆续进入法庭。被告人在法警的陪同下走到被告席，他后面的观众对着那个全身都是文身的男人指指点点。沃尔夫坚信，无论他以什么罪名被控告，他都是罪有应得。之后，法官进入法庭，全体起立。

瓦尼塔确认埃德蒙兹的证据无误后，向媒体公布了马斯的照片。他那张毁了容的脸立刻登上了全世界各大新闻媒体。通常来说，公关团队会要求电视台将合成的人像播出至少三秒钟，所以瓦尼塔马上利用了这次前所未有的曝光机会。她看着那句陈词滥调笑了笑：凶手对臭名远扬的追求导致了他的毁灭。

尽管已经明确公布了举报要求，接线员还是接到了几百个来电，说自己早在二〇〇七年就见过马斯。巴克斯特接过与 CFIT 部门的联络，每十分钟检查一次工作进展。随着时间的推移，她越来越不耐烦。

“这些人难道都没好好听吗？”她喊道，把刚打印出来的资料用力地揉成一团，“我管他五年前在百货公司干什么？我要知道他现在在哪里！”

芬利一个字都不敢说。巴克斯特的电脑上响起了提示声。

“好极了，又来一个。”

她坐回到自己的椅子上，打开呼叫中心发来的邮件。她快速翻过那些无关的日期，最后停在上午十一点零五那一栏。她用手指划过屏幕查看细节。那个电话是一个投资银行家打来的，她眼前一亮，因为这个电话应该比那些精神病患者、无家可归的流浪汉的来电（这些人的来电占所有来电的四分之三）靠谱。地点：路德门山。

巴克斯特跳了起来，芬利甚至来不及问她发现了什么，她就跑过去了。她一路直奔 CFIT 的控制室。

相比纳吉布・哈立德案，这个案子的审判过程显得既轻松又文明，让沃尔夫感觉有些陌生。他推测被告人被指控的罪名是过失杀人而非谋杀。这是审判的第三天，法庭没有定这个男人的罪名，只是肯定这个人犯了罪。

审判进行到九十分钟时，沃尔夫背后有两个人悄悄溜了出去，他们出去时把门砰的一声关上，法庭里的每一个人都听到了。那个辩护律师刚要重新发言，大楼的火警第一次响了起来。接着，就像推倒了多米诺骨牌，火警一个接一个响起，呼喊声如海浪般涌过来，终于漫过了安静的法庭。

“不，不，不，出去！”今天早上把巴克斯特赶出去的那个主管命令道。

“路德门山，十一点零五。”她上气不接下气地说。

坐在控制台前的警员回头看着主管，征求他的指示。他不情愿地点了点头，那人把最新的监控录像调了出来。

“等等！”巴克斯特喊道，“等等！这里发生了什么？”

屏幕上，一大群人慌张地四处乱窜。大部分人身着时髦套装，其中有一个女人还穿着黑色长袍，戴着假发。那个警员在另一台电脑上匆忙地敲着字。

“中央刑事法院火警。”他念着上面的字。

巴克斯特的眼睛瞬间亮了起来，她一句话都没说就跑出了房间。那个坐在电脑前的警员困惑地看着主管。

“我还要继续吗？”他礼貌地问。

巴克斯特快速冲上楼梯，但快到门口时却放慢了脚步。她平静地走向芬利的办公桌，跪下来凑到他耳边。

“我知道沃尔夫在哪里。”她说。

“太好了！”芬利说，但他不明白她为什么要悄悄地说。

“他在老贝利。他们两个都在。这样就可以完美地解释一切了。”

“你不觉得你应该把这个消息告诉那些比我更有分量的人吗？”

“我们两个都知道，一旦我告诉别人沃尔夫和马斯在同一幢大楼里，他们就会马上派出伦敦的所有武装警察包围那里。”

“的确如此。”芬利说，他有些明白她的意思了。

“你认为沃尔夫会让别人把他关起来吗？”

芬利叹了口气。

“我的想法也一样。”巴克斯特说。

“那么？”

“那么我们要比别人先到那里。我们需要和他谈谈。”

芬利又重重地叹了口气。

“对不起，姑娘，我不能那样做。”

“什么？”

“埃米莉，我……你知道，我不想威尔发生任何不好的事，但这是他自己的选择。我需要考虑的是我退休的事，还有玛吉。我不能冒这个险。现在不行。为了他也不行。”

巴克斯特露出受伤的神情。

“而且，如果你认为我会让你自己一个人过去……”

“我要去。”

“不。”

“我只需要几分钟的时间，然后我就会请求增援。我发誓。”

芬利考虑了一下。

“我要打电话汇报这一情况。”他说。

巴克斯特陷入了绝望。

“……十五分钟之后。”芬利说。

巴克斯特笑了：“我需要三十分钟。”

“我给你二十分钟。小心点！”

巴克斯特在他脸颊上吻了一下，从办公桌上抓起自己的包。芬利忧心忡忡地开始在手表上计时。他看着她慢慢走过瓦尼塔的办公室，然后马上冲出了走廊。

沃尔夫背后和下方的人都在收拾东西并一个接一个地有序撤离，但他还坐在那里。坐在被告席上的那个人想要乘此机会休息一下，但两个法警马上把他带了出去。一个律师匆匆跑回来拿自己的手提电脑，沃尔夫独自一人留在这个著名的法庭。即使火警在响，他也能听到门被砰地关上的声音和人们被引导到最近的消防出口的声音。

沃尔夫祈祷这只是一次火警，但他估计远比这危险的事情就要发生了。

Chapter 35

第三十五章

2014 年 7 月 14 日　星期一　上午 11:57

响了足足二十分钟的火警突然停了，但它的余音犹如幽灵一样还徘徊在大厅穹顶。警报声在沃尔夫耳边慢慢消退，法庭又恢复了肃静，一个新的声音冒了出来，一阵不均匀的脚步声慢慢靠近法庭门口。沃尔夫仍然坐在旁听席上。他努力让自己的呼吸保持稳定，他的指关节因为拳头紧握而发白。

那些朦朦胧胧的记忆不合时宜地回来了：头顶惨白的灯光照着长长的走廊，震耳欲聋的电话铃声响起，有人在应答。一个病人？一个护士？他模模糊糊地记得某人举起听筒凑向耳边。他想朝他们喊，警告他们，尽管他自己也曾屈从于那个荒谬的传说，虽然极其短暂。

现在，同样的恐惧侵占了他的身心。

他紧张地听着不慌不忙的脚步声越来越近，接着，那扇老式的门猛地撞在门框上，发出打雷般的声响，脚步声停止了。

那一刻，沃尔夫屏住了呼吸。

下面传来磨损的铰链发出的嘎吱声，接着，沃尔夫感觉到门合拢了。他睁大眼睛看着空荡荡的房间，脚步声又响了起来，一个身影慢慢逼近，他全身着黑，正一步步走向旁听席，长外套的帽兜罩在他头上。这副形象激发了沃尔夫的想象力：好像大楼入口处那个天使雕像挣脱了束缚，站在碎石与尘土中对他进行审判。

“我必须要说，”马斯开口了，每一个音节都像是从嘴里狠狠吐出来的，溅出的唾沫在人造光的照耀下闪闪发光，好像他已经忘记了怎么说话，“你留在这里让我很感动。”

他穿过长凳，像骷髅一样发白的手指抚过长凳光滑的表面以及人们撤离时丢弃的各种物品。让沃尔夫隐隐感到不安的是，马斯没有抬头看他，却似乎知道他的确切位置。沃尔夫选择了法庭，但他现在开始担心选择这里是否正中了马斯的下怀。

“‘当一个人确信自己会赢的时候，哪怕胆小鬼也会打一仗，但明知自己会输也有勇气去战斗的人却很少见。’”马斯一边背诵着这句话，一边登上法官的席位。

看见马斯从墙上取下“正义之剑”，沃尔夫的心沉了下去。马斯用长长的手指摩挲着金色的剑柄，慢慢地拔剑，露出闪亮的剑刃。他停下来欣赏了一会儿剑刃。

“这是乔治·艾略特说的。”他继续沉思着，看着那暗色木质隔板上忽明忽暗的光斑，“我相信她应该会喜欢你的。”

马斯把那件无价的文物举过头顶，然后挥向中间的桌子。尽管剑刃是钝的，但这一大块沉重的金属还是深深地嵌入了木桌中，他坐下的时候，那剑柄正轻轻地颤动着。

面对马斯，沃尔夫的内心一直在挣扎。他知道，在那个帽兜下面，马斯只不过是一个人。毫无疑问，他是一个精通此道、残酷无情的狡猾杀手，但他仍然只是一个人，我们无法忽视这样的事实：他就是那个人们口耳相传的都市传说核心处的可怕真相，他的最新“作品”在这个习惯了冷漠的世界中得到了广泛的关注。

马斯不是魔鬼，但沃尔夫毫不怀疑他是自己见过的最接近魔鬼的人。

“一把真正的剑，”马斯指着那个武器，“挂在各位法官的头顶，以保证在任何时候至少能制住一名杀人嫌犯。”他举起一只手指向自己的喉咙，意思是这唯一的目标就是他。“你必须去爱不列颠的人民。即使发生了你之前做过的那些事，他们还是看重浮华的外表和传统，远胜过安全和常识。”

马斯突然剧烈地咳嗽起来。

沃尔夫利用这个机会解开了自己的鞋带，希望在最接近马斯的时候用上它。他不动声色地把松散的鞋带绕在手上。马斯脱下帽兜，露出有刀疤的头皮。

他看过照片，也看过他的医疗报告，但没料到马斯伤得如此严重。河流一样的伤疤蜿蜒地爬过他惨白的皮肤，那“河流”随着他表情的变化膨胀或收缩着。他终于抬头看向他。

沃尔夫在调查中了解到，马斯出身富裕——公立学校、家族徽章、航海俱乐部。他曾经面貌英俊。他粗野的说话方式中仍然夹杂着一些上流社会的措辞，所以，这个伤痕累累的无情杀手举止如此傲慢并且引用维多利亚时代小说家的词句也就不足为奇了。

沃尔夫开始有些明白为什么马斯要封闭自己，为什么他永远不可能回归家族，去过募捐人和高尔夫俱乐部会员的生活，为什么他拼命地想回军队。因为真实的世界里已经没有他的位置了。

一个极其聪明的脑子困在一具破碎的身体里。

他怀疑，假如事情以另一种方式展开，或者，假如他在那次爆炸中失去的只是他贵族的外表，他是否会成为社会中的普通一员。

“告诉我，威廉，这就是你所希望的吗？”马斯问，“小安娜贝尔·亚当斯知道有人为她报仇后会安心吗？”

沃尔夫没有回答。

马斯的脸上浮现出一个歪斜的笑容：

“市长被火焰包围时你也在旁边取暖了吧？”

沃尔夫下意识地摇摇头。

“没有吗？”

“我从来都不想这样。”沃尔夫忍不住喃喃地说。

“哦，但你还是做了，”马斯得意地笑了起来，“他们的死都是你造成的。”

“我那时是个病人，而且怒火中烧，我不知道自己在做什么！”沃尔夫对自己十分愤怒。他知道他正在被马斯牵着走。

马斯沉重地叹了口气。

“如果你说‘我本不想这样’‘我改变主意了’或者是我个人最喜欢的‘我发现了上帝’，我会非常失望。但是，如果你碰巧这样说了，我真的希望知道那根小刺到底藏在哪里。”

马斯喘息着爆发出一阵大笑，然后又咳嗽到流泪，让沃尔夫有时间冷静一下。

“如果你只不过是个变态狂，我会失望的……”

“我不是变态狂！”马斯跳起来打断了他的话，尖叫声大到超出了沃尔夫的想象。

逼近的警报声打破了原本的紧张气氛。

马斯狂怒地喘息着，法庭的地板上出现了血沫。他的失控增强了沃尔夫的信心。

“……谁会责怪一个人心中黑暗扭曲的声音呢？你杀人的理由和其他犯人也没什么差别，不过是一个弱者想让自己感觉充满力量。”

“你一定要假装不知道我是谁吗？我是一个什么样的存在？”

“我非常清楚你是什么样的人，莱塞尼尔。你是一个自欺又自恋的精神病患者，你很快就会和那些穿着条纹服的病人一样了。”

马斯脸上的表情吓住了沃尔夫。他在令人不安的沉默中盘算着接下来的回答。

“我是始终如一的，不朽的，永恒的。”马斯带着绝对的自信说道。

“从我坐的这个位置看过去，你并非始终如一的，不朽的，永恒的，”沃尔夫装作很有自信地说，“事实上，看起来，在我抓住机会之前，一场不严重的伤风就能要了你的命。”

马斯举起手慢慢抚过皮肤表面深深的沟壑。

“这些属于莱塞尼尔·马斯，”他平静地说，“他是无力的，脆弱的，当他被火灼烧时，我将取代他活在世上。”

他从桌上使劲拔出剑来，走下法官席来到法庭中央。

警报声在他们的头顶响起。

“你想和我对抗吗？这就是我喜欢你的原因，威廉！你藐视权威，行事果绝。如果法庭需要什么证据，你就伪造一个。如果陪审团宣布某人无罪，你就亲自把他揍个半死。他们炒了你，又重新起用你。甚至当你与死亡面对面的时候，你也不惜以命相搏。这确实值得赞赏。”

“如果你是我的忠实粉丝的话……”沃尔夫挑衅地说。

“放你走？”马斯问，好像这对他来说是件新鲜事，“你知道这是不可能的。”

警报声平息下来，意味着整幢大楼已经布满了武装警察。

“他们来了，马斯。”沃尔夫说，“你没什么可以告诉他们的了，他们已经全都知道了。游戏结束了。”

沃尔夫起身打算离开。

“天意……命运。全都如此残酷。”马斯说，“甚至现在，你还相信你不会死在这个法庭里——为什么你会死？你必须做的是，穿过那道门，不再回来。你应该这么做。你确实应该。”

“再见，莱塞尼尔。”

“看到你这样真是让人悲哀：闭上嘴，被迫屈服。这……”马斯指着沃尔夫，“这不是真正的威廉·福克斯，权衡着自己的选择，做出明智的决定，实际上却是在自保。真正的威廉·福克斯是烈火与愤怒，是他们不得不关起来的人，为了复仇来到我面前，要把杀手踩在脚下。真正的威廉·福克斯会选择到这里来受死。”

沃尔夫踌躇起来，他不明白马斯到底想要达到什么目的。他谨慎地朝着出口走去。

“罗纳德·埃弗里特是条汉子，”沃尔夫推开门时马斯用聊天的口气讲述着他杀人的过程，“也许是七升半的血？也许更多？他以绅士的尊严接受了死亡。我在他大腿动脉上戳了个小洞，他躺在地板上流血至死之际对我讲述了他的生平。

“相当……平静。

“大约五分钟后，他开始出现休克症状。我估计他已经失去全身百分之二十到二十五的血液了。到九分半钟的时候，他失去了知觉；十一分钟的时候，他那失去血液供应的心脏停止了跳动。”

沃尔夫停住了脚步，因为他听到马斯把什么东西拖到了下面的地板上。

“我之所以提到这件事，”马斯从旁听席下面冲着沃尔夫喊，“是因为她已经失血八分钟了。”

沃尔夫慢慢转过身去，一道明亮的血痕染红了他们走过的地板。马斯揪着巴克斯特的一撮头发，将她拖在身后，塞住她嘴巴的是她经常放在包里的一条夏天围的丝巾，她的手铐铐住了自己的双手。

她看上去虚弱而苍白。

“我必须承认，我这只是临场发挥，”马斯冲着沃尔夫喊，同时又把她往里面拖了几步，“我为你安排了另外的计划。但谁能料到她会自己一个人来找我们？不过她确实这样做了，而现在看来只有一种办法可以结束这一切。”

马斯把她拖过来后，又抬头看着沃尔夫，沃尔夫的脸色如他预期的那样变得很难看。他对这个人形恶魔和他手中握着的沉重武器怀有的疑虑全都烟消云散了。

“啊！”马斯喊道，用剑指着沃尔夫，“你终于来了！”

沃尔夫突然穿过门洞跑向楼梯。

马斯跪在巴克斯特身边，靠得相当近，脸上的疤痕随着他的移动拉紧并皱了起来。他抓住她的手臂时，她试图反抗。她可以闻到他嘴里的恶臭，以及他皮肤里渗出来的可卡因和药物的混合气味。他把她的手臂拉到她腹股沟的右侧压着出血点，直到血慢慢止住。

“像之前一样。一直压着。”他一边说话一边流口水，“我们不想你太快死掉。”

马斯站起来看着门口：

“我们的英雄要来送死了。”

Chapter 36

第三十六章

2014 年 7 月 14 日　星期一　中午 12:06

沃尔夫听到大楼那头传来的声音：消防队员在武装机动部队搜查之前撤了出去。他跳下最后三级楼梯，冲过壮观的大厅，感到胸部一阵发紧，两侧太阳穴阵阵刺痛。他专注地盯着法庭的门，竭力不去理会旁边类似教堂的装饰：一身白袍的摩西从西奈山脚下的座位上俯视着他，雕刻的天使以飞翔的姿态停在空中，四面的彩绘玻璃窗上，大主教、红衣主教和拉比在宣讲上帝的道，印证着马斯的断言。

存在上帝。存在邪灵。魔鬼行走在我们当中。

沃尔夫冲进法庭，踏入一洼深红色的血泊中。巴克斯特仍然躺在远处的被告席下面，鲜红的血浸透了曾经浸染过哈立德血液的木地板。他向她走过去，但马斯站在他们两人中间，举起了剑。

“太过分了。”他说。

他歪斜的笑脸令人厌恶。

巴克斯特感觉昏昏沉沉的。被血浸湿的裤子紧贴着皮肤。她竭力压住动脉，每一次眨眼都感觉自己要睡过去了。她企图拿掉马斯塞在她嘴里的丝巾，但深深划伤了自己的脸，马斯把那条丝巾绕过她的头部塞在她口中，她知道她多动一下就会流更多的血。

她能感觉到那把枪就在她背后，但因为手被铐住了，她拿不到它。马斯没有看到枪。她想再试一次，但手肘刚离开伤口，血马上就喷涌而出，她的心跳立刻变得很快。

她想伸手够到右边，但她的左胳膊限制了她的行动。她只能用指尖触碰到手铐。她弓起背，宁愿手臂脱臼骨折，也要移动几毫米。

她身下的血泊几秒钟内就扩大了两倍。她无助地哭了起来，重新用手肘压住伤口，以便再延长几分钟的生命。

马斯脱下外套甩到一张长凳上。他里面穿着沃尔夫在金贩道发现他时他穿的衬衫、裤子和鞋子：他的迷彩服。这是两个人第二次面对面了，沃尔夫仍在喘着粗气。他在身高和体格上占有优势，但马斯的肌肉更有力量。

法庭里的人匆匆撤离时，有人把一支看上去很贵重的钢笔落在一沓文件上，沃尔夫换了一下位置，悄悄把它收入掌中。

“我知道你昨天在那里，在皮卡迪利广场。”

沃尔夫的愤怒变成了惊讶。

“我想看看你是否下得了手，”马斯说，“但你很懦弱，威廉。昨天你是懦弱的。你没能结果纳吉布·哈立德的那天是懦弱的，你现在也是懦弱的。我看得出来。”

“相信我，如果你没有动……”

“我没有，”马斯打断他的话，“我看着你惊慌起来。我想知道，你是真的没看到我站在你正对面，还是你只是不想看见？”

沃尔夫摇摇头。他试图记起他在人群中跟丢了马斯的那一刻。他本来有勇气结果他的。马斯操控了他，让他怀疑自己。

“所以，你必定是看出了其中的徒劳？”马斯继续温和地问。他停顿了一下。“因为我喜欢你——我是真诚的——我要给你选择的机会，而这个机会我是绝对不会给名单上其他人的：你可以跪下来，我向你保证，我会做得干净利索。你不会有什么感觉。或者我们在此决一死战，但这将不可避免地导致……不愉快。”

沃尔夫露出与马斯一模一样的渴求的神色。

“早就料到会是这样。”马斯叹了口气，举起了剑。

巴克斯特需要止血。马斯看着她的时候她不敢动。现在，他的注意力转到了沃尔夫那里，她至少可以控制一下局面。如果马斯意识到她的意图，肯定会阻止她自救。

她没有移开按着伤口的手肘就解开了手铐。她深吸了一口气，抽出压在她身下的东西，用它裹住大腿的伤口。她用力扎紧，伤口疼痛难忍，但血已经从喷涌的状态变成慢慢往下滴了。

她还在流血，但两只手已经重获自由。

马斯朝沃尔夫跨出一步。沃尔夫退后一步，以令人惊讶的速度拧开钢笔的笔帽，大拇指贴着笔尖，像举起一把刀那样举着笔。

马斯冲了过来，疯狂地挥舞着那把古董剑。沃尔夫退后时撞到了墙壁，马斯再次扑上来，剑刃划过空气，距离沃尔夫的脸只有几厘米，他挥剑的力道让自己也失去了平衡。沃尔夫冒险冲上前去把钢笔戳进马斯的上臂，又拔了出来，然后退回到一个安全的距离。

马斯大叫了一声，开始检查伤口，他冷静地用手指戳着那个新伤口，像是被它吸引住了。

这一刻的平静犹如风暴的中心，紧接着，他又一次挥剑上前。沃尔夫退回到墙角，本能地转过身避开这一击，但是他的左肩还是被撞脱臼了。他连续把笔尖深深地扎进马斯持剑的手臂，直到一记较弱的拳把他打倒在地。他听到钢笔掉落在地上发出的声响，然后钢笔不见了踪影。

两人休战片刻。沃尔夫坐在地板上，痛苦地扶着脱臼的左肩，马斯则着迷地看着自己暗红色的血从衬衫袖口流出来。他似乎完全没有感觉到痛苦，只是对这几道伤口感到惊讶，这个看似弱小的对手竟能造成如此伤害。他想再次举起那把沉重的剑，但用右手几乎无法把它从地板上拿起来，只能换左手。

“你可以跪下来，莱塞尼尔，”沃尔夫挣扎着站起来，笑着说，“我向你保证，我会做得干净利落。”

沃尔夫看到马斯的脸因为受辱而抽搐。他偷偷地朝巴克斯特瞥了一眼，马斯也看了她一眼。

“我很想知道，你如果知道了实情，还会不会这么拼命地要救她？”

沃尔夫没理会这句挑拨，向她走近了一步，但马斯再次挡住了他。

“如果你知道她的名字比那些人更应该被列入那张名单……”马斯继续说。

沃尔夫被搞糊涂了。

“钱伯斯探长可不是个勇敢的人。他求我饶了他。他哭了。他向我澄清，说他是无辜的。”

马斯对着巴克斯特嘲弄地笑了笑，沃尔夫趁机猛扑上去。马斯挡住了他的攻击，但后退了几步，撞到了一条长凳。

巴克斯特看见马斯的长外套从长凳上滑了下去，同时她手袋里的东西都撒在了地板上。她的眼睛扫过那把血迹斑斑的指甲剪（马斯曾用它在她的大腿动脉上扎出血洞），又扫过她的手机和桌脚边的一串钥匙。

“看在埃米莉的分上，我就直接说出来了，”马斯继续说，“为了不破坏你和她的友谊，钱伯斯故意让你以为是他把那封信寄给了职业标准……”

沃尔夫不安起来。

“……那封信使审判转向对哈立德有利的一面，”马斯看到沃尔夫用怀疑的眼光凝视着巴克斯特，又加了一把火，“恐怕我们杀错人了。”

巴克斯特不敢看沃尔夫的眼睛。但突然，她抬起头，发出低沉的哭泣声。

当他看到马斯逼近时已经太晚了。沃尔夫别无选择，只有冲向他，挡住他疯狂挥舞的剑，把他重重地击倒在地。那把剑落到长凳下面，沃尔夫一次次毫不留情地挥拳猛击马斯，加剧了他之前给他造成的创伤。

马斯在绝望中伸出手抓住沃尔夫脱臼的肩膀，同时感觉到皮肤下面破碎的骨头在相互摩擦，这更加激怒了他。沃尔夫发出充满仇恨和愤怒的叫喊，差点把拼命挣扎的敌人给震聋了。他控制住马斯挣扎的四肢，用头使劲撞向马斯损毁的脸，撞得对方鼻骨粉碎。

马斯无助地仰着头，无力应付这狂暴的攻击。他睁大双眼，惊恐地恳求着。

巴克斯特爬过法庭地板，身后留下一串血迹。她伸手抓住那把剪刀，剪断了缠在她头上的丝巾，这个动作让她更加虚弱，接着，她爬向那串钥匙。

沃尔夫从口袋里掏出鞋带，为了结实把两根并在一起，然后把对手的脑袋从地板上拉起来，把鞋带紧紧绕在他的脖子上。马斯头朝后仰着，用尽力气拼命地踢打着。

“你这样只会被勒得更紧。”沃尔夫对着这个扭来扭去的人说。

沃尔夫看到了那支掉到桌子下面的钢笔，弯腰捡了起来。

“那么你告诉我，”沃尔夫把马斯的血啐到地上，冷静地拿着沾了血的“武器”回到他身边，“如果你是魔鬼，你要把我怎么样？”

沃尔夫弯下腰，毫不犹豫地把笔尖扎进马斯的右腿，和他在巴克斯特大腿上扎的位置一模一样，马斯虚弱地挣扎着。尽管肩部疼痛难忍，沃尔夫还是用鞋带缠住了马斯的颈部，用力拉紧，马斯立刻停止了痛苦的叫喊。

沃尔夫很享受对手喉咙里发出的绝望的噗噗声，他感到手下挣扎的动作弱了下来。他看到马斯的眼白有了血丝，把手上的鞋带拉得更紧了，直到自己的胳膊开始发抖。

“沃尔夫！”巴克斯特叫道，她的声音在房间里回响，“沃尔夫！住手！”

他在愤怒中甚至没听到她的叫喊。他回头看了下马斯。他眼睛里还有生命的迹象，但已经失去了自卫能力——这是处决。

“够了！”

巴克斯特举起枪指着他的胸口。他迷惑地看着她，又低头看向脚下的一摊血，好像是第一次看到它似的。

“我说，够了。”

Chapter 37

第三十七章

2014 年 7 月 14 日　星期一　中午 12:12

巴克斯特知道自己马上就会昏过去。她感觉皮肤湿冷，恶心感一阵阵涌上来。她支撑着靠在证人席上，手中的枪一直对着沃尔夫，不确定她是否可以相信这个她曾经以为自己非常了解的人。沃尔夫从马斯身边走开，他低头看着脚下这个骨折的人，好像对自己的暴行感到惊讶。

巴克斯特看得出，马斯失去了知觉，但是还活着。从她坐着的地方，她可以看到他的胸部伴随着疼痛的喘息上下起伏，可以听到他每次困难地呼吸时带着血沫的咝咝声。尽管他罪有应得，但是她没法不对这个仰面躺在地板上的人抱有一丝同情。

搏斗结束了，沃尔夫差点结果了他。

外面的叫喊声越来越近，沃尔夫从恍惚中惊醒过来，冲向巴克斯特。

“不要碰我！”她叫道。

她似乎很害怕他，他看见她的手指在扳机上移动着。

他尽量抬起胳膊。

“我可以帮你。”他说，对她的反应很吃惊。

“离我远点。”

沃尔夫这才意识到他的袖子上浸透了深红色的血。

“你害怕我？”他问这个问题时声音嘶哑。

“是的。”

“这……不是我的血。”他让她放心。

“你觉得这样更好吗？”巴克斯特难以置信地问。她喃喃的说：“看看你干的好事！”她指着角落里那个濒死的人，“你是个魔鬼。”

沃尔夫擦去眼角沾上的马斯的血。

“我只能这样做，”他悲伤地说，竭力抬起胳膊，眼睛里闪着光，“我永远不会伤害你的。”

巴克斯特苦涩地笑了：“你已经伤害了。”

沃尔夫看起来很受伤，而她的决心也越来越弱了。

大楼某处传来一阵响亮的砰砰声，快速武装机动部队还在继续搜寻。

“在这里！”她竭尽全力喊道。她的眼皮沉重地耷拉下来。“我需要了解真相，沃尔夫。是你干的吗？是你让马斯对付这些人的吗？”

沃尔夫犹豫着。

“是的。”

这个回答对于巴克斯特来说不亚于晴天霹雳。

“是安娜贝尔·亚当斯死去的那天。”他继续说，“我复职后开始调查这件事，但我不相信这是真的！真的不相信。一直到我两周前看到那个名单。”他迎着巴克斯特的眼睛说，“我犯了一个非常非常可怕的错误，但我一直努力地想修正这个错误。我从未想过事情会发展到这种地步。”

巴克斯特无精打采地看着地板。她的呼吸越来越急促。

“你本来可以说出来的。”她声音越来越低，手里的枪越来越重，她的胳膊竭力支撑着枪的重量，“你本可以来找我的。”

“我怎么能告诉你是我造成了这些后果？”沃尔夫的神情和他跪在伊丽莎白·塔特身旁时非常相似，“告诉你我对这些人做的事，对我们的朋友做的事？”他看上去对巴克斯特身下那摊血有种生理上的厌恶，“以及我对你做的事？”

眼泪不受控制地从巴克斯特的眼中涌出，滚下她的脸颊。她无力在他面前掩饰自己的软弱，任由眼泪掉在地板上。

“我会被要求从这桩案子里退出，”沃尔夫说，“也许是被停职。我觉得我会对团队有很大帮助，而且我知道我能找到他。”他指了指马斯，“我已经做了很多功课。”

“我想要相信你……但……”

巴克斯特终于支撑不住了。枪掉到了她的大腿上，她侧着身子瘫了下来。

大厅外面的叫喊声更响了，看不见的敌人正在逼近。沃尔夫满怀渴望地看着证人席背后的门，他知道他能否逃脱取决于这条逃跑路线是否有人看守……

他轻轻地把巴克斯特的头放在地上，把马斯皱巴巴的外套叠起来垫在她脚下，把她的大腿抬到她衰竭的心脏之上。他用那根临时止血带捆扎她的大腿时，扭到了受伤的肩膀，不禁叫出声来，这让她突然惊醒，恢复了意识。她的脉搏越来越缓慢，大腿的伤口随时可能迸裂。沃尔夫跪下来压住她的伤口。

“不。”巴克斯特想把他推开，自己坐起来。

“躺着别动。”他对她说，他轻轻地扶着她躺下，“你晕过去了。”

她没有说话，眼睛飞快地扫了一圈，想确定自己到底身在何处，她注意到那把枪仍在她的头旁边。让沃尔夫惊讶的是，她向他伸出了一只颤巍巍的手。他握住了这只手，用自己笨拙的手温柔地握着。

咔嗒一声，他的手腕被扣上了手铐。

“你被捕了。”她悄声说。

沃尔夫本能地想把自己的手拽回去，却发现巴克斯特的手也跟着被扯了过来，无力地垂在他的手下面。他低头冲她笑了，一点都不惊讶她拒绝让任何事情打断自己这一天的工作进程，哪怕死亡将至，在她看来也是小事。他和她并排坐在地板上，两只手压在她的伤口上。

“那封信……”巴克斯特开口了。尽管所有的事情都已经无法挽回，但她觉得自己欠他一个解释。

“现在已经无关紧要了。”

“我和安德烈娅非常担心你。当时我们想帮你。”

大厅另一头，马斯的喉咙里发出一声呻吟，接着他短促的呼吸停止了。巴克斯特焦虑地看着他，而沃尔夫的脸上则充满期待。

过了一会儿，马斯又恢复了呼吸。

“王八蛋！”沃尔夫悄声说。

巴克斯特瞪了他一眼。

“你是怎么回事，一个人跑过来？”沃尔夫问，他的声音夹杂着担心、愤怒，还有一丝钦佩。

“想要来救你。”巴克斯特悄声说，“想着在你送命之前把你抓起来。”

“那你干得怎么样啊？”

“不怎么样。”她笑了。她躺下后恢复了一些力气。

“解除警戒！”一个粗哑的声音在大厅外面回响。

她看到沃尔夫不耐烦地回头看向那几道敞开的门，听到外面靴子重重地踩在楼梯上的声音。

“我们在这里！”他喊道。

巴克斯特意识到，他已经不想做任何努力来证明自己了，他也不想说服她放了他，或要求她准备一套说辞来证明自己的清白。他有生以来第一次真正地负起责任，而不是寻找退路。

“在这儿！”他又喊了一声。

她又握了握他的手，只有这一次，她是真心的。

“你没有离开我。”她微笑着说。

“我差点就离开了。”他笑了一下。

“但你没有。我知道你不会的。”

沃尔夫感觉到手铐脱离了他的手腕。他不解地低头看了看重获自由的手。

“走。”巴克斯特悄声说。

他没有离开的意思，一只手仍然坚定地压在她的大腿上。

杂乱的脚步声像飞驰的火车一样越来越近。

“走！”她命令道，使劲倚着墙壁坐直了身子，“沃尔夫，求你了！”

“我不能离开你。”

“你在这里，”巴克斯特坚定地说，她觉得自己马上要昏过去了，“一点帮助都没有。”

沃尔夫张开嘴巴想要争辩。

外面的声音越来越近，无线对讲机的声音和金属相互撞击的叮当声越来越清晰。

“没有时间了！快走！”巴克斯特恳求他，用尽她最后一点力气把他推开。

沃尔夫有些不知所措，但还是抓起地板上的衣服跑向证人席背后的小门。他停下来，快速看了她一眼。在他深蓝色的眼睛里，巴克斯特没有看见一丝他撕裂马斯时的凶残神色。

然后他转身走了。

她朝马斯看去，不知道他是否还活着，然后才想到她需要把枪藏起来。她把重心放到右手上，但手指只摸到了坚硬的地板。她费劲地转过头来，才发现枪已经不见了。

“浑蛋！”她自顾自笑了起来。

一群全身黑衣的武装警察冲进了法庭，她举起两只手，一只手拿着她的证件，高举过头顶。

沃尔夫顺着熟悉的走廊走了出去，远离了还在进行的搜查。他扣上马斯的外套，把血迹斑斑的衬衫隐藏在里面，戴上眼镜，朝着他看到的第一个紧急出口跑去。警报声在他四周响起，但他知道街上的任何一个人都不可能在一片混乱的情况下听到大楼里面的警报声。

大雨倾盆而下，给一排灯光闪烁的紧急救援车辆添上了一层光辉，更衬托出城市的灰暗和头顶云层的阴沉。媒体和越来越多的好奇的路人聚集在马路对面，无论别人在看什么，大家都推搡着也要看上一眼。

沃尔夫冷静地穿过两幢大楼和警戒线之间的无人地带，两名护理人员急匆匆地与他擦肩而过。他冲一名年轻警员挥了一下自己的证件，后者正在专心阻挡疯狂的记者，没有精力去关注他。他弯腰穿过警戒线，一眼看到了大楼顶部俯视着芸芸众生的正义女神雕像，一副摇摇欲坠的样子，然后他打开黑色的雨伞，挤进人群中。

雨下得更大了，他把黑色长外套的帽兜罩在头上。他感觉到人们在推着他往前走，他走过那些阻挡他的无知无识的人，无视他们苛刻的眼神，只管往前走去，没有人意识到有一个怪物行走在他们当中。

一只披着羊皮的狼。

致　谢

我肯定会忘记某些人，冒犯到他们，但下面这些……

没有下面这些既耐心又有才华的人的辛苦工作，《拼布娃娃》不可能面世。

我要感谢俄里翁出版社的本·威利斯、亚力克斯·扬、凯蒂·埃斯皮内尔、戴维·谢利、乔·卡彭特、雷切尔·胡姆、露丝·沙韦尔、西多妮·贝雷斯福德－布朗、卡蒂·尼科尔、珍妮·佩奇和克莱尔·西韦尔。（我没有忘记你，萨姆，我在后面会专门提到你。）

我要感谢康维尔－沃尔什的埃玛、亚力山德拉、亚历山大和杰克，还有多尔卡丝和特雷西，你们都是我的好朋友，对我的照顾远超标准。

我要感谢我的家人：玛、奥西、梅洛、鲍勃、B 和 KP。他们给了我许多帮助和支持。

特别的感谢送给“无所不在的”自然力量，我的编辑萨姆·伊兹，感谢她持续不断的热情和对我作品的信心。

同样特别感谢我的朋友和知己休·阿姆斯特朗（她也是我的代理人），是她把《拼布娃娃》从烂泥堆里拣选出来，要是没有遇见她，这本书现在可能还堆在我床下，和我写的其他东西一起吃灰。她真是一位非常特别的女士。

最后，感谢其他所有曾为这本书的出版出过力的英国同胞，以及全世界其他国家的出版团队。感谢所有选择读这本书的人，你们从那么多好书里选择了它。

我说完了。

丹尼尔·科尔

二〇一七年

图书在版编目（CIP）数据

拼布娃娃 /（英）丹尼尔·科尔（Daniel Cole）著；文敏译. —长沙：湖南文艺出版社，2017.9
书名原文：Ragdoll
ISBN 978-7-5404-8211-4

Ⅰ. ①拼… Ⅱ. ①丹… ②文… Ⅲ. ①长篇小说 – 英国 – 现代 Ⅳ. ①I561.45

中国版本图书馆CIP数据核字（2017）第158046号

著作权合同登记号：图字18–2017–073

上架建议：畅销·外国文学

PINBU WAWA
拼布娃娃

作　　者：[英] 丹尼尔·科尔
译　　者：文　敏
出 版 人：曾赛丰
责任编辑：薛　健　刘诗哲
监　　制：吴文娟
策划编辑：许韩茹
特约编辑：李甜甜　叶淑君
版权支持：辛　艳
营销支持：李茂繁
封面设计：韩　捷
版式设计：李　洁
出版发行：湖南文艺出版社
（长沙市雨花区东二环一段508号　邮编：410014）
网　　址：www.hnwy.net
印　　刷：北京京都六环印刷厂
经　　销：新华书店
开　　本：875mm × 1270mm　1/32
字　　数：297千
印　　张：12
版　　次：2017年9月第1版
印　　次：2017年9月第1次印刷
书　　号：ISBN 978-7-5404-8211-4
定　　价：39.80元

质量监督电话：010–59096394
团购电话：010–59320018